NINO KERL

HERZ AUS STERN

ROMAN

Illustriert von Reyhan Yildirim

Community EDITIONS

FÜR M & R

Ihre Haut war so weiß wie der Winter. Ihre Haare schimmerten golden, als wären sie aus Sonnenlicht geflochten. Traurig schloss sie die Augen, um zu schlafen. Vielleicht für immer. Selbst die Sterne wussten nicht, ob ihre Königin je wieder erwachen würde, und weinten ein leises Lied in die Ewigkeit des Universums.

STROPHE 1

DAS LIED EINER REISE

I

In letzter Zeit warfen nur wenige Sterne ihr Licht in die Nacht. Meistens blieb es beinahe stockdunkel. Auch an diesem Abend hatte die Dämmerung lediglich eine Handvoll funkelnde Knöpfe an den Himmel genäht, der wie ein riesiges schwarzes Tuch aussah, mit dem sich der Tag zugedeckt hatte.

Su tat es ihm gleich und zog ihre Decke bis unter die zierliche Nasenspitze hoch. Traurig blickte sie aus dem Fenster in die erloschene Glut des Tages. Das Mädchen mochte die Dunkelheit nicht, mochte es nicht, wenn plötzlich alle Farben verschwanden. Wenn das Grün aus dem Gras und das Blau aus dem Himmel glitt und die Nacht wie schwarze Tinte in die Welt floss.

Damit es nicht gar so finster war, kam beim Zubettgehen stets ihr Nachtlicht zum Einsatz. Eine kleine Lampe, die wie ein fröhliches Gespenst aussah. Buhu – so hatte Su ihren tüchtigen Freund getauft. Auch in seiner heutigen Spätschicht konnte der goldige Plastikgeist ein bisschen Licht spenden – aber leider keinen Trost. Su war fürchterlich traurig.

Ihre Mutter hatte sich beim gemeinsamen Abendessen mal wieder lieber mit dem Handy als mit ihrem Sprössling beschäftigt. Sie hielt es für wichtiger, irgendwelche Fotos im Internet zu liken, zu kommentieren oder zu teilen, als mit ihrer kleinen Tochter zu reden. Oder ihr zumindest zuzuhören, wenn sie ganz stolz von ihren aufregenden Erlebnissen erzählte. Von ihrer neuen Sitznachbarin in der Schule zum Beispiel, die gerade aus Japan nach Deutschland gezogen war, und unzählige bunte Anhänger an ihrem Schulranzen trug. Oder davon, dass sie im

Sportunterricht beinahe zweieinhalb Meter weit gesprungen war. Eine wirklich beträchtliche Leistung für eine Erstklässlerin. Doch die alltäglichen Abenteuer ihres heranwachsenden Mädchens hatten die alleinerziehende Mutter offenbar auch an diesem Abend nicht sonderlich interessiert.

Su hatte dem leckeren Thunfisch-Sandwich (auf das sie sich eigentlich so gefreut hatte) beim Essen genauso wenig Beachtung geschenkt wie ihre Mutter der Geschichte vom bemerkenswerten Weitsprungrekord. Also war das üppig belegte Brot (mit extra viel Thunfisch und Käse) vorerst im Kühlschrank gelandet. Mit hängendem Kopf und feuchten Augen war Su nach dem Abendessen auf ihr Zimmer getrottet.

Nachdem das Mädchen den kleinen Sternenanhänger (ein Geschenk ihrer neuen Klassenkameradin und Freundin) mit einem gequälten Lächeln an ihrem Rucksack befestigt hatte, löschte es das Licht, um sich unter der Decke zu verkriechen. Lustige Roboter waren darauf gestickt, die wie lebendige Radiowecker aussahen. Dann erzählte Su dem kleinen Buhu (im Flüsterton) von ihrem spannenden Tag. Er war ein wirklich toller Zuhörer – stets gebannt und aufmerksam hing er an den Lippen der Erzählerin. Manchmal stellte sie sich vor, wie er antworten würde und dabei jeden Satz mit einem lang gezogenen *buhuuuu* beendete.

Bei dem Gedanken musste sie eigentlich stets schmunzeln, an diesem Abend jedoch regneten immer wieder kleine Trauertropfen von ihrem Gesicht. Tränen, die im schwachen Schein der Sterne wie Edelsteine glitzerten.

Kurze Zeit später schlief Su leise schluchzend ein.

II

Unruhig wälzte sie sich hin und her, nahm dabei jedes noch so dezente Geräusch wahr und mischte es als gruselige Zutat in ihre Träume. So wurde das Knarzen des Küchenrollladens zum Knurren eines monströsen Bären und das Klappern des hölzernen Windspiels im Garten zu dem ihrer eigenen Zähne, die aus Furcht vor dem Angst einflößenden Ungetüm, das durch ihre Träume streifte (oder stapfte), wild bibberten. Buhu hingegen schlummerte fest, und auch im Tiefschlaf umgab ihn ein wohlig warmer und friedlicher Schein, der eine Ecke des kleinen Zimmers erleuchtete.

Ein urplötzliches Rütteln am Fenster riss Su aus ihrem Traum. Der Bär! Der Wind? Oder doch nur die Fantasie, die ihr einen Streich spielte? Ruckartig zog sie die Decke über den Kopf. Wären die Roboter auf dem Bettzeug echt gewesen, hätten sie wohl mit schrillen Alarmsirenen das Zimmer beschallt.

»Gefahr! Gefahr! Alle Mann – und Mädchen – unter die Bettdecke! Gefahr! Gefahr!«

Doch es blieb ruhig. Keine Sirenen. Kein Rütteln mehr am Fenster. Und vor allem kein Bärengebrüll.

Vorsichtig schob Su den Kopf aus dem Federversteck. Ihre blonden Haare hingen ihr in Strähnen ins Gesicht, und die verschlafenen braunen Augen, die in Farbe und Form an glänzende Kastanien erinnerten, riskierten einen Blick nach draußen. Nichts Ungewöhnliches zu sehen. Der Mond hatte sich einen wärmenden Mantel aus grauem Nebel übergeworfen, und die vereinzelten Sterne, die noch vor einigen Stunden am Himmel gehangen hatten wie vergessene Christbaumkugeln am ausrangierten Weihnachtsbaum, waren verschwunden. Auch im Garten schien alles völlig normal. Die Kinderschaukel rostete gelangweilt vor sich hin, und das Gras sehnte sich nach einem Rendezvous mit dem Rasenmäher. Inzwischen dürfte es Su bis zu den Knien reichen. Oder wenigstens bis zu der Stelle am Schienbein, an der sie sich bei der unsanften Weitsprung-Bruchlandung einen kleinen Kratzer zugezogen hatte.

Wieso musste da auch ein Stein im Sand liegen?, fragte sie sich.

Als das stolze Ergebnis von exakt 2,49 Meter verkündet worden war, hatte sie den Schmerz jedoch schnell vergessen.

Gerade als sich das Mädchen wieder hinlegen wollte, bemerkte es, wie das Gras im Garten an einer Stelle auffällig wogte. Zunächst nur zaghaft, sodass man hätte vermuten können, der Wind tanzte sanft über die Wiese. Dann jedoch wurde die Bewegung lebhafter und zudem von einem Rascheln untermalt. Etwas pirschte sich durch den Garten! Und dieses Etwas kam schnurstracks auf Sus Fenster zu.

III

Die gute Nachricht war, dass dieses ... was auch immer es war ... eindeutig kein Bär sein konnte. Im Gras zeichnete sich vielmehr die Gestalt eines wesentlich kleineren Tieres ab, das sich flink und elegant bewegte. Da Su nicht erkennen konnte, was da stattdessen auf sie zuhielt, beruhigte sie dieser vermeintlich situationsentschärfende Umstand jedoch kaum.

Plötzlich machte das Geschöpf (das im Schutz der Dunkelheit nicht mehr als ein Schatten mit Schwanz war) einen ruckartigen Satz. Direkt auf Sus Fensterbank, von wo aus es die hellwache und hastig atmende Siebenjährige mit rätselhaften Augen anstarrte, die im Dunkeln wie grelle grüne Taschenlampen leuchteten.

Eine Katze. Ohne Zweifel. Eine Katze, fast so groß wie das kleine Mädchen selbst. Sie stand auf den Hinterbeinen, trug goldene Ohrringe und ein rotes Cape (das lässig über den Schultern hing und mit einem mächtigen Knopf am Hals zusammengehalten wurde) und zeigte lächelnd nadelspitze Zähne. Am Ledergürtel – der besonders durch die massive goldene Schnalle ins Auge sprang – waren mehrere kleine Täschlein befestigt, mit moosgrünen Nähten verziert und goldenen Knöpfen versehen. An der linken Hüfte baumelte eine Art Holster, in dem jedoch kein Revolver steckte, sondern eine Steinschleuder in typischer Y-Form. Das glänzende Fell der Kreatur war so schwarz wie die Welt bei zugekniffenen Augen.

Die Katze zeichnete mit den Pfoten eine Geste in die Luft, mit der sie das Mädchen höflich aufforderte, das Fenster zu öffnen.

Sofort sprang Su auf, während rasende Impulsivität die Kontrolle über ihre rechte Hand übernahm und sie Richtung Knauf fernsteuerte.

IV

Das kleine Menschenherz pochte so schnell und heftig wie die prasselnden Fausthiebe eines Profiboxers, der sich an einem Sandsack austobte. Verzaubert und verblüfft vom Anblick einer Katze, die sich wie ein Mensch bewegte, drehte Su den Griff in einer entschlossenen Bewegung, ohne dabei auch nur eine Sekunde die smaragdgrünen Augen des zauberhaften Wesens aus dem Blick zu verlieren. Die Verriegelung öffnete sich mit leisem *Klick*. Beherzt schob Su das Fenster zur Seite, um dem schnurrenden Gast nicht länger durch eine Scheibe ins Gesicht zu blicken, als stünde sie am Ticketschalter der Bahn.

»Weiße Tage und goldene Nächte«, sagte das Geschöpf, während es freudig die Augen zukniff und Su mit einem breiten Lächeln ansah, das jegliche Furcht vor dem ungewöhnlichen Besucher schlagartig verpuffen ließ.

»Du kannst reden?« Völlig verdutzt strich Su sich die vom Schlaf zerzausten Haare aus dem Gesicht.

»Selbstverständlich kann ich das! *Pfff*, süß! Aber ich sollte mich wohl erst einmal vorstellen. Wie unhöflich von mir. Vergib und vergiss, ich bitte dich.« Das Wesen deutete eine Verbeugung an. »Mein Name ist NekoNeko Nebelheim, lautlose Späherin, präzise Scharfschützin, Ausguck mit Weitblick und gewiefte Diebin. Es freut mich, deine Bekanntschaft zu machen, Menschenmädchen. Hättest du wohl die Güte, mir jetzt die Edelsteine auszuhändigen?«

Su war für ihr Alter unglaublich schlagfertig, ihre Zunge ein geschliffener Dolch, der nahezu jedes Wortgefecht entschied.

Nun jedoch war er stumpf, seine Trägerin praktisch stumm. Alles, was sie hervorbrachte, war ein holpriges »Äh?«. Doch als hätte Su einen Augenblick später den unwirklichen Umstand, dass sie sich mit einer Katze unterhielt, gänzlich ausgeklammert, vervollständigte sie die unfertige Antwort mit einem unverfälschten Lachen.

»Edelsteine?«, fragte sie schließlich. »So etwas besitze ich leider nicht, liebe Katze. Ich meine, NekoNeko Nudelheim.«

»Es heißt Nebelheim. Nebel, nicht Nudel. Trotz deines beeindruckenden Schauspieltalents bist du mir nicht gewachsen, kleiner Erdenbewohner. Oh nein! Niemand vermag es, die gerissenste Katze unter den Sonnen hinters Licht zu führen. Ich habe die Klunker nämlich vom Ausguck gesehen. Meine Augen kannst du nicht täuschen!«

Siegessicher stützte das Geschöpf die Pfoten in die Hüften und stieß einen episch inszenierten Triumphlaut aus. »*Maumauuu*!«

Über diese komische Darbietung musste Su erneut lachen. So herzhaft, dass ihr Tränen über die Wangen flossen. Tränen, die sich in NekoNekos grellen Taschenlampenaugen spiegelten und wie Diamanten funkelten.

»Die Edelsteine!«, rief der nächtliche Besucher entsetzt aus. »Es gab nie Edelsteine! Es waren deine Tränen. Die ganze Kletterei war umsonst! Wie ernüchternd.«

Es folgte ein enttäuschtes »*Mauuuu*«, aus dem kein Triumph mehr rauszuhören war.

»Aber was um alles in dieser und allen anderen Welten hat dich beim Zubettgehen derart amüsiert, dass du vor Lachen in Tränen ausgebrochen bist?«

»Ach weißt du, NekoNeko«, begann Su ihre Ausführung und wischte sich die Wangen trocken. »Ich habe gar nicht gelacht.«

Urplötzlich huschte alle Fröhlichkeit aus dem Gesicht des Mädchens. Su presste die Lippen zusammen, sodass ihr Mund unter der zierlichen Stupsnase einem dünnen Bleistiftstrich glich. Ihr Kopf senkte sich, und der Blick fiel verloren auf die Bettdecke, als wollte er nach etwas suchen, das er nie finden würde.

NekoNeko brach das bedrückende Schweigen, das die eben noch so heitere Stimmung erbarmungslos in den Schwitzkasten nahm.

»Du hast geweint? Aber was ist denn passiert, Menschenmä…?« Die Katze hielt kurz inne. »Wie heißt du eigentlich?«

»Mein Name ist Su. Ich lebe hier allein mit meiner Mama. Aber leider kümmert sie sich schon lange nicht mehr um mich. Irgendwie hat sie nie Zeit.«

»Und dein Vater?«, fragte NekoNeko behutsam.

»Mein Papa ist vor vielen Jahren ausgezogen, als ich noch ein Baby war. Mama hat mir mal erzählt, dass er uns früher hin und wieder besucht hat. Aber das macht er schon lange nicht mehr. Vor ein paar Wochen hatte ich Geburtstag. Meinen siebten. Sogar den hat er vergessen, weißt du?«

Zum dritten Mal in dieser Nacht kullerten Tränen. Eine blieb an Sus Nasenspitze hängen, wo sie kurz zappelte, dann aber den Halt verlor, aufs Kopfkissen hinabstürzte und einen dunklen Fleck hinterließ.

»Nun weine doch nicht!«, sagte die Katze. »Das wird schon wieder. Sei fröhlich!«

Doch die Fröhlichkeit des Mädchens glich in etwa der eines Trauerzugs.

NekoNeko rang sichtlich nach Worten, ihre Vorderpfoten jagten durch die Luft, als wollten sie etwas greifen. »Weißt du was, Su?«, stammelte sie. »Du kuschelst dich jetzt einfach zurück ins Bettchen, ich verdrück mich wieder aufs Schiff, und morgen sehen diese und alle anderen Welten schon besser aus. Einverstanden?«

»Schü-hüff?«, schluchzte Su so verwässert, dass man sich zunächst nicht ganz sicher sein konnte, ob das nun ein Wort oder das saftige Schmatzen einer hochgezogenen Nase war. Trotzdem trottete sie brav zurück zum Bett.

»Ganz recht!« Mit breit geschwellter Brust und zurückgewonnener Souveränität plusterte sich das spitzohrige Wesen auf. »Horch her, kleiner Mensch, horch her! Mich, die raffinierte NekoNeko Nebelheim, kennt man nämlich nicht nur als lautlose Späherin, präzise Scharfschützin, Ausguck mit Weitblick und gewiefte Diebin – und zwar in dieser und allen anderen Welten, wenn's beliebt –, sondern auch als Zweite Offizierin der gefürchteten und berüchtigten Milchbart-Piratenbande!«

Sus glühende Begeisterung trocknete prompt ihre Tränen. »Ach, deshalb wolltest du Edelsteine erbeuten! Das machen Piraten doch so. Schätze suchen. Stimmt's? Und über die Meere segeln! Frei wie der Wind, von Abenteuer zu Abenteuer«, schwärmte die Grundschülerin euphorisch, ehe sie ihren reißenden Redefluss selbst ausbremste. »Aber eines verstehe ich nicht. Hier gibt's doch weit und breit kein Meer. Oder meinst du etwa unseren Baggersee? Der mit dem tollen Kiosk? Da kriegt man das beste Eis der Welt ... und vielleicht auch aller anderen Welten«, ergänzte Su zögerlich. »Schokoladeneis zum Beispiel oder mit Erdbeergeschmack oder ...«

»Baggersee? Eiscreme? Dass ich nicht lache! Wo denkst du hin, unwissendes Menschenmädchen? Ich rede von keinem See und auch von keinem Meer. Ich rede natürlich vom größten, legendärsten und gefährlichsten Gewässer im Universum! Der Milchstraße!«

»Die Milchstraße?«, hakte Su ungläubig, aber nicht minder interessiert nach. »Soll das etwa heißen, dass die Milchstraße wirklich aus Milch besteht?«

・ネコネコ・

NekoNeko

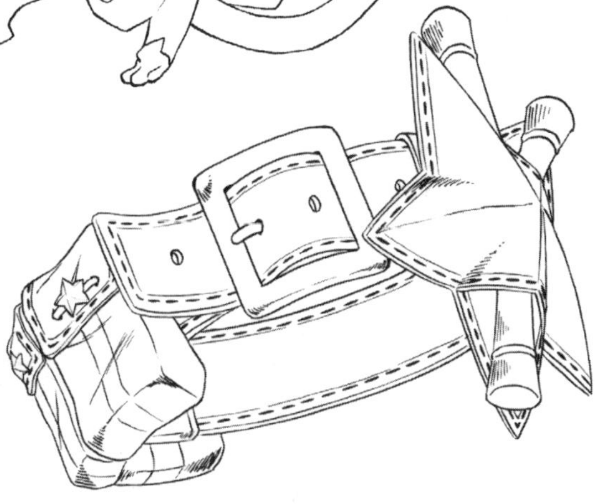

»Ha!«, stieß NekoNeko schallend laut aus und machte dabei einen eleganten Satz vom Fensterbrett, hinweg über Sus Kopf und hinein ins Zimmer. Zur lautlosen Landung (nun auf allen vieren) nutzte sie die Holzkommode des Mädchens. Die Piratin schlängelte sich geschickt und in geschmeidigen Bewegungen zwischen den darauf gestapelten Büchertürmen hindurch. Auch das Märchen von der lebendigen Marionette mit der langen Nase war dabei. Im schummrigen Licht des Kinderzimmers sah die Besucherin aus dem Weltraum nun wie eine völlig normale (wenn auch etwas groß gewachsene) Katze aus. »Natürlich ist sie aus Milch«, fauchte es in einem leicht schnippischen Tonfall hinter dem Bücherstapel hervor. »Was dachtest du denn, aus was sie besteht? Aus Limonade?«

»Also eigentlich ...«, erwiderte Su, verstummte jedoch gleich wieder, als NekoNeko mit einem weiteren beherzten Sprung aufs Bett hechtete.

»Papperlapapp. Du musst noch viel lernen. Und ich muss jetzt los! Meine Crewmitglieder haben bestimmt schon mein Abendessen verdrückt. Das machen sie immer! Vor allem vor Hatschi, diesem sabbernden Vielfraß, ist kein unbewachtes Fresschen sicher. Es wird Zeit, Auf Wiedersehen zu sagen. Weiße Tage und goldene Nächte.«

V

»Nimm mich mit!«, rief Su, was NekoNeko augenscheinlich verwunderte. Hibbelig hüpfte sie von einem Bein aufs andere und schleuderte dabei ihre Decke und das von Tränen durchnässte Kissen auf den Teppichboden vor dem Bett. »Bitte, bitte, liebe Katze.«

»Mach dich nicht lächerlich, du Wicht! Das raue Piratenleben ist nichts für weinerliche Mädchen.«

»Oh bitte! Bitte, bitte, bitte! Ich falle dir auch nicht zur Last. Ehrenwort! Und ich werde helfen, wo ich kann. Ich könnte ... das Deck schrubben ... oder Kartoffeln schälen ... oder dein Katzenklo leeren.«

»Wie bitte? Ich habe mich wohl verhört! NekoNeko Nebelheim verrichtet ihr Geschäft doch nicht auf einem ordinären Katzenklo! Wo denkst du hin? Ich bin empört!«

Su versuchte (wortwörtlich) händeringend einen Geistesblitz heraufzubeschwören. »Warte!«

Nun war es der kleine Mensch, der (ganz zum Erstaunen des vierbeinigen Zweibeiners) in bester Weitsprungmanier und hohem Bogen vom Bett sprang, die Zimmertür aufriss und im Dunkeln des Hausflurs verschwand.

Nur wenige Augenblicke später kehrte Su mit einem Strahlen im Gesicht und einem Mitbringsel in der Hand zurück ins Kinderzimmer: einem riesigen Sandwich! Es sah so köstlich aus, dass sich NekoNekos Zunge zwischen den scharfkantigen Zähnen hindurchschob und sie sich genüsslich über die Lippen leckte.

»Hier! Das schenke ich dir, wenn du mich mitnimmst. Ein Thunfisch-Sandwich nach Su-Art. Natürlich mit extraviel Thunfisch. Und Käse!«

»Und Käse ...«, wiederholte die hungrige, um ihr Abendessen besorgte Katze beinahe wie hypnotisiert – die grünen Augen starr auf das leckere Brot gerichtet. »In Ordnung, ich bin einverstanden. Aber du machst mir keinen Ärger, verstanden?«

Freudestrahlend und ausgelassen fiel Su dem Thunfisch-Liebhaber um den pelzigen Hals, der sich so herrlich kuschelig wie die gemütlichste Decke der Welt (und aller anderen Welten) anfühlte. Um ein Haar wäre ihr bei der stürmischen Umarmung das Sandwich – ihre Eintrittskarte zum größten Abenteuer ihres Lebens – aus der Hand geflutscht. Statt auf dem Teppichboden landete der Mitternachtssnack aber zum Glück in NekoNekos Schlund.

»Na los, Su! Der größte *schmatz, schmatz* Schatz des Universums buddelt sich schließlich nicht von allein aus, nicht wahr?«

»Eine Sekunde!« Hektisch schlüpfte Su in ihre löchrige Lieblingsjeans, warf sich einen Pullover über und stieg in ihre Sneaker. Dann leerte sie den Schulrucksack, aus dem ein dicker Ordner und diverse Bücher purzelten (Mathematik, Biologie, Erdkunde und ein paar weitere – das ganze Programm eben). Der neue Sternenanhänger baumelte aufgeregt hin und her.

Die Grundschülerin eilte zum Kleiderschrank, wühlte einen wärmenden Schal hervor und stopfte ihn in den Rucksack, zusammen mit ihren Buntstiften, die in einem kleinen Ledermäppchen aufbewahrt wurden (das Mädchen schrieb und zeichnete für sein Leben gern).

»Oh! Beinahe vergessen!«, rief sie, nachdem sie die Punkte auf ihrer improvisierten »Was sollte man unbedingt mit auf ein Weltraumabenteuer nehmen?«-Checkliste im Kopf mit Häkchen versehen hatte.

Natürlich würde sie auch das Lichtspendegespenst Buhu auf der großen Reise begleiten. Als sich der kleine Plastikfreund im Gepäck zwischen Schal und Schlampermäppchen eingenistet hatte, wurde es völlig dunkel im Zimmer.

»Okay! Kann losgehen!«

Und so verschwanden die drei lautlos durchs Fenster in die Nacht.

VI

Nachdem sie den Garten auf leisen Sohlen (und noch leiseren Tatzen) durchquert hatten, kraxelten NekoNeko und Su gekonnt über den Zaun des Anwesens. Ein Klacks für die Katze, und auch das Mädchen nahm die hölzerne Hürde mit Leichtigkeit, brachte sie doch einiges an Übung mit: Beim Räuber-und-Gendarm-Spielen mit ihren Freunden war der Garten stets ein beliebter Gefängnisstandort und der Zaun eine attraktive Abkürzung zu Selbigem gewesen.

In der spärlich beleuchteten Straße, die durch das verschlafene Wohngebiet führte, blieb die Piratin plötzlich vor einem Schild stehen, das neben einer verwahrlosten Garageneinfahrt in den Rasen gerammt worden war. »ZU VERKAUFEN« stand darauf, darunter noch eine Telefonnummer. Die ausgeblichenen Vorhänge des dazugehörigen Reihenhauses ließen die Vermutung zu, dass das Gebäude schon eine ganze Weile nicht mehr bewohnt wurde. Auch das Auto in der Einfahrt hatte seinen Dienst offensichtlich vor langer Zeit quittiert. Im Schmutz, der sich mit der frostigen Hartnäckigkeit eines kalten Wintertages auf der Windschutzscheibe festkrallte, war ein krakeliges »PUTZ MICH!« verewigt worden. Vermutlich von Kinderhänden. Oder peniblen Nachbarn.

»Wieso halten wir hier an, NekoNeko?« Nervös befummelte Su die Gurte ihres geschulterten Rucksacks. »Sollten wir nicht lieber rasch zu deinem Raumschiff?«

Die Katze teilte die Lippen zu einem breiten Grinsen. »Nun, das Schiff ist direkt über uns. Genauer gesagt, etwa einhundert Kilometer über uns, wenn's beliebt.«

»Einhundert Kilometer?«, fragte Su in einer Tonlage, die ein zusätzliches »Ist das dein Ernst?« überflüssig machte. »Und wie …?«

»Mit einer Strickleiter«, beantwortete NekoNeko die vorhersehbare Frage des Mädchens.

Su sah sich um. Zunächst spähte sie hinter das verschmutzte Auto (das bei nächtlichen Lichtverhältnissen nicht gar so armselig wie am Tag aussah). Nichts. Danach warf sie einen Blick hinüber zum Schild und hinauf zu den gespenstischen Vorhängen, die regungslos hinter staubigen Fenstern hingen wie vergessene Wäsche. Auch nichts.

»Ich sehe keine Strickleiter.«

»Nicht so ungeduldig, kleiner Mensch«, erwiderte NekoNeko und kramte etwas aus einem der Beutelchen an ihrem Gürtel hervor.

Noch bevor Su fragen konnte, was die Tasche enthielt, zog die Scharfschützin in einer flinken Bewegung die Schleuder aus dem Holster und nahm dabei die Körperhaltung eines Schurken ein, der sich in einem Fünfzigerjahre-Western mit dem Sheriff der Stadt duellierte. Gekonnt spannte sie die Waffe und schoss eine kleine Stoffkugel kerzengerade über sich in die Luft – *FUUU*. Das Geschoss, in dem sich ein glitzerndes Pulver verbarg, zerplatzte über ihren Köpfen in einer Wolke aus goldenem Puderzucker, in der eine Strickleiter zum Vorschein kam.

Mit weit aufgerissenen Augen beobachtete Su das magische Mehl, das im Zeitlupentempo auf den Rasen rieselte und sich dort mit einem leisen Zischen auflöste wie ein Wassertropfen auf der heißen Herdplatte. Dann starrte sie ungläubig die schwebende Leiter an, deren unteres Ende knapp über der Stelle zappelte, auf die Sekunden zuvor das mysteriöse Pulver hinabgeschneit war. Das obere Ende hingegen war kaum zu erkennen. Es verschwand Tausende Meter über ihren Köpfen als hauchdünner Strich irgendwo im schwarzen Porträt der Nacht.

»Da müssen wir hoch?«

Sus Blick huschte aufgeregt zwischen der Leiter und NekoNekos Abenteureraugen hin und her, während die Katze mit einem müden Lächeln ihre Pfoten musterte und anschließend abschleckte. Dann wühlte das zierliche Geschöpf in einem anderen Beutelchen an ihrem breiten Ledergürtel.

»Das, was du eben gesehen hast, war Sternstaub. Es gibt viele Arten dieses Pulvers. Soeben habe ich zum Beispiel den Schaugenau-Staub eingesetzt. Er lässt Dinge erscheinen, die man vorher mit dem sogenannten Versteck-dich-Staub unsichtbar gemacht hat.«

»Wow«, wisperte Su so leise, dass es mehr ein Hauchen als ein Wort war.

»Und das hier sind Quittenbohnen.« NekoNeko zog zwei vermeintlich handelsübliche Bohnen aus dem Säckchen, in dem sie eben gekramt hatte. »Wenn du eine davon schluckst, dann läufst, schwimmst und kletterst du für kurze Zeit in galaktischer Geschwindigkeit. Somit sind wir in null komma nichts an Bord unseres Schiffes, der Argo Navis.«

NekoNeko schnippte eine der Bohnen lässig in die Luft, um sie dann flugs zu schnappen und schmatzend zu verschlingen. Die andere streckte sie Su entgegen. Auf der pelzigen Pfote ähnelte die weiße Hülsenfrucht einem zuckersüßen Fondant-Ei in einem Osternest, das mit schwarzem Gras ausgelegt war.

»Wohl bekomm's!« NekoNeko klang belustigt.

Zögerlich griff Su nach der seltsamen Bohne, begutachtete sie von allen Seiten und steckte sie sich dann mit der skeptischen Entschlossenheit von jemandem in den Mund, der bei einer »Wetten, du traust dich nicht?«-Mutprobe einen frittierten Grashüpfer verdrückt. Die Quittenbohne schmeckte leicht süßlich. Bei Weitem nicht so süß wie ein Fondant-Ei, aber durchaus genießbar.

»Wir sehen uns oben«, kicherte die Weltraumkatze, wobei sie am Satzanfang auf die erste Sprosse stieg und am Satzende schon nicht mehr zu sehen war.

»Warte auf mich!«, brüllte Su in der Lautstärke eines Signalhorns gen Nachthimmel.

Doch NekoNeko war verschwunden. Ohne eine Sekunde zu zögern, umschloss das Mädchen energisch die Stricke der Leiter, suchte mit der Zunge die Zähne nach den Resten der zerkauten Bohne ab, setzte den rechten Fuß auf die unterste Sprosse und begann den Aufstieg ins All.

VII

Su traute ihren Augen nicht, als sie nach (vermeintlich) wenigen Schritten kurz innehielt, unter sich schaute und aus schwindelerregender Höhe die Erde von oben sah. In einem tranceartigen Zustand kraxelte sie beharrlich weiter, den Blick stets in die Tiefe gerichtet. Auf eine Welt, die plötzlich schrumpfte wie ein Luftballon, dem die Puste ausging. Bis ihr Heimatplanet schließlich einer blau-weißen Glasmurmel in einem schwarzen Samtsäckchen ähnelte, umgeben von unzähligen weiteren Klickern. Ringsum funkelten Hunderttausende Sterne (es mögen auch Millionen oder gar Milliarden gewesen sein), und ihre klirrend kalten Finger erinnerten sie an einen Tag im letzten Winter, an dem sie ohne Handschuhe mit dem Fahrrad zur Schule gefahren war und befürchtet hatte, ihre Hände würden am Lenker festfrieren.

»Nie wieder ohne meine Fäustlinge radeln!«, hatte sie sich damals geschworen. Künftig würde sie diesen Vorsatz auch bei Klettereinlagen in den Weltraum beherzigen.

Alles passierte in einem solch rasanten Tempo, dass sie weder über die (eigentlich) nicht vorhandene Logik dieses Gedankens grübeln konnte, noch ihr Magen Zeit fand, sich umzudrehen. Zumindest bis zu dem Moment, als der Schnellvorlauf abrupt endete, weil die Bohne ihre Wirkung verlor. Nach dem Geschwindigkeitsrausch schien die Zeit stillzustehen, so gravierend fühlte sich der Tempounterschied im Vergleich zu dem raketenhaften Aufstieg in den vergangenen Sekunden an. Als hätten einhundert bimmelnde Wecker Su gleichzeitig aus einem surrealen Traum gestoßen, war sie nun glockenwach. Etwa zwanzig Meter trennten sie von dem Raumschiff, an dessen Reling die Strickleiter angebracht war. Urplötzlich hatten Sus Beine die Konsistenz von Götterspeise, und nun hatte ihr Magen alle Zeit der Welt (und aller anderer, wenn's beliebt), um sich gleich mehrmals umzudrehen. Schreiende Panik krallte sich in ihr bebendes Gesicht, das die Farbe von ausgebrannter Holzkohle annahm, die im Bauch eines Kugelgrills auskühlte, lange nachdem Bratwurstschnecken und Steaks vom Rost genommen worden waren.

»Du hast es gleich geschafft!«, schrie ihr NekoNeko vom Deck des Schiffes eindringlich zu. »Nur noch wenige Meter, Su! Bloß nicht nach unten sehen! Konzentriere dich auf meine Stimme, nur auf meine Stimme, hörst du?«

Su vernahm den Ruf ihrer neuen Freundin so beiläufig und dumpf wie die Stimmen herumtollender Kinder am Baggersee, wenn sie (wie so oft) zum Grund tauchte, um nach kleinen Schätzen zu suchen. Angst breitete sich blitzartig in ihr aus, und sie klammerte sich so vehement an die Leiter wie Rost an eine Regenrinne. Auf einmal überkam Su ein Schwindelgefühl, als würde sie auf dem Jahrmarkt bei einer rasanten Fahrt im Breakdance kräftig durchgeschüttelt (was sie so gar nicht mochte, schrecklich).

»Die nächste Fahrt geht rückwärts, ...wärts, ...wärts, das geht ab, ab, ab!«

Alles drehte sich in ihrem Kopf, und beinahe wäre es wirklich kritisch geworden. Doch dann, ohne dass Su verstand, wie ihr geschah, rieselte goldfarbener Staub auf sie herab. Es dauerte keine Sekunde, bis Su ihren Weg nach oben in geradezu draufgängerischer Unbeirrtheit fortsetzte. Nur wenige Augenblicke später schwang sie sich mit der Dynamik eines Freerunners über das vergoldete (und rettende) Geländer der majestätischen Argo Navis, wo Su endlich Planken statt Sprossen unter ihren Füßen spürte.

Auszug aus der Milchstraßenverkehrsordnung (MstVo),
§1 Milchstraßenbenutzung durch Fahrzeuge:

Der Flugverkehr von Raumschiffen, Raketen und Spaceshuttles ist nicht gestattet. Einzig das Schwimmen, Schippern, Gondeln und Trudeln ist erlaubt.

STROPHE 2

DIE MELODIE DER MILCHSTRASSE

I

»Was ist gerade geschehen?«, keuchte Su, die erst jetzt wahrnahm, dass ihr Puls in der gefühlt fünffachen Frequenz hämmerte.

»Der gute alte Mach-Mut-Staub«, sagte NekoNeko, in deren Stimme große Erleichterung mitschwang. »Zum Glück hatte ich noch eine letzte Patrone davon in einem meiner Sternstaubsäckchen. Sonst wäre das hier womöglich in die Hose gegangen.«

Die beiden sahen sich für einige Sekunden an und mussten dann gleichzeitig so schallend laut loslachen, dass es nicht lange dauerte, bis jemand in der Kajüte das Donnern der Lachsalven hörte. Die Tür, die zu den Ess- und Wohngemächern des Schiffes führte (und in wenigen Momenten aufgestoßen werden würde), protzte mit einem verzierten Rahmen und passte perfekt ins verschnörkelte Gesamtbild des Gefährts, das wie eine Mischung aus antikem Segelboot und modernem Spaceshuttle aussah. Der Begriff »Raumschiff« passte so vorzüglich zur Argo Navis wie Erdnussbutter zu Marmelade (Sus traditionelles Sonntagsfrühstück – vorzugsweise mit einem großen Becher dampfendem Kakao). Backbord und Steuerbord (die linke und rechte Seite eines Schiffes) wiesen riesige weiße Flügel auf, die jedoch nicht wie die eines Flugzeugs aussahen, sondern vielmehr an die Schwingen eines gigantischen Vogels erinnerten. Das eingeholte Segel schlief hoch oben an seinem Mast, wo sich auch der Ausguck, die Wirkungsstätte von NekoNeko befand. An der Spitze war (selbstverständlich!) eine Flagge angebracht, die das Symbol der Crew schmückte. Eine Piratenbande ohne Piratenflagge wäre schließlich keine richtige Piratenbande (mit Verlaub)! Anstelle eines Totenschädels jedoch zierte der Kopf eines Löwen den Stoff. Auch am Bug des Schiffes fletschte ein goldener Löwenkopf die Zähne. Er war in etwa so groß wie ein handelsübliches Garagentor und verlieh der Argo Navis das königlich anmutende Antlitz einer geflügelten Raubkatze. Am Heck des bauchigen Sternenkreuzers waren riesige Triebwerke befestigt, die im Moment dösten statt düsten. Su konnte die wuchtigen Turbinen nur bis zur Hälfte sehen, verschwand der Rest doch in den geheimnisvollen Tiefen der Milchstraße, an deren äußerem Rand das Schiff vor Anker lag.

II

»Donnerwetter!«

NekoNeko hatte nicht gelogen. Das vermeintliche Sternsystem erstreckte sich tatsächlich als Fluss aus Milch (wie sie köstlicher und reiner nicht hätte aussehen können) bis zum Ende von Sus Sichtfeld, wo er als unscheinbares Rinnsal weiter Richtung Unendlichkeit strömte. Mehr Eindrücke konnte das überwältigte Mädchen, das noch vor einigen Minuten nichts ahnend in seinem Kinderzimmer im Bett gelegen hatte, zunächst nicht sammeln, da plötzlich die eben erwähnte Tür aufflog und mit *KRAWUMMS* gegen den massiven Rahmen krachte.

»Seht, wer zurück ist! NekoNeko Nebelheim, lautlose Späherin, präzise Scharfschützin, Ausguck mit Weitblick, gewiefte Diebin und notorische Zu-spät-Kommerin. Weiße Tage und goldene Nächte. Schön, dass du uns auch mal wieder beehrst, aye! *Hahaha ... Ha-tschi!*«

Darauf, dass die Begegnung mit weiteren Crewmitgliedern der Milchbart-Piraten noch so allerlei unerwartete Überraschungen mit sich bringen würde, hatte sich Su bereits vor ihrer Abreise vorbereitet. Darauf jedoch, dass sie nur kurz nach der Begegnung mit einer sprechenden Katze auch noch Bekanntschaft mit einem sprechenden Hund machen würde, kann sich kein Mensch einstellen. Genauso wenig, wie man sich auf Badewetter an Heiligabend einstellen kann.

Die Hundekreatur versprühte eine fast kindliche Leichtigkeit. Beinahe wie ein Welpe. Su war mit der Wauwau-Welt zwar nicht sonderlich vertraut, sich aber sicher, dass jeder Hundeliebhaber beim Anblick dieses Akitas (sie kannte die Rasse nicht, für sie war er einfach ein hübscher Hund) zerflossen wäre wie Butter auf der Fensterbank im Hochsommer, begleitet von einem zuckrigen »Du bist ja ein ganz ein Feiner!«. Zumindest wenn das gelblich befellte Wesen auf vier anstatt wie jetzt auf zwei Beinen gestanden hätte.

»Ich freue mich auch, dich zu sehen, du Nervensäge«, spottete NekoNeko mit knirschenden Zähnen und (trotz vertilgtem Thunfisch-Sandwich) weithin hörbar knurrendem Magen. »Na? Hat meine Abendessensration gemundet?«

»Vorzüglich, Neko-chan[1], aye, ausgesprochen köstlich. Hera hab Dank, und Dank sei dein! *Ha-Haaa-tschi!* Aber sag mal, warst du zum Rasenmähen auf der Erde, oder wieso hängt da überall Gestrüpp in deinem Fell? Du weißt doch, dass ich allergisch auf Gräser bin ... *Hatschi!* Wolltest du dir nicht ein paar hübsche Klunker unter den Nagel reißen? Und wer um alles in dieser und allen anderen Welten ist dieses entzückende Mädchen?«

»Ich habe sie als neues Crewmitglied auf dem blauen Planeten rekrutiert«, beschränkte sich NekoNeko aufs Wesentliche, schien dabei jedoch geistesabwesend. Im Moment konzentrierte sie sich darauf, den Restbestand an Sternstaubmunition in ihren Beutelchen zu prüfen. Dies tat sie mit der pedantischen Hingabe eines Straßenmusikers, der nach Feierabend die Einnahmen des Tages zählt.

»Ich bin hocherfreut, deine Bekanntschaft zu machen, Su, aye, das bin ich! Erlaube mir, mich vorzustellen.« Der Menschenhund (der etwa einen Kopf größer als Su und NekoNeko war) ließ sich auf ein Knie nieder, senkte das Haupt, ballte eine

1 Anmerkung des Autors: Das Anhängsel »chan« wird in dieser Region des Weltalls als Verniedlichungsform an einen Namen gekoppelt.

Pfote zur Faust und hielt sich den Handrücken vor die Brust, während der andere Arm hinter den Rücken huschte, als wollte er etwas verstecken. In dieser Haltung erinnerte er im ersten Moment an jemanden, der (in seltsamer Position verharrend) auf eine imaginäre Armbanduhr schielte. Jedoch handelte es sich wohl um eine hier geläufige und höflich respektvolle Grußgeste, vermutete Su, die das Ritual vergnügt und sichtlich geschmeichelt verfolgte. Ihre Backen nahmen die Farbe von reifen Pfirsichen an.

»Man nennt mich Hatschi und kennt mich als Steuermann, Navigator, Ersten Offizier und – wenn es die Situation erfordert – Kanonier der glorreichen Milchbart-Piraten! Aye!«

Danach hob Hatschi wieder den Kopf und schaute Su mit fröhlichen schwarzen Knopfaugen an, über denen spitze weiße Öhrchen wackelten. Das Geschöpf trug weiße Manschetten (aber kein Hemd) und einen ärmellosen marineblauen Mantel mit Stehkragen. Das Kleidungsstück erinnerte an eine Mischung aus Frack und Uniform (*also ein Unifrack*, dachte Su vergnügt, während sie den Piraten möglichst unauffällig musterte) und reichte auf der Vorderseite bis kurz über den Bauchnabel beziehungsweise bis zu der Stelle, an der man auf einem menschlichen Körper den Bauchnabel verorten würde, während die Rückseite knapp über den Kniekehlen baumelte. Darunter konnte man eine cremefarbene Weste erkennen. Ein rotes Halstuch war akkurat zu einer Schleife gebunden. Seine (ebenfalls marineblaue) Hose hatte Hatschi in die klobigen Stiefel gestopft. Auf dem Rücken trug er einen goldenen Stab, der in einer Schlaufe steckte. Die etwa fünfzig Zentimeter lange Stange war mit allerlei eingravierten Schriftzeichen verziert, die garantiert eine Bedeutung hatten, da war sich Su sicher.

»Und mit wem habe ich das Vergnügen?«, wollte der freundliche Steuermann wissen. Er machte große Augen, als das Mädchen von der Erde seine Grußgeste (die es aufmerksam verinnerlicht hatte) imitierte, dazu ebenfalls auf ein Knie hinabsank und die Arme in der (beinahe) korrekten Haltung ausrichtete.

»Der Handrücken muss zu dir zeigen, nicht zu mir«, flüsterte Hatschi ihr erheitert zu.

Su musste unwillkürlich an den montäglichen Matheunterricht denken (gleich die erste Stunde in der Woche – grässlich), in dem sie ihren benachbarten Klassenkameraden nicht selten die richtigen Antworten vorsagte. Sie war eine ausgezeichnete Schülerin, machte aus ihren brillanten Noten aber nie eine große Sache, wollte sie doch nicht als Streberin abgestempelt und in der Folge möglicherweise ausgegrenzt werden. Statt mit den überdurchschnittlich guten Leistungen zu prahlen, nutzte sie ihr schulisches Talent lieber, um ihren Mitschülern zu helfen, wo immer möglich.

Prompt entschuldigte sich Su. »Oh verzeih, ehrenwerter Hatschi.« Indes konnte sie sich ein Grinsen nicht verkneifen, wusste sie doch, dass ihr für die falsche Fausthaltung keine Abzüge in der B-Note drohen würden.

Selbst der griesgrämigen NekoNeko, die noch immer geschäftig in ihren Vorräten wühlte, entlockte dieses charmante Schauspiel ein zaghaftes Lächeln. Bei Su stellte sich rasch das wohlige Gefühl ein, willkommen zu sein. Ein Gefühl von Nachhausekommen, ein Gefühl, das sie lange Zeit so schmerzlich vermisst hatte und das sich schon sehr bald bestätigen sollte.

ハッチ

Hatschi

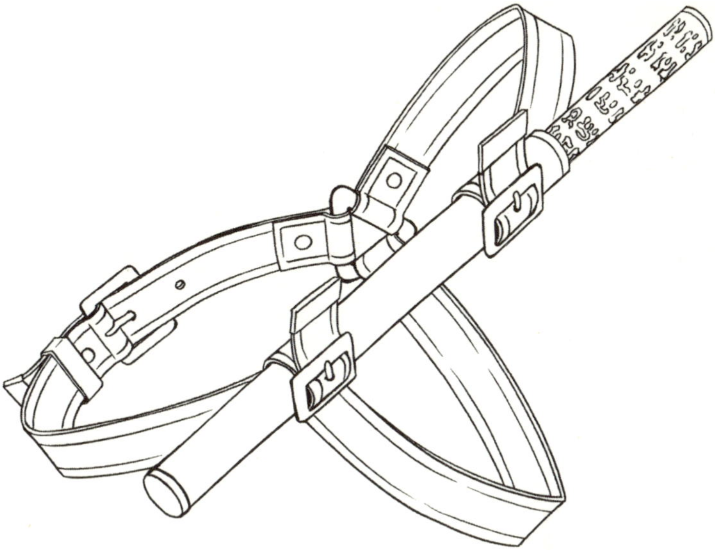

III

»Ich heiße Su.«

Die wohl jüngste Weltraumreisende der Erde durchforstete akribisch ihre Erinnerungen nach NekoNekos Redewendung, um nach kurzer Suche tatsächlich fündig zu werden: »Weiße Tage und goldene Nächte! Stets zu Euren Diensten, Offizier Hatschi, aye!«

Ähnlich wie das surrende Nachdröhnen der E-Gitarre eines Rockmusikers, der zum fulminanten Abschluss der Zugabe ein letztes Mal in die Saiten haute, ging Sus feierliche Vorstellung fließend in ein röhrendes Magenknurren über, was ihr einige Lacher und eine knallrote Birne bescherte.

»Oh, wie peinlich mir das ist!«

»Das muss es nicht, Su. Ganz bestimmt nicht. Schließlich hast du mir freiwillig dein Abendbrot abgetreten«, sagte NekoNeko verständnisvoll, um danach verständnislos in Hatschis Richtung zu keifen: »Während ich meines unfreiwillig an diesen sabbernden Nimmersatt abgetreten habe.«

»Als ob!«, verteidigte sich der Erste Offizier. »Schließlich hast du dich über fünf Tage nicht blicken lassen. Ich wäre verhungert und deine Mahlzeit verkümmert. Du solltest mir also dankbar sein, Neko-chan, aye, das solltest du!«

»Über fünf Tage?«, fragte Su mit der Behutsamkeit eines Bombenentschärfers, der sich erkundigt, ob er nun den blauen oder doch lieber den roten Draht durchknipsen sollte. Schließlich wollte sie nicht Gefahr laufen, in eine handfeste Katze-Hund-Auseinandersetzung zu geraten.

»Du hast mich doch nur für ...« Su überlegte kurz. »... etwa zehn Minuten besucht, NekoNeko?«

»Ja, da hast du vollkommen recht, aber die Uhren ticken hier auf der Milchstraße ein bisschen anders, weißt du? Genauer gesagt ein bisschen schneller. Ein Tag hier bei uns in den milchigen Weiten des Weltraums entspricht zwei Minuten auf deinem Heimatplaneten. Mit anderen Worten: In den etwa zehn Minuten, die ich auf der Erde verbracht habe, sind hier oben geschlagene fünf Tage verstrichen.«

»Aber das würde ja bedeuten, dass ich ... «

Su starrte konzentriert auf ihre Finger und streckte einen nach dem anderen aus. Zunächst an der linken, dann auch an der rechten Hand. Während sie fieberhaft die Lippen bewegte, ohne dass Wörter ihren Mund verließen, wiederholte sie diesen Vorgang mehrmals, als wären Daumen und Co winzige Menschen, die immer wieder kleine Laolawellen machten (*oooooh-HEEEEEY!*). Schließlich kamen ihre Finger zum Stillstand.

»Das bedeutet, dass ich ein halbes Jahr bei euch bleiben könnte, ohne dass meine Mama es merkt.«

»Öhm«, stimmten Hatschi und NekoNeko ein Duett der überforderten Leute an, während Su mal wieder eindrucksvoll ihre unglaublichen Mathefähigkeiten dokumentiert hatte. Anspruchsvolle Kopfrechnenaufgaben? Ein Leichtes für die Grundschülerin!

Für ihre neuen Freunde (die mit dieser Hochrechnung augenscheinlich so überfordert waren wie eine Schildkröte mit Stabhochsprung) zerpflückte Su das komplexe Zeitumrechnungskonstrukt noch einmal zum besseren Verständnis. »NekoNeko und ich sind pünktlich zur Geisterstunde aufgebrochen. Mama weckt mich immer um Punkt sechs. Ein Milchstraßentag entspricht zwei Erdminuten. Das heißt, in einem Jahr bei euch verstreichen zwölf Stunden zu Hause. Bis morgen früh um sechs verbleiben noch knapp sechs Stunden. Das bedeutet wiederum, dass ich fast sechs Monate hierbleiben kann, ohne erwischt zu werden! Ist das nicht großartig?«

Nachdem NekoNeko und Hatschi die Rechnung zunächst nur mit einem weiteren einstimmigen »Öhm« quittiert hatten, folgte ausgelassene Zustimmung, als Su das Ergebnis verkündete.

»Na, und ob das großartig ist, Su-chan, aye, das ist es!«, jubelte Hatschi und ergriff mit seinen pelzigen Pranken die rechte Hand des Mädchens, um sie kräftig zu schütteln.

Wie einstudiert stimmten NekoNeko und Hatschi zum dritten Mal an. Dieses Mal gaben die beiden jedoch kein verdutztes »Öhm« zum Besten, sondern ein herzliches »Willkommen an Bord!«.

Auszug aus der Milchstraßen-Mythologie I:
Die magische Milch

Die gigantischen Milchmassen dienen in der Milchstraßen-Galaxie nicht nur als Grundnahrungsmittel oder Transportmedium für Schiffe. Vielmehr beeinflusst der Fluss der »magischen Milch« (oder auch »weißes Wasser«) nahezu alles in diesem Teil des Universums. Die Flora und Fauna beispielsweise und sogar die Zeit. Ein Vorankommen von Schiffen oder die Existenz von Lebewesen in dickflüssiger Milch (wie man sie auf der Erde kennt) wäre undenkbar. Die Besonderheit der »magischen Milch« aber besteht darin, dass sie sogar noch dünner ist als Wasser (oder auch »blaues Wasser«, wie man es hier nennt). Entsprechend fließt die Milch erheblich schneller, weshalb auch die Zeit schneller vergeht.
»Der Fluss der Milch, der Fluss der Zeit gehen Hand in Hand zu zweit«, heißt es in einem überlieferten Kinderlied des »Alten Volkes«, der ersten Bewohner der Milchstraßen-Galaxie.

IV

»Wer von euch hat Hunger?«, fragte Hatschi und klopfte sich dabei mit beiden Pfoten mehrmals auf den Bauch. »Also, ich könnte durchaus eine Kleinigkeit vertragen. Wie steht's mit euch?«

»Erwähnte ich schon, dass du der verfressenste Hund der Welt und aller anderen Welten bist, Hatschi?«, stichelte Neko-Neko. »Aber um ehrlich zu sein, habe ich jetzt auch mächtig Kohldampf. Und du solltest ebenfalls was essen, Su. Das Knurren deines Magens hört man bestimmt bis zur Erde. Und wir wollen ja nicht, dass deine Mutter aufwacht, stimmt's?«

Su errötete wieder, jedoch nicht gar so tomatig wie zuvor.

Die Tür zur Kajüte stand noch offen (der Erste Offizier der Piratenbande hatte sie ja in seiner aufgedrehten Art um ein Haar aus den Angeln gehoben), und die drei schlenderten hinein. Hatschi der Hund natürlich vorneweg.

Im Vergleich zum prunkvollen Äußeren des Schiffes fiel das Innenleben der Argo Navis optisch bei Weitem nicht so pompös und prahlerisch aus. Ein großer Esstisch aus dunklem Holz, der von mehreren schlichten Stühlen umringt war, stand im angrenzenden Raum, der überraschend unaufgeregt (und gleichzeitig sehr heimelig) wirkte und an eine gemütliche Stube erinnerte.

Offenbar nahm die Crew hier nicht nur ihre Mahlzeiten zu sich, das Zimmer diente wohl auch als Aufenthaltsbereich für die Mannschaft. An den Wänden hingen zahlreiche gerahmte Bilder (auf denen unter anderem kuhähnliche Wesen abgebildet waren), und das Feuer im steinernen Kamin summte eine knisternde Melodie von Licht und Wärme in die Kajüte. In der Luft tanzten Lagerfeuerduft und der köstliche Geruch von Gebratenem ein Pas de deux.

Als wäre plötzlich die Nadel vom Schall dieser Platte gerutscht, kreischte ein Quietschen in Notbremsenlautstärke in die Komposition des Kamins. An der Wand wurde geräuschvoll eine kleine Durchreiche aufgeschoben, die offensichtlich als Verbindung zur Kombüse diente (und dringend geölt werden musste) – zumindest dem Essensgeruch nach zu urteilen, der sich nun so rasant im Raum ausbreitete wie das Wasser, das Su im Munde zusammenlief.

Gleichwohl erspähte sie weder dampfende Töpfe noch emsige Köche, denn die Sicht zur Schiffsküche wurde von irgendwas verdeckt, das gleich hinter der Öffnung stand. Die Theorie, dass es sich bei dem metallenen Ungetüm möglicherweise um einen Kühlschrank handeln könnte, verwarf Su sofort wieder, als sich das Ding plötzlich bewegte oder besser gesagt bückte. Dann schob sich eine riesige Schnauze aus glänzendem Metall durch das Loch.

»Guten Abend, meine ehrenwerten Freunde. Ihr kommt gerade recht. Nehmt Platz, ich bitte Euch, nehmt Platz.«

»Wer ist ... Was ist ... das?!«, haspelte Su brockig und klang dabei wie jemand, der während eines Telefonats durch einen Tunnel fährt.

»Wie meine mechanischen Augen sehen, habt ihr nicht nur Hunger, sondern auch einen Gast mitgebracht. Wie wunderbar! Ein Gast! Wie lange mag das her sein? Wie lange wohl? Welch Glück, dass ich reichlich Essen zubereitet habe. Die Kajüte wird zum Gasthaus, wie wunderbar, ganz wunderbar.«

V

»Das ist Q-M-A-44151217, so eine Art Kochroboter«, erklärte NekoNeko so beiläufig, als wäre es das Normalste auf der Welt (und allen anderen Welten – was es dort vielleicht tatsächlich war), dass ein sprechender und auffallend höflicher Roboter mit Bärenschnauze die Küche schmiss.

»Und glaub mir, kochen kann der kleine Kerl, aye, das kann er fürwahr!«, bestätigte Hatschi lautstark und verlieh den Worten mit seinem schönsten Akita-Lächeln Nachdruck.

Der »kleine Kerl«, den alle nur Q-ma (gesprochen Kuma nannten), öffnete nun die Tür zum Speiseraum, die sich direkt neben der Durchreiche befand. In geduckter Haltung presste sich der Roboterbär hindurch und richtete sich schließlich zur vollen Größe auf. Su schätze den künstlichen Koch auf mindestens zwei Meter fünfzig. *Oder gar noch größer?*

Auf jeden Fall war er riesig und trug eine entsprechend riesige Schürze (in klassischem Weiß), an der eine Kapuze angenäht war, die er sich über den bulligen Kopf gestülpt hatte. Seine Ohren lugten durch zwei dafür vorgesehene Löcher hindurch. Unter der Schürze (etwa auf Höhe der Brust) spitzelte eine erhabene Metallplatte hervor, in die etwas eingestanzt war.

Modell: Q-M-A-44151217
Typ: Smutje
© ASTRO Industries Inc.
MADE IN KUHDAIBA

In den polierten Pranken (die in etwa so groß und glänzend waren wie die Stahlfelgen eines nagelneuen Pkws) hielt er den größten Kochtopf, den Su je gesehen hatte. *Ich würde darin spielend baden können*, dachte sie sichtlich beeindruckt, als Q-M-A-44151217 den dampfenden Kessel (ganz behutsam) vor ihr auf dem Tisch abstellte.

»Heute servieren wir Zimtsternsuppe, wenn's beliebt. Reicht mir Euren Teller, wertes Fräulein, ich bitte Euch.«

»Ich auch! Ich auch!«, skandierte Hatschi und trommelte ungeduldig mit seinem Löffel auf den Holztisch.

In ruhigem »Bloß keine Panik«-Tonfall besänftigte der Smutje seinen nimmersatten Steuermann. »Gemach, gemach. Es gibt genügend Essen, um alle Mägen zu füllen. Ganz gewiss.«

Geduldig rührte der Smutje mit einer hölzernen Kelle in der herrlich duftenden Suppe (in der Zutaten schwammen, die kein Koch der Erde je zu Gesicht bekommen hatte) und wartete darauf, dass Su ihm ihren Teller anreichte.

Das Mädchen – noch immer völlig verblüfft und verzaubert vom Anblick des Metallbären – wollte gerade dem Wunsch des Smutjes entsprechen, als ihr der ungestüme Hatschi zuvorkam, sich den Teller schnappte und ihn seinem mechanisch surrenden Crewmitglied unter die bärige Nase hielt.

»Nun mach schon, Q-ma, aber flott, flott, wenn's beliebt. Oder willst du etwa, dass ich verhungere?«

Mit einem großzügigen (und beinahe überschwappenden) Schöpfer füllte Q-ma den Teller des Mädchens bis zum Rand mit der Suppe, die wie geschmolzenes Gold aussah. Nachdem auch Hatschi seine Ration erhalten hatte (er würde noch dreimal einen Nachschlag einfordern) und NekoNeko ebenfalls versorgt war, ließ der Bär die schlürfende Meute mit einem beseelten »Wohl bekomm's, werte Freunde, wohl bekomm's« zurück und trottete wieder in die Küche, um sich dem Abwasch zu widmen. Ein wahrlich tüchtiger Roboter, das war er. Groß, freundlich und stets tüchtig. Aye.

・クマ・

Q-ma

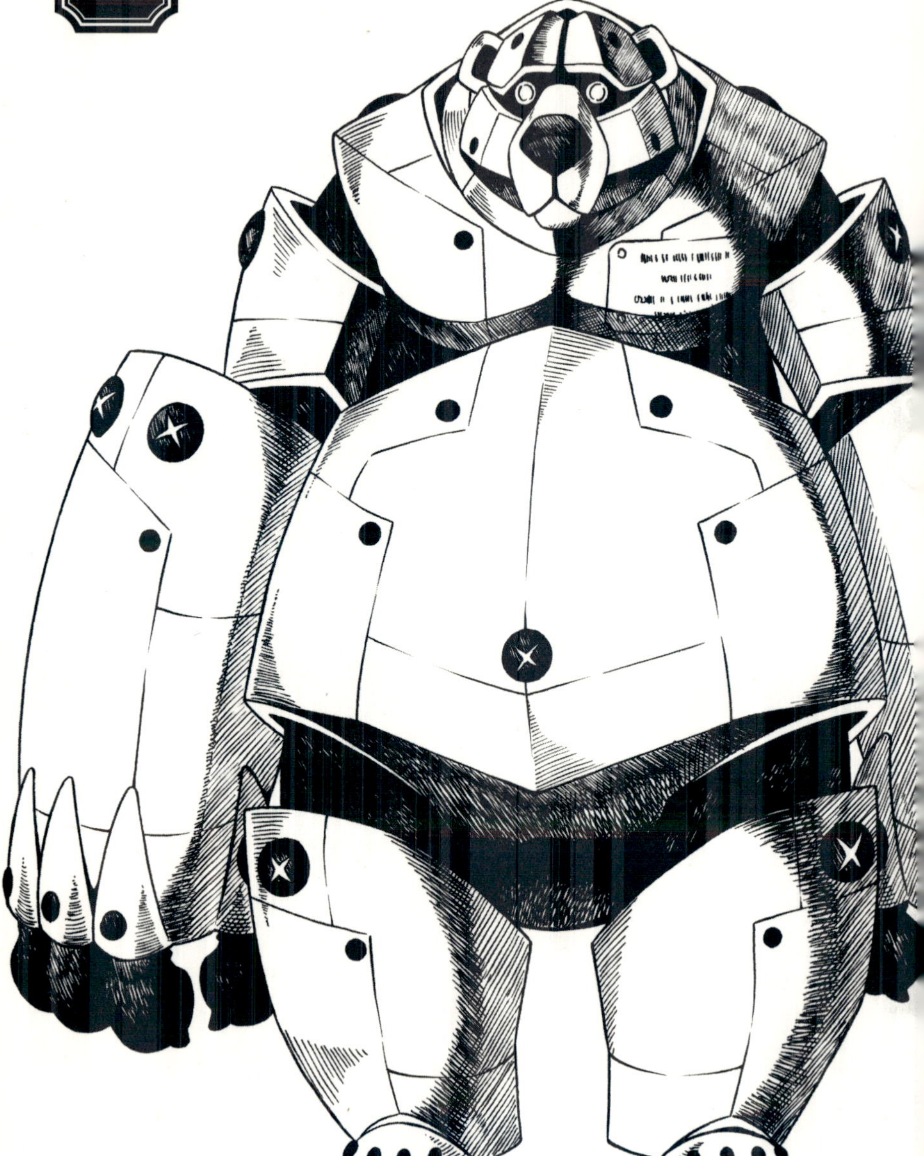

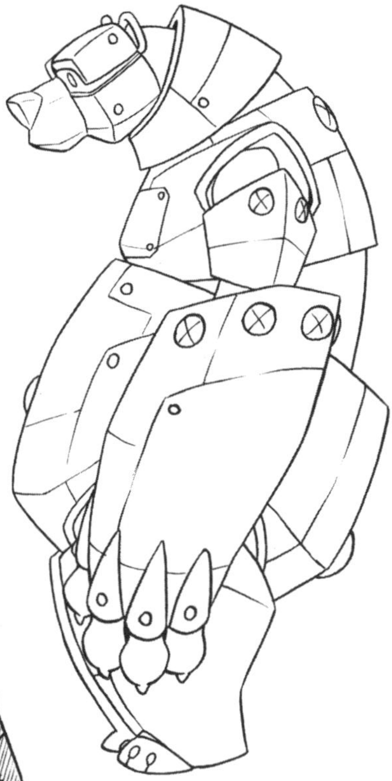

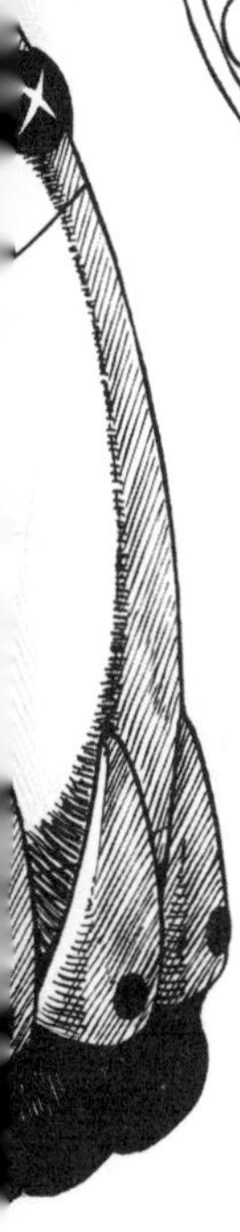

VI

Das Abendmahl (zu dem Su unzählige Anekdoten als Beilage auftischte) gipfelte beinahe in einem Wettessen zwischen dem Mädchen und Hatschi. Mit einem Teller Vorsprung entschied der gefräßige Erste Offizier der Milchbart-Piraten das große Suppeschlürfen jedoch schließlich für sich. Wahrscheinlich aber nur deshalb, weil Su vor lauter Reden kaum zum Essen kam und noch immer verdrückte, während der Rest der Truppe bereits verdaute. Sie freute sich einfach zu sehr darüber, dass ihre Geschichten endlich auf offene Ohren stießen und nicht ungehört am Zuhörer abprallten. Ohne Punkt, Komma oder andere Satzzeichen, die die Erzählflut hätten ausbremsen können, quollen die Sätze aus dem Plappermäulchen.

»Vergiss nicht zu essen«, warfen NekoNeko und Hatschi immer abwechselnd ein und sorgten auf diese Weise dafür, dass nicht nur Worte aus dem, sondern auch Bissen in den Mund des Mädchens wanderten.

Nachdem der Suppenkessel schließlich gut geleert, die Bäuche gut gefüllt und Dutzende Geschichten erzählt worden waren, wurde es Zeit, schlafen zu gehen. Allerhöchste Zeit, mit Verlaub.

Hatschi teilte dem neuen Besatzungsmitglied eine Koje zu. In der winzigen Schlafstätte lagen Kopfkissen und Decke bereit, die mit hübschen Mustern verziert waren. Su gefielen sie auf Anhieb, und das obwohl keinerlei Ähnlichkeit zu Radiowecker-Robotern bestand. In die Bettwäsche waren kleine Monde und Sterne gestickt.

Als Sus Popo in selbige plumpste, war ihr erschöpfter Kopf bereits tief eingeschlafen. Nachtlichtgespenst Buhu schlummerte indes friedlich im Rucksack des Mädchens und freute sich über die erste dienstfreie Nacht seit langer, langer Zeit.

STROPHE 3

DER KANON DER KÜHE

I

»Raus aus den Federn und dann hurtig, hurtig zum Appell, wenn's beliebt!«

Wie schon in der letzten Nacht wurde Su erneut recht ruppig aus dem Schlaf geschubst. Hatschi, der die Tür zu den Schlafgemächern mal wieder im energischen Stil eines Polizei-Sondereinsatzkommandos geöffnet hatte, trommelte die Truppe zusammen. Su gehörte jetzt dazu. Im Schlepptau hatte er die morgenmuffelige NekoNeko, die sie mit verklebten Augen anblickte und ein gequältes »Weiße Tage und goldene Nächte« in Sus Richtung gähnte.

Ohne Anstalten zu machen, noch mal den Kopf im Kissen zu vergraben, um danach die so oft zitierten »fünf Minuten« zu erflehen, schlug Su die Bettdecke beiseite. »Guten Morgen, Hatschi, guten Morgen, NekoNeko! Habt Ihr gut geschlafen?«

»Aye!«, antwortete Hatschi, der im Vergleich zu seiner abgestandenen Kameradin schon in den morgendlichen Stunden so erquicklich wirkte wie ein Glas frisch gepresster Orangensaft.

Su schlüpfte in ihre ausgelatschten Turnschuhe, kramte ihren Schal aus dem Rucksack (nicht nur die Piraten waren soeben durch die Tür gehuscht, sondern auch ein kalter Luftzug) und folgte den beiden aus dem Bauch des Schiffes über eine schmale Treppe hinauf aufs Hauptdeck, wo Q-ma bereits mit einem Tablett wartete, auf dem eine Kanne mit dampfendem Kaffee und einige Tassen bereitstanden.

»Einen wundervollen guten Morgen, junge Dame. Ich hoffe, Eure Nacht war beflügelt von federleichten Träumen. Darf ich

Euch eine köstliche Tasse feinsten Kaffees eingießen? Der wärmt und vitalisiert!«

»Das ist echt lieb von dir, Q-ma, aber ich bin erst sieben und trinke keinen Kaffee. Der schmeckt fürchterlich bitter. Gibt's denn auch Kakao?«

»Selbstverständlich, werte Su, aber selbstverständlich. Darauf hätte ich auch von allein kommen können. Vergebt und vergesst, ich bitte Euch.«

»Kein Problem«, erwiderte das Mädchen mit einem nachsichtigen Lächeln.

»Gleich nach dem morgendlichen Appell setze ich einen Topf heiße Schokolade auf. Aus bester Milchstraßenmilch versteht sich. Mit Marshmallows und allem Drum und Dran! Wie klingt das für Euch?«

»Also für mich klingt das ganz ausgezeichnet«, sagte eine freundliche Stimme hinter Su. »Ich nehme auch eine Tasse! Aber eine große, wenn's beliebt, mein blecherner Freund.«

Hatschi, NekoNeko und Q-ma stellten sich wie auf Kommando in Reihe auf, sanken auf ein Knie hinab und ballten zum Salut eine Faust vor der Brust. Blitzartig drehte sich Su um die eigene Achse, um den Besitzer der unbekannten Stimme zu identifizieren. Vor ihr stand ein stattlicher, in einen schwarzen Ledermantel gehüllter Mann. Darunter trug er ein weißes Hemd und eine schwarze Weste, aus deren Brusttasche das Kettchen einer Taschenuhr baumelte. Am Gürtel seiner schwarzen Hose, die in wuchtigen Seemannsstiefeln verschwand, hing ein kolossales Schwert mit langem Griff und edel verziertem Korb (der Handschutz war den Flügeln eines Vogels nachempfunden). Sein blassgoldenes Haar war lang gewachsen und nach hinten gekämmt. *Mähne*, nicht Haar, mit Verlaub – denn Su blickte in das Gesicht eines Löwen. Eines weißen Löwen. Das musste der Kapitän der Argo Navis sein.

Das Mädchen verlor sich sofort in seinen dunkelblauen Seefahreraugen, die so tief und endlos waren wie das Meer und irgendwie traurig wirkten. Es schien, als hätte die Zeit rings um diese zwei ungleichen Reisenden plötzlich den Atem angehalten. Alles war völlig still. Für mehrere Augenblicke. Erst ein herzhaftes Lachen weckte Su wie das Fingerschnippen eines Hypnotiseurs aus ihrer Starre.

»Hast du ein Gespenst gesehen, kleine Lady?«, fragte der Löwe mit erstaunlich sanfter Stimme. »Erlaubt mir, das Eis zu brechen und mich vorzustellen, meine Teuerste. Kapitän Aison J. Milchbart, Anführer der gefürchteten Milchbart-Piraten. Stets zu Euren Diensten, wenn's beliebt.« Das Wort »gefürchteten« betonte Milchbart mit derart triefender Theatralik, dass Su ein grunzendes Lachen durch die Nase entwich. Ihre Wangen verrieten, dass sie sich dennoch sehr geschmeichelt fühlte. Es schien, als erblühten Rosen auf ihren kalten Backen.

Das Crew-Oberhaupt (dessen Alter sich unmöglich schätzen ließ) ging vor dem Mädchen auf die Knie, nahm zaghaft ihre rechte Hand und deutete ein Küsschen auf Selbige an. Nun stand Sus ganzes Gesicht regelrecht in Flammen. NekoNeko quittierte die noble Geste mit unübersehbarem Augenrollen.

»Das nenne ich alte Schule!«, frohlockte Hatschi hingegen. »Ganz vorbildlich Käpt'n, aye, ganz vorbildlich!«

Die Katzenaugen drehten noch einen Looping.

アイソン

Aison

II

»Meine Crew hat mir bereits alles über dich erzählt, Su von der Erde. Fühl dich ganz wie zu Hause und stärke dich erst mal mit einem anständigen Frühstück. Unser Küchenchef macht die besten Pancakes, die du je gegessen hast! Und wir reden später, in Ordnung?«

»In Ordnung, Kapitän Milchbart«, antwortete Su sichtlich nervös und doch verzückt.

»Alle Mann auf ihre Posten! Holt den Anker ein, wir brechen auf!«, befehligte Aison seine Truppe zum Dienstantritt. »Und die reizende Dame vom Ausguck natürlich auch, wenn's beliebt«, stichelte er mit einem Augenzwinkern in NekoNekos Richtung.

Gerade als seine Zweite Offizierin zu ihrer Arbeitsstätte hoch oben auf dem Hauptmast kletterte, Hatschi mit einem fröhlichen Pfeifen auf den Lippen Richtung Steuerrad stürmte und Q-ma zur Kombüse stampfte (um eine extragroße Portion Pancakes und den köstlichsten Kakao dieser Welt und aller anderen Welten zuzubereiten), dröhnte eine verzerrte (und verzweifelt klingende) Stimme aus einem seltsamen Gerät, das an der Wand neben der Kajütentür angebracht war.

»Argo Navis, Argo Navis, könnt ihr mich hören? Over. Argo Navis, erbitte eure Hilfe. Over.«

Die Apparatur verfügte über einen Lautsprecher in Form einer massiven Glocke. Darauf lag ein Griff, der einem Kuheisen (einem Hufeisen für Kühe) nachempfunden war. Glocke und Griff waren mit einem Spiralkabel verbunden, wie man es von altmodischen Telefonen kannte.

Die Crewmitglieder hielten inne wie festgefroren. Ein Schicksal, das Su tatsächlich blühen würde, wenn sie nicht bald eine wärmende Schokomilch bekäme. Der Anführer der Bande eilte indes mit großen Schritten und flatterndem Mantel zu der telefonartigen Maschine und führte den Kuheisengriff ruckartig ans Ohr – es handelte sich also um einen Hörer.

»Hier ist die Argo Navis. Over. Wir haben euren Funkspruch erhalten. Over. Erbitten Einzelheiten. Over.«

Gebannt wartete die Besatzung auf eine weitere Nachricht, während Su zu gerne in Erfahrung gebracht hätte, was es mit diesem ominösen Funkgerät auf sich hatte. Jedoch hielt sie es im Moment für ratsamer, ihre Neugierde erst später zu stillen, und verharrte, um weiter kleine Atemwölkchen ins eisige All zu pusten.

»Hier ist die Argo Navis. Over. Teilt uns eure Position mit. Over«.

Dann – nach einem kurzen Rauschen – folgte schließlich eine Antwort.

»Shikuhya. Over. Wir brauchen euch auf Shikuhya. Over and out.«

Die Piraten warfen sich ungläubige Blicke zu und wirkten angespannt. So wie die Kinder einer Schulklasse, denen man gerade ohne Vorwarnung mitgeteilt hatte, dass ein Test geschrieben wurde. Selbst in Q-mas emotionslosen Maschinenaugen las Su ein unmissverständliches »Das kann doch unmöglich wahr sein!«.

Diesmal ließ sich ihre Neugierde nicht bändigen. »Was ist denn an diesem Ort Shikuhya so besonders?«, fragte sie unverdrossen.

Als Kapitän Aison begriff, dass der geheimnisvolle Gesprächspartner am anderen Ende der Leitung stumm bleiben würde, legte er den Hörer zurück auf die Glocke und wandte sich seinem neuesten Mannschaftsmitglied zu. »Weißt du, Su, Unbefugten ist es normalerweise strengstens untersagt, diesen Ort zu betreten. Es ist ein unfassbar alter Ort, ein heiliger Ort sogar, musst du wissen. Einer der sieben sogenannten Mirukuh-Kuni.« Ehrfurcht schwang in seiner Stimme mit. »Komm, ich erzähl's dir bei einer Tasse Kakao unter Deck. Nicht, dass du dir hier noch eine Erkältung einfängst.«

Aison legte Su die mächtige Pranke auf die Schulter und schob sie sanft, aber bestimmt zur Kajütentür. Ehe er die schwere Holztür hinter sich zuzog, wandte er den Blick noch einmal seiner restlichen Crew zu. »Ihr solltet euch auch in Bewegung setzen, Herrschaften. Wir segeln nach Shikuhya.«

»Aye, Käpt'n!«, rief die Crew wie mit einer Stimme, doch Su erkannte nur zu gut die Besorgnis in ihren Augen.

....

Auszug aus der Milchstraßen-Mythologie II:
Mirukuh-Kuni & Mirukuh-Kami (Teil 1)

Auf der Milchstraße existieren neben unzähligen gewöhnlichen Sternen und Planeten auch die sieben Mirukuh-Kuni (was in der Sprache des Alten Volkes so viel bedeutet wie »Milch-Land«). Diese Planeten werden von gigantischen Kühen getragen, den Mirukuh-Kami (»Milch-Gott«). Diese Kühe sind heilige Wesen, deren Herkunft unbekannt ist. Jedoch gelten sie als Gottheiten, da sie die Milch geben, die den Fortbestand der Milchstraße gewährleistet. Dadurch, dass Milch in diesem Teil des Universums als wichtigstes Grundnahrungsmittel dient (entsprechend hoch ist der Verbrauch) und die Beförderung der Schiffe sicherstellt, ist es für das Weiterbestehen der Straße unabdingbar, dass die sieben Kühe regelmäßig Milch geben. Viel mehr ist über die heiligen Planeten, die auf ihren Rücken ruhen, nicht bekannt. Wie den Überlieferungen des Alten Volkes zu entnehmen ist, umgibt die Mirukuh-Kuni jedoch ein gut behütetes Geheimnis.

....

III

»Kühe?!«

Es hatte schon immer Sus Naturell entsprochen, Dinge zu hinterfragen. Eine nicht sonderlich verbreitete Eigenschaft unter Grundschülern. »In dieser Cola ist also kein Zucker, ja?« – »Wenn ich den Erdbeerduft dieses Haarshampoos nicht mag, bekomme ich wirklich mein Geld zurück?« – »In Tokio gibt es Leute, deren Job darin besteht, Fahrgäste in überfüllte Bahnen zu drücken?«

Aber wie heißt es so schön? Wer nicht (nach)fragt, bleibt dumm. Und dumm war Su bestimmt nicht. Und leichtgläubig schon zweimal nicht. Der »Nur brave Kinder bekommen was vom Christkind«-Effekt war bei ihr noch schneller verpufft als der Glaube an einen Hasen, der einmal im Jahr Eier im Gebüsch versteckt. Dass ihrer Mutter dadurch recht zügig der eine oder andere Erziehungsjoker flötenging, hatte den kleinen Neunmalklug schon immer aufs Äußerste amüsiert. Keine allzu große Überraschung also, dass auch die bizarre »Kuh trägt Planeten«-Story Sus Augenbrauen bis knapp unter den Haaransatz hopsen ließ.

»Eine gigantische Kuh, die einen ganzen Planeten auf ihrem Rücken herumschleppt? Ist das wirklich Ihr Ernst, Kapitän Milchbart?«

»Ja, das ist es. Und Aison reicht völlig.« Der Löwe mit den traurigen Augen lächelte, bevor er den letzten Schluck Kakao aus seinem Becher trank.

Su hatte ihr herrlich duftendes Heißgetränk noch gar nicht angerührt – viel zu faszinierend war die Geschichtsstunde über die sagenumwobenen Planeten und ihre Träger.

»Was machen die Pfannkuchen, Q-ma?«, rief der Kapitän nach hinten.

»Nur noch einen Augenblick, wenn's beliebt, nur noch einen Augenblick, mein Kapitän.«

»Na schön.« Aison erhob sich majestätisch. »Lass es dir schmecken, wenn Q-ma so weit ist, und hau ordentlich rein, Kleine. Und dann komm an Deck, wir legen bald an.«

»Sind wir etwa schon da?«, entfuhr es ganz aufgeregt dem schokogeränderten Mund des Mädchens.

»Aber nein. Bis nach Shikuhya werden wir noch eine Weile brauchen. Aber wir machen zuvor einen Zwischenstopp.«

Su nickte und schaute dem Löwen nach, der das mummelige Zimmer verließ. Bevor er die Tür hinter sich zuzog, drehte er sich noch einmal zu ihr um. »Schön, dass du hier bist«, sagte er. »Ich glaube, es hat einen Grund, dass sich unsere Wege gekreuzt haben.«

IV

Aison hatte recht behalten. Die Pancakes waren phänomenal. Das waren sie fürwahr. Q-ma legte aber nicht nur großen Wert auf den Geschmack, sondern auch auf die Präsentation der von ihm zubereiteten Speisen. Es stimmte einfach alles. Die goldgelben Pfannkuchen wurden fein säuberlich zu einem köstlichen Kunstwerk aufgestapelt. Ein dickflüssiger Sirup aus roten Früchten floss an dem dampfenden Turm herab wie Wachs an einer Kerze. Garniert wurde dieses üppige Frühstück mit einem Klacks Sahne (natürlich aus Milchstraßenmilch), etwas funkelndem Sternschnuppenpuderzucker und ein paar Schokoladenstreuseln. Umwerfend! Su verdrückte die ganze Portion und ließ keinen Krümel übrig.

»Dürfte ich einen Nachschlag servieren, kleines Fräulein, ich bitte Euch.«

»Oh nein, lieber nicht Q-ma, sonst platze ich. Vielen Dank, ich glaube, ich habe noch nie so lecker gefrühstückt.«

Als Su sich mit einer Serviette den Mund abwischte (und ein bisschen Sahne von der Nasenspitze), musste sie an ihre Mutter denken. An guten Tagen stellte sie ihrer Tochter eine Schale Cornflakes hin, bevor sie das Haus Richtung Büro verließ. Ihr Platz am Tisch blieb jedoch leer. Kein gemeinsames Frühstück, kein »Was erwartet dich heute in der Schule?« und schon gar kein »Was wollen wir heute Nachmittag unternehmen?«. Und so saß das Mädchen dann stets allein in der Küche und rührte wort- und appetitlos in dem verbliebenen Schluck Milch am Boden der Müslischale.

Nachdenklich fiel Sus Blick auf die Bilder der Kühe, die im Speisebereich der Argo Navis an der Wand hingen.

»Hast du sie schon mal gesehen, Q-ma? Existieren sie denn tatsächlich?«

»Aber selbstverständlich.« Der Koch beugte sich zu der Durchreiche hinab, um Su in die Augen sehen zu können. »Unser Kapitän spricht die Wahrheit, das tut er immer. Ich stamme selbst von einem Mirukuh-Kuni. Dem Planeten Kuhdaiba. So heißt meine Heimat, ehrenwerte Su, so heißt sie.«

»Wie aufregend!« Su sprang mit zurückgewonnener Fröhlichkeit von ihrem Stuhl auf, als hätte ihr jemand gesagt, dass es Zeit für die Heiligabend-Bescherung wird (darüber konnte man sich schließlich auch freuen, wenn man nicht mehr ans Christkind glaubte).

»Erzähl mir von ihnen, Q-ma! Wie groß sind sie? Und, und, und wie alt? Und weißt du auch, wie schwer? Sie müssen verdammt schwer sein, stimmt's? Extrem schwer!«

Das rang dem riesigen Roboterbären, der sich bereits dem Abwasch zugewandt hatte, ein Lachen ab. Zumindest glaubte Su, dass er lachte.

Sie hatte schon viele ungewöhnliche Lachlaute gehört. Allein in ihrer Schulklasse reichte das facettenreiche Repertoire von Grunzen über Bellen bis hin zu hysterischen Schluckaufgeräuschen. Aber das, was der mechanische Meisterkoch da von sich gab, hörte sich eher so an, als würde man versuchen, einen Ziegelstein im Smoothie-Mixer zu pürieren.

»Ich fürchte, das muss bis später warten, ehrenwertes Fräulein. Das Geschirr spült sich leider nicht von allein, und die Vorbereitungen fürs nächste Mahl müssen getroffen werden. Steuermann Hatschi speist stets pünktlich, das tut er fürwahr. Sonst wird unser Erster Offizier …« Ein kurzes elektrisches Surren war zu hören. »… sagen wir: anstrengend. Aber das wisst Ihr nicht von mir, kleines Fräulein, Ehrenwort? Das wisst Ihr nicht von mir.« Wieder das Ziegelsteinpüreegeräusch.

»Ehrenwort, versprochen!«, erwiderte Su nickend. »Dann sehen wir uns später, Q-ma.«

»Ich wünsche Euch einen funkelnden Tag, Su von der Erde. Beehrt mich bald wieder, wenn's beliebt, beehrt mich bald wieder.«

V

Pappsatt schlenderte Su zurück an Deck. Die Weltallwinde pusteten mit dicken Backen in die entrollten weißen Segel der Argo Navis. Zu ihrem Erstaunen und entgegen ihrer bisherigen Annahme gab es sehr wohl Luftzüge im Universum. Wie sonst sollte hier schließlich ein Segelschiff vorankommen?

AberTausende helle Himmelskörper wiesen dem glamourösen Sternenkreuzer den Weg zu seinem nächsten Ziel.

»Ich hoffe, du wirst nicht seekrank, aye, das will ich doch hoffen!«, rief ihr Hatschi mit gewohnt bester Laune entgegen, der am wuchtigen Steuerrad das Schiff durch die milchigen Fluten manövrierte.

»Keine Sorge, Hatschi. Mir geht's gut! Sehr gut sogar!«

»Freut mich zu hören, aye! Dann genieß die Aussicht!«

Der Piratenhund winkte, dann umfasste er wieder die Griffe des Steuers und stimmte ein traditionelles Seefahrerlied an:

»Raum und Zeit,
wir bereisen die Sterne,
Hand in Hand
segeln wir mit dem Licht.
Alles, was du dir bisher nur erträumt hast,
ist hier auf der Straße,
sie wartet schon lange auf dich.«

Su lehnte sich über die Reling und blickte hinab auf die weißen Wellen. Sie konnte noch nicht begreifen, was ihr in den letzten

Stunden widerfahren war. Noch immer rechnete sie fast sekündlich damit, in ihrem Bett auf der Erde aus einem Traum zu erwachen. Die Gewissheit, dass es sich bei ihrem Abenteuer aber nicht um einen Traum handelte, war jedoch so hoch wie der Ausguck der Argo Navis, auf dem NekoNeko wachsam die Stellung hielt und mit ihren scharfen grünen Katzenaugen (und einem Fernrohr) die Unendlichkeit ausspähte.

Doch urplötzlich wurde die verträumte Idylle verzerrt. Etwa einhundert Meter vor ihnen machte die Milchoberfläche einen riesigen Buckel. Die Wölbung hatte die Ausmaße einer kleinen Insel. Dann schoss eine gigantische, leuchtende Schwanzflosse empor und zerriss die Oberfläche des Flusses in unzählige umherspritzende Fetzen, um gleich danach wieder in den Milchmassen zu verschwinden, mit einem gewaltigen *PLATSCH*, das so laut war, als würde ein Elefant eine Arschbombe vom Fünf-Meter-Turm machen.

Su wich erschrocken einen Schritt zurück. Dann noch einen. Bei der Flucht im Rückwärtsgang rempelte sie Kapitän Aison an, der die Szene ebenfalls verfolgt hatte und nun seine warmen Hände auf ihre Schultern legte, was die wohlige Wirkung einer heißen Fangopackung hatte.

»Ganz ruhig, Su. Kein Grund zur Beunruhigung. Sie wird uns nichts tun.«

»Wer ist s...s...sie?!«, s...s...stotterte S...S...Su, die trotz der Fango-Finger des Löwen sichtlich verkrampft war.

»Das war die Kaiserin der Gezeiten. Dieses titanische Wesen patrouilliert auf beziehungsweise *in* der Straße und beschützt die Seeleute vor den weißen Haien.«

»Haie?!« Su wand sich aus dem Griff des Kapitäns wie ein Ringer aus der Umklammerung seines Gegners und starrte ihn befangen an. »Sind diese Haie etwa auch so riesenhaft?«

»Ja. Ich meine nein! Also ...«

Nun war es an Aison, den (rhetorischen) Ringer zu mimen, gleichwohl rang er nach Worten, um das Mädchen nicht noch weiter mit saloppen Antworten zu verängstigen.

»Kleiner. Sie sind kleiner. Das sind sie gewiss. Man hat sie noch nie an der Oberfläche gesehen, weißt du. Offen gestanden kann ich dir nicht mal sagen, ob sie wirklich weiß sind.«

»Aber warum heißen sie dann weiße Haie?«, hakte die inzwischen etwas entspanntere Su nach.

»Na ja, eine Theorie besagt, dass diese Wesen eine völlig andere Farbe haben und der Name nur auf ihren natürlichen Lebensraum zurückzuführen ist. Die Milchstraße. Denn die ist nun mal weiß.«

»Und woher kommt diese Kaiserin? Und weshalb leuchtet sie so grell? Ich konnte zwar nur einen kurzen Blick auf sie erhaschen, aber es schien so, als würde ihr Körper aus Licht bestehen.«

»Das weiß niemand so genau. Man erzählt sich, dass die Königin der Milchstraße ...« Aus einem unerklärlichen Grund hielt Aison kurz inne. Es schien, als wäre plötzlich eine schmerzliche Erinnerung aus dem Sinnesraum – dem entlegenen Kämmerchen in seinem Kopf, oder seinem Herzen, in das er seine verdrängten Gedanken wegsperrte – entflohen. Er schloss die Augen, um die Erinnerung zurück in den Raum zu drängen. Dann fuhr er fort. »Angeblich erflehte die Königin der Milchstraße einst die Hilfe der Sterne, um den Bestien der Tiefe Einhalt zu gebieten. Daraufhin manifestierte sich laut der Legende das Sternbild des Fisches zu einem monumentalen Wesen und stieg aus dem All hinab in den Strom der Straße, wo es seitdem über die Reisenden wacht.«

»Verstehe«, entgegnete Su abgelenkt. Sie war versunken in die Analyse der Augen des Kapitäns, die während der kurzen Erzählung noch trauriger gewirkt hatten als ohnehin schon. Traurig und gequält.

»Geht es Ihnen gut, Aison?«, fragte das Mädchen so fürsorglich wie eine Therapeutin, deren Patient ihr mit feuchten Augen soeben sein Herz ausgeschüttet hatte.

»Aber ja, alles fein. Wirklich.«

Su war sich sicher, in die gute Miene zu blicken, die zu einem bösen Spiel gemacht wurde, bohrte aber nicht weiter nach. Aus Respekt. Und aus Angst, etwas zu erfahren, das sie vielleicht gar nicht erfahren wollte.

Wie bei ihrer ersten Begegnung standen sich die beiden schweigend gegenüber. Nur die Sterne über ihren Köpfen, die alles wussten, schienen im Flüsterton über die Rolle zu diskutieren, die das Schicksal für Su in dieser Geschichte bereithalten würde.

....

Auszug aus der Milchstraßenverkehrsordnung (MstVo), §1 Milchstraßenbenutzung durch Fahrzeuge:

Das längerfristige Anlegen von Schiffen (betrifft eine Haltedauer von über zwölf Stunden) ist nur an den dafür vorgesehenen Stegen gestattet. Auf offener Straße gilt ein eingeschränktes Halteverbot. Wird ein Fahrzeug länger als zwölf Stunden abgestellt, muss mit einem Bußgeld gerechnet werden. Nach vierundzwanzig Stunden wird das Schiff kostenpflichtig abgeschleppt.

....

STROPHE 4

DIE SYMPHONIE DER SÜSSE

I

»Da! Ich sehe etwas!«, lärmte NekoNeko vom Ausguck mitten in das bestürzte Schweigen und zersplitterte es wie Glas. (Bei dieser Metapher hätte Su vermutlich das angelesene Wissen eingebracht, dass es tatsächlich möglich war, Glas durch einen Ton zum Zerspringen zu bringen. Selbstredend samt detaillierter Schritt-für-Schritt-Erläuterung über Schwingungen und Frequenzen. Allerdings brauchte man dafür eine Maschine, ein Lebewesen konnte weder die Lautstärke noch die exakte Frequenz lang genug halten. Das aber nur nebenbei.)

Bitte kein Hai, bitte kein Hai! Alles, bloß kein Hai!, schrie die Siebenjährige panisch in ihren Kopf und ballte so fest die Fäuste, dass sich ihre Fingernägel in die Handflächen gruben.

»Abzweigung in Sicht!«, entschärfte NekoNeko die Situation und verscheuchte damit die zähnefletschende weiße (oder andersfarbige) Bestie aus Sus Verstand.

»Wir nähern uns Vanilland!«

Aison Milchbart stolzierte in bester Kapitänsmanier zum Bug des Schiffes, packte heldenhaft den Griff seines Schwerts und zog es (untermalt von einem metallenen *SWUSCH*) in einer geschmeidigen Bewegung aus der Scheide. Mit der inbrünstigen Eleganz eines Dirigenten zerschnitt er mit der Taktstockklinge die Luft und erteilte seinen Meeresmusikern Befehle. Der Steuermann wurde zum Bläser, die Späherin zum Streicher.

»Hart Steuerbord, alle Maschinen, äußerste Kraft voraus!«

Begleitet von einem ohrenbetäubenden, wolfsähnlichen Heulen (das eines ganzen Rudels, mit Verlaub), sprangen die Turbinen der Argo Navis an und sorgten für einen derart enormen Schub, dass sich Su an der Strickleiter des Mastes festhalten musste, um nicht unsanft auf dem Hosenboden zu landen. Wie eine riesenhafte Raubkatze, die erbarmungslos ihrer Beute hinterherjagte, schoss das Raumschiff mit dem monströsen Löwenkopf an der Vorderseite mit aberwitziger Geschwindigkeit vorwärts. Sus Schal peitschte dabei wild im Wind und erinnerte sie an die rote Fahne beim Strandurlaub, die den Badegästen mit flatterndem Nachdruck das Plantschen untersagte.

Etwa fünfhundert Meter vor ihnen nahm die Straße (an deren äußerem Rand das Schiff durch die Milch brauste) eine schmale Abzweigung nach rechts. Der Fahrtwind blies Su mit solcher Kraft ins Gesicht, dass ihr beinahe die Luft wegblieb.

»Aber wieso rasen wir denn plötzlich so?« Das Mädchen stieß die Worte mit immensem Kraftaufwand und der letzten Puste aus ihren eisigen Lungen hervor, an niemand Bestimmten gerichtet.

»Na, das ist doch klar wie Milchbrühe, aye, das ist es!«, bellte Hatschi mit wehendem Unifrack (Su beließ es dabei, die ungewöhnliche Garderobe des Weltraumhundes so zu bezeichnen) und einem Grinsen, das so breit war, dass es beinahe sein ganzes Gesicht einnahm. »Mit was nimmt man eine Rutsche?«

»Mit … was? Was?!« Nun stand Su endgültig flammende Verwirrung ins Gesicht geschrieben.

»Na, mit Anlauf, ist doch logisch!«

»Achtung! Festhalten«, donnerten die Worte des Kapitäns über Deck.

In diesem Moment drehte der Erste Offizier der Argo Navis das Steuerrad in einer raschen Bewegung nach rechts und lenkte das Raumschiff in voller Geschwindigkeit so heftig in die Kurve, dass es für einen Moment zu kippen drohte. Alle Crewmitglieder hatten sichtlich Spaß (mit Ausnahme des Erdenkindes, das den

Halt verlor und über die Planken purzelte wie ein achtlos weggeworfener Papierknödel im Herbstwind). Selbst die mürrische Mieze NekoNeko verfolgte das irrwitzige Manöver mit atemloser Spannung.

»Gleich geht's rund!«, quietschte sie aufgeregt vom Mastkorb herab.

»Runter trifft's wohl eher, wenn's beliebt!«, kläffte Hatschi noch ausgelassener als sonst.

Der Ausläufer der Milchstraße, auf dem das Raumschiff entlangbrauste, nahm plötzlich eine Neigung, die steiler war als die steilste Wasserrutsche in der Geschichte der Wasserrutschen. Und das ist – mit Verlaub – noch maßlos untertrieben. Das würde wohl jeder Gummireifen bezeugen können. Als Su schlagartig klar wurde, was Hatschi vor wenigen Augenblicken mit »Rutsche« und »Anlauf nehmen« gemeint hatte, katapultierte sich die Argo auch schon über die Kuppe wie ein Skispringer, der am Schanzentisch die Knie durchstreckte, um als menschliches Geschoss in die Jubelstürme der Fans zu fliegen. Vor ihnen erstreckte sich eine kilometerlange Milchpiste, auf der das Schiff nach kurzer Flugeinlage eine saftige Landung hinlegte und dabei ins Straucheln geriet. Schwappende Milch prasselte literweise als weißer Platzregen aufs Deck, und die Argo Navis stürmte in kometenhaftem Tempo die Abfahrt hinunter. Su nahm die Sterne um sich herum nur noch als silberne Striche aus Licht wahr, bevor sich das schwarze Dach über ihren Köpfen urplötzlich zu einem zarten Blau verfärbte. Das Raumschiff sauste durch schneeweiße Wolken, und die Rutschpartie endete schließlich in einem cremefarbenen Meer. Vor ihnen lag der Hafen von Vanilland.

II

Die aschfahle Su beugte sich taumelnd über die Reling, weil die Pancakes offensichtlich mit dem Gedanken spielten, ihren durchgeschüttelten Körper wieder genau dort zu verlassen, wo sie zum Frühstück hineingelangt waren. Dabei bemerkte sie die ungewöhnliche Farbe des Milchmeers, auf dem die Argo nun friedlich Richtung Anlegestelle schipperte. Abgelenkt von diesem Anblick entschieden die Pfannkuchen glücklicherweise, doch im Magen des Mädchens zu verweilen. Das wäre ja auch wirklich eine Verschwendung gewesen, aye!

»Warum sieht die Milch hier so seltsam gelblich aus?«, wollte Su wissen, während die frische Meeresbrise ihr Gesicht allmählich wieder mit rosaroten Farbtönen behauchte. »Fast wie Vanillemilch.«

»Nun, damit hast du dir die Antwort schon selbst gegeben«, sagte der heranschlendernde Aison und legte dem völlig zerzausten Mädchen sanft die große Pranke auf die Schulter.

»Ist denn alles wieder in Ordnung, kleine Lady? Tut mir leid, dass wir dich nicht vorgewarnt haben. Wir sind schon ein alberner Haufen. Vergib und vergiss, ich bitte dich.«

»Kein Problem, Kapitän!«, erwiderte die auf wackeligen Beinen stehende Su tapfer und hielt sich zum Salut die Hand an die schweißnasse Stirn. Dass man in dieser Region des Weltalls stattdessen eigentlich eine Faust vor der Brust ballte, schien ihr nach den Strapazen der letzten Minuten offensichtlich kurz entfallen zu sein. Der Kapitän schien es ihr nachzusehen, denn ein unwillkürliches Schmunzeln huschte über seine Züge.

»Dann ist ja alles gut. Hera hab Dank, und Dank sei dein. Aber zurück zu deiner Frage. Nun, das Vorkommen der Vanillepflanzen ist auf diesem Planeten außergewöhnlich hoch, musst du wissen. Im Vergleich zu deiner Heimat wachsen die Schoten hier aber nicht an Sträuchern, sondern unter der Erde. Nun ja, und dadurch verwandeln sie die Milch, die durch den Grund fließt, in Vanillemilch.«

Su machte große Augen. »Ach, so ist das also.«

»Ja, genau. Die Bewohner von Vanilland haben sich deshalb auf die Herstellung und den Verkauf von allen möglichen Vanilleprodukten spezialisiert. Es ist ein regelrechtes Vanille-Schlaraffenland. Die süßen Köstlichkeiten locken Bewohner der gesamten Milchstraßen-Galaxie nach Vanilland, was sich die Ortsansässigen natürlich zunutze machen. Das Angebot an anderen Gütern wurde über die Jahre ebenfalls reichhaltig aufgestockt und der Planet zum größten Einkaufsparadies weit und breit. Du wirst es gleich mit eigenen Augen sehen! Wir gehen an Land und frischen unsere Vorräte auf. Anker auswerfen!«

III

Der Anblick war beeindruckend. Wahrlich zauberhaft. Während die Crew damit beschäftigt war, die Segel der Argo einzuholen und den massiven Anker mit einem dumpfen *PLUMPS* in den Tiefen des funkelnden Vanillemeers zu versenken, hatte Su nur Augen für die pompöse Stadt, die sich vor ihrem Sichtfeld (und weit darüber hinaus) erstreckte. Die größtenteils in gelben Farbtönen gehaltenen Gebäude strotzten nur so vor gleichermaßen facettenreicher wie verspielter Architektur. All die filigranen Häuser mit ihren spitz zulaufenden Dächern wirkten wie das Zuhause kleiner Elfen. Eine Stadt wie aus einem Märchen. Viele Fenster waren mit buntem Glas versehen, welches das warme Licht der Abendsonne reflektierte und unzählige Farben auf das geschäftige Wuseln der Passanten warf. In der Ferne ragten drei gigantische Türme aus dem urbanen Labyrinth empor wie Kerzen auf einer (Vanille-)Torte. Die Turmspitzen erinnerten Su an überdimensionale Versionen der Sahnehaube, mit der Q-ma hingebungsvoll ihr Frühstück gekrönt hatte. Ein Meister seines Faches, das war er fürwahr.

Mit einem beherzten Satz hopste Hatschi von Deck auf den Anlegesteg und band das Schiff mit einem dicken Strick an einem dafür vorgesehenen Pflock fest, der einer überdimensionalen Eiswaffel nachempfunden war. Wenn es eine Stadt mit Liebe zum Baukunstdetail gab, dann war es Vanilland, da war sich Su schon jetzt sicher, obwohl sie noch nicht einmal einen Fuß von Bord gesetzt hatte.

Die Grundschülerin hatte sich früh vorgenommen, in ihrem

Leben viel von der Welt zu sehen. In ihren Gedanken war sie oft in ferne Länder und an entlegene Plätze geflohen. In die Wüste, den Urwald, ans Meer oder in Metropolen, weit entfernt von ihrer Heimatstadt, deren schnöden Anblicks sie schon längst überdrüssig geworden war. Doch selbst ihre blühende Fantasie hatte es bislang nicht vermocht, einen solch malerischen Ort zu zeichnen wie den, den sie nun erkunden sollte.

»Lagebesprechung!«, trommelte Aison Milchbart seine tollkühne Mannschaft an Deck zusammen.

Hatschi kletterte über eine Strickleiter zurück an Bord, und NekoNeko hopste mit ein paar eleganten Sprüngen vom Ausguck herab, während Sternekoch Q-ma träge aus der Kombüse stapfte.[1]

»Wir sind nicht zum Einkaufsbummel nach Vanilland gekommen, Herrschaften«, mahnte der Kapitän. »Man erwartet uns auf Shikuhya. Deshalb erledigt eure Einkäufe rasch, wenn's beliebt. NekoNeko, du stockst deine Munitionsvorräte auf, wir werden sie brauchen. Hatschi, du besorgst Lebensmittel. Unser Bärchen hat gewiss schon eine Einkaufsliste vorbereitet, wie ich ihn kenne.«

Aus Q-mas Richtung ertönte ein kurzes *PING*, das sich nach einer altmodischen Schreibmaschine am Anschlag anhörte. Vermutlich sollte der Laut Zustimmung signalisieren, schlussfolgerte Su.

»Ach ja, und vergiss nicht, unser Erdenmädchen als Verstärkung mitzunehmen. Und zur Sicherheit.«

»Zur ... Sicherheit?«, erwiderte der völlig verdutzte Hatschi mit stolpernder Stimme.

---

1 Anmerkung des Autors: Der Begriff »Sternekoch« bekommt im Zusammenhang mit einem Küchenchef, der seiner Arbeit im Weltraum nachgeht, eine ungewollt witzige Doppeldeutigkeit, nicht wahr?

»Ja, damit jemand darauf achtgibt, dass du nicht wieder unser gesamtes Geld für Vanillekekse und anderen Süßkram auf den Kopf haust.«

Aison zwinkerte in Sus Richtung, die sich ein verlegenes Grinsen nicht verkneifen konnte. NekoNeko übrigens auch nicht. Das Lächeln der Katze jedoch war keineswegs verlegener Natur, sondern vielmehr schadenfreudig. Könnten Hunde (und Hundewesen) rot anlaufen – es wäre in diesem Moment passiert.

»Q-ma hält die Stellung auf dem Schiff und kümmert sich ums Abendbrot. In einer Stunde, pünktlich wenn die Sonne im Vanillemeer versinkt, treffen wir uns wieder an Bord. So weit alles klar?«

»Aye«, quittierte die Besatzung lautstark den Befehl ihres Kapitäns.

»Und was machen Sie, Aison?«, wollte Neugiernase Su wissen.

»Ich muss einer wichtigen Sache nachgehen, Kleine. Wir sehen uns später, in Ordnung?«

· ·

Auszug aus der Milchstraßen-Mythologie III:
Flora und Fauna

Die Vegetation in der Milchstraßen-Galaxie weist zwar viele Parallelen zu der auf der Erde auf, unterscheidet sich jedoch auch in vielerlei Hinsicht. Dass die Vanilleschoten auf Vanilland unterirdisch wachsen, ist ein verhältnismäßig unspektakuläres Beispiel. So gedeihen auf den Milchstraßen-Planeten auch völlig fremdartige, den Menschen unbekannte Pflanzen und Früchte, wie beispielsweise die berühmten Quittenbohnen.
Ähnlich verhält es sich mit den Bewohnern dieser Galaxie. Viele haben die Gestalt von Tieren, andere unterscheiden sich nur durch bestimmte Merkmale vom Menschen, wie zum Beispiel durch spitz zulaufende Ohren. Manche jedoch sind von solch einzigartiger Gestalt, dass kein Erdenbewohner sie sich jemals vorstellen könnte.

· ·

IV

Mit Augen funkelnd wie Morgentau verfolgte Su das rege Treiben in den verwinkelten Gässchen Vanillands. Die Sträßlein waren übrigens nicht geteert oder gepflastert, sondern mit bildhübschen Porzellanfliesen in zartem Rosa verziert. Su musste an ihre neue Schulfreundin aus Japan denken, die ganz euphorisch von der »Sakura« berichtet hatte, der japanischen Kirschblüte. Wenn im April die Kirschbäume in voller Blüte standen, hüllten sie angeblich das ganze Land in ein rosafarbenes Gewand – oder einen Kimono, wie man dort wohl sagte. Das wollte sich Su eines Tages unbedingt ansehen. Doch bevor sie Japan bereisen könnte, stand erst einmal der Weltraum auf dem Programm. Es gab noch so viel zu entdecken! Allein schon im zum Süßigkeitenladen gewordenen Stadtplaneten Vanilland. Wo keine rosafarbenen Fliesen den Boden bedeckten, schlängelten sich gelbe Milchwege zwischen den Gebäuden hindurch.

Wie ein vanilliges Venedig, dachte sich die vergnügt-faszinierte Erdentouristin, die nur zu gerne in einer der goldfarbenen Gondeln jedes Fleckchen erkundet hätte. Doch dafür war im Moment keine Zeit. Was wäre sie denn bitte schön für eine lausige Piratin, würde sie ihre erste vom Kapitän auferlegte Amtshandlung missachten? Also folgte sie dem Steuermann der Argo Navis, der hoch konzentriert Q-mas Einkaufszettel studierte.

Vor den Geschäften priesen die Angestellten lauthals ihre Waren an. Das Angebot reichte von Vanillebrot über Vanillewein bis hin zu Vanillebadeschaum. Kurzum: Es gab einfach alles mit Vanillegeschmack- oder geruch.

Die plärrenden Ausrufe der Verkäufer wirbelten in bester Marktschreiermanier durch die Luft wie akustische Papierflieger, und das Mädchen wusste gar nicht, wo es zuerst hinsehen, riechen oder hören sollte. Diese wundervolle Stadt goss einen Wasserfall aus Neugierde und Reizen in ihren Verstand und überflutete ihn mit einem Meer aus Glück – und Vanille.

»Kostprobe gefällig? Nur zu, nur zu! Geniert Euch nicht, kleines Fräulein, ich bitte Euch, es gibt reichlich, nur zu, nur zu!«, skandierte ein dicklicher Herr mit Waschbärschnauze. Und Waschbärohren. Nun, er war ein ... Waschbär. Zumindest dem Aussehen nach. Ein gut gekleideter, auf zwei Beinen stehender und Bonbons verkaufender (und verschenkender) Waschbär.

Sein verlockendes Angebot konnte Su unmöglich ausschlagen. Sie schnappte sich ein goldgelbes Vanillebonbon vom Tablett des bauchigen Händlers, um es dann derart gierig zu vertilgen, als wäre es das köstlichste Bonbon der Welt und aller anderen Welten. Was es vielleicht sogar war – es schmeckte himmlisch. Oder besser: galaktisch.

Hatschi drehte sich zum Schleckermäulchen um und wollte soeben an den Befehl des Kapitäns und das kleine Zeitfenster erinnern, als er in Sus Gesicht das verstohlene Lächeln eines Kleinkinds sah, das soeben mit der Hand im Honigglas erwischt worden war. Der Hund zuckte mit den Schultern und nahm ebenfalls ein Bonbon vom Tablett. Und so genossen beide den vanilligen Schmelz und stellten dabei ihr zuckrigstes »Lang leben die Süßigkeiten«-Lächeln zur Schau, ehe sie sich wieder ihrer Aufgabe widmeten.

Die Tatsache, dass nahezu alle Anwesenden – egal ob flanierender Passant oder emsiger Vanilländer (man denke nur an den Waschbär-Handelsmann) – eine fremdartige Gestalt hatten, nahm Su überraschend unaufgeregt zur Kenntnis, während sie das sahnige Vanillebonbon fröhlich-schmatzend von der einen in die andere Backe schob. Einige Wesen waren deutlich größer als drei Meter, andere deutlich kleiner als einen. Sie sah Geschöpfe mit der Erscheinung von Tieren, aber auch menschenähnliche Kreaturen, die man nur bei genauem Hinsehen als Bewohner einer fremdartigen Galaxie entlarven konnte. Ein (auf den ersten Blick) unscheinbares Tantchen, das gerade etwas in seinem Einkaufskorb verstaute (egal was es auch gewesen sein mochte, es hatte Vanillegeschmack, das war ziemlich sicher), tat dies etwa nicht mit zwei, sondern mit vier Armen. Aber wenn man erst einmal auf einem Piratenraumschiff durchs Weltall reiste, mit einem Hund, einer Katze, einem Löwen und einem Roboterbär (die sich allesamt auf zwei Beinen bewegten und sprechen konnten, mit Verlaub), konnte einen so schnell wohl nichts mehr aus allen Wolken schubsen. Aye.

Nach einigen Minuten bogen Hatschi und Su in ein kleines Seitengässchen ein. Der Lärm schrumpfte zu einem dumpfen Pulsieren zusammen, und nach dem ganzen Tamtam auf der Hauptstraße wirkte die plötzliche Ruhe beinahe ohrenbetäubend.

»Da wären wir«, sagte Hatschi und stieß die Tür zu einem Geschäft auf, das durch seine prächtige Glasfassade imponierte.

Das Mosaikschaufenster erstrahlte in der Farbenpracht aller Regenbögen, die je übers Firmament gemalt worden waren. Mehrere kleine Glöckchen am Türrahmen kündigten im Kanon klimpernd den Besuch der Kundschaft an. Es dauerte nur einen Augenblick, bis der Ladenbesitzer, ein schlaksiger Mann mit kegelförmiger roter Nase, Sommersprossen und einer Frisur, die eher einem Motorradhelm glich, hinter einem Regal hervortrat und die Piraten aufs Herzlichste begrüßte. Auf der Höhe der Brust haftete ein Namensschildchen an seiner Dienstkleidung, auf dem »Terri« geschrieben stand.

»Weiße Tage und goldene Nächte.«

»Mögen auch die deinen in Weiß und Gold gehüllt sein«, erwiderte Hatschi.

»Erlaubt mir, behilflich zu sein.«

»Wir kommen zurecht, aye, Hera hab Dank, und Dank sei dein.«

Fremdartige Düfte gruben sich in Sus Geruchsinn, einer delikater als der andere. Sämtliche Produkte waren hübsch in den Auslagen arrangiert, von der Decke baumelten riesige Schinken und wurzelähnliche Gewürze. Kolossale Käseleiber (die natürlich aus Vanillemilch hergestellt worden waren) stapelten sich meterhoch im Geschäft, und die in den Holzregalen fein säuberlich aufgereihten Spezialitäten schienen Su ins Ohr zu summen, dass sie von ihnen kosten solle: »Nur zu, nur zu, es gibt reichlich!«

Dieser Laden ähnelte mehr einer kulinarischen Kunstausstellung als einem herkömmlichen Supermarkt. Während sich das Mädchen von der Erde in aller Ruhe umsah (und umroch), schnappte sich Hatschi eines der geflochtenen Einkaufskörbchen und arbeitete gewissenhaft die Liste des Schiffskochs ab. Die Aufsicht von Su fiel dabei eher weniger akribisch aus als von Aison beauftragt. Es gab einfach zu viel zu entdecken und zu erschnuppern.

V

Kapitän Aison Milchbart erreichte das oberste Stockwerk des Turms. Einer jener Türme, die Su vom Schiff aus in der Ferne erspäht hatte. Das modrige Holz der Tür, die er hier vorfand, schien längst vergessene Legenden zu flüstern. Behutsam drehte er an dem schlichten Knauf und betrat ehrfürchtig die Bibliothek der JahrTausende.

Traurige Augen blickten auf staubige Bücher. Unzählige. In diesem Raum waren mehr Bücher aufgestellt worden als jemals Sterne in den Himmeln aufgehängt. Das Wissen und die Geschichten von JahrTausenden.

Es war still. Die schweren Seemannsstiefel Milchbarts ließen jeden seiner Schritte durch die Bibliothek hallen wie einen Kanonenschuss. Der Tag, dem schon die Augen zufielen, gähnte sein letztes Licht durch rußige Fenster, und ein paar vereinzelt aufgestellte Kerzen tuschelten knisternd über den unerwarteten Gast ihres Hauses. Doch noch jemand hatte den Löwenmann bemerkt.

»Was führt Euch an diesen entlegenen Ort, mein Sohn?«, fragte eine zitternde Stimme, die müde und gebrechlich aus der Dunkelheit zwischen den Bücherregalen kroch. Sekunden später trat eine kleine Gestalt in Erscheinung. Der Bibliothekar, eine Schildkröte, trottete gemächlich auf Aison zu. Sein Lächeln schien so alt zu sein wie die Zeit. Lustige Augen blickten durch die dicken Brillengläser auf der runzeligen Nase. Der stattliche Piratenkapitän ließ sich auf ein Knie herabsinken und ballte eine Faust vor der Brust.

»Weiße Tage und goldene Nächte. Es tut mir leid, dass ich hier so unangemeldet hereinplatze. Vergebt und vergesst, ich bitte Euch.«

»Ach, papperlapapp. Ich freue mich über jeden Besuch. Ein seltenes Ereignis, musst du wissen, *hühü.* Was kann ein alter Greis wie ich für dich tun, mein Junge?«

Aison richtete sich auf und klopfte sich den Staub von der Hose. »Das ist ein schöner Ort, ein magischer Ort. Wie viele Werke zählt diese Bibliothek?«

»Nun, es dürften schon ein paar Dutzend sein, *hühü.* Suchst du denn etwas Bestimmtes? Ich bin recht zuversichtlich, dass du hier fündig wirst. Die Autoren einer ganzen Galaxie sind die Bewohner dieser Regale. Leider sind sie nicht sonderlich gesprächig, nein, das sind sie wahrlich nicht, *hühü.*«

»Nun ... ich bin gekommen, um mehr ... über das Herz der Sterne zu erfahren, ehrenwerter Bibliothekar ... Erhört meine Bitte.«

In diesem Moment flatterte ein Vogel, der sich an diesem historischen Ort offenbar sein Nest errichtet hatte, durch die Kuppe des Raums. Ein sogenannter Flammenspatz, der seinen Namen dem feuerroten Federkleid zu verdanken hatte. Sein Flügelschlag schmetterte ein wummerndes Echo durch die verlassene Bibliothek. Aison zuckte zusammen. Die Schildkröte ließ sich im Schildkrötentempo auf einen Stuhl niedersacken, der hinter einem massiven Holztisch stand, zog mit einem ächzenden Quietschen eine Schreibtischschublade auf, kramte einen Augenblick darin herum und holte schließlich eine Pfeife und Zündhölzer heraus.

»Hm, so ist das also. Ich verstehe.« Die Worte des Bibliothekars waberten zusammen mit weißem Rauch aus seinem zahnlosen Mund. »Du trägst großen Kummer im Herzen, ich kann es in deinen Augen sehen. Aber ich fürchte ... das, was du suchst, wirst du hier nicht finden, junger Freund.«

»Aber …« Aison war sichtlich überrumpelt. Auf so eine Antwort war der Kapitän der Argo Navis nicht vorbereitet gewesen. Erst beim zweiten Anlauf gelang es ihm, seine Gedanken auszuformulieren. »Aber es gab doch bestimmt Forschungen? Also müssen auch Aufzeichnungen existieren?«

»Oh, und ob die existiert haben.«

»Soll das etwa heißen, dass es sie nicht mehr gibt?«, bohrte Aison ungläubig nach.

Die Schildkröte pustete dicke Rauchringe in die Luft und setzte die Brille ab, um sich die müden Augen zu reiben. »Ja, genauso ist es, mein Sohn. Sämtliche Niederschriften wurden vor vielen Jahren vernichtet. Dies geschah lange vor meiner Zeit in dieser Institution. Wann die Bücher zerstört wurden oder gar wer diese Gräueltat begangen hat, kann ich dir deshalb leider nicht sagen.«

Niedergeschlagen und leeren Blickes starrte Aison durch den kleinen Kopf des Bibliothekars, der gerade so über den Tisch ragte, hindurch.

»Aber vielleicht kann ich dir trotzdem auf der Suche nach Antworten helfen«, schlug der Hüter der Bücher überraschend vor.

Aison schöpfte neue Hoffnung. »Wisst Ihr vielleicht doch etwas?«

»Nein, leider nicht. Aber es gibt jemanden, der womöglich etwas weiß.«

Hellhörig und mit zurückgewonnenem Optimismus lauschte Aison den heiseren Worten der Schildkröte.

»Es gibt da einen Wissenschaftler. Er hat sich bereits vor vielen Jahren auf dieses Gebiet spezialisiert. Sein Name ist … *hühü*. Vergib und vergiss, mein alter Kopf will von Zeit zu Zeit nicht mehr so recht, *hühü*.«

Ungeduldig strich sich Aison die wilde Mähne aus der Stirn.

»Oh, nun weiß ich es wieder. Lovelock. Lynn Lovelock ist sein Name. Ja. Richtig. Er kann dir bestimmt weiterhelfen, Junge.«

»Wo kann ich diesen Lynn Lovelock finden?«

»Das weiß ich leider nicht, aber ich bin mir sicher, du wirst es herausfinden.«

Die beiden sahen sich eine Weile an, wechselten keine Worte, nur Blicke.

»Hera hab Dank, und Dank sei Euer. Damit habt Ihr mir auf jeden Fall weitergeholfen. Ich werde diesen Wissenschaftler ausfindig machen.«

»Mögen dir die Götter der Galaxie beistehen, junger Freund.«

Aison Milchbart kniete erneut vor dem alten Männlein nieder, dann verließ er den Turm, um zum Schiff zurückzukehren.

VI

Ein Einkaufskorb allein hatte für die zahlreichen Erledigungen nicht gereicht. Bei Weitem nicht. Hatschi und Su trugen je zwei Körbe, die bis zum Rand mit feinsten Lebensmitteln gefüllt waren. Unter der Ausbeute befanden sich Gewürze, unterschiedliche Gemüsesorten (einige davon hatte Su zum ersten Mal gesehen und konnte schon jetzt kaum erwarten, welch köstliche Speisen Q-ma daraus zubereiten würde), Fleisch, Fisch, noch mehr Fleisch und natürlich diverse Vanilleprodukte. Eine große Packung von Hatschis heißgeliebten Vanillekeksen war auch dabei – ganz so streng hatte die kindliche Kontrollinstanz dann doch nicht sein können. Eigentlich war sie überhaupt nicht streng.

Als die beiden den Laden verließen, war der Docht des Tages schon abgebrannt. Das ausgelassene Stimmengewirr war verklungen, und nur noch vereinzelte Geräuschfetzen wurden wie Herbstlaub vom Nachtwind durch die Gassen getragen. Die verschnörkelten Straßenlaternen hatten ihren Dienst angetreten, und auch durch die runden Fenster der riesigen Türme fiel grelles Lichtweiß und beleuchtete die umliegenden Gebäude wie tausend kleine Sonnen.

»Was hat es mit diesen drei Türmen auf sich, Hatschi?«

»Das will ich dir gerne sagen, kleine Fremde, aye, aufgepasst!«, erwiderte Hatschi im Ton eines Touristenführers. »Man nennt sie die Türme der JahrTausende. Sie wurden errichtet, um dem Gott, der einst diesen Planeten erschuf, zu huldigen. Sein Name ist Neptun, und die Türme sind seinem Dreizack nachempfunden.«

*Auszug aus der Milchstraßen-Mythologie IV:
Schöpfer-Gottheiten*

Die Bewohner der Milchstraße verehren viele verschiedene Götter, die je nach Religion für die Schöpfung oder den Fortbestand der Milchstraßen-Galaxie verantwortlich zeichnen. Wie in einem früheren Auszug der Milchstraßen-Mythologie erläutert, zählen auch die Planeten tragenden Weltraumkühe Mirukuh-Kami dazu. Besonderes Ansehen genießt beispielsweise die Göttin Hera, die als Schöpferin der Milchstraße gilt. Der Grund dafür findet sich in einer Überlieferung des Alten Volkes: Gott Zeus ließ seinen Sohn Herakles an der Brust seiner schlafenden Frau Hera trinken, damit dieser göttliche Kräfte erhielt. Jedoch erwachte und erschrak die Göttin, wich zurück und verspritzte einen Strahl ihrer Milch über den Himmel, wodurch die Milchstraße entstand. Mit der Redewendung »Hera hab Dank, und Dank sei dein« ehren die Milchstraßenbewohner noch heute die Göttin, indem sie sich immer zuerst bei ihr bedanken, bevor einem anderen der Dank ausgesprochen wird. Aber auch die Erschaffer der einzelnen Planeten werden in Form von Liedern, Bauten und Gebeten gewürdigt.

VII

»Die drei Minister von Vanilland, Vaas ›Der Adler‹, Nin ›Der Rabe‹ und Llevi ›Der Spatz‹, steuern von den Türmen aus die Geschicke der Stadt«, erläuterte Hatschi. »Sie leben zurückgezogen und mischen sich nur sehr selten unters Volk. Man bekommt sie praktisch nie zu Gesicht, und nur wenige Leute wissen, wie sie aussehen. Man erzählt sich jedoch, sie hätten eine merkwürdige Erscheinung und magische Kräfte. In den Türmen sollen sich außerdem drei sagenumwobene Räume befinden, zu denen Gerüchten zufolge nur sehr privilegierte Besucher Zutritt erhalten. Eine Schatzkammer, eine Waffenkammer und eine Bibliothek.«

Die beiden schwer beladenen Piraten wollten gerade in die (inzwischen ausgestorbene) Hauptstraße abbiegen, da hielt Hatschi mitten in der Bewegung inne, sodass Su beinahe mit ihm zusammengeprallt wäre. Drei Jungen standen vor ihnen in der Gasse, ganz unverhohlen mit der Absicht, sie aufzuhalten. Das Licht der Laternen verwandelte die Schatten der Wegversperrer in ein schwarzes Geisterballett, das an den Hauswänden seine Aufführung spukte. Die Buben dürften etwas älter als Su gewesen sein. Einer der drei (offensichtlich der Anführer der Bande) trug einen Zylinder, an dem weiße Vogelfedern befestigt waren. Seine Komplizen hatten sich Federn ins Haar geflochten. Der eine rote, der andere schwarze. Abgesehen von diesem extravaganten Kopfschmuck sah das Trio recht unscheinbar aus. Zerzauste Frisuren, zerrissene Jeans. Wie ganz normale Jungs eben. Leichenblasse, normale Jungs.

»Na, wen haben wir denn da?«, spottete der Anführer in hämischem Tonfall. Seine Stimme klang viel zu dunkel für sein Alter.

Su stieß einen kurzen Schrei aus und ließ vor Schreck einen der Körbe fallen, woraufhin ein Salatkopf über die Straße purzelte. Der Knabe starrte sie und Hatschi mit pupillenlosem Blick an. Auch in den Augen der beiden anderen war nur das Weiße zu sehen. Als trügen sie Nebel in den Höhlen. Wahrhaftig ein grässlicher Anblick.

»Schwarze Tage und schwarze Nächte wünschen wir«, fuhr der Anführer ungerührt fort. »Ist sie nicht herrlich schwarz, diese Nacht? Wundervoll, nicht wahr?«

Die Komplizen des Zylinderknaben zückten beide ein Messer.

»Immer mit der Ruhe, aye, ganz ruhig. Wer seid ihr? Was wollt ihr von uns?« Hatschi versuchte, möglichst gelassen zu wirken, um die Situation zu entschärfen.

Su erschauderte am ganzen Körper, und ihr panischer Blick huschte nervös zwischen den Gesichtern der seltsamen Kinder hin und her, die so bleich waren, als hätte man sie mit Kreide geschminkt. Dabei fiel ihr auf, dass alle ein identisches Symbol auf der Stirn trugen, das wie eingebrannt wirkte. Das Zeichen – ein Kreis mit einem Punkt in der Mitte – erinnerte an ein drittes Auge.

»Eure Reise endet hier«, sagte der Hut tragende Junge mit den Gespensteraugen und zog in einer langsamen Bewegung ebenfalls eine Klinge. Er schritt – gefolgt von seinen diabolisch kichernden Kumpanen – auf das Piratenduo zu.

»Keinen Schritt weiter!«, knurrte Hatschi zähnefletschend und zerschnitt mit scharfer Stimme das Feixen. Die sonst so fröhliche Mimik des Hundes glich urplötzlich einer wütend dreinschauenden Maske.

Su erschrak erneut. Ihre Brust bebte, als hätte sie soeben einen quälenden Cooper-Test im Sportunterricht absolviert. Himmel, wie sie das hasste!

Als die drei Jungs einen weiteren Schritt auf die Crewmitglieder der Milchbart-Bande zugingen (die Parteien trennten noch etwa fünf Meter voneinander), zog Hatschi die goldene Stange auf seinem Rücken so schnell aus der Schlaufe, dass Su die Bewegung nur verschwommen wahrnahm. Ohne dass Hatschi einen Knopf oder einen anderen Mechanismus betätigte (zumindest konnte Su nichts dergleichen erkennen), erklang ein schrilles *ZING*, und der Stab vergrößerte sich auf etwa drei Meter. Damit war er beinahe doppelt so groß wie sein Träger. Dann ertönte ein *ZUNG-ZUNG*, und aus der Stabspitze wuchsen zwei riesige Klingen wie Schmetterlingsflügel aus geschliffenem Metall. Der spärliche Stock hatte sich in eine riesenhafte Lanze verwandelt, die Hatschi so schnell vor sich wirbelte, dass er eine kreisförmige Kerbe in die Nacht schnitzte.

»Oha!«, keifte der Anführer der bedrohlichen Buben in zynischem Tonfall. »Soll mich das Gefuchtel etwa beeindrucken? Dass ich nicht lache! Angriff!«

Mit erhobenen Stimmen und Waffen stürmten die Jungs entschlossen auf die Piraten zu.

»Hatschi! Nein! Es sind doch noch Kinder!«, brüllte Su. In ihrer Stimme kämpften Angst und Verzweiflung um die Vorherrschaft der Emotionen.

»Su, Hatschi, Rüben runter!«, schoss urplötzlich NekoNekos Stimme durch die dunkle Gasse wie eine Kugel durch den Lauf eines Revolvers.

Ohne weiter darüber nachzudenken (dafür war nun auch wirklich keine Zeit), duckten sich der Hund und das Mädchen wie geheißen flugs weg, woraufhin diesmal kein metaphorisches, sondern ein richtiges Geschoss über ihre Köpfe sauste. *FUUU!* Eine Patrone aus dem wundersamen Munitionssäckchen der Katze traf den Anführer der Widersacher mit voller Wucht am Zylinder – *PAFF!* –, schleuderte ihn vom Kopf des Knaben und explodierte in einer goldenen Gewitterwolke, die das schreiende Trio verschluckte. Als sich der Rauch Sekunden später verzog, kamen drei am Boden kauernde, völlig normale (und benommene) Kinder zum Vorschein.

»Was ... war das?«, stammelte der eben noch so aufmüpfige Bandenchef ganz kleinlaut. Der Nebel aus seinen Augen war weitergezogen. Mit verstörtem Blick, der auf kleinen Tränenteichen schwamm, starrte er die Piraten an. Seine beiden Freunde taten es ihm gleich. Die Symbole auf der Stirn waren verschwunden.

»Ja, NekoNeko, was war das?«, wollte auch Hatschi von seiner Kameradin wissen, die gerade noch rechtzeitig aufgetaucht war.

»Das, mein schlabbernder Freund, war Wach-auf-Staub. Dieses Pulver weckt seine Ziele aus hypnotischen Zuständen oder Albträumen. Zum Glück habe ich mich vorhin reichlich mit Munition eingedeckt, während du dich wahrscheinlich mal wieder mit Süßigkeiten vollgestopft hast.«

Hatschi nahm die Stichelei gelassen hin und fiel seiner Kameradin erleichtert um den Hals. »Hera hab Dank, und Dank sei dein, Neko-chan, aye!«

»Ist ja gut, ist ja gut! Wag es ja nicht, mich zu küssen! Und nun lass mich los, du hast bestimmt Weltraumflöhe!«

»Woher wusstest du, dass sie hypnotisiert waren?«, wollte Su wissen, während sie den Jungen nacheinander auf die Beine half.

»Pah! Eine meiner leichtesten Übungen«, prahlte die Lebensretterin. »Schließlich bin ich NekoNeko Nebelheim, lautlose Späherin, präzise Scharfschützin, Ausguck mit Weitblick und gewiefte Diebin. Wie könnte mir etwas so Offensichtliches entgehen? Die veränderten Augen, das seltsame Symbol auf der Stirn. Die Anzeichen waren eindeutig. Zumindest wenn man ein bisschen Grips in der Birne hat.«

»Aber ... wer hatte die Kontrolle über uns, liebes Katzenfräulein?«, fragte der um seine Kopfbedeckung beraubte Räuber.

»Nun, ich fürchte, da bin ich genauso ratlos wie ihr. Könnt ihr euch denn an gar nichts erinnern?«

Schweigen. Hatschi durchbrach es mit einer besorgten Frage.

»Alls in Ordnung bei euch?«

»Ja, es geht schon wieder«, sagte der Anführer des Trios, der merklich gegen sein Stimmversagen ankämpfte. Es gelang ihm nicht.

»Ihr solltet jetzt besser nach Hause gehen. Eure Eltern sind bestimmt in großer Sorge«, riet der Steuermann der Milchbärte den Jungs.

»Es tut uns wahnsinnig leid. Vergebt und vergesst, wir bitten Euch.« Nun kullerten Tränen über das Gesicht des Jungen, das nicht mehr ganz so blass war, wie noch vor einigen Minuten.

»Ach, schon vergessen!«, lächelte Hatschi gutmütig. Dann hob der Erste Offizier der Milchbärte den Zylinder auf und setzte ihn dem Bub liebevoll auf den Kopf. »Ist ja gerade noch mal gut gegangen, aye, das ist es. Passt auf euch auf, ja? Und lasst diese Messer in Zukunft daheim. Ihr könntet jemanden verletzen.«

»Das machen wir! Weiße Tage und goldene Nächte.«

»Mögen auch die Euren in Weiß und Gold gehüllt sein, Jungs«, verabschiedete sich Hatschi im Namen der anwesenden Piraten von den geläuterten Kindern.

Während die drei der Nacht in die Arme liefen, wandte sich auch eine vermummte Gestalt ab, die das Geschehen die ganze Zeit über heimlich verfolgt hatte. Unter dem Arm hielt sie eine Kristallkugel, glühend wie eine kleine Sonne. Die Kapuze des blutroten Mantels warf einen Schatten bis zum Mund, aus dem sich ein zischender Satz schlängelte, als die Figur in der Dunkelheit verschwand: »Schon bald ist die Zeit gekommen ...«

VIII

Su wurde nicht enttäuscht. Was Q-ma aus den mitgebrachten Lebensmitteln zauberte, konnte jedes irdische Gourmetgericht auf einen Platz irgendwo zwischen Tütensuppe und Tiefkühlpizza verweisen. Zum Abendessen präsentierte der Koch der Argo Navis ein Ragout aus unterschiedlichen Fleischsorten. Dazu reichte er einen zum Auflauf gewordenen Gemüsegarten und knusprige Bratkartoffeln, die mit einem Gewürz verfeinert waren, das aus sogenanntem Kosmosgras gewonnen wurde. Als krönender Abschluss stand – wie sollte es anders sein? – Vanillepudding auf der Speisekarte. Aber nicht irgendein Pudding. Dieses Dessert sollte alle Nachspeisen, die Su je genascht hatte (und das waren einige, mit Verlaub) zu geschmacksneutralem Zuckermatsch degradieren.

Während sich die Piraten ordentlich die Bäuche vollschlugen und Q-ma einen Nachschlag nach dem anderen servierte, erzählte Su enthusiastisch von ihrem Abenteuer mit dem gespenstischen Trio aus Marionettenjungen und ließ dabei kein Detail aus.

»Haben Sie vielleicht eine Idee, wer dahinterstecken könnte, Kapitän Aison?«

Der Löwenmann wirkte geistesabwesend und hatte als Einziger kaum etwas vom Abendbrot angerührt. Er sah Su mit seinen blauen Seefahreraugen an. »Nein, meine kleine Freundin.« Dann schien er rasch vom Thema ablenken zu wollen. »Aber was viel wichtiger ist: Du hast den Milchbart-Piraten heute wahrhaftig alle Ehre gemacht. Du kannst stolz auf dich sein, aye!«

»Aye!«, stimmten Hatschi und NekoNeko ein und erhoben ihre bis zum Rand mit köstlichem Vanillewein gefüllten Gläser, um auf ihr neues Crewmitglied und dessen bestandene Feuertaufe anzustoßen.

Kapitän Milchbart verließ die ausgelassene Runde wenig später, um sich in seine Kajüte zurückzuziehen. Bevor die Nacht den Löwen in einen rastlosen Traum sperrte, beobachtete er durch das Bullauge seines Zimmers, wie das Licht eines Sterns am Himmel erlosch, als hätten die Winde des Universums eine Kerze ausgeblasen.

Es geschah schon wieder.

Es geschah immer häufiger.

Das Gewicht seines schweren Herzens zog den Löwen hinab in die Tiefen des Schlafs, und er versank im Dunkeln.

IX

Die Crew hatte sich vorgenommen, am nächsten Tag früh auf den Beinen zu sein, um die Reise so schnell wie möglich in Richtung Shikuhya fortzusetzen, wo man sie sehnlichst erwartete. Dass sie alle jedoch bereits aus den Federn flattern würden, noch bevor die Morgensonne ihren ersten Strahl als glitzernden Strich über die spiegelglatte See pinselte, hatten sie nicht gedacht.

Als eine blecherne Fanfare die Piraten aus dem Tiefschlaf trötete, vergrub NekoNeko, die am Vorabend etwas zu tief ins Glas geschaut hatte (um es diplomatisch auszudrücken), ihren Kopf unterm Bettzeug wie ein Strauß unter der Erde. Doch das Trompetenkonzert (die Mutter aller Wecker, wenn's beliebt), das rücksichtslos durch ihre verschlafenen Gehörgänge trampelte, wollte einfach nicht aufhören. Mit schlitzigen Äuglein, die ihren Kopf wie einen Briefkasten aussehen ließen, schlurfte die verkaterte Katze mit Hatschi und Su an Deck. Hier verfolgten bereits Q-ma (ausgerechnet diesmal nicht mit einem Kaffeetablett bewaffnet) und der Kapitän des Schiffes das überraschende Schauspiel, das sich ihnen zu so früher Stunde darbot. Am Anlegesteg, wo die Argo vor Anker lag, hatte sich eine etwa dreißig Mann starke Kapelle eingefunden, die ganz Vanilland mit einem festlichen (und beinahe militärischen) Musikstück aus dem Bett geblasen hatte – und das im wahrsten Sinne des Wortes.

»Da sind sie ja, die schlafraubenden Übeltäter! Frechheit!«, fauchte NekoNeko in ihren brummenden Schädel.

Schließlich endete die instrumentale Darbietung mit einem satten Tusch, der Hatschi dazu veranlasste, NekoNeko zu necken.

»Arme Neko-chan! Das scheppernde *PAFF* muss sich wie ein Nagel in dein Katzenköpfchen gehämmert haben, nicht wahr? Ein Nagel, an dem ein Schild mit der Aufschrift ›selbst schuld‹ baumelt.«

Die Zweite Offizierin grummelte vor sich hin. »Wenn es einer wagt, seine Trompete noch einmal auch nur in die Nähe seines Mundes zu bewegen, zerkratze ich ihm das Gesicht! Das gelobe ich bei allen Göttern aller Galaxien!«

Dann trat der Kapellmeister vor, verscheuchte mit einem kurzen Räuspern den Frosch aus seinem Hals und verkündete lauthals: »Die Minister von Vanilland, meine Damen und Herren, ehrenwerte Piraten.«

In diesem Moment bogen auf dem Milchweg, der zum Hafen führte, nacheinander drei Gondeln ums Eck. Mit der spielerischen Eleganz einer Papierschiffchenflotte in einer Sommerregenpfütze schwebten die drei Boote förmlich auf der gelblichen Milch bis zum Ende des Kanals, um dort nebeneinander zum Stillstand zu kommen. Als NekoNeko die drei Gondoliere sah, rieb sie sich ungläubig die smaragdgrünen Schlitzaugen.

»Da sieht selbst unsere werte Späherin plötzlich durch glockenwache Glubscher«, feuerte Hatschi die nächste Pointe ab. Doch staunte er selbst nicht schlecht über das unerwartete Wiedersehen mit dem Trio vom Vorabend: »Das nenne ich mal eine faustdicke Überraschung, aye, das tue ich!«

Die drei Jungs (diesmal in adrette Uniformen gehüllt, aber wie gewohnt mit Federschmuck am Hut und im Haar) sanken für die traditionelle Milchstraßen-Galaxie-Gruß-und-Salut-Geste auf ein Knie herab und ballten die Faust vor der Brust. Die prachtvollen Gondeln, (eine war weiß, eine schwarz und die dritte rot) waren noch pompöser und größer als die herkömmlichen Wasserfahrzeuge der Stadt. Ihnen entstiegen die drei Minister Vanillands: Vaas der Adler, Nin der Rabe und Llevi der Spatz. Alle hatten eine identische Statur und Körpergröße. Vaas hatte einen weißen, Nin einen schwarzen und Llevi einen roten Anzug an. Alle trugen gleichfarbige Samthandschuhe, Westen, Gürtel, Krawatten und Einstecktücher. Selbst Strümpfe und Schuhe unterschieden sich farblich nicht vom Rest der edlen Garderobe. Ihre Körper wirkten menschlich. Die übergroßen Köpfe waren jedoch die von Vögeln. Weder die Mitglieder der Argo-Navis-Piraten, noch die unzähligen Schaulustigen, die herbeigeeilt waren, um einen Blick auf die Minister zu erhaschen (die meisten sahen sie tatsächlich zum ersten Mal), konnten mit Sicherheit sagen, ob es sich um ihre echten Köpfe oder Masken handelte.

Die Kapelle teilte sich in zwei Hälften und bildete ein Spalier für die Herrscher von Vanilland. Dann gingen auch die Musikanten auf die Knie und die drei Minister auf Aison Milchbarts Schiff zu.

»Weiße Tage und goldene Nächte, verehrte Minister«, begrüßte Aison die groß gewachsenen Vogelmänner respektvoll und höflich.

»Mögen auch die Euren in Weiß und Gold gehüllt sein«, antwortete das gefiederte Gespann gleichzeitig, als sprächen drei Wesen aus einem Mund (oder Schnabel, wenn's beliebt).

»Wie kommen wir zu der Ehre dieses hohen Besuchs?«, fragte Aison. »Ich erlebe es zum ersten Mal, dass die Minister von Vanilland die Türme der JahrTausende verlassen.«

Inzwischen hatten sich mehrere Hundert Personen am Hafen versammelt. Auch der Vanillebonbon-Waschbär tummelte sich in der Masse. Die Neuigkeit hatte sich wohl rasch verbreitet, denn aus allen Ecken, Häusern und Straßen kamen Leute in Scharen herbeigeeilt. Niemand schien sich diese seltene Gelegenheit entgehen lassen zu wollen. Und doch war es so still, dass man eine Feder der Minister zu Boden hätte fallen hören können.

ニン
Nin
ワース
Vaas
レヴィ
Llevi

Vaas der Adler ergriff das Wort. »Wir sind gekommen, um unseren Dank an Hera und euch zu richten, liebe Piraten. Ihr habt unseren Küken am gestrigen Abend aus einer misslichen Lage geholfen, ohne dass dabei jemand zu Schaden kam.«

Die Worte des Mannes mit dem Adlerkopf waren nicht nur freundlich, sondern auch aufschlussreich. Plötzlich begriff Su. Deshalb hatten die Minister die Türme verlassen. Und deshalb trugen die Jungs schwarze, weiße, und rote Federn als Schmuck. Es waren die Federn der Häuser, und die drei Jungs waren die Söhne der Stadtoberhäupter oder eben ihre Küken, wie Vaas es formuliert hatte.

»Aaaach, null Problemo, wir haben den Knirpsen gerne geholfen, aye, ist doch nicht der Rede wert, Herr von und zu Vogelkopf«, quasselte Hatschi auf seine erfrischend saloppe (und zugegebenermaßen etwas unpassende) Art drauflos.

»Unerhört!«, rief der Kapellmeister voller Entsetzen ob Hatschis taktlosen Verhaltens. »Du weißt wohl nicht, wen du hier vor dir hast, du ungehobelter Piratenrüpel!«

Kapitän Aison unterdrückte krampfhaft ein schelmisches Grinsen. Hatschi hatte ein loses Mundwerk, das hatte er fürwahr. Doch in sein Herz passte das halbe Universum, weshalb ihm nie jemand wirklich böse sein konnte, wenn er die Klappe mal wieder ein bisschen zu weit aufriss.

Auch Vaas hatte ein Nachsehen mit ihm. »Alles gut, kein Grund zur Aufregung. Schließlich stehen wir in ihrer Schuld.«

Der erboste Musiker schwieg.

»Als Zeichen unserer Dankbarkeit lauscht nun der Hymne der Schwingen und erhaltet eure Belohnung.«

Gespannt verfolgten Su und ihre Freunde vom Schiff aus, wie sich die Minister in Reih und Glied aufstellten, ihre Köpfe zum Himmel reckten und eine magische Melodie pfiffen. Das Gezwitscher klang wie das Erwachen von einhundert Frühlingen. Su berührte der Vogelchor so sehr, dass ihr Tränen aus den Augen quollen, so dick, als hätte ihr der Gesang Brunnen ins Gesicht gegraben. Nach dem Schlussakkord, einem gellenden Krähen des Raben Nin und einem lieblichen Singen des Spatzen Llevi, stieß Minister Vaas einen Schrei gen Himmel aus, der sämtliche Haare sämtlicher Anwesenden aufstellte. Su beobachtete mit nassen Wangen und Gänsehaut am ganzen Körper, wie drei Federn friedlich vom Wolkendach fielen und auf ihrem Weg nach unten ein Menuett tanzten.

»Tretet nun vor, öffnet die Hände und empfangt eure Gaben.« Wie bereits die Begrüßung vor einigen Minuten, trugen die drei Minister auch diesen Satz feierlich und komplett synchron vor, während die Piraten wohl alle synchron den gleichen Gedanken hatten: *Unheimlich!*

Hatschi, NekoNeko und Su formten ihre Hände zu kleinen Schalen.

Die erste Feder, eine rote, landete sanft auf NekoNekos Pfoten, woraufhin Llevi der Spatz vortrat und sprach: »Empfange die Flammenspatzfeder. Ihr Feuer wird dir in der dunkelsten Stunde ein Licht schenken.«

Die zweite Feder, sie war schwarz, bekam Hatschi. Nin der Rabe machte einen Schritt auf die Argo zu und sprach: »Empfange die Rabenfeder. Ihre Stimme wird dir in der stillsten Stunde eine Melodie singen.«

Die letzte, die weiße Feder, war für Su bestimmt und schmiegte sich in ihre Hände. Vaas schloss zu den beiden anderen Vogelmännern auf, blickte in Sus Richtung und sprach: »Empfange die Adlerfeder. Ihre Winde werden dich in der ausweglosesten Stunde zu den Sternen tragen.«

»Wow!«, flüsterte Su andächtig.

»Doch bedenkt, jede der Federn entfaltet ihre Magie nur ein einziges Mal. Setzt sie also weise ein«, riet Vaas eindringlich.

Der Kapitän der Milchbärte verbeugte sich vor den Ministern. »Ein wirklich großzügiges Geschenk. Hera hab Dank, und Dank sei Euer, im Namen meiner gesamten Besatzung.«

Die beiden Offiziere der Argo und Su beäugten ihre Geschenke begeistert wie drei (Erden-)Kinder am Abend des 24. Dezembers, um sie danach zu verstauen. NekoNeko befestigte das magische Utensil an ihrem Munitionsgürtel, Hatschi an seiner Lanze (die nun einem Indianerspeer ähnelte), und Su flocht sie (nach dem Vorbild der Gondoliere, der ehemaligen Geisteraugenknaben) ins Haar.

»Wir wünschen euch auf eurer weiteren Reise alles Gute. Geht mit dem Wind Vanillands und beehrt uns bald wieder, ehrenwerte Piraten.«

Nach diesen Worten des Adlermannes senkten die drei Minister kaum merklich ihre Köpfe, kehrten der Argo den Rücken zu und stiegen in ihre Gondeln, um zu den Türmen der Jahr-Tausende zurückzukehren.

Freudestrahlend winkten die drei rudernden Jungs ihren Rettern von den Wasserkutschen der Minister zu, bevor sie schließlich verschwanden.

»Auf Wiedersehen!« rief ihnen Su hinterher. »Macht's gut!«

Ehe auch die Kapelle von dannen zog, ließ es sich der Obertröter nicht nehmen, Hatschi noch einen giftigen Blick zuzuwerfen, den der Hund mit einem schelmischen Augenzwinkern quittierte. Das Gewusel am Hafen verlagerte sich in Sekundenschnelle auf die Hauptstraße, und wenig später ging in Vanilland alles seinen gewohnten Gang. Für die Milchbart-Piraten wurde es hingegen höchste Zeit aufzubrechen. Und so befehligte Kapitän Milchbart seine Freibeuter.

»Leinen los, Anker lichten, Segel hissen, wir legen ab, Herrschaften!«

Augenblicke später heulten die Turbinenwölfe ein Abschiedslied, die Argo Navis entfaltete ihre majestätischen Flügel, und das Schiff setzte sich auf den Wind, um neuen Abenteuern entgegenzufliegen.

STROPHE 5

DAS WIEGENLIED DES WÄCHTERS

I

Sitra Achra – ein Ort, den keiner kannte oder jeder vergessen hatte. Dieser schwarze Fleck auf dem weißen Kleid der Milchstraßen-Galaxie war so dunkel wie eine Nacht ohne Mond. So verlassen wie ein Meer ohne Fische. So still wie eine Stimme ohne Bänder und so traurig wie ein Kind ohne Namen. Dort, in den sieben Hallen der Lilith, züngelte eine verbale Stichflamme empor.

»Der Bann des Kyklops wurde gebrochen?! Das dritte Auge ist erblindet? Das ist nicht möglich! Das ist einfach nicht möglich! Oh, seid verflucht. *Klipp, klipp*!«

Die Worte verklangen, und ihr Absender deckte sich wieder mit Finsternis zu, um sich in der Stille der Einsamkeit weiter von Rachlust umgarnen zu lassen. Bis zu dem Tag, an dem er diesen Ort, der ihn wie tausend Ketten festhielt, verlassen würde. Am Tag seines Erwachens.

II

Es gab einfach kein Vorankommen. Seit Stunden nicht. Die Argo Navis stand regungslos da, als wäre sie ein verstaubtes Flaschenschiff in einer Bausatzsammlung, für die sich keiner mehr interessierte. Su blickte zu den Sternen, die sich in ihrer Fantasie in Abertausende Glühwürmchen verwandelten. Währenddessen streifte Kapitän Aison ruhelos übers Deck, Q-ma kochte, Hatschi döste, und NekoNeko fluchte.

»Stau! Auf der Milchstraße! Bei den Göttern! Das darf doch nicht wahr sein!«

Auf dem weißen Weltallfluss schwammen Dutzende Schiffe mit eingeholten Segeln auf der Stelle. Aus unerklärlichen Gründen ging es nicht weiter.

Wie im Berufsverkehr, dachte sich Su, *nur ohne Hupen.*

Schließlich riss Kapitän Aison der Geduldsfaden. »Erster Offizier!«, bellte er und weckte Hatschi unsanft aus dessen Nickerchen. »Augen auf, Triebwerke an und Flügel zum Ausklappen bereitmachen! Wir können unmöglich noch mehr Zeit verplempern. Das letzte Stück nach Shikuhya fliegen wir abseits der Straße.«

Prompt machte sich NekoNeko-Neunmalklug bemerkbar. Und zwar mit der akustischen Aufdringlichkeit des *MÖÖÖP*-Geräuschs, das in einer Quizshow bei der falschen Kandidatenantwort ertönt (wenn jemand der Katze eine Steilvorlage für Besserwisserei lieferte, konnte sie die nie im Leben versickern lassen, wenn's beliebt. Und auch wenn's nicht beliebt, aye).

»Aaaber …« Es folgte ein unüberhörbares Räuspern. »Verstoßen wir damit nicht gegen Paragraf Eins der Milchstraßenverkehrsordnung, ehrenwerter Kapitän?«

»Doch, Neko-chan, das tun wir sehr wohl. Aber ich fürchte, das Knöllchen müssen wir riskieren.«

»Endlich! Das wollte ich hören! Schließlich sind wir Piraten, aye, das sind wir!«, krakeelte Hatschi und leistete dem herbeigesehnten Befehl seines Kapitäns Folge. Die dickwanstigen Turbinen des Raumschiffs sprangen an und schäumten blubbernd die Milch unter der Argo auf, als würde sie auf einer gigantischen Tasse Café au Lait schwimmen. Die gigantischste Tasse der Welt und aller anderen Welten.

Das Geheule riet Su mit dröhnender Edelstahlstimme eindringlich, sich schleunigst eine Möglichkeit zum Festklammern zu suchen. Panisch kundschaftete das Mädchen die Umgebung aus. *Nichts!* Ihre Blicke huschten über Deck wie Suchscheinwerfer, die in einem Gefängnisinnenhof ein paar Ausbrecher jagten. *Die Strickleiter am Mast vielleicht?*

Als das eben erwähnte Quizshow-*MÖÖÖP* in ihrem Kopf erklang, fiel ihr ein, dass sich die Seile beim letzten Mal leider nicht bewährt hatten. Ihr Hinterteil hätte davon ein schmerzhaftes Liedchen singen können, sogar mit einem Refrain, der von blauen Flecken erzählte. Wenn Hinterteile singen könnten, versteht sich.

Plötzlich spürte Su, wie sie von zwei Armen umschlungen wurde. Aison hatte sich hinter ihr auf die Schiffsplanken gekniet, hielt das Mädchen fest und drückte es an sich. Eigentlich war es eher eine liebevolle Umarmung als ein Festhalten. Eine väterliche Umarmung. Wie sehr hatte sich die Siebenjährige nach diesem wundervollen Gefühl gesehnt! Es war herrlich warm. Wärmer als eine dicke Decke in klirrend kalter Winternacht, wärmer als heißer Sand unter nackten Füßen an einem Sommertag am Strand. Es war einfach nur herrlich warm.

Aisons Mähne kitzelte Sus Ohren, als der Kapitän ihr einen melodiösen Reim ins Ohr flüsterte. »Ich halte dich, ich bleib bei dir, falt uns ein Schiffchen aus Papier. Ich werf es in den Ozean, komm, lass uns zu den Sternen fahren.«

Von dem turbulenten Raketenstart, den die Crew mit gewohnt ausgelassenem Geschrei zelebrierte, bekam Su nichts mit. In diesem Augenblick nahm das Mädchen, das ohne Papa (und streng genommen auch ohne Mama) aufwuchs, nur Geborgenheit wahr, die den Moment von Zeit befreite. Erst als das Schiff über den Rand der Straße hinausgeschossen war und durchs All glitt, kam Su wieder zu sich. Bei dem Anblick, der sich ihr nun bot, vergaß das Mädchen jedoch prompt erneut alles, was um sie herum geschah. Alles bis auf eine Sache: diese unvorstellbare Kreatur. Sus gebündeltes Sinneslicht fiel auf die Trägerin des Planeten Shikuhya, eine ***KOLOSSALE*** Kuh.[1]

---

1 Anmerkung des Autors: Das Wort KOLOSSAL wird der Größe dieses göttlichen Wesens nicht ansatzweise gerecht. Trotz Versalien, Unterstreichen, Kursivierung und Fettung. Vergebt und vergesst, ich bitte Euch. Denn ich habe es versucht, aye, das habe ich, wie Hatschi sagen würde. Gebracht hat's leider nichts. Jedoch existiert – mit Verlaub – einfach kein Adjektiv, das dazu imstande wäre, die Größe der Mirukuh-Kami trefflich zu beschreiben. Dafür müsste man ein neues Wort schmieden. Nun, immerhin ist *kolossal* in Kombination mit *Kuh* eine hübsche Alliteration.

III

Wenn sich alle Kühe des Planeten Erde zu einer muhenden Räuberleiter auftürmen würden, so würden sie trotzdem noch nicht einmal das Schienbein der Milchgöttin erblicken. Dieser Vergleich sollte die Größenverhältnisse ein wenig in Perspektive rücken. Die Weltraumkuh war fast ausnahmslos weiß. Einzig ihre langen Hörner hatten die Farbe von antiken Goldmünzen (und unterschieden sich nicht nur in ihrer Größe, sondern auch ihrer Form von denen einer normalen Kuh, wuchsen sie doch nahezu kerzengerade aus dem Schädel). Mitten auf dem Kopf ragte noch etwas empor, das vergleichsweise winzig war und von Su daher aus der Distanz unmöglich identifiziert werden konnte. Über dem bulligen Schädel schwebte ein greller Kringel aus Licht, und am Rumpf befanden sich auf jeder Seite drei prächtige Flügel sowie je zwei weitere (etwas kleinere) an den Beinen. Sie bewegten sich in etwa so langsam wie die Schwingen eines Adlers in einer Tierdokumentation, die dem Zuschauer in der Zeitlupenwiederholung einen Landeanflug des Raubvogels präsentierte.

Die Mirukuh-Kami hatte nicht nur einen, sondern gleich drei Schwänze. Am bemerkenswertesten war jedoch die Tatsache, dass dieses majestätische Geschöpf einen Planeten trug. Auf ihrem Rücken ruhte die Welt Shikuhya, die aus der Ferne der milchigen Glaskugel eines Wahrsagers ähnelte. Offensichtlich bestand sie zum Großteil aus Milchmeeren. *Wenn die Erde der blaue Planet ist, dann muss Shikuhya wohl der weiße Planet sein,* dachte Su.

Trotz seiner immensen Größe strahlte das göttliche Geschöpf die Gefahrlosigkeit eines kleinen Kälbchens aus. Das größte kleine Kälbchen, dem je der Staub der Sterne zum Einschlafen in die Augen gerieselt war.

Noch immer kniete das Oberhaupt der Milchbart-Piratenbande hinter dem Mädchen. »Ist sie nicht wunderschön? Das ist sie wahrhaftig, nicht wahr?«

Su erwiderte nichts. Konnte es nicht. Ihr Geist schrie förmlich vor Faszination und Entzückung, doch ihr Mund schwieg (obwohl er weit offen stand).

»Man sieht nicht alle Tage eine Göttin. Schau sie dir gut an, Kleine. Wir beginnen gleich mit dem Landeanflug.« Der Löwenmann richtete sich wieder auf, um den nächsten Befehl zu brüllen (nach alter Löwensitte eben): »Eintritt in die Stratosphäre vorbereiten, Herrschaften! Alle Piraten auf ihre Posten!«

IV

Sekunden später bohrte sich das Raumschiff durch das fluffige Wolkendach über Shikuhya wie der Finger eines Kindes durch Zuckerwatte. Dem klebrigen Zeug hatte Su nie etwas abgewinnen können. Sie war eher der Gebrannte-Mandeln-Typ. Beim jährlichen Jahrmarktbesuch im Spätsommer durfte eine extragroße Tüte nie fehlen. Manchmal sogar zwei – selbst wenn das gesamte (recht mickrige) Taschengeld dafür draufging. Da verzichtete Su lieber auf Kettenkarussell und Konsorten. Die Achterbahn mied sie ohnehin wie ein Vegetarier eine Bratwurst. So sollte es nicht verwunderlich sein (um den Kreis an dieser Stelle wieder zu schließen, wenn's beliebt), dass sie den vergleichsweise entspannten Landeanflug (man erinnere sich an das rasante Eintreffen auf Vanilland) auf den neuen Planeten gründlich genießen konnte. Ganz und gar erstaunlich, dass nun ausgerechnet ein siebenjähriges Mädchen im Begriff stand, den bereits zweiten Planeten zu besuchen, den noch kein Mensch vor ihr betreten hatte, nicht wahr?

Mit ihrer Theorie vom weißen Planeten lag Su übrigens goldrichtig. Als das Piratenschiff die Wolkendecke über Shikuhya durchbohrt hatte, erblickte die Besatzung die Oberfläche des heiligen Himmelskörpers. Weiße Fluten, so weit das Auge reichte. Mit Ausnahme einer ungewöhnlichen Inselgruppe, die aus einer großen runden Hauptinsel in der Mitte und vielen kleinen runden Inselchen ringsherum bestand. Von jeder der grünen Sommersprossen auf den blassen Wangen des Milchmeeres führte eine Brücke zur Hauptinsel, auf der ein kegelförmiger Berg seinen

Gipfel in den Himmel hob. Um ihn herum schlängelte sich ein spiralförmiger Weg bis zur Spitze, auf der eine kranähnliche Maschine stand. Sie war so groß, dass man sie selbst aus Hunderten Metern Höhe mühelos erkennen konnte.

»Ganz schön öde hier«, stänkerte NekoNeko, die vom Ausguck aus alles unter die Lupe (oder besser gesagt unters Fernrohr) nahm. »Was machen die Leute denn den ganzen Tag auf diesem Planeten? Schwimmen?«

»Weit gefehlt, Neko-chan«, meldete sich ein – für seine Verhältnisse – ungewöhnlich besonnener Hatschi zu Wort. »Die Bewohner von Shikuhya sind sehr eifrige Leute, aye, das sind sie fürwahr.«

Nörgel-Neko nahm dies mit einem Gesichtsausdruck zur Kenntnis, der »Hört, hört! Und woher willst ausgerechnet du das wissen?« zu sagen schien. Sie holte schon genug Luft, um ebendiese mimische Schnippigkeit zu einer akustischen aufzublasen, doch blieben ihr die Worte ausnahmsweise im Halse stecken. Woher ausgerechnet Hatschi dies nun wissen wollte, blieb daher ein großes Geheimnis – zumindest vorerst.

»Triebwerke drosseln und Segel einholen!«, grätschte der Kapitän in das aufkeimende Wortgefecht. »Wir landen an der Hauptinselküste.«

Die See war ruhig und die Meeresoberfläche so glatt wie ein pedantisch ausgestrichener Pizzateig, auf dem der Schatten der Argo Navis nun zu dem eines geflügelten Ungeheuers heranwuchs. Etwa einhundert Meter über dem Meeresspiegel lüftete die Crew das grüne Geheimnis der kleinen Inseln, die noch vor wenigen Augenblicken wie winzige Farbtupfer im Milchmeer gewirkt hatten: Gras. Gras in rauen Mengen. Keine Häuser, keine Straßen, keine Strände. Nur Gras. Und das auf jeder einzelnen der kreisförmig angeordneten Mini-Inseln, die das Hauptteiland umzingelten. Gras – und Menschenhunde, die es hier säten, dort mähten und in zusammengeschnürten Ballen in der Nähe der Brücken aufstapelten, die auf die Kegelberginsel führten. Mit einem geradezu ausgelassenen Winken hießen sie die Piraten auf dem heiligen Planeten willkommen, als diese auf ihrer fliegenden Raubkatze durch den Himmel über ihnen jagten. Ein Winken, das Hatschi ekstatisch erwiderte. So wie ein Wanderer, der nach einer langen Reise zu Freunden und Familie heimkehrte. In seinen feuchten Augen funkelten Poesiefragmente einer Geschichte, die vor langer Zeit erzählt worden war. Seiner Geschichte.

Auszug aus der Milchstraßen-Mythologie V:
Mirukuh-Kuni & Mirukuh-Kami (Teil 2)

Die sieben Mirukuh-Kuni und ihre Träger, die Mirukuh-Kami:

Shikuhya – Bishamon
Shinjukuh – Benten
Harajukuh – Ebisu
Akuhhabara – Hotei
Kuheno – Fukurokuju
Ikebukuhro – Daikoku
Kuhdaiba – Jurōjin

V

»Nanuk! Jetzt aber raus aus den Federn, du Siebenschläfer. Auf den Feldern gibt's massig zu tun!«

»Aber Mama, heute ist doch Sonntag!«

»Nun, da magst du ja recht haben, mein kleiner Faulpelz, aber Bishamon knurrt auch am Wochenende der Magen.«

»Mein Magen knurrt auch, Mama, aye, das tut er! Wie der eines Eisbären!«

»Na, dann machst du deinem Namen ja alle Ehre, Sohnemann. Wenn der kleine Eisbär nicht verhungern möchte, sollte er jetzt schleunigst aufstehen, sonst verdrücke ich sein Frühstück, aye, das werde ich. Du weißt doch – alte Familienangewohnheit.«

Diese Warnung schmiss Nanuk schlagartig aus dem Bett. Seinen Namen, der in der Sprache des alten Volkes so viel wie »Eisbär« bedeutete, hatte der Akita-Welpe übrigens seinen ungewöhnlich weißen Ohren zu verdanken, die ähnlich wie seine stets überschwänglich gute Laune und sein grenzenloser Appetit Nanuks Markenzeichen waren. Der Magen des Hundeknaben schien ein schwarzes Loch für Leckereien zu sein.

Das Hündchen hopste auf die Holzdielen seines kleinen Zimmers, rieb sich die Augen, die die Farbe des Nachthimmels hatten, streckte sich dann kräftig und gähnte, als wäre er aus einem hundert Jahre langen Schlaf erwacht. Aus der Küche duftete es herrlich nach frisch gebackenem Brot, Spiegeleiern und gebratenem Speck.

Zum Frühstück vertilgte Nanuk drei Spiegeleier, fünf großzügige Streifen knusprigen Speck und zwei Scheiben von dem köstlichen Brot, das eine dicke Kruste hatte und noch warm von der Umarmung des Ofenrohrs war. Das Endstück verschlang Nanuk auf dem Weg zurück in sein Zimmer, wo er noch hastig sein rotes Halstuch aus einer schlichten Kommode hervorkramte, bevor der mit seiner Mutter und seinem Vater auf die Felder zog. So wie an jedem Tag.

Nanuk lebte gemeinsam mit seinen Eltern auf Shikuhya. Wie alle Bewohner des Planeten widmete sich auch seine Familie hingebungsvoll (ja beinahe aufopfernd) der Feldarbeit. Auf insgesamt acht kleinen Inseln bestellten die Einwohner Tag für Tag die Äcker, um den Titan, der ihre Heimat wie einen Rucksack auf seinen riesenhaften Schultern trug, mit ausreichend Futter zu versorgen. Kosmosgras, wenn's beliebt. Eine äußerst seltene Grassorte, die nur auf sehr wenigen Planeten in der Milchstraßen-Galaxie vorzufinden war.

Das bescheidene Häuschen, in dem der Junge aufwuchs, befand sich – wie die meisten anderen Häuser des Planeten – unter der Erde. Jeder Zentimeter der Inseloberflächen wurde genutzt, um Gras anzubauen. Für die Leute, die auf den Kosmosgrasinseln von Shikuhya lebten, war dieser klaustrophobische Umstand in Ordnung. Sie arrangierten sich damit und führten ein einfaches, aber glückliches Leben. Das taten sie wahrhaftig.

Wenn die Lichter in der Siedlung abends erloschen, schlich sich Nanuk hin und wieder hinaus in die Nacht und ließ sich von einem der großen Aufzüge (die die Bewohner morgens nach oben und abends nach unten transportierten) an die Oberfläche tragen. Oftmals lag er dann stundenlang im Gras, und seine Sehnsucht flog hinauf zu den Sternen. Wenn die Müdigkeit seine Augen schließlich mit schweren Lidern zudeckte, bereiste er sie in seinen Träumen.

Obwohl ihn oft die Abenteuerlust packte, betrachtete es auch Nanuk als großes Privileg, dass das Schicksal ihn einst angelacht und ihm das Geschenk in die Wiege gelegt hatte, seine Tage dem Wohlergehen einer Gottheit zu widmen. Diese vorherbestimmte und existenzielle Aufgabe, die den Fortbestand der Milchstraße sicherte, zog sich wie ein roter Faden durch das Leben aller Shikuhyaner. Oder treffender gesagt: wie ein grüner Halm. Doch Nanuks roter Faden drohte zu reißen, der grüne Halm von den Schicksalswinden davongetragen zu werden über die weißen Weiten der Milchstraße.

An diesem Tag blieb die erhoffte Wirkung von Nanuks rotem Tuch praktisch gänzlich aus, obwohl er es sich – so wie jeden Tag – eng anliegend und mit einem Doppelknoten über Mund und Nase festzurrte. Seine Gräserallergie wurde von Jahr zu Jahr schlimmer, die Arbeit auf den Feldern eine zunehmend größere Qual. Die Augen juckten, der Hals kratzte, die Nase nieste. Und das sogar noch beim Abendessen fernab der Kosmosgrasfelder in der heimischen Stube und mit Acho-Karacho in den vor ihm stehenden Teller. Die Tomatensuppe zerstäubte wie roter Sprühregen über den gesamten Esstisch. Und das Essen. Und die Essenden. Vor ein paar Monaten hatten Nanuk und seine Eltern noch herzhaft über solche Nasen-Tornado-Verwüstungen lachen können. Inzwischen nicht mehr. Alle wussten, dass es so nicht weitergehen konnte. Alle wussten, dass Nanuk früher oder später fortgehen musste. Fort von den Feldern. Fort von der Heimat, den Freunden und der Familie.

Behutsam tupfte die Mutter dem untröstlichen Jungen mit den weißen Eisbärohren die roten Tröpfchen vom Gesicht, als würde sie eine blutende Nase verarzten. Die Nase war in Ordnung, sein Herz war es, das blutete. Und das seiner Eltern.

Der Tag des Abschieds kam sogar noch schneller als befürchtet.

»Pass gut auf dich auf, mein kleiner Eisbär«, schluchzte Nanuks Mama, als es an der Zeit war, Auf Wiedersehen zu sagen. Sie wollte stark sein, es ihrem Liebling nicht noch schwerer machen und sich die Tränen am liebsten zurück in die Augen schieben. Vergebens. Sie küsste ihren Sohn so zärtlich auf die Stirn, wie es nur eine Mutter konnte, und streichelte noch einmal seine Ohren. Ohren, die die Farbe des Schnees hatten.

Sein Vater schloss ihn fest in die Arme. Aus seinen Augen quoll salziges Wasser, aus seinem Mund quollen süße Worte.

»Wir sind fürchterlich stolz auf dich, Junge. Weiße Tage und goldene Nächte, mein Sohn.«

»Mögen auch die Euren in Weiß und Gold gehüllt sein. Lebt wohl, Mama und Papa. Hera hab Dank, und Dank sei Euer. Ich hab euch schrecklich lieb, aye, das hab ich!«

Nanuk wischte sich tapfer die Tränen aus dem Gesicht und unternahm die ersten Schritte auf den Trampelpfaden seiner Zukunft. Als er sich noch einmal zu seinen Eltern umdrehte, hatte der Horizont ihre Silhouetten bereits mit dem scharlachroten Licht der untergehenden Sonne überpinselt.

Bevor der Hundejunge die Brücke betrat, die von seiner Heimatinsel führte, kitzelte es in seiner Nase, als wollten sich die Kosmosgrasfelder bei ihrem Freund entschuldigen. Und sich von ihm verabschieden. Auf Wiedersehen. *Hatschi!*

VI

Das Schiff der Milchbart-Piratenbande ging am abgeschiedenen Ufer von Shikuhyas Hauptinsel vor Anker. In die laue Meeresluft hatte sich der belebende Duft von frisch gemähtem Kosmosgras geflochten. Es roch nach Frühling. Eine liebliche Komposition aus fremdartigen Vogelrufen und dem Rauschen des Meeres war die Hintergrundmusik dieser paradiesischen Küstenkulisse, die so wundervoll war, dass sich alle Schönheit der Welt und die aller anderen Welten vor ihr verneigt hätte.

Aison, NekoNeko, Hatschi und Su gingen von Bord, um den schneeweißen Strand zu betreten. Tief atmete die See ihre Wellen ein und aus. Die Fuß-(und Tatzen-)spuren der Crew gingen im Sand verloren, als die angespülte Gischt sie behutsam bedeckte und dann in ihren schäumenden Armen hinaus aufs Meer trug. So, als wären sie niemals hier gewesen. So, als wäre noch nie jemand hier gewesen.

Etwa einhundert Meter vor ihnen, am Fuße des Kegelbergs, entdeckte Su ein kleines Gebäude, das wie eine Mischung aus Haltestelle und Holzverschlag aussah. Unter dem Dach waren Dutzende (fein säuberlich zusammengeschnürte) Grasballen aufgetürmt, und daneben stand ein Schild auf dem »S-VIII« zu lesen war. Als sich die Piraten näherten, entpuppte sich das hölzerne Häuschen tatsächlich als Station für ein Schienenfahrzeug. Zumindest ließen die verlegten Gleise keine Zweifel aufkommen, dass hier zuweilen etwas vorbeirollte. Vermutlich etwas, das die Grasballen irgendwohin beförderte.

»Fährt hier etwa ein Zug?«, fragte Su in die Runde.

Gerade als Hatschi zu einer Antwort ausholen wollte, kam ihm ein leises, aber unverwechselbares *Tschu-Tschuuu* aus der Ferne zuvor und machte die Ausführungen des Steuermannes mit der verborgenen Vergangenheit überflüssig. Auf den Gleisen kam ein Zug angedonnert. Die silberne Lok keuchte weiße Rauchwolken aus ihrem verchromten Schornstein, und die auf den Waggons glitzernde Sonne verwandelte das schnaubende Gefährt in eine funkelnde Sternschnuppe, die sich auf diesen Planeten verirrt hatte und nun geradlinig auf die Piratencrew zusteuerte.

VII

Es dauerte nur etwa eine Minute (und drei weitere *Tschu-Tschuuus*), bis der hechelnde Zug mit quietschenden Rädern und sprühenden Funken an der Haltestelle zum Stehen kam und dort erst einmal ordentlich Dampf abließ. *Pffffff*! Die Waggons, die ihrer Lok untergeben über die Schienen folgten, waren klotzig und karg. Geschliffenes Metall, keine Fenster, kein Schnickschnack und vermutlich auch keine Menschenfracht (oder andere Passagiere). Die glühende Lokomotive ähnelte einem angespitzten Baumstamm aus Stahl. Auf der Oberseite befand sich ein zigarrenförmiger Schornstein (aus dem noch immer dichter Rauch strömte), vorne waren zwei kreisrunde Scheinwerfer montiert, die im Moment jedoch dem Tageslicht den Vortritt ließen. Die Dampflok hatte zwar ein Führerhaus, jedoch – zur großen Verwunderung der Crew – keinen Führer.

»Wer steuert diesen Zug?«, wollte Su wissen.

Wieder war es Hatschi, der seinem »Dann spitzt mal die Lauscher«-Gesichtsausdruck nach zu urteilen eine Antwort auf Lager hatte, und wieder wurde sie ihm vorweggenommen.

»Das wäre dann ich, *tschuuu*!«

Die Piraten warfen sich gegenseitig irritierte Blicke zu und suchten den leer stehenden Führerstand nach dem Besitzer der rauchigen Stimme ab. Doch da war niemand. Dort war gar nichts. Die stählerne Kabine wirkte von innen wie eine geplünderte Kühlkammer. Sie enthielt keinerlei Hebel, Schalter, Pedale oder andere Bedienelemente, die eigentlich zum Betrieb des Fahrzeugs zwingend notwendig gewesen wären. Kein Lokomotivführer, keine Instrumente. Auf der Armatur war lediglich eine etwa zwanzig Zentimeter lange und zehn Zentimeter hohe Metallplatte angeschraubt, auf der ein Schriftzug eingearbeitet worden war:

Modell: YAM.ANNO 2.22
Typ: Transportzug
© ASTRO Industries Inc.
MADE IN KUHDAIBA

»Yamanno«, las Su den Modellnamen mit tonloser Stimme und fuhr dabei mit dem Zeigefinger sachte die eingravierten Buchstaben nach.

»Das wäre mein Name, *tschuuu*«, wummerte es aus kleinen Lautsprechern, die den Piraten erst jetzt auffielen.

»Die Fahrscheine bitte, *tschu tschuuu*!«, johlte der Zug vergnügt. »Keine Sorge, ich erlaube mir nur einen kleinen Schabernack, wenn's beliebt. Die Fahrt ist natürlich kostenlos. Wo darf's denn hingehen?«

Su war sich nicht sicher, was sie mehr überforderte: die Antwort auf die Frage nach ihrem Reiseziel, oder die Tatsache, dass ebenjene Frage von einem sprechenden Zug gestellt worden war. Vermutlich war es die Summe aus beidem. Aye.

Sogar der sonst so abgeklärte Kapitän Aison musste erst die Verblüfftheit aus seinem Kopf verscheuchen, und so ergriff Hatschi das verbale Zepter. Diesmal würde man es ihn auch schwingen und den Hund zu Wort kommen lassen.

»Goldene Tage und weiße Nächte, Yamanno-san.[1] Uns erreichte ein Funkspruch mit der Bitte, nach Shikuhya zu kommen. Und hier wären wir, aye, wir sind gekommen. Wir, die Milchbart-Bande, die legendärsten Piraten der Straße. Mit dem legen-

1 Anmerkung des Autors: Das Anhängsel »san« wird in dieser Region des Weltalls als Höflichkeitsform an einen Namen gekoppelt.

därsten Schiff der Straße, das vom legendärsten Steuermann der Straße ... gesteuert wird, aye!«

NekoNeko wedelte Hatschis Selbstbeweihräucherungswölkchen beiseite. »Vergebt und vergesst, dass ich es mir anmaße, die Hatschihymne zu unterbrechen, ich bitte Euch. Aber bin ich hier die Einzige, der das unfassbar peinlich ist?«

Stille.

»Ja? Euer Ernst? Na schön.« Die Katze wandte sich kopfschüttelnd ab.

Aison und Su mussten unvorstellbare Beherrschung aufwenden, um sämtliche *Hahas*, *Hihis* und *Höhös* hinter den Lippen gefangen zu halten.

»So ist das also«, sprach der Zug. »Dann wurdet ihr bestimmt vom Wächter dieses Planeten gerufen, dem Hirten der Mirukuh-Kami, *tschuuu.*«

»Aye! Würdest du uns zu ihm bringen?«

»Aber mit dem allergrößten Vergnügen. Ihr müsst euch nur noch einen Augenblick in Geduld üben, wenn's beliebt, *tschu tschuuu.*«

Insgesamt acht wuchtige Waggons hielten sich an den stählernen Händen, um sich von Yamanno über die Insel ziehen zu lassen. Jeder einzelne war mit dem Buchstaben »W« und einer römischen Zahl von eins bis acht gekennzeichnet.

»Und los geht's, *tschu tschuuu*«, schmetterte das verrußte Lokomotivenorgan durch die Boxen, woraufhin sich das Dach des hintersten Anhängers (der mit der Nummer »W-VIII«) knarzend öffnete. Der Anblick erinnerte an die überdimensionale Version eines Eierkartons, den man im Supermarkt rasch öffnete, um sich zu vergewissern, kein Rührei mit nach Hause zu nehmen.

Als das gewaltige Verdeck aufgeklappt und mit einem lauten *klack klack* eingerastet war, schossen zwei mechanische Arme aus dem Wagen wie Reptilien eines Schlangenbeschwörers, der soeben den Deckel seines Korbs gelüftet hatte, um die Sonne hereinzubitten. Sogleich machten sich die Greifarme ans Werk und schnappten einen Grasballen nach dem anderen, um sie ordentlich im VIIIer-Waggon zu verstauen. Su verfolgte jede Bewegung der filigranen Kräne (eigentlich müsste man eigens für diese Vorrichtung das Wort »Filikräne« ins Wörterbuch aufnehmen, mit Verlaub), während sie den Kopf von rechts nach links, von links nach rechts und dann wieder von rechts nach links drehte, als würde sie ein Tennismatch verfolgen. »Satzball(en)!«

Als die Arbeit schließlich getan und auch der letzte Kosmosgrashalm verladen war, huschten die Stahlschlangen zurück in ihr Versteck. Deckel zu, *klack klack*.

»Das wäre erledigt! Es kann also losgehen, verehrte Fahrgäste, *tschu tschuuu*!«

»Nun wird es aber auch allerhöchste *Eisenbahn*!«, scherzte Hatschi. »Versteht ihr? *Eisenbahn!*«

»Immer mit der Ruhe, eine alte Lok ist schließlich kein *D-Zug*«, forderte Yamanno den Piratenhund laut lachend zum Wortspielduell.

»Vortrefflicher Konter! Da muss ich wohl noch *eine Schippe nachlegen*, mein rauchender Freund, aye, das muss ich wohl!«

»Fürwahr, fürwahr, sonst hast du nämlich *die rote Laterne*!«, hielt der Zug dagegen.

Hatschi und auch Su und Aison schossen ihre Lachsalven bis zur Spitze des Kegelbergs hinauf wie Silvesterraketen. Nur NekoNeko blickte recht finster drein, war sie doch weder die größte Spaßkanone dieser noch irgendeiner anderen Welt. Auch der nächste Kalauer, der diesmal aus Sus schlagfertigem Mundwerk purzelte, sollte der Katze kein Grinsen entlocken: »Also, ich genieße euer Scharmützel in *vollen Zügen*!«

Hatschi bellte ein beherztes Lachen. Natürlich hatte er sich schon die nächste Pointe zurechtgelegt und kindlichen Spaß daran, sie direkt auf die griesgrämige NekoNeko-Nase zu binden.

»Unser Kätzchen versteht nur *Bahnhof*, aber leider keinen Humor.«

Die Piraten hielten sich die Bäuche vor Lachen, und der Zug hielt auf den Gipfel zu.

VIII

Als sich die Tränen zum Trocknen in den frischen Fahrtwind gelegt hatten, begann Su ihren neuen Freund mit Fragen zu löchern.

»Was hat es mit diesen Graspaketen auf sich, Yamanno? Wohin bringst du sie, und was bedeuten die Zahlen auf deinen Waggons?«

»Nun, das möchte ich euch sehr gerne erklären, *tschuuu.*« Offensichtlich freute sich die einsame Eisenbahn darüber, endlich mal wieder mit Passagieren zu plaudern. Und so begann der sprechende Zug zu sprechen, während er über die Gleise bretterte, die sich in einer Schienenspirale sanft um den Berg schmiegten wie ein schwarzes Schmuckstück um einen Hals aus Stein.

»Wie euch vielleicht aufgefallen ist, umgeben Shikuhyas Hauptinsel, auf der wir uns zur Sekunde befinden, acht kleine Inseln. Auf ihnen wird das sogenannte Kosmosgras angebaut und geerntet. Die Feldarbeiter und Arbeiterinnen schnüren das Gras zu Ballen zusammen und transportieren es auf Güterloren über eine Brücke zur nächstgelegenen Station. Jede Insel hat ihre eigene, müsst ihr wissen. Am Fuß des Berges gibt es also insgesamt acht. Die, die wir soeben verlassen haben, Station VIII oder kurz S-VIII, wird entsprechend von Insel Nummer VIII, kurz I-VIII, beliefert und bestückt, *tschuuu*. Ganz ähnlich wie die Inseln sind auch die Stationen kreisförmig um den Berg angeordnet. Aber nicht im Meer, sondern direkt am Fuße des Heiligen Hirten-Hügels. Das ist der Name dieses Felsens, wenn's beliebt. Dreimal täglich grase ich sämtliche Stationen ab.

»Du *grast* sie ab? Fängst du etwa schon wieder mit den Wortspielen an?«, zischte NekoNeko.

»Oh, *tschu tschuuu*, das war keine Absicht. Vergib und vergiss, ich bitte dich. Wo war ich stehen geblieben? Ach, richtig. An den Stationen werden die Graspacken verladen. Die Ballen von Station I landen im Waggon I oder kurz W-I. Die von S-II in W-II und so weiter. Station VIII ist mein letzter Stopp auf der Tour, bevor ich meine Endhaltestelle S-IX ansteuere, die sich auf dem Gipfel befindet. Das Glück war euch also hold. Wärt Ihr mit eurem Schiff nicht ausgerechnet in der Nähe von S-VIII vor Anker gegangen, wäre ich euch wohl vor der Nase weggefahren, und Ihr hättet den Berg per Pedes hinaufstapfen müssen, *tschu tschuuu*.«

»Das ist ja alles total interessant!«, rief Su und versuchte dabei den japsenden Zug, die ratternden Schienen und den brausenden Gegenwind zu übertönen, während Yamanno in sagenhafter Geschwindigkeit über die Gleise stürmte. »Aber was passiert denn auf dem Gipfel mit all dem Gras?«, setzte Su ihr Interview (als rasende Reporterin im wahrsten Sinne) fort.

»Nun. Es wird verfüttert.«

»Verfüttert?«, vergewisserte sich das Erdenmädchen. »Doch nicht etwa an …?«

Ein nostalgisches Schmunzeln breitete sich in Hatschis Gesicht aus.

»Oh doch! An Bishamon, die Mirukuh-Kami, die diesen Planeten schultert, *tschuuu*.«

»Aber wie um alles in dieser und allen anderen Welten füttert man eine so riesige Kuh?«

»Mit dem Kosmoskran«, antwortete die Lok. »Eine antike Maschine, so reich an Jahren, dass man sie nicht mehr zu zählen vermag. Der Kran befördert das Gras bis zum Maul der Göttin. Sie muss einfach nur noch zuschnappen. Als würde man einem Baby einen Löffel Brei vor die Nase halten, *tschuuu*.«

Dem Mädchen entfuhr ein wonniges »Wow!« mit lang gezogenem *OOO*. »Dann war es also dieser Kosmoskran, den wir aus der Luft gesehen haben!«

»Er ist gewaltig, nicht wahr? Diese Fütterungsvorrichtung, die das Alte Volk einst konstruierte, wird von über einhundert Spezialisten bedient. Grasinspizienten, Beladungsburschen, Aufzugfahrer, Kranführer, Instandhalter, ja sogar Rostbefreier! Das stelle man sich einmal vor! Ihr werdet den Kosmoskran gleich aus der Nähe sehen. Wir erreichen in wenigen Minuten die Spitze des Heiligen Hirten-Hügels, verehrte Fahrgäste, *tschu tschuuu*!«

IX

Als Yamanno den Gipfel erklommen hatte, warf der Mond bereits sein erstes Silber vom Nachthimmel, und der Tag war in sein schönstes Abendkleid geschlüpft. Es war schwarz und mit Tausenden Juwelen besetzt. Strahlend betrachtete der Himmel sein Spiegelbild auf dem See, der vor dem Gipfel des Berges ruhte. Der Zug kam schnaufend am Ufer zum Stehen, und der Zauber des funkelnden Gewässers zog die Ankömmlinge sofort in seinen Bann. Auf den ersten Blick wirkte es fast so, als wären die Sterne, die sich auf dem Wasser spiegelten, versunkene Schätze, die auf dem Grund des Sees schlummerten.

»Wasser?«, riss Su die verträumten Schicksalsgefährten aus der Magie des Moments.

Aison staunte zustimmend. »Du hast recht, Kleine! Bei den Göttern, bei Bishamon, das ist wahrhaftig Wasser.«

»Vergebt und vergesst, meine Freunde, ich bitte Euch«, warf Yamanno ein. Er schien in Eile zu sein. »Ich fahre nun weiter zur Endstation. Das ist meine letzte Kosmosgraslieferung für heute, und die soll natürlich pünktlich zugestellt werden, *tschuuu*. Wenn's beliebt, werde ich danach hier warten und nehme euch nach eurem Besuch beim Hirten wieder mit hinunter zum Strand, *tschu tschuuu.*«

»Hera hab Dank, und Dank sei dein, Yamanno-san. Das Angebot nehmen wir sehr gerne an«, sagte Aison.

Die Piraten vollführten die Knie-Faust-Geste so synchron und elegant wie ein Ballettensemble und verabschiedeten sich für den Moment vom Gebieter der Gleise, der nun weiter Richtung Kosmoskran sprintete. Das Bauwerk, das am nördlichen Ufer des Sees thronte, sah von hier noch imposanter aus als aus der Vogelperspektive. Und das, obwohl Aison, Su, Hatschi und NekoNeko nur den unteren Teil sehen konnten. Die Spitze des Krans steckte wie ein riesiger Strohhalm im Schlund des Nachthimmels.

Nachdem die Piraten den leblosen Giganten ausgiebig (ja, beinahe bis zur Genickstarre) bewundert hatten, orientierten sie sich gen Süden. Dort, etwa eine Meile vor ihnen, befand sich die Residenz des Wächters. Erst als sich die Milchbart-Bande dem abgeschiedenen Gebäude näherte, das einer Kathedrale ähnelte, bemerkte sie, dass es gar nicht am Ufer des Sees stand. Vielmehr war das Zuhause des Hirten mitten auf einer Brücke erbaut worden, die ihren steinernen Bogen über den See spannte.

Kurz bevor die vier die Brücke erreichten, passierten sie eine massive Steintafel, die auf einem kleinen Podest am Ufer aufgestellt worden war. Von wem und wann blieb wohl auf ewig in der Schatulle der Milchstraßen-Geheimnisse verborgen. Die Piraten versammelten sich um die Tafel, um ihre Inschrift andächtig zu lesen:

Teich der Tränen

Hundert Tage und hundert Nächte weinten die Götter
um ihre Kinder. So verirrte sich die süße Milch des Sees
im Salz ihrer Tränen. In ihnen schlafen die Erinnerungen
an den heiligen Krieg der Straße.

Ein eisiger Schauer huschte über Sus Rücken und bescherte ihr zum Abschied Gänsehaut am ganzen Körper. »Was ist hier nur geschehen?«, fragte sie fast flüsternd.

»Ich weiß es nicht«, antwortete Aison geistesabwesend. »Ein

See, der mit den Tränen der Götter gefüllt ist. Ein heiliger Krieg. Nein, ich weiß wirklich nicht, was sich hier zugetragen hat. Doch ich bin mir sicher, dass uns der Hirte alles erzählen wird. Kommt schon, lassen wir ihn nicht länger warten.«

X

Nicht nur ein Zahn, sondern das gesamte Gebiss der Zeit hatte an dieser Brücke genagt. Überall lagen dicke weiße Marmorbrocken im Weg. Die Winde der JahrHunderte hatten sie vom Rumpf der unzähligen Skulpturen gefegt, die das Geländer verzierten. Nur ganz wenige Kühe aus der Herde der versteinerten Miniaturgöttinnen verfügten noch über alle Gliedmaßen und den gehörnten Kopf. Nach einem etwa zehnminütigen Fußmarsch, der sich zu großen Teilen als Slalomlauf gestaltete, erreichten die Wanderer die Ruine, die in der Mitte der Brücke kauerte. Sie saß dort wie eine alte Königin, die man vom Thron gestoßen hatte. Gebrechlich und grau, längst vergessen, doch wunderschön wie einst. Müder Wind kroch ächzend durch die Zahnlücken der alten Steindame.

Aison und seine Crew blieben vor dem Eingang des antiken Gemäuers stehen: einer morschen Flügeltür. Sie hatten das Gefühl, als läge eine andere Welt hinter dieser Holzpforte verborgen. Eine längst vergangene Welt.

Der Kapitän drückte mit beiden Händen gegen die Tür, die sich mit einem Geräusch öffnete, als würde eine Fichte Kniebeugen machen. Sie traten ein, und das Herz schlug wahrscheinlich nicht nur Su bis zum Hals. Bloß Hatschi wirkte völlig entspannt, ja, sogar vorfreudig.

An der Decke des Gebäudes hingen regungslose Kronleuchter, auf denen vor vielen Märchen die Flammen weißer Kerzen getanzt haben mochten. Im Heute waren sie längst erloschen. Goldenes Sternenlicht floss durch das löchrige Dach und tropfte auf den gefliesten Boden, wo es funkelnde Flecken hinterließ. Die Bleiglasfenster (wie sie Su aus der Kirche kannte) waren mit anmutigen Malereien verziert.

Fabelhafte Glaswesen lebten dort auf den erschöpften, aber noch immer scharfen Augen der alten steinernen Dame, mit denen sie in alle vier Himmelsrichtungen blickte – und auf ihren treuen, riesenhaften Diener, der auf einem Stuhl vor einem Altar saß. Einem Stuhl, der das Meisterstück der einhundert besten Schreiner des Universums gewesen sein musste. Die Arme des übergroßen Geschöpfs ruhten auf Lehnen, die den Hörnern seiner Herrin, der Milchgöttin Bishamon, nachempfunden waren. Die Nacht hatte der schwer atmenden Gestalt eine Schattenmaske übers Gesicht gezogen, sodass die Piraten nur ihre Umrisse sahen.

Als der Hirte seine Gäste bemerkte, schob er seinen kastigen Kopf aus der Dunkelheit. Das Haupt einer Eule.

»*Schuhuuu*, Ihr seid gekommen. Hera hab Dank, und Dank sei Euer, *schuhuhu*.« Die Worte des Hirten klangen so fröhlich wie Mozarts kleine Nachtmusik.

Kapitän Aison holte zu einer respektvollen Begrüßung aus. »Ihr habt uns gerufen, und wir sind dem Ruf gefolgt, ehrenwerter Hirte der Mirukuh-Kami und Wächter von Shikuhya, dem heiligen Planeten, dem Mirukuh-Kuni. Weiße Tage und goldene Nächte.«

Gerade als die Piraten voller Ehrfurcht auf ein Knie sinken wollten, um den greisigen Gastgeber gebührend zu begrüßen, erhob sich der Eulenmann aus seinem Stuhl und richtete sich – wenn auch nur so gemächlich wie ein Stundenzeiger – zur vollen Größe auf. Er war noch größer als Q-ma. Mit Leichtigkeit war er das. Der Wächter trug ein türkisfarbenes Kleidungsstück (eine Art lang geschnittene Kutte, nur wesentlich edler), das mit unzähligen goldenen Stickereien versehen war. Sein Bart und

Haupthaar hatten die Farbe der Dämmerung und waren zu dicken Zöpfen geflochten.

»Mögen auch die euren in Weiß und Gold gehüllt sein, *schuhuuu.*«

»Großväterchen! Großväterchen! Ich freue mich von Herzen, dich zu sehen, aye, von ganzem Herzen, alter Knabe!«, kläffte Hatschi übermütig und ließ eine Staubwolke und drei verdutzte Gesichter zurück, als er auf den Hirten zustürmte. Der breitete die gigantischen Flügel aus (*WUSCH*) und verschränkte sie sanft hinter dem Rücken des Steuermanns, um ihn in einer innigen Umarmung an seine gefiederte Brust zu drücken.

»Nanuk, lieber Nanuk! Wie lange mag das wohl her sein, mein tollkühner Freund? Lass dich angucken! Prächtig siehst du aus, ganz prächtig, *schuhuhu!*«

»Groß... ...väterchen?!«, stotterte NekoNeko, und sämtliche Fassung verlor dabei den Halt in ihrem Gesicht. »Hat er den Wächter gerade eben wirklich ›alter Knabe‹ genannt?! Und wer bitte schön ist dieser Nanuk?«

Auch Aison und Su verstanden die Welt (und alle anderen Welten) nicht mehr.

»Wie ich sehe, trägst du noch immer den Heiligen Hirtenstab bei dir, den ich dir damals zum Abschied geschenkt habe.«

»Aber natürlich Opi, er hat mir stets treue Dienste geleistet, aye, das hat er fürwahr.«

»*Opi*?! Würdest du wohl die Güte besitzen und uns ins Bild setzen, Hatschi?«, bat NekoNeko ungeduldig.

»Das kann warten, Neko-chan. Ich erzähle euch alles später.«

»Du hast recht, Hatschi«, pflichtete der Kapitän seinem Steuermann bei, um sich dann völlig fokussiert und voller Respekt und Neugierde an die Rieseneule zu wenden. »Weiser Wächter, sagt mir, weshalb Ihr uns herbestellt habt.«

»Nun, Aison Milchbart« sprach der Vogel, während der Löwe

gar nicht registrierte, dass er von einem Unbekannten mit seinem Namen angesprochen wurde. »Nennt mich Kambei, ich bitte Euch. Das Problem ist schnell erklärt. Ich bin in großer Sorge um Bishamon.«

»Es geht also um die Göttin. Was fehlt ihr? Bitte sprecht, Kambei-sensei.«[1]

»Nun, die Mirukuh-Kami gibt seit einigen Tagen keine Milch mehr, was schwerwiegende Konsequenzen nach sich zieht, *schuhuuu.*« In den eben noch so heiteren Ruf der Eule hatte sich plötzlich Schwermut gestohlen. Mozart spielte nicht mehr. »Der Milchstand der Straße ist viel zu niedrig, die Schiffe kommen nicht weiter. Das ist eine Katastrophe.«

»Nun wird mir einiges klar«, murmelte Aison, und auch die anderen Crewmitglieder realisierten schlagartig, dass sie noch immer im Stau stecken würden, hätten sie nicht die Abkürzung durchs All genommen.

»Aber weshalb nicht?«, fragte Su und raubte ihrem Kapitän in bester Piratenmanier die Frage von der Zunge.

»Ich will es euch zeigen, meine Freunde. Bitte folgt mir nach draußen.«

1 Anmerkung des Autors: Das Anhängsel »sensei« wird in dieser Region des Weltalls als Verehrungsform an einen Namen gekoppelt.

カンベイ

Kambei

XI

»Seht!« Der Wächter deutete mit einem seiner weißen Flügel, die größer waren als Palmenblätter, in den gestirnten Nachthimmel. »Dort oben, direkt über dem Kopf der Göttin, wohnte noch bis vor wenigen Tagen ein leuchtend heller Stern. Doch dann erlosch er urplötzlich und hinterließ schwarze Leere. Wo Licht war, da ist nun Dunkelheit.«

Beim Anblick ihres Kapitäns spürte Su förmlich, wie sich Entsetzen hinter Aisons Rippen drängelte. Dorthin, wo sein Leben schlug.

»Es geschieht also auch hier.« Wie auf Zehenspitzen schlichen sich die Worte klang- und kraftlos aus seinem Mund.

»Ja, Aison. Es geschieht auch hier. Es geschieht überall. Die Sterne in der Galaxie verschwinden, als würde sie jemand aus den Himmeln pflücken. Ein schwarzer Schatten breitet sich über unserer Heimat aus. Über der Straße. Und er wird von Tag zu Tag größer. Und dunkler.«

»Aber warum passiert das, Kambei? Wisst Ihr etwas darüber? Irgendetwas? Bitte, erzählt es mir!«, keuchte Aison bestürzt. Alle Farbe war aus seinen Zügen gewichen wie das Leben aus einem Sterbenden.

So aufgelöst hatten die Milchbart-Piraten ihren Kapitän noch nie erlebt. Keiner traute sich zu sprechen. Kaum zu atmen. Selbst in NekoNekos Schreihals schien ein Kloß zu stecken, der weder in den Magen rutschen noch aus dem Mund kullern wollte, denn die Späherin schluckte mehrfach. Die ergriffenen Piraten konnten regelrecht beobachten, wie lodernde Angst das Seelenheil des

Löwenmannes in Brand setzte. Doch ein kleiner Feuerwehrmann (oder eine Frau, wenn's beliebt) stieg furchtlos durch die Flammen und eilte zu Hilfe. Wie eine Decke, die man über ein wütendes Feuer wirft, um es zu ersticken, war es diesmal Su, die Aison eine liebevolle Umarmung schenkte. Oder eine Umbeinung, reichte sie dem Hünen doch gerade so bis zur Hüfte. Dann flüsterte sie ihm zu:

»Ich halte dich, ich bleib bei dir, falt uns ein Schiffchen aus Papier. Ich werf es in den Ozean, komm, lass uns zu den Sternen fahren.«

Nun musste auch der Anführer der Piraten kräftig schlucken. Dann kniete er sich zu Su nieder und schloss sie so fest in die Arme, als wollte er sie bis ans Ende der Zeit festhalten.

»Hera hab Dank, und Dank sei dein, Su« sagte er, gab das Mädchen frei und stand auf.

»Was auch immer Ihnen solche Angst macht, Aison – die Milchbart-Piraten lassen ihren Kapitän niemals im Stich. Gemeinsam bereisen wir die Straße und finden einen Weg aus der Finsternis.«

»Aye!«, unterstrichen NekoNeko und Hatschi voller Überzeugung die wundervollen Worte des Erdenkindes.

»Alles in Ordnung?«, fragte Kambei sanft, als würde er sich nach dem Wohlergehen eines Albträumers erkundigen, der soeben aus dem Schlaf geschreckt war.

Aison sah den alten Mann mit seinen tiefblauen Meeresaugen an. Der Sturm in ihnen hatte sich gelegt – die See im Gesicht des Seemanns war wellenlos und glatt gezogen. »Aye. Es geht schon wieder, Kambei-sensei. Es tut mir leid, dass ich Euch unterbrochen habe, vergebt und vergesst, ich bitte Euch.«

»Aber das ist doch nicht der Rede wert, junger Freund. Ich kann verstehen, dass Ihr aufgewühlt seid, ich bin es auch.«

Aison nickte dankbar. »Bitte, fahrt nun fort, Wächter.«

Su fragte sich, welche Bürde dem geheimnisvollen Wanderer mit dem Löwenkopf auferlegt worden war.

»Bishamon fürchtet sich schrecklich im Dunkeln, müsst ihr wissen«, nahm der Hirte in Eulengestalt den Faden seiner Erzählung, der zwischenzeitlich Aisons Herz zugeschnürt hatte, wieder auf. »Die Mirukuh-Kami macht nachts kein Auge mehr zu, seit der Stern verschwunden ist und das Licht nicht länger auf die Göttin herabrieselt. In der Folge wird Bishamon am Tage von Müdigkeit geplagt. Ihr fehlt die nötige Kraft, um Milch zu geben, und sie wird zunehmend schwächer. Ich bin in größter Sorge, trage ich als Hirte doch die Verantwortung, aber nur noch wenig Hoffnung in mir.« Niedergeschlagen klagte der Vogelopa dem porösen Sternendach ein kummervolles »*Schuhuuu*«.

Hatschi zeigte sich indes kämpferisch und half dem Optimismus der Gruppe wieder auf die Beine. »Wir alle sind davon betroffen, aye, die gesamte Straße ist davon betroffen. Lasst uns Bishamon einen Besuch abstatten und sehen, was wir ausrichten können.«

»Das klingt nach einem Plan, Hatschi« pflichtete NekoNeko ihrem Kameraden bei, und Aison besiegelte das Vorhaben mit einem selbstbewussten »Einverstanden, Herrschaften!«.

Kambei nickte zufrieden und zuversichtlich. »Wir müssen zum Kopf der Kuh. Von dort aus können wir die Situation am besten beurteilen. Ich fliege voraus, und wir treffen uns dort, abgemacht?«

»Abgemacht«, bestätigte der bis in die Mähnenspitzen motivierte Kapitän. »Können wir denn auf dem Kopf der Göttin mit der Argo Navis landen, ehrenwerter Hirte?«

»Um Milchgottes willen! Bloß nicht, Aison. Bishamon würde sich zu Tode erschrecken, *schuhuhu*. Aber am Halsansatz gibt es einen kleinen Steg. Dort könnt ihr mit eurem Schiff anlegen.«

»Verstanden, Kambei-sensei, wir werden uns sputen.«

Während die Piraten Beine und Herzen in die Hände nahmen und mit strammen Schritten und entschlossenen Mienen zum vereinbarten Treffpunkt mit Yamanno marschierten, setzten die Schwingen Kambeis ihren Herrn auf die Winde, die ihn hinauf in die Schwärze trugen. Dorthin, wo vor wenigen Tagen ein Stern sein letztes Licht auf die Straße geweint hatte.

XII

Nachdem Yamanno die Milchbart-Crew wie besprochen eingesammelt hatte (Hera hab Dank, und Dank sei sein), traten sie gemeinsam den Abstieg zu den samtweißen Stränden Shikuhyas an. Es war spät geworden, und schon bald würde der Osten des heiligen Planeten die Sonne an den Himmel heften, um dem Tag Einlass zu gewähren. Der Abschied vom sprechenden Zug fiel etwas gehetzt, aber sehr herzlich aus.

»Weiße Tage und goldene Nächte, Yamanno-san.«

»Mögen auch die Euren in Weiß und Gold gehüllt sein, Aison Milchbart. Und die Eurer Crew. Beehrt mich wieder, die Milchbart-Bande fährt bei mir immer erster Klasse, *tschu tschuuu*!«

Die Argo hisste die Segel, der Sonnenaufgang hievte den brennenden Planeten in die Höhe und mit ihm das geflügelte Piratenschiff, das nur Minuten später an dem kleinen Steg anlegte, den die Milchbärte, wie von Kambei beschrieben, am unteren Ende des Kuhhalses vorfanden. Hatschi schnürte das Gefährt an einem Holzpfahl fest wie ein Cowboy, der sein Pferd vor dem Saloon anband.[1]

Keine Hängebrücke der Welt (und aller anderen Welten) hatte so viel Potenzial, Schwindelgefühl oder Höhenangst auszulösen, wie der schmale Verbindungsweg, auf den die Gefährten nun

---

1 Anmerkung des Autors: Der Cowboyvergleich schien mir hier vortrefflich ins Bild zu passen, standen die Piraten doch im Begriff, auf eine der sieben größten Kühe des Universums zu kraxeln. Vielleicht war Bishamon sogar die größte. Ich glaube, dass selbst das Alte Volk nicht über dieses Wissen verfügte. Sicher bin ich mir jedoch nicht. See you, Space Cowboy.

stiegen, selbst wenn die Kluft unter ihr noch so tief war. Denn diese Kluft war tiefer. Eine Kluft ohne Boden und Endlichkeit. Ein Geländer gab es nicht, und Su wäre am liebsten auf allen vieren ans rettende Ufer (oder Kuhfer, wenn's beliebt) gekrabbelt. Doch die kleine Weltraumpiratin hatte sich vorgenommen, die Zähne zusammenzubeißen, auch wenn sich dies im Moment als äußerst schwieriges Unterfangen gestaltete, trommelten sie doch wie winzige weiße Presslufthämmer in ihrem Mund aufeinander – *Tatatatatat*. Doch das Mädchen von der Erde wollte tapfer sein. Für seinen Kapitän. Und so meisterte es den Übergang und betrat mit schweißnassen Händen und bebenden Beinchen noch vor allen anderen den Rücken der Göttin.

Beim ersten Schritt stellte Su den Fuß so zaghaft auf Bishamon ab, als müsste sie sich eine einsturzsichere Route über einen zugefrorenen See suchen. Mit einem zugefrorenen See hatte der feste Boden unter ihren Füßen jedoch nichts gemein. Vielmehr fühlte es sich so an, als würde sie durch eine weiße Weide laufen. Das Fell der Weltraumkuh war herrlich weich – oder eher göttlich weich, um im Bilde zu bleiben.

Nach ein paar Minuten erreichte die Crew eine Treppe. Ihre Stufen ruhten auf dem Hals der Kuh – die unteren wurden von einem gigantischen zinnoberroten Tor umrahmt.

Huckepack auf einer Göttin, dachte Su und schmunzelte verstohlen.

....

Auszug aus der Milchstraßen-Mythologie VI:
Torii

Die in der Sprache des Alten Volkes als Torii bezeichneten roten Tore dienen als Eingang zu heiligen Stätten wie Tempeln oder Schreinen. Meistens bestehen die Durchgänge aus Holz, jedoch existieren auch vereinzelte Exemplare aus Sternstein, Metall oder sogar purem Gold. In der irdischen Sprache bedeutet Torii »Vogelsitz«. Es lässt sich jedoch auch mit »hindurchgehen« oder »eintreten« übersetzen.

....

XIII

Die Treppe schien endlos lang. Zu diesem Zeitpunkt ahnten Su, Aison, NekoNeko und selbst Hatschi noch nicht, dass die Stufen, die sich in ihrem Sichtfeld auf dem monströsen Nacken ausbreiteten, nicht einmal das erste Viertel des Weges hinauf zum Kopf der Kuh markierten. Das sichtbare Ende der Treppe wob sich wie ein dünner Faden in den schwarzen, mit Sternen bestickten Stoff über ihnen.

NekoNeko wollte lieber auf Nummer sicher gehen. »Nur um etwaige Irrtümer auszuschließen … Wir müssen diese Treppe doch nicht hochlatschen, oder?«

Als ein »Keine Sorge, natürlich müssen wir das nicht« ausblieb, hallte ein (fast schon panisches) »Oder?!«-Echo durch die Luft.

»Nun, NekoNeko«, begann Aison behutsam eine Antwort zusammenzusetzen, deren Ende die Zweite Offizierin der Piratenbande ganz offenkundig nicht hören wollte. »Ich fürchte, doch.«

Blankes Entsetzen krabbelte dem Grünauge übers Gesicht. »Aber … aber das sind doch mindestens eine Million Stufen!«

»Nicht ganz, geschätzte Kameradin«, versuchte Hatschi die Angst vorm Seitenstechen zu entschärfen. »Man nennt sie die ›Stufen zu den Sternen‹, und es sind exakt neuntausendneunhundertneunundneunzig, wenn's beliebt. Aber wenn wir ein paar deiner Quittenbohnen verputzen, sind wir schneller da oben, als du Wadenkrampf sagen kannst, aye, ruckzuck geht das, Neko-chan.«

Nicht Wadenkrampf, sondern ein anderes Wort quälte sich nun kleinlaut aus dem Mund der sonst so großspurigen Katze. »Ausverkauft. Sie waren ausverkauft. Restlos.«

Von Sus Gesicht bröselte die Zuversicht wie eine getrocknete Schönheitsmaske, und ihre Augen nahmen die Größe von Gurkenscheiben an.

»Nun denn, Herrschaften«, sagte Aison möglichst motiviert und setzte einen Fuß auf die unterste Stufe. »Dann wollen wir mal!«

Und so stiegen die Piraten den Hals der Kuh hinauf in ein höheres Stockwerk des Weltalls, das sich auf dem Kopf einer Göttin befand.

XIV

Sie stiegen und stiegen und stiegen. Dann stiegen sie weiter und weiter und weiter. Sie stiegen höher und höher und höher. Und immer höher. Sie stiegen Stunden. Viele Stunden. Unzählige Stunden ...

XV

Und schließlich ... hatten sie die Hälfte geschafft. Aber wir kürzen das an dieser Stelle ab, wenn's beliebt. Denn außer NekoNekos Flüchen, die von Stufe zu Stufe grässlicher wurden, und dem Schnaufen der Crew, das von Minute zu Minute heftiger wurde, gibt es nichts Berichtenswertes von der Treppentortur zu erzählen.

Mit Schweiß auf der Stirn, Krämpfen in den Beinen und in die Hüften gestützten Armen erreichten die Piraten nach mehreren Ewigkeiten (vom Tag-Nacht-Wechsel hatten sie in der immerwährenden Dunkelheit des Weltalls gar nichts mitbekommen) schließlich den Balkon mit der atemberaubendsten Aussicht des gesamten Universums. Und wie atemberaubende Aussichten das nun mal so an sich haben, wäre auch diese den beschwerlichen Aufstieg vollauf wert gewesen, wenn nicht Selbiger erst einmal hätte verkraftet werden müssen. In der Reihenfolge, in der die Bezwinger der längsten Treppe aller Welten den Kopf der Kuh erreichten (Aison, Su, Hatschi, NekoNeko), kippten sie nämlich nacheinander um wie vier Mensch und Tier gewordene Dominosteine.

»Oh, da seid ihr ja«, begrüßte Kambei die japsenden Piraten, deren Muskelkater schon jetzt hämisch in sämtlichen Gliedmaßen schnurrte. »Nun sagt bloß nicht, dass so ein paar Stufen die legendäre Milchbart-Bande aus den Stiefeln schubsen?«

»Ein ... paar ... Stufen?«, röchelte NekoNeko, mit trockenem Mund und derart außer Puste, dass sie nach jedem Wort um Luft rang, damit sie das nächste hervorstoßen konnte. Ein Sätzlein mit drei Wörtern war ein Kraftakt nach neuntausendneunhundertneunundneunzig Treppenstufen.

»Na schön, dann dürft ihr auf dem Rückweg einfach auf meinem Rücken Platz nehmen, *schuhuuu.*«

Erneut quälte sich NekoNeko von Satzbaustein zu Satzbaustein. »Soll … das … heißen …« Diesmal war jedoch nicht Atemlosigkeit, sondern Fassungslosigkeit der Grund für die intervallartige Artikulation. »… Ihr … hättet … uns … mitnehmen … können?!«

»Ja, aber selbstverständlich. Ich mag zwar alt sein, aber meine Flügel sind noch immer fit. Topfit, wenn's beliebt. Mein Kopf hingegen … *schuhuhu.* Ich habe schlicht und ergreifend nicht daran gedacht zu fragen. Vergebt und vergesst, ich bitte Euch.«

Su vermutete, dass einzig die Erschöpfung NekoNeko davon abhielt, dem tattrigen Wächter an die mit weißen Federn bekleidete Gurgel zu gehen. Und so blieb die Katze wort- und tatenlos auf dem Bauch liegen und trank die eisige Weltraumluft in tiefen Zügen.

Aison rappelte sich nach einigen Augenblicken als Erster auf, stützte die linke Pranke aufs Knie und wischte sich mit der rechten die schweißnassen Mähnensträhnen aus der Stirn. Dann half er Su auf die Beine, die sich in alle Richtungen umsah, um die Lage zu überblicken.

»Was ist das dort, Kambei?« Das Mädchen deutete auf einen steinernen Turm, der sich etwa fünfzig Meter von der Truppe entfernt aus dem Schädel der Kuh bohrte wie das Einhorn aus der Stirn des gleichnamigen Fabelwesens.

»Das ist ein Leuchtturm, kleine Dame. Streng genommen ist es eigentlich nur noch ein Turm. Denn er leuchtet schon seit vielen Jahren nicht mehr. Seit unzähligen Jahren.«

Wie dem steinernen Relikt aus einer anderen Epoche ging auch Su kein Licht auf, und so hakte sie nach, wie sie es meistens tat, ja, wie sie es eigentlich immer tat.

»Wir haben uns schon beim Anflug auf Shikuhya gefragt, was das wohl für ein seltsames Gebilde sein könnte. Ein Leuchtturm also. Aber zu welchem Zweck steht er hier, Wächter Kambei?«

»Das möchte ich euch gerne erklären. Als Shikuhya nach seiner Geburt noch zu klein war, um das Licht der umliegenden Sterne zu reflektieren – so erzählt man sich –, erbaute das Alte Volk auf dem Kopf der Göttin diesen Leuchtturm als Orientierungshilfe für die Seeleute, die die Milchstraße bereisten. Über die JahrHunderte wuchs der Mirukuh-Kuni zu einem prächtigen Planeten heran, und der Leuchtturm wurde als Lichtquelle überflüssig. Also stellte man eines Tages die Wartung ein.«

»Aber das ist es!«, brüllte Su in der donnernden Sprache des Geistesblitzes, der soeben in ihrem Kopf eingeschlagen hatte.

Kambei sah sie fragend mit seinen wässrigen Eulenaugen an. »Wie meinst du das, Mädchen? Ich fürchte, ich kann dir nicht ganz folgen.«

»Einen Augenblick«, erwiderte der Blondschopf, und die übrigen Anwesenden beobachteten neugierig, wie Su rasch ihren Rucksack von den Schultern streifte, ihn vor sich abstellte und aufgeregt darin herumwühlte. Dann holte sie den kleinen Buhu hervor, ihr treues Nachtlicht in Gespenstform.

»Darf ich vorstellen? Das ist Buhu!«

»Buhu?«

»Buhu! Er ist mein Nachtlicht. Wenn's draußen dunkel wird, schalte ich ihn einfach ein, damit ich mich nicht fürchten muss. Ich habe nämlich auch Angst im Dunkeln, wissen Sie, Kambei?«

»Ich verstehe«, antwortete der Wächter des Planeten. Es machte jedoch den Anschein, als hätte der in die Jahre gekommene Vogel noch nicht so ganz begriffen, worauf Su hinauswollte.

Im Gegensatz zu seinem Freund aus vergangenen Tagen. »Wir funktionieren den Leuchtturm zum Nachtlicht um, damit die Göttin keine Angst mehr hat und wieder schlafen kann!«

»Genau, Hatschi! Du hast es erfasst!«, jubelte Su.

Auch auf den Gesichtern der Umstehenden zeigte sich nun der Schein des Verstehens, als ihnen klar wurde, was die Siebenjährige Leuchte da in ihrem hellen Köpfchen ausgeheckt hatte.

»Das ist eine großartige Idee, aye, wirklich erste Klasse!«, beglückwünschte Hatschi das (im doppelten Sinne) jüngste Crewmitglied der Milchbart-Bande. »Hätte von mir kommen können!«

Die müden Beine waren sofort vergessen, und die Piraten stürmten ohne weitere Umschweife Richtung Turm. Nur Neko-Neko schlenderte träge hinterher und murmelte dabei vor sich hin. »Die Idee hätte von mir kommen können«, äffte sie den Kameraden nach. »Nicht in einhundert Jahren, du Hunde-Hirni.«

XVI

Aus der Nähe ähnelte der Turm einem schlafenden Steinriesen mit grünem Dreitagebart. Moos wucherte wild auf seiner blassen Haut. Die Tür zum Leuchtturm stand weit offen und hielt sich mit letzter Kraft an ihren rostigen Gelenken fest, die unter altersbedingten Wehwehchen in die Nacht ächzten. Im Inneren erblickten die Ankömmlinge eine Treppe, die sich hinauf zur erloschenen Fackel wendelte.

Schon wieder eine Treppe, seufzte Su innerlich.

»Und wie kriegen wir das Ding jetzt an?«, fragte Hatschi in die Runde.

»Ab hier übernehme ich!« Die Zweite Piratenoffizierin war mit etwas Verspätung eingetroffen, nun jedoch voll in ihrem Element. »Aber nichts in dieser und allen anderen Welten wird mich dazu bewegen, auch nur noch eine Stufe hochzuschlappen! Das gelobe ich feierlich bei den Göttern der Straße! Ich nutze den kurzen Dienstweg! *Maumauuu*!«

Mit einer schier unglaublichen Eleganz und Leichtfüßigkeit (oder Tatzigkeit, wenn's beliebt) huschte die Katze an der Fassade des Leuchtturms hinauf. Oben angekommen stieg sie durch ein kleines Fenster und beäugte die versiegte Lichtquelle, während Kambei, Aison, Hatschi und Su, die noch immer von der just dargebotenen Klettereinlage beeindruckt war, ihr von unten zusahen.

»Kommst du klar da oben?«, erkundigte sich der Steuermann der Argo Navis.

»Dass ich nicht lache!«, warf NekoNeko ihre blasierte Antwort vom Turm hinab wie Rapunzel ihr Haar. »Mein Name ist

NekoNeko Nebelheim, lautlose Späherin, präzise Scharfschützin, Ausguck mit Weitblick und gewiefte Diebin. Natürlich komme ich klar! Ich werde doch wohl diese jämmerliche Funzel anzünden können!«

Su musste die Augen zusammenkneifen, um erkennen zu können, was die Katze mit ihren geschickten Pfoten in der Dunkelheit bewerkstelligte. In gewohnter Duellanten-Bewegung zückte NekoNeko ihre Schleuder, spannte die Waffe mit etwas, das sie aus ihrem Munitionsgürtel gefischt hatte, und zielte damit auf die große Brennkammer in der Mitte des obersten Stockwerks.

FUUU! Nur einen Wimpernschlag später wurde es so hell, dass Su die Augen für einen Moment schließen musste.

Blinzelnd verscheuchte das Mädchen die Lichter, die ihr NekoNeko hinter die Lider gelegt hatte. Als Su wieder klar sehen konnte, glühte Begeisterung in ihrem Gesicht. Der Turm hatte seinen längst vergessenen Vornamen Leucht zurückerhalten. Die eben noch nackte Fackel trug nun ein grelles Kleid aus orangeroter Flammenseide wie die Primaballerina in dem Strawinsky-Ballett »Der Feuervogel«. Mit ihren lodernden Pirouetten erhellte sie die Nacht und die Gemüter des Publikums, das aus einer Piratencrew und einer baumhohen Eule bestand. Warmes Lichtgelb quoll aus dem Turm wie Honig und flutete die Dunkelheit über dem Kopf der Gott-Kuh.

»Das wäre erledigt, Feuer-frei-Staub sei Dank«, sagte NekoNeko, legte sich einen zufriedenen Ausdruck ins Gesicht und schlug mehrmals triumphierend die Pfoten aneinander.

Gerade als die Piratin zurück vom Turm hopste, ertönte eine markerschütternde Mischung aus Tyrannosaurusgebrüll und Walgesang, ein monströses Muhen, das als akustisches Heer durch die Körper aller Anwesenden marschierte. Man hätte denken können, das Dach des Universums stürze jeden Moment ein.

Aison, Hatschi, NekoNeko und Kambei besaßen die Fähigkeit, die Sprache Bisahmons zu verstehen. Eine Übersetzung für Su war nicht nötig, denn das Herz des Mädchens konnte den Ausruf der Göttin entziffern: »Hera hab Dank, und Dank sei Euer!«

XVII

Eine unvorstellbare Last fiel von Kambeis Schultern und machte dort Platz für die Piraten, die es sich nun auf dem Vogel bequem machen konnten. Wären die Passagiere nicht gewesen, hätte der Hirte vor lauter Glück und Federleichtigkeit wohl Loopings in die Luft geschraubt. Das flatternde Weltraumtaxi zur Argo Navis bot reichlich Platz, und bequem war es auch noch. Einzig die Landung auf dem Piratenschiff verlief etwas holprig. Beschwerden blieben aber aus, denn alles wäre den Milchbart-Mitgliedern lieber gewesen, als ein Abstieg auf den Stufen zu den Sternen (oder wären es in diesem Fall die »Stufen von den Sternen« gewesen? Wer weiß das schon).

Das polternde Eintreffen rief Q-ma auf den Plan, der seine Freunde mit ein paar Stärkungen willkommen hieß. Es gab Kekse und wahlweise heiße oder kühle Getränke. Kaffee, Tee und Limonade standen bereit. Jetzt, da sich der Roboterbär und die Hirteneule gegenüberstanden, wurde Kambeis eindrucksvolle Körpergröße noch mals deutlich. Er überragte den Küchenchef der Argo um mindestens drei Köpfe (und wir reden hier von Köpfen in Medizinballdimensionen, mit Verlaub).

Der gefiederte Gigant ließ sich auf die Planken niedersinken und stieß ein unbeschwertes »Das wäre geschafft«-Schnaufen aus. Er erinnerte Su dabei an eine in sich zusammensackende Hüpfburg, die die Luft aus ihrem gummösen Gemäuer pustete. Und dann war da noch dieses Geräusch. Ein Geräusch, als würde man durch frischen Schnee stapfen. Su war sich nicht sicher, ob es die alten Knochen des Hirten oder die Schiffsdielen waren, die unter Kambeis Gewicht knarzten. Einerlei. Das Mädchen setzte sich zu ihm. Aison und NekoNeko taten das Gleiche, ebenso Hatschi (der flink die drei verbliebenen Vanillekekse von Q-mas Tablett stibitzte und sie so gierig verschlang wie eine Parkuhr eine Handvoll Kleingeld). Nur der Edelstahlbär verharrte mit etwas Distanz und gehörigem Respekt ein wenig abseits des Sitzkreises, doch auch er lauschte aufmerksam den Worten des imposanten Gasts.

»Ich stehe tief in eurer Schuld, meine lieben Freunde«, sprach Kambei in aufrichtiger Dankbarkeit und bot eine respektvolle Verneigung in sitzender Haltung dar.

Wieder knarzte es, und nun war sich Su sicher, dass es nicht die Dielen waren.

»Ihr habt Shikuhya einen großen Dienst erwiesen. Hera hab Dank, und Dank sei Euer.«

»Wir sind glücklich, dass wir helfen konnten«, antwortete der Kapitän des Schiffes, erwiderte die Verneigung und vervollständigte seinen Satz mit »Es war uns eine Ehre, weiser Kambei-sensei«.

»Aye, daf war ef, Opi«, ergänzte Hatschi und katapultierte zusammen mit den Worten auch ein paar Keksbrocken aus dem mampfenden Mund.

Der Eulenmann lächelte, doch es wirkte gequält. »So will ich mich nun revanchieren, Aison Milchbart. Ich weiß, dass Ihr auf einer rastlosen Suche seid. Auf einer Suche nach Erklärungen. Ihr wollt wissen, weshalb die Sterne in der Milchstraßen-Galaxie verschwinden wie Träume nach dem Erwachen. Vielleicht vermag ich Euch zu helfen, Antworten zu finden, Aison. Also hört, was ich zu sagen habe. Hört mich wohl, ich bitte Euch.«

»Ich höre Euch, Kambei-sensei, das tue ich fürwahr. Bitte erzählt uns, was Ihr wisst.«

»So sei es, Milchbart.«

Die alte Eule holte tief Luft und stieß sie durch die Nasenlöcher aus wie jemand, der die undankbare Aufgabe hatte, eine traurige Nachricht zu übermitteln, jedoch nicht so recht wusste, wo er anfangen und wie er sie seinem Gegenüber am behutsamsten beibringen sollte. Und so begann die Erzählung des Wächters.

XVIII

»Vor über eintausend Jahren entbrannte eine entsetzliche Schlacht zwischen dem Alten Volk und einer Piratencrew namens Yakuhza, die als ›Der Heilige Krieg der Straße‹ und schwärzestes Kapitel der weißen Milchstraßen-Historie in die Geschichtsbücher eingegangen ist. Die unerbittliche Piratenbande war auch unter dem Namen ›Der rote Regen‹ gefürchtet, denn überall, wo sie einfiel und ihr Unheil anrichtete, spülte sie die Harmonie und den Frieden hinfort wie ein Unwetter und hinterließ Verwüstung und Verzweiflung, Traurigkeit und Tod. Ihr Kapitän und Anführer Klippot strebte danach, den Titel ›Tennō‹ zu erlangen, was in der Sprache des Alten Volkes so viel bedeutet wie ›Himmlischer Herrscher‹. Um sein abscheuliches Ziel zu erreichen, über die Milchstraßen-Galaxie zu herrschen, wütete er in unserem heiligen Fluss und den Häfen so gnadenlos wie der Herr der Stürme. Unzählige Bewohner verloren ihr Leben. Aber auch Hunderte Inschriften mit gesammeltem Wissen, Literatur und uralte Überlieferungen früherer Generationen wurden bei den Raubzügen vernichtet. Klippot wollte eine Ära ohne Erinnerungen, eine Zukunft ohne Vergangenheit, eine Geschichte, die nur ihn als Herrscher kennt.«

Aison nickte. »Ich fand Andeutungen in der Bibliothek der JahrTausende. Doch der Bibliothekar wusste nur von der Zerstörung zu berichten, nicht jedoch von ihrem Ursprung.«

Die Eule neigte verständig ihren großen Kopf zur Seite. »Fürwahr, nicht viele wissen davon. In seinem Wahn zerstörte Klippot aber weitaus mehr als nur Erinnerungen. Ohne Grund. Er zerstörte, um zu zerstören. Leid, Schmerz und Chaos verzückten ihn. Der Planet Kuhdaiba, einer der sieben Mirukuh-Kuni, wäre bei einem seiner Anschläge, die oftmals einzig dazu dienten, Schrecken zu verbreiten, sogar beinahe komplett vernichtet worden. Mithilfe einer magischen glutroten Kristallkugel, der sogenannten Träne der Sonne, spähte er die gesamte Galaxie aus, um Schwachstellen in den Verteidigungsanlagen der Häfen auszumachen oder den perfekten Zeitpunkt auszuklügeln, zu dem er seine tollwütigen Untergebenen von der Kette lassen sollte. Die Mitglieder der Yakuhza vermummten sich in blutroten Kapuzenmänteln, ihre Uniform, ein Erkennungszeichen. Sie trugen Furcht einflößende weiße Masken und beherrschten verbotene Magie, wie etwa den Bann des Kyklops. Durch diesen Manipulationszauber war es den Fieslingen möglich, jeden beliebigen Bewohner der Straße, jedes beliebige Lebewesen zu kontrollieren. Wie Puppenspieler. Sie drängten ihnen Befehle auf und konnten durch die Augen der lebendigen Marionetten blicken. Gruselig, sage ich euch, *schuhuuu*.«

An dieser Stelle beschlich Su ein entsetzlicher Verdacht. »Konnte man die Opfer … die Marionetten denn erkennen, Herr Kambei?«

»Das konnte man in der Tat. Ihre Haut wurde blass, ihre Augen milchig, und sie trugen ein Stigma auf der Stirn, das einem dritten Auge ähnelte.«

Das Mädchen erschrak, und auch Hatschi, NekoNeko und Aison zuckten zusammen.

»Wir haben es gesehen!«, schrie Su förmlich. »Auf Vanilland haben wir es gesehen, Herr Kambei!«

»Das überrascht mich nicht, mein Kind. Das rote Geschwür breitet sich wieder aus. Es frisst sich durch die Eingeweide unserer geliebten Heimat. Nach so vielen Jahren des Friedens. Auch die Träne der Sonne wurde aus Vanillands Schatzkammer der JahrTausende entwendet, die sich in einem der Türme befindet.«

»Die Kristallkugel wurde gestohlen?«

»Ja, Su. Das Relikt ist fort.«

»Aber Klippot wurde bezwungen! Wie gelang es dem Alten Volk, den Krieg zu beenden?«, fragte die aufgewühlte Siebenjährige. Aison war indes wieder in Schweigen verfallen. Völlig regungslos, als wäre er ein in Stein gehauenes Abbild seiner selbst, saß er da. Der Löwenmann schien noch nicht einmal zu blinzeln.

Kambei hingegen fuhr fort. »Es hat sich wie folgt zugetragen, kleines Menschenkind. In der dunkelsten Stunde der Milchstraßen-Galaxie eilten dem Alten Volk und der damaligen Königsfamilie die ›Sieben Samuhrai‹ zu Hilfe. Mächtige Krieger, die gigantische Kreaturen aus heiligem Licht befehligten. Man nannte sie ›Zodiac‹, manifestierte Sternenbilder, die einst aus den Himmeln auf die Straße hinabgestiegen sind, um allem Bösen Einhalt zu gebieten. Es gelang den Samuhrai, Klippot in eine andere Dimension zu verbannen. Das Tor zu seinem Gefängnis, zur ›Sitra Achra‹, was so viel wie ›die andere Seite‹ bedeutet, wurde mit einem heiligen Siegel verschlossen, das seine Kraft aus dem Licht der Sterne schöpft.«

»Was wurde aus den Samuhrai und Klippot?«, wollte Su wissen.

Kambei schloss für einen Moment die Augen und stieß ein sorgenvolles Seufzen aus. »Klippot ist am Leben. So viel steht fest. Und vermutlich ist er keinen einzigen Tag in seinem Verlies gealtert, denn die Sitra Achra ist ein solch abscheulicher Ort, dass sich selbst die Zeit nicht dorthin verirrt.«

Die Piraten erschauderten.

»Die sieben Samuhrai, die letzten Verbliebenen des Alten Volkes, wachten viele Jahre über das Siegel. Doch die Erinnerungen an den Heiligen Krieg, an Klippot und die Wächter verblassten und gerieten eines Tages endgültig in Vergessenheit.«

Endlich richtete sich Aison auf und meldete sich zu Wort. »Und nun, da das Licht der Sterne erlischt, droht das Siegel zu brechen, ist es nicht so, Kambei-sensei?«

»Ihr habt es erfasst, ehrenwerter Anführer der Milchbart-Piraten. Ich bin mir natürlich nicht sicher, doch beschleicht mich der grässliche Verdacht, dass irgendjemand das Licht der Sterne aushaucht, um das Siegel zu brechen und Klippot zu befreien.«

»Aber wer, Herr Kambei? Wer?«, rief Su, die nun ebenfalls aufsprang wie ein Fußballfan, den es in der Nachspielzeit aus der Sitzschale riss, weil der Schiedsrichter einen vermeintlich glasklaren Strafstoß verweigerte.

»Ich weiß es nicht«, konstatierte Kambei. »Nur die Königin der Milchstraßen-Galaxie hätte die Macht, das Herz der Sterne zu rauben. Doch nie im Leben wäre unsere gütige Herrscherin zu einer solchen Gräueltat imstande.«

Gerade wollte Su den Hirten in seiner Ausschweifung unterbrechen, um zu erfahren, was es mit dem Herz der Sterne auf sich hatte, als Kambei zum nächsten Satz ausholte.

»Es wäre töricht und absurd, den Verdacht auf die Königin zu lenken, denn mit der Auslöschung der Sterne hätte sie sich schließlich selbst in den unendlichen Schlaf gestoßen, in dem sie nun gefangen ist.«

Wie ein Raubtier, das sich auf seine Beute stürzt, hechtete Aison einen riesigen Satz nach vorne, geradewegs auf Kambei zu. Obwohl der Hirte saß, überragte er den groß gewachsenen Piratenkapitän noch immer spielend und blickte auf ihn herab. Blickte ihm tief in die dunkelblauen Seefahreraugen.

»Ihr wisst davon, Kambei?«, fragte Aison in einer Stimmlage, die unsagbar qualvoll klang. Wie das Kreischen einer verstimmten Geige gellten die Worte des Kapitäns durch die Ohrenkanäle seiner Crew. »Ihr wisst, dass die Königin einem endlosen Schlaf ins Garn gegangen ist?«

»Ja, Aison, ich weiß es. Ich weiß über alles Bescheid. Königin Shiro bezieht ihre Lebensenergie aus dem Licht der Sterne. Sie benötigt es, um zu existieren. Das Sternenlicht ist der Quell ihrer Kraft.« Kambeis alte Augen wanderten träge in Sus Richtung. »In etwa so wie das Sonnenlicht für die Menschen. Licht um Licht ist erloschen, und so verlor die Königin ihr Bewusstsein.« Dann schlichen die Blicke zurück in Aisons Gesicht. »Verlöschen noch mehr Sterne, verliert sie ihr Leben. Doch wäre es nicht nur das Ende Ihrer Majestät, es wäre auch das Ende der Galaxie. Denn das eine kann ohne das andere nicht bestehen. Sterben die Sterne, stirbt die Königin. Stirbt die Königin, sterben die Sterne, und unsere Heimat versinkt in nachtschwarzer Finsternis. Man sagt, dass Shiro direkt von den Sternen abstammt, was ihr auch den Beinamen ›Kind der Sterne‹ beschert hat. Man sagt, sie habe ein Herz aus Stern.«

XIX

Wieder schlug das Meer in den Augen des Löwenmannes hohe Wellen. Und diesmal trat es über die Ufer.

»Woher wisst Ihr all das, Kambei-sensei? Wer seid Ihr?«

»Ich bin Kambei. Der letzte Siegelwächter, der letzte Samuhrai, der Letzte des Alten Volkes.«

Kapitän Aison stieß einen stummen Schrei der Fassungslosigkeit in den Abendwind. Der Hirte hatte seine Maske abgenommen.

»Es war meine heilige Bestimmung, der Straße noch einmal beizustehen. Euch beizustehen, diese Bedrohung abzuwenden, meine lieben Freunde. Ihr müsst die Königin retten. Ohne sie ist unsere Heimat, unsere Galaxie, unsere geliebte Straße verloren. Helft ihr, ich bitte Euch. Dies soll euch dabei unterstützen.«

Der Vogel legte Aison eine faustgroße, funkelnde Kugel in die Pranke, die der bestürzte Löwe in seiner Taubheit teilnahmslos in die Manteltasche wandern ließ.

»Findet das hellste Licht im Universum«, flüsterte Kambei. »Findet das Goldene Herz, *schuhuuu*.«

Aison schnaubte. »Was hat es mit dem Herz der Sterne auf sich? Und was ist das Goldene Herz, Kambei-sensei? Bitte sagt es uns!«

Doch es war zu spät. Der Samuhrai hatte sein Schicksal erfüllt. Er legte die Spitzen seiner Federfinger auf Aisons nasse Wangen und lächelte. Dann umgaben ihn Tausende kleine Lichter, die wie Schmetterlinge aus Sonnenstrahlen um den Eulenmann tanzten. Sie hüllten ihn in ein warmes weißes Licht und trugen ihn hinauf zu den Göttern der Galaxie, wo er nun auf ewig über die Straße wachen würde. Und die Sterne sangen Hera und Kambei ihren Dank. Eine letzte kleine Nachtmusik.

STROPHE 6

DER WALZER DES WALS

I

»Empfangt meine Worte, o mächtiger Gebieter, ich bitte Euch«, trieb eine rissige Stimme lautlos über die See endloser Schwärze, in der alle Planeten und Sterne wie funkelnde Inseln schwammen. »Ich spreche in Eurem Kopf zu Euch, lauscht meinen Worten, o Herr.«

»Ich höre dich. So sprich. *Klipp, klipp.*«

»Hera hab Dank, und Dank sei Euer.«

»Hera ... Sie sei verflucht. Und mit ihr alle Götter. Sie haben mich vergessen. Hier in meiner Zelle, in der die Dunkelheit das Licht verdarb. Drum vergaß ich auch sie. Erspare mir also ihre Namen.«

»Vergebt und vergesst, ich bitte Euch.«

»Trage vor, was du zu berichten hast.«

»Selbstverständlich, mein Gebieter. Ich habe das Sternenlicht über Shikuhya verglimmen lassen, um Aison und seinen Piraten das Weiterkommen zu erschweren. Schließlich sollen uns die Milchbärte nicht in die Quere kommen. Durch die Träne der Sonne, die einer Eurer Männer aus der Schatzkammer der Jahr-Tausende auf Vanilland gestohlen hat, konnte ich beobachten, wie die Piraten die Hürde mit einer dreisten List genommen und den Mirukuh-Kuni erreicht haben. Und noch schlimmer – es gelang ihnen, der Finsternis zu trotzen und Bishamon zu retten. Nun sind sie auf der Suche nach dem Goldenen Herzen.«

»Was auch immer sie da suchen, sie dürfen es unter keinen Umständen finden!«

»Sagt mir, was ich tun soll, o Herr.«

»Verharre hinter deiner Maske und behüte dein Geheimnis. Niemand darf erfahren, dass ausgerechnet du hinter alldem steckst. Es würde unseren Plan gefährden.«

»Jawohl. Was also habt Ihr nun vor?«

»Ich werde meine Crew auf der Moby Dick befehligen. Sie sollen sich dieses lästigen Problems annehmen.«

»Ausgezeichnet, mein Gebieter. Wie kann ich mich währenddessen als nützlich erweisen? Tragt es mir auf, ich bitte Euch.«

»Tu, was du tun musst. Stiehl den Sternen das Licht. Noch vielen weiteren Sternen, hörst du? Vollende deine Vergeltung und lass uns die Milchstraßen-Galaxie in ewige Dunkelheit stoßen, so wie man es mit uns getan hat. *Klipp, klipp.*«

»Ja, sie alle sollen am eigenen Leibe erfahren, wie sich die Finsternis anfühlt. Wie es sich anfühlt, ungehört und ungesehen zu sein!«

»Deine Gabe wird ihr pechschwarzes Schicksal besiegeln. Nur du hast die Macht, das Herz der Sterne zu rauben, du bist der Nachtbringer. Konzentriere dich nun wieder auf deine Aufgabe.«

»Sehr wohl, mein Gebieter, so sei es. Schwarze Tage und schwarze Nächte.«

»Schwarze Tage und schwarze Nächte. *Klipp, klipp.*«

Die Stimmen verstummten und ertranken wie Steine in der schwarzen See der Endlosigkeit.

II

»In einer Zeit, in der es noch keine Zeit gab, an einem Ort namens Sora, einem Ort, unerreichbar für die Sterblichen, schrieben die alten Götter einst unsere Geschichte. Die Geschichte aller Welten, aller Existenz. Sie schrieben vom Leben und vom Leben nach dem Leben. Sie schrieben von Sonnen und Sternen, Tagen und Nächten, von Gutem und von Bösem, von Licht und von Dunkelheit. Als sie fertig waren, sprang ein Tröpflein Tinte von der Feder und floss ins Nichts. Und wo nichts war, war plötzlich alles. Das Universum, so unendlich wie alle Fantasie. So erzählt man sich noch heute die Geschichte unserer Geschichte«, sprach Aison, und Su hörte ihm zu.

Er blickte in die Kugel, die ihm Kambei geschenkt hatte, bevor die Götter den Hirten zu sich holten. Die Kugel funkelte weiß und wunderschön.

Als wäre sie eine gefrorene Träne des Mondes, dachte Su. Vielleicht war sie eine. Sie wusste es nicht.

Aisons Blick war leer. So leer wie ein Haus ohne Räume. »Wie wird unsere Geschichte wohl weitergehen, Kleine?«, fragte der Löwenmann das Mädchen, das mit einem Schweigen antwortete. Die Argo Navis ließ ihre mit Segeln bespannten Schultern hängen und trieb auf der Straße in die Ungewissheit.

Q-ma versuchte, die blutleere Besatzung zu mobilisieren. »Ihr müsst essen, meine werten Freunde, ich bitte Euch. Ihr müsst essen. Mit vollem Magen sehen diese und alle anderen Welten schon ganz anders aus. Das tun sie gewiss, ihr werdet sehen. So kommt zu Tisch, wenn's beliebt, kommt zu Tisch.«

»Du hast recht, Q-ma«, pflichtete Aison seinem Küchenchef bei. »Wir müssen wieder zu Kräften kommen.«

Hatschi, der seit Stunden hinter dem Steuerrad gekauert hatte, gab sich einen Ruck. »Nun, wie heißt es so schön? Mund abwischen und weiter, aye, so sagt man!«

»Vergiss aber nicht, dir nach dem Essen auch den Mund abzuwischen«, zischte es vom Mastkorb herab. Su freute sich über NekoNekos spitzfindige Bemerkung, da sie die Melancholie buchstäblich von Bord stieß – *PLATSCH!*

Auch Aison lächelte zaghaft. »Wir haben das Recht, glücklich zu sein und jeden Augenblick zu genießen. Das Leben ist süß.«

III

»So süß!«, schmatzte Su verzückt.

Q-ma hatte die verbliebenen Vanillandköstlichkeiten nach dem jüngsten Besuch in der Süßigkeitenstadt gewissenhaft (und Steuermann-sicher) im obersten Regal der kleinen Speisekammer verstaut, gleich neben der Kombüse. Eigentlich hatte der Bär die seltenen Zutaten für ein Festessen aufsparen wollen, wie er Su verriet, ein feierlicher Anlass schien nun jedoch in zu weite Ferne gerückt zu sein. Und so entschied er sich mit entschlossener »Jetzt erst recht«-Mentalität, Kellen, Töpfen, Pfannen und allen anderen Waffen, die ihm in der Schlacht gegen leere Mägen und leere Blicke zur Verfügung standen, kurzerhand dazu, die Leckereien aus Vanilland genau heute zu verbraten (wortwörtlich, wenn's beliebt). Denn selbst die außergewöhnlichen Kochkünste des Gourmetgiganten allein hätten nicht ausgereicht, um den Kummer der Crew ans (Küchen-)Messer zu liefern. Eine große Portion goldgelber Pancakes mit Vanillearoma aus Vanilland schaffte das aber mit Leichtigkeit. Und so schlugen sich die Piraten ordentlich die Bäuche voll.

»Das war fabelhaft, mein treuer Freund«, lobte Aison den Smutje, wischte sich mit einer Stoffserviette den Mund ab und faltete das weiße Tuch so fein säuberlich und akkurat zusammen wie ein frisch gebügeltes Hemd. Dann blickte er auf.

»Liebe Su. Wir sind dir wohl ein paar Antworten schuldig«, sagte der Kapitän so gedämpft wie ein kleiner Junge, der die Beichte ablegte.

Aison klemmte die zusammengefaltete Serviette unter den

Tellerrand und schaute das Mädchen mit seinen tiefblauen Seefahreraugen an. Der Blick des Erdlings fiel gebannt und blinzellos in diese Augen. Augen, die tiefer waren als die Meere aller Welten.

»Wie du von Kambei erfahren hast – Hera hab Dank, und Dank sei sein – ist die Königin der Milchstraßen-Galaxie in einen tiefen Schlaf gefallen. Das Licht entweicht aus den Sternen und mit ihm die Kraft aus unserer Königin. Sie geht in die Nacht.« Seine Stimme zitterte, als würde ein Aal im Hals des Löwen leben. »Wir sind im Auftrag Ihrer Majestät unterwegs. Sie bat uns um Hilfe. Mehr als das. Die Königin legte ihr Leben und somit das Schicksal der gesamten Milchstraßen-Galaxie in unsere Hände. Ehe sie die Augen schloss, gab uns die Königin eine Mission: ›Rettet das Herz der Sterne.‹«

IV

Ohne dass es die Milchbärte bemerkten, schlich sich der Tag in die Nacht (nun, wie sollte man das im Weltraum auch bemerken? Mit Verlaub). Su verstand nun. Sie wühlte in ihrem blond beschopften Köpfchen energisch nach einer passenden Antwort, irgendeiner angemessenen Reaktion auf Aisons Offenbarung dieser immensen Bürde. Möglichst emphatisch und im besten Fall optimistisch sollte sie klingen. Doch sie fand nichts. Gar nichts.

Das Eis, auf dem die Gefühlswelt des Löwen unkontrollierbar umherschlitterte, war zu dünn, als dass man achtlos darauf herumtrampeln durfte. Wie gerne hätte sie ihren liebgewonnenen Kapitän einfach in die Arme geschlossen, um ihm zu versichern, dass alles gut werden würde. Irgendwie. Aber wer wusste das schon. In dieser Situation wäre es leichter für das Mädchen gewesen, ein Puzzle mit eintausend Teilen zusammenzusetzen, die sich nicht zusammensetzen ließen.

Aison schien zu bemerken, dass sein kleines Crewmitglied ihm helfen wollte, aber nicht konnte. Und so mimte der stolze Löwe einmal mehr den unerschütterten Anführer. »Herrschaften, auf eure Positionen, wenn ich bitten darf.«

»Wo soll's hingehen, Kapitän?«, wollte Hatschi wissen.

»Wohin uns die Straße führt, Steuermann. Wir müssen Lynn Lovelock aufspüren. Laut dem Bibliothekar, den ich auf Vanilland getroffen habe, kann uns dieser Mann weiterhelfen. Also werden wir herausfinden, wo er sich aufhält.«

»Aye, aye, Käpt'n!«

Während die Piraten ihre Wirkungsstätten bezogen, blieb Su an dem bulligen Holztisch sitzen und stocherte geistesabwesend in den Pancakekrümeln auf ihrem Teller herum. Q-ma sammelte das benutzte Geschirr ein.

»Mögt Ihr das noch essen, ehrenwerte Su?«

Su nahm die blecherne Bärenstimme, die als triviales Hintergrundrauschen an ihren Sinnen vorbeiwaberte, überhaupt nicht wahr. Sie war mit ihren Gedanken ganz woanders, denn ein Verdacht lief in ihrem Kopf so rastlos auf und ab wie ein Löwe im Käfig. Ein Verdacht, dass Aison nicht die ganze Wahrheit erzählt hatte, dass da noch mehr war, vielleicht viel mehr. Sie konnte selbst nicht genau sagen, wieso, doch ein beständiges Nagen beanspruchte ihre ungeteilte Aufmerksamkeit und filterte sämtliche Nebengeräusche aus Gehirn und Gehör. Erst nach mehrmaliger Wiederholung drang Q-mas elektronisches Organ doch noch zu dem Mädchen vor. So wie ein Wecker, dessen Ton zunächst im Tiefschlaf seines Besitzers versumpft und erst im zweiten oder gar dritten Anlauf den Schlummer durchbricht.

»Ehrenwerte Su?«

»Hm?«

»Mögt Ihr das noch essen?«

»Nein. Nein, lieber Q-ma. Ich bin pappsatt. Es war wie immer köstlich, aber ich fürchte, dass kein einziger Krümel mehr in mich hineinpasst.«

»Hera hab Dank, und Dank sei Euer. Volle Bäuche sind Lohn und Lob für jeden Koch, müsst Ihr wissen. Wenn Euch der Magen knurrt, zögert also nicht, in Q-mas Kombüse vorbeizuschauen, zögert nicht, kleines Fräulein, ich bitte Euch.«

»Ich komme ganz bestimmt darauf zurück, Q-ma. Wir sehen uns später.«

V

Su verließ die Stube und betrat das Deck des Sternenkreuzers. Das Scheppern der Teller wäre wohl von dem kräftigen *Rumms* abgeschnitten worden, das entstand, als die Weltraumwinde die Tür hinter ihrem Rücken in den Rahmen stießen – doch das hölzerne Krachen wurde von einer gewaltigen Explosion übertönt. Instinktiv schlug das Mädchen schützend die Hände über die Ohren, was jedoch nur wenig bewirkte, zwängte sich der Knall doch zwischen den kleinen Fingern hindurch in ihren Kopf. Auf Sus erschrockenes Gesicht legte sich staubiges Dämmergrau, und selbst die Wangen des Weltraums wurden von einem gespenstischen Blassweiß überzogen, das so farblos war wie Buhus Plastikhaut. Nach wenigen Augenblicken verklang der Lärm schließlich, und die Kuppel über den Köpfen der Piraten nahm wieder ihr gewohntes Tiefschwarz an.

»Was war das?«, fragte Su gerade laut genug, um das Pfeifen in den eigenen Ohren zu übertönen.

Aison, der das Schauspiel vom Bug des Schiffes aus verfolgt hatte, kam auf das Mädchen mit dem Scheppern im Schädel zu. »Das war eine Chōshinsei, Kleine. Wir waren nah genug dran, um es mitzuverfolgen, doch zu weit entfernt, als dass uns das Lebewohllicht des Sterns hätte blenden können.«

»Das ... Lebewohllicht, Aison?«

»Ja, Su. Ich will es dir erklären, Kleine.«

....

Auszug aus der Milchstraßen-Mythologie VII:
Chōshinsei

Wenn ein Stern das Ende seiner Existenz erreicht hat, explodiert er in einem grellen Lichtblitz, der die Leuchtkraft des Himmelskörpers um ein Vielfaches übersteigt. Dieses Aufleuchten erhellt für einige Sekunden einen großen Teil der gesamten Milchstraßen-Galaxie. In der Sprache des Alten Volkes wird dieses Phänomen Chōshinsei genannt, was übersetzt so viel bedeutet wie »neuer Stern«. Weshalb die Ureinwohner der Straße dieses Ereignis so bezeichneten, ist unklar.

....

VI

»Ach du heilige Sch…, Sternschnuppe!«, kreischte NekoNeko schrill vom Mastkorb und klang dabei wie eine Sopranistin mit Panikattacke. »Kapitän, das solltet Ihr Euch ansehen! Und zwar hurtig, wenn's beliebt!« In der Späherinnenstimme schwang ein ganzes Bataillon an Besorgnis mit. So entsetzt (und gleichzeitig befangen) hatte man die Zweite Offizierin nur selten erlebt.

Der schwarz bemantelte Hüne hechtete in übergroßen Sätzen die Strickleiter hinauf zum Ausguck. Auch Su hielt es nicht mehr an Deck. Sie kraxelte (weniger rasch, aber nicht minder entschlossen als Aison) auf die Mastspitze. Was die Piraten in der Vogelperspektive erspähten, hoch oben über dem weißen Weltraumfluss, hätte jede Katze, jeden Hund, jeden Bären und jeden Löwen dieser Welt und aller anderen Welten das Fürchten gelehrt. Unter der Argo Navis zeichnete sich ein Schatten monströsen Ausmaßes ab. Das Größenverhältnis von Schiff zu Schatten entsprach etwa dem eines Stecknadelkopfs zum Stecknadelkissen. Etwas schwamm direkt unter ihnen. Etwas von sagenhafter Größe.

»Fliehen! Wir müssen fliehen!«, plärrte NekoNeko vom Ausguck herunter wie eine zu Fleisch und Fell gewordene Alarmanlage, während sie ihre rasiermesserscharfen Krallen panisch in das Geländer des Mastkorbs bohrte.

Der konsternierte Kapitän schüttelte sich das Entsetzen aus den Kleidern und schmetterte seinem Steuermann einen Befehl vor den Bug. »Hart Steuerbord, Hatschi! Hart Steuerbord!«

Mit Vehemenz riss der Erste Offizier der Bande das Steuer nach rechts, woraufhin das Rad eilig um die eigene Achse wirbelte – *WUSCH!* Während das Schiff abdrehte, schoss der abscheuliche Schatten wie eine schwarze Harpune durch die weißen Fluten und schien sich zunächst von der Argo zu entfernen ...

»Es haut ab!«, jubelte Hatschi.

... um dann seinen Kurs nach einer rasanten Kehrtwende blitzartig zu ändern und unbeirrt auf die Milchbärte zuzurasen.

»Abhauen?! Du bist nicht nur blöd, sondern auch blind! Das Ding kommt direkt auf uns zu!«, grölte die angstbebende Weltallkatze, die mit ihrem pinselartigen Schwanz konfuses SOS-Gekrakel in die Luft schmierte.

Ist das etwa einer dieser weißen Riesenhaie, von denen Aison erzählt hat?, sinnierte Su – ein Gedanke, der sich zugleich fiebrig heiß und schüttelfrostig kalt anfühlte.

»Die Turbinen! Zünde die Turbinen, Hatschi! Sofort!«, donnerte Aisons Stimme über das Deck.

Zu spät! Direkt vor dem Piratenschiff drückte das schattenvermummte Monster der Tiefe eine hügelhohe Wölbung in die Milchstraßen-Oberfläche und durchbrach sie Sekundenbruchteile später mit seinem gewaltigen Walkopf. Die Argo Navis geriet durch die immense Druckwelle ins Taumeln.

»Festhalten!«, brüllte der Erste Offizier.

Unmengen von Milch zerstieben in der Luft, um sich dann wie Tausende weiße Miniatur-Kamikazeflugzeuge aufs Deck zu stürzen. *TAMTAMTAMTAM.*

Su schrie.

»Hatschi! Die Turbinen! Du musst die Turbinen zünden!«, brüllte der Kapitän. Aisons Anweisung tobte durch den prasselnden Milchhagel und stieß schließlich gegen die Tür der Taubheit.

Der Hund mit den Eisbärohren war einen Moment zuvor mit voller Wucht gegen das Steuerrad gerammt worden und purzelte nun bewusstlos über die durchnässten Planken.

»Oh nein! Hatschi! Hatschi!«, schrie Su.

Reflexartig packte der Löwenmann das Mädchen mit beiden Armen und sprang wagemutig vom Mast herab aufs Schiffsdeck, wo seine schweren Stiefel krachend aufschlugen. *WUMMS!* Dann setzte er die völlig verängstigte Siebenjährige sanft ab. So sanft es die ruppige Situation erlaubte.

»Dicht bei mir bleiben, Su! Dicht bei mir bleiben, hörst du?«

Ein Gebrüll, grausam wie ein Dämonenchor, schoss aus dem weit aufgerissenen Maul der schwimmenden Bestie hervor, die Hunderte Reißzähne entblößte. Zähne, so groß wie ausgewachsene Nadelbäume und so spitz wie deren namensgebende Kleider. Hinter dem Gebiss gähnte ein endloser Schlund. Das riesenhafte Maul schnappte zu.

Schreie. Dann Stille.

VII

Es war fast nichts zu hören. Nur das gluckernde Geräusch von eiskalter Milch, die sich eine trockene Kehle hinabstürzte. Doch wieso war der Kühlschrank offen gewesen, als sie die Küche betreten hatte?

Sus Mutter runzelte die Stirn, schlürfte den letzten Schluck Milch aus dem Glas und stellte die Papppackung mit fettarmem Inhalt zurück in den Kühler, der seinen eisigen Atem ins Zimmer hauchte, bis die dickliche Frau schließlich die Tür mit einem Ruck zustieß (und daraufhin noch einmal am Griff rüttelte, um sicherzugehen, dass sie nun auch tatsächlich geschlossen bleiben würde).

Das kann ja nur mein zerstreutes Töchterchen gewesen sein. Nie ist das Kind bei der Sache. So ein Ärger, keifte die Frau (die in ihrem rosafarbenen Nachthemd wie eine einen Meter sechzig hohe Erdbeertorte aussah) in ihren Kopf, schüttelte selbigen und rollte mit den verschlafenen Augen.

Brummig schlurfte sie durch den Flur, (der nachts dem Schlund eines Ungetüms nicht unähnlich war), um den vermeintlichen Übeltäter zur Rede zu stellen.

Vermutlich schläft die feine Dame ohnehin noch nicht, sondern erzählt ihrem albernen Plastikgeist wieder wirre Fantasiegeschichten. Allerhöchste Zeit, dass der Dreikäsehoch endlich erwachsen wird, tadelte sich Sus Mutter schon mal in Gedanken warm.

»Su, wieso stand der Kühlschrank ...« Sie hielt inne. Mitten in ihrer Zurechtweisung musste die (zunächst aufgebrachte, dann aufgelöste) Frau feststellen, dass ähnlich wie soeben noch der Kühlschrank auch das Fenster, das zu dem kleinen Garten führte, geöffnet war. » ... offen?!«

Kissen und Decke lagen verknödelt auf dem Boden, und statt des Dreikäsehochs lagen nur Käsebröckchen im Bett. Und ein bisschen Tunfisch. Das Zimmer war leer. Su war verschwunden.

Schreie. Dann Stille.

VIII

»Mein Schädel!«, jaulte eine leidvolle Stimme aus der muffigen Dunkelheit.

»Hatschi! Bist du das? Zum Glück ist dir nichts zugestoßen. Ich habe mir solche Sorgen um dich gemacht!«, rief Su erleichtert in die Richtung, aus der das Jammern kam.

»Nichts zugestoßen nennst du das? Dieses vermaledeite Steuerrad hat sehr wohl zugestoßen, wenn's beliebt, aye, das hat es fürwahr!«, wimmerte der verbeulte Hundemann.

»Ach, ach«, schnaufte NekoNeko, und aus ihrem Schandmäulchen streunte fröhliches Frotzeln. »So ein sanftes Tätscheln auf den Hinterkopf steigert das Denkvermögen, werter Kamerad, und das kann dir nun wirklich nur zugutekommen.«

Hatschi nahm es trotz Brummelbimmel mit Humor. »Ich bin mir sicher, dass das olle Steuer die fettere Beule davongetragen hat.«

Aus allen Ecken des fleischigen Verlieses schossen grelle Lachsalven und erhellten die lichtlose Lage, in der sich die Crew befand. Selbst NekoNekos Zwerchfell bat zum Tanz. Mitten hinein in diesen ausgelassenen Reigen keifte unvermittelt eine Stimme, die einer Komposition aus Zynismus und Verachtung glich.

»Ihr scheint euch ja prächtig zu amüsieren. Schön, schön.«

Das selige Lachen der Piraten brach so abrupt ab wie die Musik beim Kinderspiel »Reise nach Jerusalem«. Es gab jedoch keine Musik und auch keine Stühle, auf denen sie ein wenig hätten rasten oder den nächsten Schock besser verdauen können. Es gab nur rußige Dunkelheit, in der man weder Hand noch Tatze vor Augen sah, und diese stichelnde Stimme.

Etwa zehn Meter über ihren Köpfen wurde urplötzlich (und zur großen Verwunderung von Aison, Hatschi, NekoNeko, Q-ma und Su) ein Monitor eingeschaltet.

»Warum zum Teufel und allen anderen gehörnten Wesen der Unterwelt hängt ein Fernseher in diesem Riesenfisch?«, zornte NekoNeko entrüstet.

Das wabernde Licht des Geräts triefte herab auf die Crew, sodass die Piraten zum ersten Mal seit mehreren Minuten zumindest die Silhouetten ihrer Mitstreiter erkennen konnten. Auf dem Bildschirm war der in eine rote Kapuze gehüllte Kopf einer Gestalt zu sehen, aus deren hämisch grinsendem Wortloch giftiger Spott quoll. Das sarkastische Mienenspiel der Kreatur war jedoch nicht zu erkennen, da es hinter einer Maske aufgeführt wurde wie ein Theaterstück hinter einem Vorhang, der sich nicht öffnete. Man musste die bösartige Mimik allerdings auch nicht sehen – sie war förmlich zu spüren. Was dem Mund hinter der Gesichtsverkleidung nun entwich, war weder Erklärung noch weiterer Spott, sondern nur ein Satz, der so scharf und erbarmungslos war wie eine Guillotine.

»Willkommen in der Finsternis!«

IX

Der Monitor schaltete sich ab, *ZIPP*, die weiße Visage mit den blutroten Kreisen unterhalb der Stirn verschwand, und die Silhouetten der Piraten verwoben sich wieder mit dem schwarzen Licht des schwimmenden Gefängnisses.

»Was geht hier vor sich, Aison?«, wisperte Su beklommen. »Wer war das?«

»Ich bin mir nicht sicher, Kleine, aber ich habe einen Verdacht. Doch zunächst: Durchzählen, Herrschaften!«

Die fünf Milchbärte bestätigten nacheinander ihre (unversehrte) Anwesenheit. Hatschi, der Erste Offizier, begann: »Eins«, dann NekoNeko: »Zwei«, gefolgt von einem elektronisch flirrenden »Drei« des Robotersmutjes. Su war Nummer »Vier«, und der Kapitän der Bande beschloss die Aufzählung schließlich: »Fünf.«

»Sechs.«

»Sechs?«, ertönte ein verdattertes Aison-Echo.

»Lass den Unfug, Hatschi. Zum Rumalbern ist nun wirklich nicht der richtige Zeitpunkt!«, protestierte NekoNeko.

»Liebe Frau Nörgelheim, A-tens: ich albere, wann es mir beliebt, wenn's beliebt. Und B-tens: Das war nicht ich!«, erwiderte Hatschi.

»Aber wer hat dann gesprochen?«, fragte Su und vollbrachte das Kunststück, Skepsis, Angst und Neugierde in nur einen Satz zu stopfen.

»Das war ich. Ich!«, mischte sich die mysteriöse sechste Stimme erneut ins Milchbart-Quintett.

ヤクーザ

Yakuhza

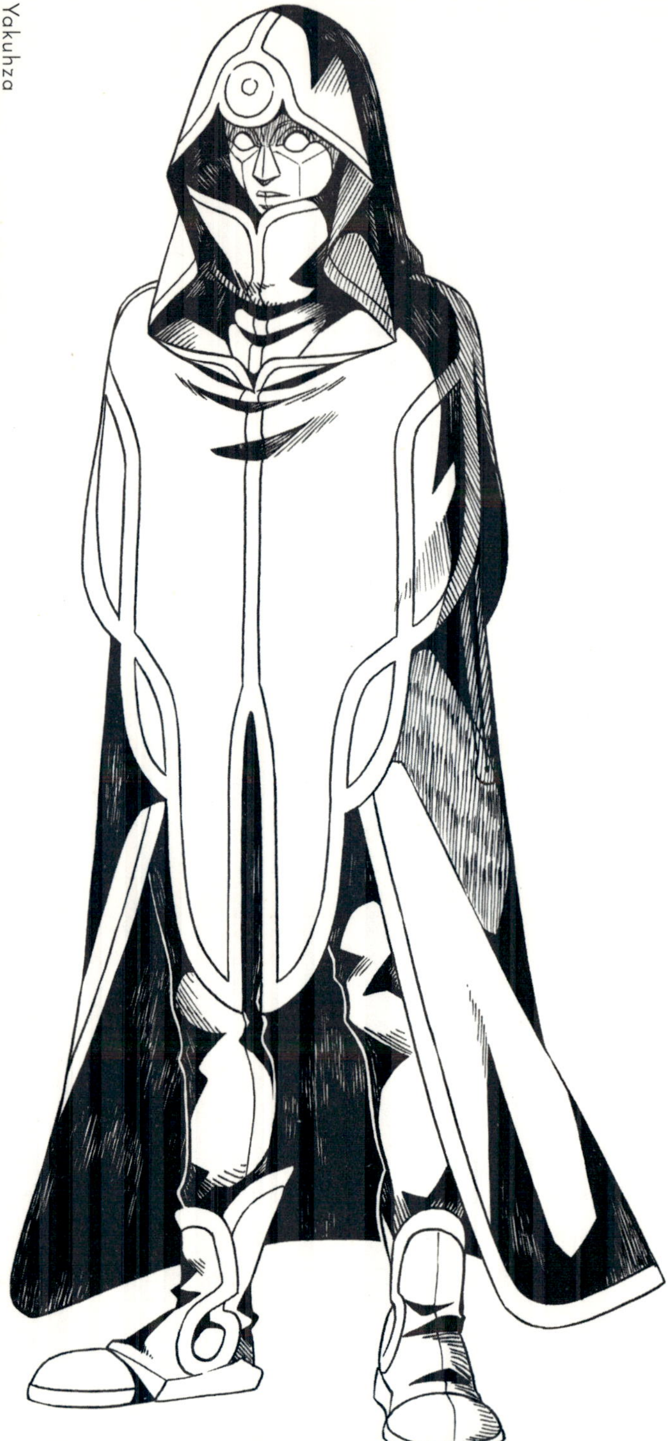

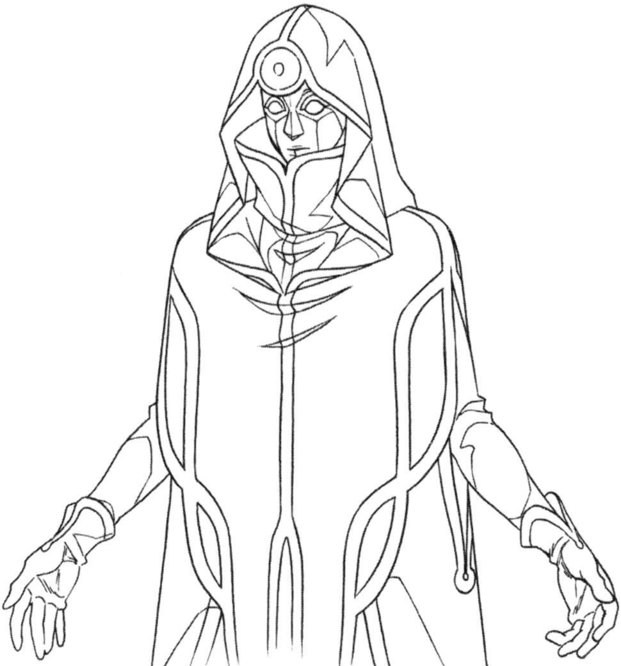

»Und wer *bist* du?«, erkundigte sich die Scharfschützin der Milchbart-Bande. »Gehörst du etwa zu diesem maskierten Kapuzenclown-Kidnapper?«

Dem Geräusch in der Dunkelheit nach zu urteilen, nestelte NekoNeko am Holster ihrer Schleuder. Su war sich sicher, dass die Katze mit den smaragdgrünen Taschenlampenaugen von allen Anwesenden noch am besten in dem zappendusteren Unterwasserverlies sehen konnte.

»Aber nein! Bei Neptun, wo denkst du hin? Sehe ich etwa wie ein Kidnapper aus?«

»Nun, im Moment siehst du höchstens wie der Schatten eines Kidnappers aus«, konstatierte Hatschi.

»Oh, richtig. Ihr könnt mich ja gar nicht sehen. Vergebt und vergesst, ich bitte Euch.«

Die Stimme klang jung. Jung und nervös. Man hätte sie eher einem aufgeregten Knaben als einem abgebrühten Entführer zugeordnet.

»Aber wenn du keiner von denen bist, wer bist du dann?«, nahm die Schützin den Unbekannten verbal ins Visier.

»Ich bin Fischer, Fischer bin ich, ein harmloser Fischer, bei Neptun, das ist die Wahrheit!«

»Wurdest du etwa auch von diesem Wal verschluckt?«, fragte Su.

»So war es! Genauso hat es sich zugetragen. Ich schipperte gerade mit meinem Boot auf der Straße, um meiner Arbeit nachzugehen, als wie aus dem Nichts dieses Ungetüm auftauchte, und zwar im wahrsten Sinne des Wortes, und mich zum Frühstück verschlang. Ich sitze hier schon seit Stunden fest. Seit Stunden, bei Neptun! Und wenn ich nicht bald meine Waren ausliefere, kann ich mir einen neuen Arbeitgeber suchen!«

NekoNeko zeigte sich wenig teilnahms- dafür ziemlich fassunglos. »Du wurdest von einem Monsterwal gefressen, und deine einzige Sorge ist dein Job? Was stimmt denn mit dir nicht?«

»Wie heißt du eigentlich?«, meldete sich Aison mit »Jetzt atmen wir erst mal alle tief durch«-Stimmlage zu Wort, um die aufgebrachten Gemüter etwas zu besänftigen.

»Mein Name ist Tonkin. Tonkin Horizon. Sohn des Dobe und der Flow. Sie waren auch Fischer auf der Straße, bei Neptun, das waren sie! Und ihre Eltern auch. Und deren Eltern …«

»Ist ja schon gut, Tonkin«, schnaufte NekoNeko. »Du bist entlastet. Bei Neptun. Wir glauben dir dein Fischereigefasel.«

»Weiße Tage und goldene Nächte, Tonkin«, sprach der Löwenmann.

»Mögen auch die Euren in Weiß und Gold gehüllt sein«, erwiderte der Fischer. »Wer seid ihr eigentlich?«

»Das erklären wir dir, wenn wir die Zeit dafür haben, Tonkin«, antwortete Aison und versah die Vorstellungsrunde mit niedriger Priorität. »Zunächst brauchen wir schleunigst einen Fluchtplan.«

»Zunächst brauchen wir schleunigst Licht in dem Laden, wenn's beliebt, Käpt'n«, sagte Hatschi angestrengt. Er schien sich im Dunkeln Schritt für Schritt vorzutasten und hier und dort schmerzhaft anzuecken. Immer wieder drang dumpfes Gepolter und verzerrtes Gejaule in Sus Gehör und weckten in ihr die Vorstellung eines Pantomimen, der eine imaginäre Wand auf ihre Beschaffenheit prüfte.

»Umschalten auf Nachtsicht-Modus«, schwirrte Q-mas mechanische Bärenstimme an den (sprichwörtlich) blinden Passagieren des Monsterwals vorbei.

»Du hast einen Nachtsicht-Modus?«, bauglotzte Su.[1]

1 Anmerkung des Autors: Wenn man Bauklötze staunt und dabei vor Begeisterung die Augen aufreißt, bauglotzt man. Das nennt man nicht so, denkt ihr? In dieser Geschichte nennt man es so, wenn's beliebt.

»Selbstverständlich, ehrenwerte Su, aber selbstverständlich. Schließlich bin ich ein Roboter, mit Verlaub. Ich habe so manch nützliche Funktion, müsst Ihr wissen.«

»Das ist ja großartig, Q-ma! Du bist der beste Roboter der Welt!«

»Und aller anderen Welten«, ergänzte Aison. »Was kannst du sehen, Küchenchef? Irgendetwas Ungewöhnliches? Bitte sag es uns.«

»Mit dem allergrößten Vergnügen, mein Kapitän. Mit dem allergrößten Vergnügen.«

Gebannt lauschten die Gefangenen Q-mas Zellenbeschreibung.

»Ich sehe Schiffswracks. Und die Argo Navis. Unser Schiff scheint nur leicht beschädigt zu sein. Und überall sind ... Rohre. Viele Rohre. Und Kabel. Kabel in Massen.«

»Rohre und Kabel sagst du?«

»Aye, Kapitän. Rohre und Kabel.«

»Hat der Dickwanst auch noch einen Schrottplatz gemampft?«, zischte NekoNeko.

Tonkin räusperte sich wie jemand, der sich nicht räuspern musste, sondern lediglich auf sich aufmerksam machen wollte.

»Hast du was zu sagen, Tonkin, Sohn des Dobe und der Flow?«, wandte sich der Piratenkapitän an den Fischer mit offensichtlichem Redebedarf.

»Nun, ich habe in den letzten Stunden immer wieder seltsame Geräusche gehört, die nicht zum Innenleben eines Wals passen. Und mit dem Innenleben der schwimmenden Straßenbewohner kenne ich mich aus, bei Neptun. Egal wie groß sie auch sein mögen.«

»Was waren das für Geräusche?«, hakte Aison nach.

»Metallische Geräusche. Klappern, Scheppern, zuweilen auch Rauschen, wie man es von Lüftungs- oder Kühlungsanlagen kennt.«

»Mein Kapitän, ich sehe noch etwas«, röhrte es wieder aus der Richtung, in der Q-ma die Umgebung mit seinen elektronischen Augen inspizierte. »Hier ist eine Plakette angebracht, die mir sehr bekannt vorkommt. Um nicht zu sagen familiär. Fürwahr familiär. Denn auch ich trage eine solche Plakette. Es besteht keinerlei Zweifel. Das hier ist kein Wal. Wir sind in einer Maschine. Wir sind an Bord eines U-Boots, Kapitän.«

X

Auf der Metallplatte, die Q-ma entdeckt hatte, waren folgende Zeilen eingraviert:

Modell: MOBY DICK
Typ: U-BOOT
© ASTRO Industries Inc.
MADE IN KUHDAIBA

»Nun, wenn ihr mir diesen Scherz erlaubt, meine werten Freunde: Wenn das so ist, sitzen wir wohl alle im gleichen Boot.« Hatschi kicherte unverdrossen und konnte Hera danken, dass er nicht sah, wie sein flappsiger Spruch NekoNekos Gesichtszüge zum Entgleisen brachte. Die Katzenkauleisten knirschten so laut, als würde die Piratin eine Handvoll Kieselsteine zermahlen – die dazugehörige Mimik konnte sich Su bildlich vorstellen. Wenn (sichtbare) Blicke töten könnten, hätten sie Witzbold Hatschi in diesem Moment wohl auf die Bretter (oder Planken) des gigantischen Unterwassergefährts geschickt.

»Könntest du wohl zur Abwechslung mal irgendetwas Hilfreiches beisteuern?«, tobte die Katze. »Irgendetwas!«

»Mit beisteuern kenne ich mich aus, schließlich bin ich Steuermann, schon vergessen?«, gab Hatschi schlagfertig zurück. »Wie wäre es also hiermit: Findet ihr nicht auch, dass Großväterchen Kambeis Beschreibung von Klippots Gefolgsleuten auf unseren Maskenmann passt wie die Faust aufs Auge?«

»Ja, oder das Steuerrad auf deinen Holzkopf, Hatschi!« NekoNeko begegnete dem durchaus sinnvollen Einwand ihres Gefährten mit dem größtmöglichen Respekt, den man von ihr hätte erwarten können.

Aison fiel es wie Schuppen von den blauen Seefahreraugen. »Du hast recht, Hatschi. Bei Hera und den Göttern. Wieso ist mir das nicht gleich aufgefallen? Kambei sprach davon, dass sich die Mitglieder der Yakuhza in blutrote Kapuzenmäntel hüllen und ihre Gesichter hinter weißen Masken verbergen.«

»Wir sind also tatsächlich Klippots Anhängern ins Netz gegangen, Kapitän?«, fragte Su mit einer Stimme, die so dünn war, dass sie beinahe brach.

»Ja, Su. Ich bin mir ganz sicher. Und viel schlimmer noch: Damit bestätigt sich Kambeis Verdacht, dass die Yakuhza ihren Anführer aus der Verbannung befreien wollen. Sie hauchen den Sternen das Licht aus, um das Siegel zu brechen, das Klippot gefangen hält.«

»Und da wir ihnen dabei im Weg stehen, wollen sie nun auch uns das Licht aushauchen.«

»So ist es, Su. Ihr erster Versuch auf Vanilland ist zwar gescheitert, doch diesmal sind wir den Schurken in die Falle gegangen.«

Auch wenn Su nichts sehen konnte, hörte sie Aison Milchbarts Bestürzung so deutlich, dass sie selbst beinah ins Wanken geriet. Doch die Piraten würde nicht stürzen.

»Sie können vielleicht in ihrem ranzigen U-Boot das Licht ausknipsen, aber wir scheinen weiter!«, schallte Hatschis Mut machendes Bekenntnis von den Walwänden.

»Und zwar so lange, bis auch unsere Königin wieder erstrahlt!«, stimmte NekoNeko in die Kampfansage des Ersten Offiziers ein.

»Ganz genau, Neko-chan!« Die Einigkeit der beiden Offiziere entzündete ein Feuer der Zuversicht. »Das pfeifen doch die Spatzen von den Dächern!«

»Spatzen! Hatschi!«, jauchzte Su, als ihr der entscheidende Gedanke kam. »Du bist ein Genie, weißt du das?«

»Bei aller Bescheidenheit, Su. Natürlich weiß ich das«, erwiderte der Steuermann mit hochmütigem Grinsen. Aber Su wusste natürlich, dass er sich dabei nicht allzu ernst nahm. »Ich bin ein Genie, aye, das bin ich fürwahr! Aber weshalb eigentlich?«

»Weil du mich soeben auf die rettende Idee gebracht hast! Ich weiß jetzt, wie uns die Flucht vielleicht gelingen könnte.«

»Na, dann raus damit!«, quengelte das charmante Gelegenheitsgenie der Crew. »Spann uns doch nicht so auf die Folter! Ein Leuchtturm kann es ja diesmal nicht sein.«

»Das ist korrekt, Hatschi«, pflichtete Su ihm bei. »Dafür sind wir aber noch immer im Besitz von Llevis Feder, die er uns auf Vanilland überreicht hat. Erinnert ihr euch an seine Worte?«

Und wie sich die Piraten erinnerten. Prompt zitierte Aison den mysteriösen Vogelmann: »Empfange die Flammenspatzfeder. Ihr Feuer wird dir in der dunkelsten Stunde ein Licht schenken.« In der Stimme des Kapitäns loderte neue Hoffnung auf.

NekoNeko war bei der Erwähnung des magischen Vogelschmucks gleich aufgesprungen. Ihre Pfoten machten sich erneut an ihrer Ausrüstung zu schaffen, diesmal jedoch nicht am Holster, wie Su vermutete, sondern am Munitionsgürtel. Die katzenohrige Offizierin fand sich dort offenbar blind zurecht, was besonders bei widrigen Lichtverhältnissen kriegsentscheidend sein konnte.

Nur wenig Geraschel später schien sie fündig geworden zu sein, denn plötzlich ertönte Llevis lieblich-zwitschernder Gesang, und die Feder schwebte – in feinen Glanz gehüllt und somit für alle Kameraden gut sichtbar – in die Luft, als würde sie auf dem Wind wandern. Dann entzündete sich das Geschenk des Flammenspatzen und warf sein orangerotes Licht auf die stählernen Eingeweide des U-Boot-Wals.

Als sich die Feder wieder und wieder duplizierte und Augenblicke später zahllose Kopien durch den maschinellen Mundraum des Monsters wirbelten, tanzten Tausende Schatten der Verzückung auf den Gesichtern der Piraten wie eine Versammlung kleiner Geister. Sanft sanken die brennenden Federn hinab zu ihrer Herrin und bildeten auf ihrem Rücken zwei gigantische Flügel aus Feuer.

XI

»Beim heiligen Neptun! Könnt ihr mir bitte mal erklären, was hier eigentlich vor sich geht?«, bauglotzte Tonkin.[1] »Wer sind Kambei, Klippot und Llevi? Warum hast du Flügel aus Feuer? Sind die nicht fürchterlich heiß? Und was hat ein kleines Mädchen mit einer Katze, einem Hund, einem Löwen und einem Roboterbär zu schaffen?«, überschlugen sich die Fragen des strapazierten Fischers beinahe, während er hektisch den Kopf hin und her drehte wie ein störrisches Kind, das unter lautem »Nein, nein, nein«-Protest sein Gemüse verweigerte.

Viele unausgesprochene Fragen schwirrten ihm durch den Kopf (und die ausgesprochenen durch den des Wals), doch zumindest hatte Llevis Feder endlich, endgültig und sprichwörtlich Licht ins Dunkel der Bestie gebracht. Q-ma hatte nicht übertrieben – es waren tatsächlich unzählige Rohre und Kabel zu sehen. Die Piraten kniffen die Augen zusammen, mussten sie sich doch zunächst an das feuerfarbige Licht gewöhnen. Auch der Mithäftling, von dem sie bislang zwar viel zu hören, aber nichts zu sehen bekommen hatten, bekam nun eine Gestalt.

Tonkin Horizon war ein junger Mann. Vielleicht fünfzehn, maximal siebzehn Jahre alt. Er trug ein hellblaues Beinkleid, das einer Ballonhose ähnelte, und ein graues, ärmelloses Wams. Beide Arme sowie die Hände und Teile von Hals und Nacken waren mit aufwendigen Tätowierungen verziert. Fische. Fische, die von der lin-

1 Anmerkung des Autors: Ihr wusstet sofort, was gemeint ist, oder? Hera hab Dank, und Dank sei Euer.

ken Hand den Arm hinauf über Schultern und Nacken schwammen, um ihre Reise auf dem anderen Arm fortzusetzen und schließlich auf der rechten Hand zu beenden. Auf den Fingern beider Hände waren die Buchstaben F-I-S-C-H in die Haut gestochen. An seinen Hüften baumelten lange Ketten, an denen Dutzende Fanghaken unterschiedlicher Form und Größe befestigt waren. Tonkin trug Fröhlichkeit in seinen wässrig blauen Augen und hatte die dunkelblonden Haare zu einem Knoten am Hinterkopf zusammengebunden. Auf dem Rücken führte er zwei überkreuzte Angelruten aus einem Material, das an Bambus erinnerte, mit sich.

»Du scheinst das mit dem Angeln ja richtig ernst zu nehmen, Tonkin.« Hatschi musterte den Jungen, der etwa zwei Köpfe größer war als er.

»Fischen, nicht angeln. Fischen, bei Neptun.«

»Natürlich. Kommt nie wieder vor, versprochen. Vergib und vergiss, ich bitte dich.«

»Ach, ist doch kein Problem …?«

»Hatschi. Mein Name ist Hatschi, Erster Offizier und Steuermann der Milchbart-Piratenbande.«

»Ihr seid Piraten? Wie aufregend!«, sagte Tonkin begeistert.

»Aye!«, bestätigte Hatschi voller Stolz. »Dürfte ich dir unseren Kapitän vorstellen? Das ist der legendäre Aison Milchbart.«

»Nun übertreib mal nicht.« Der Löwe winkte ab.

»Legendär und bescheiden, aye, so ist unser Käpt'n.«

»Es freut mich, Eure Bekanntschaft zu machen, Aison Milchbart.«

»Die Freude ist ganz meinerseits«, erwiderte der Löwe und deutete mit dem Kopf eine knappe Verneigung an.

»Hier drüben«, setzte der Steuerhund seine Vorstellungsrunde fort, »hätten wir noch das Bärchen mit der Nachtsichtfunktion, Q-ma, seines Zeichens Smutje auf unserem Schiff, der Argo Navis. Und daneben unser neuestes Crewmitglied Su.«

・トンキン・

Tonkin

»Schön, dich kennenzulernen, Tonkin«, sagte das Mädchen.

»Finde ich auch, Su. Weiße Tage und goldene Nächte.«

Su quittierte die freundschaftliche Begrüßung mit einem Lächeln. Es fühlte sich wundervoll an, endlich wieder zu lächeln.

»Komplettiert wird unsere illustre Truppe durch NekoNeko Nebelheim, die Zweite Offizierin der Milchbärte, lärmende Spotterin, pessimistische Schwarzmalerin ...«

»Hatschi!«, fauchte die Katze, um ihren komödiantischen Kameraden daran zu hindern, weitere Spaßraketen auf ihre Kosten zu zünden. »Es heißt: lautlose Späherin und präzise Scharfschützin. Außerdem Ausguck mit Weitblick und gewiefte Diebin. Und seit Neuestem auch noch geflügelte Retterin, wenn's beliebt. Ach, und übrigens, die Dinger sind nicht heiß.«

»Die sind verdammt cool!«, zog Su ihr Flammenflügelfazit.

»Es ist mir eine Ehre, Fräulein Nebelheim«, stammelte Tonkin leicht verunsichert zur Begrüßung.

»Auch ich platze schier vor Freude, Fischerjunge. Jetzt, da du bei uns bist, sollten wir uns vielleicht von Milchbart-Piraten in Milchbub-Piraten umbenennen.«

»Das war nicht sehr nett, NekoNeko«, wies der Kapitän seine Zweite Offizierin zurecht.

Doch auch die Nerven des Löwenmannes schienen blankzuliegen wie die Perle einer Milchstraßen-Muschel, deren Zuhause gewaltsam aufgebrochen worden war. Aison warf einen beklommenen Blick auf die Taschenuhr, die er in einem Täschlein mit sich führte, das etwa auf Höhe des Herzens in seine Weste eingenäht war. Dort tickte sie beständig, als würde das silberne, an seine Rippen gekettete Zeiteisen den Brusttakt des Löwen angeben wie ein Metronom – *tick, tack, tick, tack.* Su konnte die Ungeduld ihres Kapitäns verstehen. Auch wenn sie die Zusammenhänge nach wie vor nicht begriff, so verstand sie doch zu gut, dass höchste Eile geboten war. Der Lebenssand der Königin rieselte ohne Rast und Gnade durch das Glas der Zeit, während sie hier festsaßen, und der Herr der Zeiger ein tickendes Lachen kicherte.

»Wir brauchen dringend eine Idee, wie wir hier rauskommen, Herrschaften!«

»Aber die habe ich doch schon lange, Kapitän! Stets zu Diensten!« Su strahlte sichtlich stolz.

»Du weißt, wie wir entkommen können?«

»Vielleicht. Die Dunkelheit zu verscheuchen war erst Phase Eins des Plans. Jetzt folgt Phase Zwei.«

Fieberhaft forderte der Kapitän den Seefahrersprössling von der Erde auf, die Crew einzuweihen. »Lass hören, Su!«

»Kennt ihr das Märchen von dem hölzernen Hampelmann?«

Steilvorlage.

»Ein Hampelmann mit Holzkopf? Redest du von Hatschi?«, neckte NekoNeko.

»Aber nein. Es geht um eine Marionette, die zum Leben erwacht und allerlei Abenteuer bestreitet.«

»Klingt ja nach einer hinreißenden Geschichte, Su, aber wie soll uns das in unserer brisanten Situation weiterhelfen?«, wollte Tonkin wissen.

»Na ja, es ist nämlich so, dass die Puppe zusammen mit ihren Freunden auch von einem monströsen Wal verschluckt wird.«

»Ach!« Ungeduldig trieb der Fischer Sus Nacherzählung des italienischen Kinderklassikers voran. »Und dann? Was passiert dann?«

»Als Erstes sammeln sie Holz. Alles, was sie in dem Wal so auftreiben können. Stühle, Bretter und Planken von Schiffswracks und so. Und dann entzünden sie ein Feuer. Durch den Rauch muss der Wal niesen, und die Gefangenen werden in die Freiheit geschleudert.«

»Mit Verlaub, Su«, beendete NekoNeko die Märchenstunde. »Dir ist bewusst, dass eine Maschine nicht niesen muss, oder? Das weißt du, richtig?«

»Na klar. Aber wenn wir ein Feuer legen, müssen die Schurken, die dieses U-Boot steuern, etwas dagegen unternehmen, weil sonst möglicherweise die Geräte zerstört werden.«

»Und dazu müssen sie für einen Augenblick das Maul des Wals öffnen und Milch hineinspülen, um die Flammen zu löschen«, vervollständigte Aison die Ausführung des Bücherwurms.

Die Siebenjährige liebte Geschichten. Sie las ständig. Beim Zubettgehen, heimlich in der Schule oder an dem kleinen Sandstrand an ihrem Lieblingsbaggersee. Sie liebte es, das Buch am Abend erneut aufzuschlagen und dabei zuzusehen, wie der Sand hinabrieselte, den der Wind zwischen die Seiten gelegt hatte. So wie Staub, der von einer Erinnerung an vergangene Abenteuer gepustet wurde.

»So ist es, Kapitän! Und in diesem Moment können wir entwischen«, schloss sie voller Begeisterung.

»Hm ...« Hatschi grübelte. »Wenn dein Plan und damit die Metallschnauze dieser Blechbestie tatsächlich aufgeht, sind wir noch lange nicht draußen, aye, dann wird's erst so richtig heikel.«

»Korrekt, Steuermann«, pflichtete Aison seinem ersten Offizier bei. »Sie werden das Maul nur für einen kurzen Moment und ein kleines Stück öffnen. Das Timing wird entscheidend sein. Wir haben nur einen Versuch. Einen einzigen.«

»Und da wäre noch was, Käpt'n«, knüpfte Hatschi an seine Bedenken an. »Wir müssen auch gegen die reinströmende Milch ankämpfen, aye, da wird uns ordentlich was entgegenschwappen. Denn ich kann mir beim besten Willen nicht vorstellen, dass diese durchtriebenen Typen so freundlich sind und mit dem

U-Boot an die Oberfläche tauchen, um uns eine angenehme Flucht zu ermöglichen. Bereitet euch also besser schon mal darauf vor, die Luft anzuhalten.«

Su hielt sie bereits an. Vor Schreck.

Kapitän Aison klatschte in die Pranken. »Ihr wisst, was zu tun ist, Herrschaften! Schafft alles an Holz ran, das ihr finden könnt. Machen wir diesen Fieslingen Feuer unterm Hintern!«

»Aye!«

XII

Ähnlich wie die Argo Navis hatte auch Tonkins kleines Fischerboot nur geringe Schäden davongetragen (Hera hab Dank). Doch waren nicht alle Schiffe, deren letzter Hafen der Schlund der Moby Dick geworden war, so glimpflich davongekommen. Im Maul des U-Boot-Wals, das in etwa die Größe eines Fußballstadions hatte, verweste so manch hölzernes Gerippe ohne Grab und ohne Crew. Zerfetzte Segel hingen leblos an zerbrochenen Masten, Anker, einst geschmiedet, um gelichtet zu werden, waren versunken. Versunken im Schlaf, zugedeckt mit Rost. Die Seemannslieder der Matrosen, die nie wieder an Land gehen würden, längst verstummt. Gefesselt und geknebelt auf Partituren ohne Noten. Was aus den Leuten geworden war, die einst die Straße bereist hatten, mochte sich Su lieber nicht vorstellen.

Im flatternden Licht der Feuerflügel suchten die sechs Schicksalsgefährten die Umgebung nach losen Brettern und Planken ab und stapelten sie zu einem Scheiterhaufen, höher als die Reling der Argo Navis, mit dem sie ihre Gefangenschaft in den Feuertod schicken wollten. Das war das Vorhaben. Ob es gelingen würde, wussten nur die Weltraumwinde.

Als der Haufen (dessen Fundament ein Schiffswrack bildete) nach einer Weile so hoch war wie ein Jenga-Turm für Riesen, skizzierte Aison Milchbart den Plan.

»Wenn NekoNeko das Holz in Brand gesetzt hat, wird sich der Rauch rasch ausbreiten, die Besatzung des U-Boots muss also entsprechend zügig reagieren. Sobald sich das Maul öffnet, zündet Hatschi die Turbinen.«

»Aye, Käpt'n. Ich befördere uns hier mit der vollen Schubkraft der Argo Navis raus. Wollen wir doch mal sehen, was unser Schiffchen so unter der Haube hat!«

»In Ordnung, Steuermann. Lass die Wölfe heulen, wie sie noch nie geheult haben«, bestärkte der Befehlshaber der Piraten seinen ersten Offizier und spielte damit auf das Geräusch der Turbinen an, das ertönte, wenn der Düsenantrieb des Schiffes losbrüllte.

»Aber was wird aus der Ahti, bei Neptun?«, fragte Tonkin und klang dabei nicht wie ein heulender, sondern eher ein jaulender Wolf, dem man versehentlich auf den Schwanz gestiegen war.

»Wer oder was ist die Ahti?«, erkundigte sich Su fürsorglich. Der Junge mit dem Samurai-Zopf war ihr in der kurzen Zeit irgendwie ans Herz gewachsen. Ja, sie mochte ihn. Er war aufrichtig. Das spürte sie.

»Die Ahti ist mein Boot, Su. Schon meine Eltern bereisten auf ihr die Straße. Und zuvor ihre Eltern. Und davor ...«

»Wir haben es begriffen, Tonkin«, sägte NekoNeko recht rüde die Auflistung des Horizon-Stammbaums ab.

Hatschi dämpfte Tonkins Sorge um das Fischerfamilienerbstück. »Wir nehmen dein Boot einfach ins Schlepptau. Meine Seemannsknoten sind so strapazierfähig, dass wir sogar diesen Blechwal abschleppen könnten.«

»Am besten ohne Umschweife zur Schrottpresse!«, regte NekoNeko an.

Tonkin war sichtlich erleichtert. »Hera hab Dank, und Dank sei dein, Hatschi!«

»Schön. Dann wäre ja nun alles geklärt«, resümierte Aison nüchtern. »Hatschi, zügig! Binde Tonkins Boot an die Argo. Dort draußen wartet eine Königin darauf, von uns gerettet zu werden. Legen wir los!«

XIII

Strapazierfähig hin oder her – der Steuermann der Milchbart-Crew entschloss sich kurzerhand dazu, das kleine, mit (leeren) Fischfässern beladene Ruderboot vorsichtshalber mit gleich zwei seiner vermeintlich berüchtigten Seemannsknoten festzuschnüren. Doppelt gemoppelt (oder geknotet, wenn's beliebt) hält bekanntlich besser, und diese beiden Knoten würden bei dem raketenhaften Start, der ihnen bevorstand, einiges aushalten müssen.

Nachdem Hatschi das Tau fachgerecht an Argo und Ahti befestigt hatte, bezog er auf dem Heck des Piratenschiffes Stellung hinterm Steuerrad. Daneben war eine kleine Konsole mit diversen Knöpfen und Reglern angebracht, mit denen sich die Turbinen des Weltallschiffes an- und abschalten und ihre Schubkräfte steigern und drosseln ließen.

»Ich bin bereit, Käpt'n, aye, von mir aus kann's losgehen!«, rief Hatschi.

Aison nahm es zur Kenntnis. »Aye!«

Q-ma verkrümelte sich in die Kombüse, um das Porzellan für den anstehenden Powerschub sicher in den Regalen zu verstauen, damit es ihnen bei der Flucht nicht um die Ohren fliegen würde, und Tonkin, Su und Aison, der die Hand des Mädchens hielt, bezogen Stellung an Deck.

»Keine Sorge, Su. Alles wird gut gehen. Halte dich einfach an mir fest, in Ordnung?«

Seine Frage blieb ohne Antwort, sein Mutzuspruch perlte an dem irdischen Achterbahnverweigerer ab wie Wasser an einer

Regenjacke. Panik klammerte sich an Sus Gefühlszentrum und das Mädchen an Aisons Bein.

NekoNeko kraxelte indes wie ein Fahnenträger mit flammenden Flaggen hinauf zum Mastkorb. Oben angekommen breitete sie die Flügel aus, blickte hinab zu ihrem Kapitän und signalisierte ihm mit einem Kopfnicken Bereitschaft. Kühn erwiderte der Anführer die Geste. Die Scharfschützin kniff eines ihrer smaragdgrünen Augen zu, als visierte sie mit der Schleuder ein Ziel an, füllte in einem tiefen Zug ihre Lungen mit gewittrig schmeckender Luft, hielt kurz inne und modellierte dann aus der Puste ein donnerndes »Feuer frei!«, das sie so laut wie eine attackierende Armee aus ihrer Kehle brüllte. Energisch schlug die Katze dabei mit den Flügeln und schickte unzählige Flammenfedern auf ihre letzte Reise.

Phönixgleich verglühten Llevis Flügel in einem lodernden Lebewohl, und die Federn stürmten vom Ausguck herab wie rotes Laub in einem grimmigen Herbststurm.

Treffer!

Es dauerte nur Sekunden, bis das alte Holz lichterloh brannte. Man konnte nicht sagen, ob es das Knistern des Feuers oder das der Spannung war, die nun zusammen mit dem Rauch im Wal aufkam. Zunächst nur ganz zaghaft, doch schon bald waberten schwarze Wolken am Gaumen der mechanischen Bestie. Immer mehr Qualm quoll aus den Flammen, kroch den Brandstiftern in Mund und Nase, biss ihnen in die Augen und erpresste ihre Lider.

»Es passiert nichts!«, krächzte Hatschi durch sein über die Schnauze gestülptes Halstuch. Seine Stimme klang rauchiger als die eines Zigarrenliebhabers. »Das Maul öffnet sich nicht! Das verdammte Ding bewegt sich keinen Millimeter!«

Su keuchte. Angst brandete in ihr auf, und heiße Tränen malten Muster in den schwarzen Ruß auf ihren roten Wangen. Wütend warf der Feuerturm mit Funken um sich, und von der Spitze stürzten brennende Bretter in die Tiefe.

»Vorsicht!«, schrie Tonkin und stieß Aison zur Seite, der sich zu Su geduckt hatte, um sie schützend in seinen Mantel zu hüllen.

KA-RACH! Exakt an der Stelle, wo soeben noch der große Löwe und der kleine Mensch gekauert hatten, bohrte sich ein glühendes Geschoss durch die Planken, das aus dem Feuer geschleudert worden war wie ein weggeschnipptes Streichholz.

»Hera h… *hust* … Hera hab … *hust* …« Aison taumelte benommen. Die sengende Hitze sprang ihm mit ausgefahrenen Krallen ins Gesicht, und ihm war, als hätte man ihm Teer in die Lungen gegossen. Der Hüne machte einen schwindeligen Ausfallschritt auf Tonkin zu, der ihn stützte. »Bring Su … *hu…hust* … in Sicherh… *hust* …heit!«, bellte der Pirat knarzend.

»Hier rein! Ich bitte Euch! Nun kommt schon!« Q-ma hatte die Kajütentür aufgestoßen und rumpelte aufs Deck, wo sich Tonkin das kehlig atmende Räuchermädchen schnappte und mit ihm ins Innere der Argo türmte. Nur allzu gerne hätte die Nachwuchspiratin ihre Kameraden in dieser brenzligen Situation an Deck unterstützt, jedoch wusste Su mit Bestimmtheit, dass Aison sie um jeden Preis behüten wollte.

Was hätte eine Grundschülerin auch schon ausrichten können? Vermutlich gar nichts.

»Ich bin einfach zu klein!«, verfluchte Su die körperlichen Einschränkungen einer Siebenjährigen.

Doch auch wenn sie die Rettungsaktion protestlos hatte über sich ergehen lassen, wollte das Mädchen zumindest wissen, was vor sich ging! Also hastete Su zum Kajütenbullauge, um den Fluchtversuch der Argo mitzuverfolgen – aber nicht einmal ihre Nasenspitze reichte bis zum Guckloch.

»Ich sag's ja, zu klein! Erst kann ich nichts ausrichten, jetzt nichts sehen.« Ihr Blick huschte nach links, dann nach rechts. »Da!« Gedankenschnell krallte sich Su eine herumpurzelnde (und Kindeskörpergröße kompensierende) Obstkiste und positionierte sie unter dem kreisrunden Fenster der bebenden Schiffshütte. Gerade noch rechtzeitig, um unter wiederhergestellten, wenn auch recht wackeligen Sichtverhältnissen Neko-Nekos nächstes Manöver zu beobachten.

»Kapitän! Kapitän!«, rief die Späherin hoch oben über dem Flammenmeer so lautstark, dass ihre Stimme problemlos durch den bullaugigen Schallschutz drang. Im Feuerregen der hinabstürzenden, brennenden Trümmer war die Katze mit ihrem flatternden roten Cape kaum auszumachen, als sie vom Mastkorb hinabhetzte.

»Wir müssen hier raus! Wir müssen sofort hier raus!«

Ihr Hilferuf verirrte sich in einem schrillen Geräusch, das den Gefangenen urplötzlich zu Ohren sprang. Gellendes Sirenengeschrei wütete in schier unerträglicher Lautstärke durch den Kopf der U-Boot-Bestie. Mehrere Rundumleuchten warfen ihr feuerfarbenes Rot an die Wände, Decke und auf den Boden der Moby Dick, als legten sie dem Maschinenwal Scharlach ins Maul.

Nervös beobachtete Su von ihrem improvisierten Hochstand aus, wie Aisons fuchtelnde Glieder die schmutzige Luft um ihn herum zerfetzten. Der Kapitän wollte den Rauch buchstäblich händeringend daran hindern, sich wie Seenebel auf seine Sinne zu legen und ihn in eine – vielleicht endgültige – Ohnmacht zu stoßen. Doch urplötzlich wirkte Aison völlig klar.

»Steuermann! Bereit machen!«

»Aye, Käpt'n!«

In die kreischenden Sirenenrufe drängte sich das quietschende Geräusch der Walfischlippen, die sich langsam teilten und die See hineinbaten. Gefräßige Wellen fielen über das Feuer her und verschlangen gierig sein Licht. Es ertrank augenblicklich.

»Das ist unsere Chance, Hatschi! Jetzt!«

Postwendend hämmerte Hatschi auf den Knopf, mit dem die Turbinen der Argo Navis gezündet wurden, und ließ somit endlich die Wölfe von der Leine. Die Rotorblätter bohrten sich in rasendem Rundlauf in die Fluten, die sich mit fulminanter Kraft in den Wal pressten.

»Worauf wartest du, Hatschi?«, lärmte NekoNeko eindringlicher als die Alarmsirenen. »Bring uns hier raus! Na los doch!«

»Festhalten!«, kläffte ihr Kamerad und drückte den Schubhebel bis zum Anschlag durch.

Von null auf hundert (oder eher tausend, mit Verlaub) preschte das Schiff pfeilgerade drauflos wie eine Silvesterrakete – *ZUSCH*! Der enorme Schub riss die Besatzungsmitglieder schonungslos von den Beinen, einzig Hatschi, der sich erbittert ans Steuerrad klammerte, blieb standhaft. Mit der Präzision eines Skalpells schnitt die Argo eine tiefe Schneise in das weiße Fleisch der Straße, und stürmte Kopf voran in die sich aufbäumenden Wellen, die das Schiff gewaltsam zurückdrängten wie ein zu Milch gewordener Mob.

»Nur noch ein kleines Stück, Hatschi!«, rief Aison, der von der Schwerkraft ordentlich in die Mangel genommen wurde.

Auch NekoNeko wirbelte übers Deck und durch die peitschende Milchmeute, die sich ohne Unterlass auf sie stürzte und ihr eine Tracht Prügel nach der anderen verpasste, während Su, Tonkin und Q-ma hinter den milchundurchlässigen Kajütenwänden wenigstens davon verschont blieben. Recht rumpelig war es aber auch im Schiffsinneren, und Su konnte nur noch dank ihres ausgeprägten Durchhaltevermögens einer Rodeoreiterin auf der Holzbox balancieren, während Q-ma regungslos wie eine Gefriertruhe in der Kombüse verharrte. Seine Porzellanpiraten hatten bislang keine gravierenden Verluste hinnehmen müssen. Zumindest klirrte und rasselte es recht selten in den

Schränken der angrenzenden Schiffsküche. Das Einzige, das im Moment kochte, war (dem Geräusch nach zu urteilen) allerdings der verausgabte Düsenantrieb des Schiffes, der dröhnend sein letztes Quäntchen Energie hinaushechelte.

»Hol alles aus den Turbinen raus!«, plärrte NekoNeko in Hatschis Richtung, bevor sie sich die nächste saftige (oder milchige) Ohrfeige einfing. »Wir sind gleich draußen!«

Der Steuermann holte alles raus. Das tat er fürwahr. Die Wangen der Turbinen glühten, die Wölfe keuchten, die Argo bebte und schoss schließlich aus dem Maul der Moby Dick wie ein Kirschkern aus einem Kindermund. Hinaus in die Freiheit, hinein in die Atemlosigkeit.

....

Auszug aus der Milchstraßen-Mythologie VIII:
Die Dimensionen der Straße

Die Milchstraße ist mit einem Durchmesser von etwa 200.000 Lichtjahren das (mit Abstand) größte Gewässer im gesamten Universum. Diese unermesslichen Dimensionen übersteigen das menschliche Vorstellungsvermögen und lassen sich am ehesten mit einem Vergleich greifbar abbilden: Angenommen der Pazifik (der größte Ozean der Erde) hätte die Größe eines Sandkorns, so hätte die Milchstraße die Größe des Pazifiks.

....

XIV

Wenn ein Böller unter Wasser hochgeht (»Solche Böller gibt es tatsächlich«, hätte Su an dieser Stelle eingeworfen), verkommt das donnernde *PENG* zu einem dumpfen *FUMP*. Und so versumpfte selbst das Dröhnen der Explosionen, die die überhitzten Turbinengedärme des Piratenschiffes in Stücke rissen, beinahe ungehört in den Tiefen der Straße. Nur das Buckeln des Decks verriet die Detonationskette.

»Es kommt! Bei Neptun! Es kommt!«, schrie Tonkin panisch, der sich inzwischen am rückseitigen Fenster der Kajüte eingefunden hatte.

Die Moby Dick hatte die Verfolgung aufgenommen. Während dem Fischer das bedrohliche Antlitz des Monsterwals ins Auge sprang, musterte Su sorgenvoll die dickbackigen Gesichter ihrer Kameraden an Deck. Zu allem Überfluss ging nicht nur den Argo-Turbinen, sondern allmählich auch den Argo-Piraten die Puste aus! Beinahe senkrecht schoss das Schiff durch die Fluten Richtung Milchoberfläche, und Aison wurde brachial gegen die Außenwand der Kajüte gedrückt. Direkt neben die unfreiwillig zu Milchglas gewordene Fensterscheibe, durch die Su lugte und auf die sie nun mit beiden Fäusten trommelte.

»Aison! Aison!«

Der Löwenmann vernahm die dumpfe Stimme und drehte den Kopf Richtung Bullauge. Richtung Su. Seine Wangen waren aufgeplustert, seine Augen zugekniffen, seine Lungen ohne Luft.

»*Komm schon, komm schon, komm schon, Hatschi! Rette uns! Rette Aison! Bitte!*«, schrie Su flehend in ihrem Kopf.

In einem immensen Kraftakt kämpfte der Kapitän gegen das schier erdrückende Gewicht der Milchmassen an, bis es ihm schließlich gelang, seine Tatze auf das Fenster zu legen. Su tat es ihm von der anderen Seite aus gleich.

»Aison …«, wimmerte das Mädchen in Tonkins erneutes Gekreische.

»Es kommt! Bei Neptun! Es kommt!«

Ruckhaft blickte Su zum Fischer und bemerkte schlagartig, dass er diesmal nicht etwa den Stahlwal meinte, der sich unaufhaltsam näherte, sondern vielmehr das weiße Wasser, das sich nun auch unter der Kajütentür durchzwängte, um sich gewaltsam Eintritt zu verschaffen.

»Su! Ich komme!«, rief Tonkin und watete durch die Milch, die in bedrohlicher Geschwindigkeit in dem Kämmerchen anstieg. Etwa so schnell, als würde man eine Badewanne mit einem Feuerwehrschlauch füllen. Binnen weniger Augenblicke kletterte die Flut vom Knöchel zum Knie. Sus Holzkiste war ihr von vernichtend kurzem Nutzen. Sie war bereits in der Milch verschwunden, als der Junge bei ihr eintraf.

»Su! Alles wird gut!«, schrie er.

Als endlich auch der behäbige Bär die Brisanz begriff und sich in Bewegung setzen wollte, war es bereits zu spät, schwappte die Milch doch bis kurz unter die Kajütendecke, um die Räumlichkeit nur eine Sekunde später gänzlich zu fluten. Q-mas mechanisches Brummen erstickte in der flüssigen Lawine. Luftblasen quollen Su aus der Nase, und das Gewicht von tausend Tonnen legte sich auf ihre Glieder, als trüge sie Kleider aus Beton.

Die Geräusche ertranken in der Stille. Die Wärme erfror in der Kälte. Schrecklicher Kälte. Es wurde dunkel. Schrecklich dunkel. Doch dann endlich sprang Weiß ins Schwarz, das sich vor Sus Augen ausgebreitet hatte. Das Schiff stemmte sich aus den Wellen, breitete die Flügel aus und hechtete ins Licht der Sterne, empor in die mit goldenen Tupfern gesprenkelte Schwärze des Alls. Nur Sekunden später bohrte sich der monströse Schädel der Moby Dick durch die Oberfläche des Weltraumflusses. Das riesenhafte Maul schnappte ins Leere und stieß einen zornigen Schrei aus, der an dem fliegenden Sternenkreuzer vorbeijagte und bis in den letzten Winkel der Galaxie vordrang. Dann tauchte die um ihre Beute beraubte Bestie ab und verkroch sich geschlagen und gedemütigt im Schoß der Straße.

XV

Als Su die Kajütentür aufriss, schwappte der Besatzung an Bord die halbe Milchstraße und übersprudelnder Jubel entgegen. Das völlig durchnässte Mädchen eilte an Deck, wo sie (der ebenfalls triefende) Aison mit ausgebreiteten Armen und ausgebreitetem Lächeln empfing. Su fiel dem Löwenmann stürmisch um den Hals.

»Wir haben es geschafft, Kapitän, wir haben es tatsächlich geschafft!«

»Aye, das haben wir, Kleine. Dein Plan hat funktioniert. Das hat er fürwahr! Hera hab Dank, und Dank sei dein!«

»Bei Neptun! Das war unglaublich, Hatschi!«, jauchzte Tonkin, dessen wackelige Beine den Fischerjungen nun ebenfalls aus dem Kämmerchen trugen.

»Diesem schwimmenden Ersatzteillager hab ich's gezeigt, aye, der legt sich gewiss nicht mehr mit dem legendären Ersten Milchbart-Offizier an!«, sagte Hatschi triumphierend und wrang sein Halstuch aus – *TRIEF*.

»Ja, ja, du bist der Größte, Hatschi«, maunzte die gebeutelte NekoNeko, während sie ihre magische Munition, die bei den Turbulenzen auf dem ganzen Deck verteilt worden war, vom Boden aufklaubte. Glücklicherweise hatten alle die Flucht auch ohne Mach-Mut-Staub-Doping überstanden. »Aber nun komm mal wieder runter, wenn's beliebt. Und vor allen Dingen solltest du das Schiff mal runterbringen, bevor sich die Turbinen endgültig verabschieden und uns aus der Galaxie pusten!«

Die erschöpften Düsenantriebe der Argo husteten zustimmend dunkle Wolken ins All.

Der Kapitän pflichtete seiner Schützin bei. »Du hast recht, NekoNeko! Triebwerke deaktivieren, Hatschi! Wir müssen zurück auf die Straße.«

»Aye, Aison! Bereit machen zum Landeanflug, meine ehrenwerten Freunde.«

Der Lärm der Maschinen schrumpfte, die Schwingen des Piratenschiffes breiteten sich aus. Lautlos glitt der Sternenkreuzer hinab auf die längste Landebahn des Universums und setzte nur Augenblicke später so sanft darauf auf wie der Samen einer Pusteblume auf einer Pfütze, die der Frühlingsregen gebaut hatte.

»Erbitte Schadensreport, Hatschi«, forderte der Kapitän seinen Steuermann auf. Es galt, den Zustand des Schiffes und die Leistungs(un)fähigkeit der Turbinen einzuordnen.

»Die Argo hat nur ein paar Kratzer abbekommen, Kapitän. Bei den Triebwerken sieht es hingegen finster aus, aye, die sind futsch. Ich fürchte, wir müssen in eine Werft.«

»Verstanden, Hatschi. Wir steuern so bald wie möglich eine Werkstatt an. Kuhdaiba liegt nicht weit von hier entfernt. Dort wird man uns helfen können.«

»Kuhdaiba?«, fragte Su zögerlich, während sie in ihrem Gedächtnisregister bis zum Reiter *K* blätterte und dort auch tatsächlich fündig wurde. »War das nicht der Heimatplanet von Q-ma?«

Sogleich trottete der eben zitierte Roboterbär aus der Kajüte. »So ist es, ehrenwerte Su, so ist es fürwahr. Wenn es jemand vermag, die Argo-Antriebe zusammenzuflicken, dann die Experten auf Kuhdaiba. Lasst es mich erklären, ich bitte Euch.«

....

Auszug aus der Milchstraßen-Mythologie IX:
Der Mirukuh-Kuni Kuhdaiba

Geschultert von der Mirukuh-Kami Jurōjin erhebt sich der Planet Kuhdaiba majestätisch über die Milchstraße. Einst wurde er im Heiligen Krieg der Straße fürchterlich in Mitleidenschaft gezogen und zu zwei Dritteln zerstört. Der Wiederaufbau Kuhdaibas mit Hilfe fortschrittlicher Technologie dauert bereits seit vielen Generationen an. Allein die Anfertigung der Konstruktionspläne hat mehrere Hundert Jahre in Anspruch genommen. Die fähigsten Architekten, Ingenieure und Maschinenbauer der Milchstraßen-Galaxie zeichnen seit der Katastrophe für das sogenannte »Re:Build-Project« verantwortlich. In der Konsequenz weist der Planet die höchste Werkstatt- und Werftdichte im Allabschnitt der Milchstraße auf. Nahezu sämtliche Schiffe, die auf der Straße im Umlauf sind, wurden auf Kuhdaiba entworfen und konstruiert. Auch die meisten Roboter oder Maschinen mit künstlicher Intelligenz erblicken hier das Sternenlicht der Welten. Im Vergleich zu den übrigen sechs Mirukuh-Kuni ist ein Besuch auf diesem heiligen Planeten jedem Weltraumreisenden gestattet, ja sogar erwünscht. Weshalb das so ist? Um die finanziellen Mittel für die kostspielige Instandhaltung und die Baumaßnahmen in die Kassen der Verantwortlichen zu spülen, wurde auf Kuhdaiba »Eggukappu« errichtet, eine einzigartige Attraktion, die ihre Pforten täglich für Hunderttausende Besucher öffnet. Dabei handelt es sich um den größten Vergnügungspark im gesamten Universum. Seinen Namen, der übersetzt aus der Sprache des Alten Volkes »Eierbecher« bedeutet, verdankt der Park seinem Standort. Eggukappu bildet das untere Drittel von Kuhdaiba. Jenes Drittel, das im Heiligen Krieg der Straße nicht zerstört wurde. Aus der Ferne ähnelt es einem gigantischen Eierbecher, aus dem sich riesenhafte Gerüste und Stahlkonstruktionen recken, die das neue Skelett des Planeten bilden.

....

XVI

»Da wir gerade von unserer nächsten Destination sprechen …«, wandte sich Aison Tonkin zu, der einen konzentrierten Blick hinauf zum schwarzen Unterschlupf aller Welten warf, um sich an den dortigen Sternen zu orientieren. »Wohin wird dich dein Weg führen, Sohn des Dobe und der Flow?«

»Ich muss schleunigst zum Restaurant, Kapitän Aison. Bei Neptun, schleunigst.«

»Was ist das für ein Laden?«, fragte NekoNeko, die ihre Munitionsbeutelchen inzwischen wieder bestückt hatte.

»Das Götterrestaurant Anubiss«, erklärte der Fischer. »Die Götter aller Welten nehmen ihre Speisen in diesem exklusiven Etablissement ein. Und ich beliefere das Anubiss täglich mit frischem Fisch. Also, normalerweise tue ich das. Wenn ich nicht gerade von einem Metallmonster verschluckt werde, bei Neptun!«

»Ein Götterrestaurant!«, bauglotzte Su.

»Jetzt sag bloß, dein Idol Neptun schneit da auch ab und zu rein?«, fragte Hatschi.

Tonkin schien nicht so recht zu wissen, ob das nun eine ernst gemeinte Frage oder einer der flapsigen Sprüche des Milchbart-Piraten gewesen war. »Das weiß ich leider nicht. Ich liefere meine Waren lediglich in der Küche ab, das Restaurant selbst dürfen nur sehr wenige Sterbliche betreten.«

»Wir setzen dich gerne am Restaurant ab, Tonkin«, schlug Aison vor.

»Das ist wirklich großzügig von Euch, Kapitän! Bei Neptun! Hera hab Dank, und Dank sei Euer!«

»Nicht der Rede wert, Junge. Aber wenn du nicht mit leeren Händen oder Fässern, wenn's beliebt, im Anubiss aufschlagen möchtest, solltest du vielleicht allmählich deine Angelrute auswerfen, mein Freund.«

»Ihr habt recht, Kapitän Aison, ich mache mich sofort ans Werk.«

»Einverstanden. Wenn dich meine Besatzung unterstützen kann, zögere nicht, sie um Hilfe zu bitten. Ich ziehe mich nun für eine Weile zurück.« Bevor sich der Löwenmann abwandte, befahl er seiner treuen Truppe: »Hatschi! Wir steuern das Anubiss an. Wir liefern Tonkin ab, und danach segeln wir ohne Umschweife weiter nach Kuhdaiba! Die anderen von euch gehen auf ihre Posten! Also los, Herrschaften!«

Ein einstimmiges »Aye« hallte übers Deck, und die Piraten bezogen Stellung. Der erschöpfte Kapitän der Milchbärte hatte seine Anweisungen noch nicht beendet, als Tonkin bereits die beiden überkreuzten Angelruten in einer geschmeidigen Bewegung aus den Halterungen auf seinem Rücken zog, als wären sie die Katanaklingen eines Samurais. An den beiden Angelschnüren waren nicht nur einer, sondern insgesamt sieben silberne Haken befestigt, die nur Augenblicke später in die Wellen hechteten, um nach ihrer schuppigen Beute zu greifen.

Nach Aison griff indes die Müdigkeit. Und so schleppte er sich kraftlos in seine Gemächer. Leise trug der Wind eine Stimme durch die Nacht, die ihm in die Kapitänskajüte hinterherschlich und sich in seinen Schlaf flocht. Es war die Stimme von Morpheus, dem Gott der Träume, dem der Löwenmann schon sehr bald gegenübertreten sollte.

STROPHE 7

DAS NOCTURNE DER NACHT

Der Schlaf ist in den Mann gegangen
Und hat ihm einen Traum gefangen
Er kettet ihn ins Löwenherz
Zwischen Schwermut, Salz und Schmerz

Erzählt vom Ende seiner Reise
Weiße Tage weinen leise
Güldne Nächte gibt's nicht mehr
Alle Himmel sind nun leer

Das Kind der Sterne ohne Licht
Der Sichelmond hängt im Gesicht
Ihr Herz aus Stern schweigt in die Zeit
So segelt er zur Einsamkeit

Als dann die Nacht zum Tag verbleicht
Ein Sätzlein von den Lippen schleicht
»Leinen los, ich eile mich
Vergib, vergiss, ich bitte dich.«

STROPHE 8

DER GESANG DER GÖTTER

I

Er würde nicht aufgeben. Und er würde nicht scheitern. Er würde sie aus den Fängen der Nacht ohne Wiederkehr befreien, damit ihr Licht niemals erlosch. Das war sein Versprechen an die Königin der Milchstraßen-Galaxie. Sein Versprechen an die Straße und die Sterne. Ganz egal, wie viele Albträume ihm die Nacht auch entgegenschleudern mochte, Aison Milchbart würde nicht versagen. Niemals.

II

Es herrschte reges Treiben an Bord, während der Weltraum die Winde eines neuen Tages in die Segel des Schiffes warf. Voller Eifer half Su dem Fischerjungen Tonkin dabei, dessen bemerkenswerten Fang der vergangenen Stunden in den Fässern zu verstauen, die Q-ma aus dem Bauch des Sternenkreuzers an die Oberfläche gebracht hatte (Tonkins Fässer waren bei der Flucht aus der Moby Dick von der Ahti geschleudert worden). In den Behältnissen zappelten unzählige Fische.

»Sieh her, Su!«, sagte Tonkin, und hielt einen glühenden Einführungsvortrag über sein Steckenpferdthema (oder Steckenfischthema, wenn's beliebt), den Facettenreichtum der Milchstraßen-Fauna.

»Das ist ein Milchtaucher. Man erkennt ihn an seinen drei purpurfarbenen Rückenflossen. Der Milchtaucher findet sich auf der Speisekarte eines jeden ordentlich geführten Fischrestaurants. Er wird sogar in andere Galaxien exportiert. Ein echter Klassiker! Und dieses emsige Kerlchen nennt man Weißlachs. Sein milchweißes Fleisch ist herrlich zart und schmeckt besonders gut zu gegrilltem Gemüse wie Sternspitzenspargel oder Wellenkraut. Eine Delikatesse!«

»Wow«, staunte Su.

»Der hier ist ein sogenannter Straßenschnorchler. Extrem selten und extrem köstlich! Ja, wahrlich köstlich, bei Neptun!«

Dem Mädchen lief das Wasser im Munde zusammen, und auch Hatschi (wie sollte es auch anders sein?) meldete sich (magen-)knurrend zu Wort.

»Wie ist es eigentlich um unser Frühstück bestellt, Q-ma? Das wirst du doch vor lauter Fässerschleppen nicht verbummelt haben, oder? Oder? Ich hab mächtig Kohldampf, aye, ich verhungere!«, grummelte es hinter dem Steuerrad hervor.

»Frühstück fällt flach, du Vielfraß!«, plärrte NekoNeko vom Mastkorb herab. »Das Anubiss ist bereits in Sicht!«

»Na, das ist doch ein gar treffliches Timing, aye!«, frohlockte der Hund. »Ich wollte schon immer mal ein göttliches Rührei verdrücken!«

»Ich fürchte, daraus wird nichts, mein nimmersatter Freund«, erklang eine Stimme aus Richtung der Kabinen. Aison hatte das Deck betreten.

Hatschi nahm die Absage mit einem klagenden Jaulen zur Kenntnis.

»Weiße Tage und goldene Nächte, Su«, begrüßte der Kapitän die kleine Studentin von Freizeitdozent Tonkin.

»Mögen auch die Ihren in Weiß und Gold gehüllt sein, Kapitän Aison.«

Noch während Su (ähnlich wie die übrigen Crewmitglieder) die »Faust zur Brust«-Geste vollführte, um dem Piratenoberhaupt den gebührenden Respekt zu erweisen, geriet sie bereits ins Schwärmen.

»Sie werden es nicht glauben, Aison, aber Tonkin hat die ganze Nacht durchgefischt! Beeindruckend, nicht wahr? Und er weiß so unglaublich viel über die Bewohner der Straße! Einiges davon hat er mir sogar beigebracht, ja wirklich!« Das Mädchen freute sich wie ein kleines Kind (das es schließlich auch war, mit Verlaub) über sein frisch gefischtes Wissen. »Ich weiß jetzt, was ein Milchtaucher ist oder ein Weißlachs oder ...«

Aison prustete ein herzhaftes Lachen aus. »Das freut mich zu hören, Kleine. Tonkin ist wahrlich ein tüchtiger Bursche. Ich bin froh, dass sich unsere Wege gekreuzt haben.«

»Das kann ich nur zurückgeben, Kapitän Aison!«, sagte der Junge mit den Tattoos strahlend. »Ich werde unser gemeinsames Abenteuer niemals vergessen. Noch meinen Kindeskindern werde ich davon erzählen, wenn sie eines Tages ihre eigenen Netze in der Straße auswerfen. So wie einst ihr Vater. Und dessen Vater. Und ...« Tonkin schielte verstohlen in NekoNekos Richtung und unterbrach sich selbst, ehe sie es tun konnte. »Na ja ... Ihr wisst schon, nicht wahr? Aber nun wird es für mich allerhöchste Zeit, meinen Pflichten nachzukommen. Außerdem sollte man hungrige Götter nicht warten lassen, bei Neptun! Nicht wahr, Kapitän Aison?«

»Aye, Tonkin! Wir legen an! Aber ... wo?«

III

Das Anubiss glich einer Pyramide, die auf dem Kopf stand, und wies in etwa die Größe seiner ägyptischen Vorbilder auf (oder waren die Gräber der Pharaonen etwa nach dem Vorbild des Götterrestaurants konstruiert worden? Wer weiß das schon!). Das goldene Bauwerk schwebte am Straßenrand, wobei man im ersten Moment den Eindruck gewinnen konnte, als stünde es auf einen riesigen Pfosten gespießt mitten im Weltall. Bei näherem Betrachten entpuppte sich die vermeintliche Halterung jedoch als ein komplexes Konstrukt aus Glasrohren, die aus allen erdenklichen Richtungen an der Unterseite (also der Spitze) der Pyramide zusammenliefen.

»Was hat es mit diesen Rohren auf sich, Tonkin? Wohin führen sie?«, fragte Aison.

»Nun, Kapitän Milchbart, eigentlich sind das keine Rohre, sondern vielmehr Aufzüge, wisst Ihr?«

»Ich verstehe, Sohn des Dobe und der Flow. So gestatte mir, meine Frage umzuformulieren. Wohin fahren sie?«

»In die Himmel. In alle Himmel sämtlicher Welten. Dorthin, wo die Götter wohnen und von wo sie mit diesen Aufzügen, den sogenannten Kamitabi, ins Anubiss gelangen.«

»Gott im Himmel!«, entfuhr es Su ungewollt treffend.

»Deshalb gibt es hier auch nur einen winzigen Steg, an dem ausschließlich Frachtfahrzeuge und die Privatschiffe der Bediensteten des Restaurants anlegen«, erklärte der Fischer. »Die göttlichen Gäste dagegen reisen allesamt in den gläsernen Aufzügen an.«

Hatschi fischte im Trüben. »Das ist ja wirklich hochinteressant, werter Herr Horizon, aye, aber wie kommen wir denn nun zu dem besagten Steg? Ich kann nämlich keinen sehen. Nicht mal einen winzigen.«

»Wir kommen nicht zum Steg, Hatschi. Der Steg kommt zu uns«, erwiderte Tonkin grinsend.

Noch bevor Hatschi, Aison, NekoNeko, Q-ma und Su das Rätsel um die unauffindbare Anlegemöglichkeit (oder Tonkins kryptischen Lösungsweg zu ebenjener) entschlüsseln konnten, öffnete sich eine Art Schiebetor an der Außenwand des oberen Pyramidendrittels. Daraus fuhr eine schmale Landungsbrücke aus, als hätte das Restaurant einen Teppich für seine Besucher ausgerollt.

»Erster Offizier! Du weißt, was zu tun ist!«

»Aye, Käpt'n!« In null Komma nichts hopste Hatschi von Deck und befestigte das Schiff der Piraten mit seiner bewährten Knotentechnik an einem wuchtigen Eisenring, der in den Steg eingearbeitet war. Kaum war die Schlaufe aus dem dicken Tau geknüpft, wurde der Verbindungsweg zum Anubiss wieder ins Innere des Weltraumrestaurants gefahren. Mitsamt der Argo, ihrer Crew, Tonkin und seiner Fracht.

IV

»Ganz schön ranzig für ein ach so nobles Lokal«, brummte NekoNeko, nachdem sich das göttliche Garagentor mit einem scharfen *RUMMS* hinter ihnen geschlossen hatte.

»Das ist nur der Hangar, in dem die Gefährte der Angestellten und Lieferanten geparkt werden.« Tonkin zeigte auf allerlei große und kleine Schiffe und Boote, die in einem Bassin schwammen, in dem nun auch die Argo sanft auf und ab schaukelte, als wollte das Piratenschiff seine Mannschaft behutsam in den Schlaf wiegen. Vor allem Tonkin hätte ein gepflegtes Nickerchen vertragen können, hatte er sich doch die ganze Nacht um die Ohren geschlagen, um seinen Fang sicher- und seinen Auftraggeber zufriedenzustellen.

NekoNeko wollte mal wieder das letzte Wort haben. »Man könnte hier trotzdem mal mit einem feuchten Lappen durchgehen!«

»Vielleicht schnappt sich die feine Dame einfach eines der Fässer, anstatt pausenlos zu meckern«, regte Hatschi an. »Wenn wir alle mit anpacken, sind wir in Weltraumwindeseile wieder hier raus, aye, und dann wird endlich gefrühstückt!«

»Dass ich nicht lache. Mein Name ist NekoNeko Nebelheim, lautlose Späherin, präzise Scharfschützin, Ausguck mit Weitblick und gewiefte Diebin.« (NekoNekos Laudatio an ihr Ego wurde von einem Raunen der Piraten untermalt). »Wisst ihr, was in dieser Auflistung fehlt?«

»Öhm«, öhmte Su.

»Richtig! Lastesel. Oder Fischkutter, wenn's beliebt. Diese

Tatzen sind einzig für äußerst filigrane Angelegenheiten bestimmt. Nicht, um muffige Fässer durch die Gegend zu wuchten.«

»Ich kann euch helfen, ich helfe gerne, sehr gerne«, signalisierte der Küchenbär seine Dienstwilligkeit. »Wenn auch nicht ganz uneigennützig, wenn's beliebt. Denn welcher Koch würde die einmalige Gelegenheit auslassen, ein Restaurant zu betreten, in dem Speisen für Götter zubereitet werden?«

Geholfen hätte der mechanische Smutje auch ohne eigenen Nutzen, daran zweifelte keiner.

»Dann kann's ja losgehen.« Der Fischer führte die Truppe an und wenig später durch ein Tor mit der Aufschrift »Warenannahme«. Aison, Hatschi und Tonkin trugen je ein Fass, Q-ma zwei. Die (aufgrund der Tatsache, gleich einigen Göttern zu begegnen) noch immer fassungslose Su und die fasslose NekoNeko bildeten die Nachhut. Strammen Schrittes marschierten die Gefährten durch einen weiträumigen Korridor, vorbei an Dutzenden gerahmten Bildern, die hier dicht an dicht an den Wänden hingen. Aufmerksam und fasziniert zugleich beäugte Su jedes einzelne, blieb sogar einige Male stehen und zog anschließend immer wieder kurz das Tempo an, um nicht den Anschluss zu verlieren. Alle zeigten denselben schlanken, hochgewachsenen Mann in einem maßgeschneiderten schwarzen Smoking. Mit passender schwarzer (pedantisch gebundener) Fliege, protzigen Manschettenknöpfen, weißem Hemd. Keine Falten. Nicht eine. Er trug dünnbesohlte Lederschuhe, auf Hochglanz poliert. Auf den Schultern der Gestalt saß der Kopf eines Schakals mit langer Schnauze und spitz zulaufenden Ohren. Bei seinem Anblick verzog Su ehrfurchtsvoll die Miene. Jedes Motiv zeigte den drahtigen Mann gemeinsam mit anderen, nicht weniger fabelhaften Kreaturen. Da gab es eine Frau, deren Lippen so weiß waren, dass sie nach Schnee schmecken mussten. Zu ihren Füßen saßen zwei majestätische Eisfüchse. Auf einem anderen Bild war der Schakal im Smoking abgebildet (beziehungsweise abgelichtet, denn es handelte sich ohne Zweifel um Fotografien), mit einem muskulösen Mann, dessen Haupthaar aus Flammen geflochten war, während der grazilen Dame auf dem gegenüberliegenden Bild Blumen aus dem Kopf wuchsen.

Am Ende des Galerieganges führte eine waghalsig steile Treppe ins nächste Stockwerk. »Zum Restaurant. Bitte verhalten Sie sich andächtig« stand dort an der Wand geschrieben. Daneben waren unzählige Hinweistäfelchen mit durchgestrichenen Symbolen zu sehen – ähnlich wie der Erdling sie von Eingangstüren bestimmter Geschäfte kannte. Die gängigen Zeichen für Eiscreme- oder Hundeverbot konnte sie darunter zwar nicht ausmachen (zum Glück für Hatschi, Hera hab Dank), dafür war es jenseits der Stufen nicht gestattet, Tiergeräusche zu mimen, Raketenrucksäcke zu tragen, zu jonglieren(!) oder zu beten. Das Symbol der gefalteten Hände war gleich doppelt durchgestrichen. Augenscheinlich war es den Betreibern des Anubiss immens wichtig, den Göttern eine möglichst erholsame Auszeit zu garantieren, schlussfolgerte Su.

»Su? Su!«

»Hm?«

»Wärst du wohl so lieb ...«, schnaufte Tonkin und machte dabei das Gesicht, das man nun mal machte, wenn man beide Hände voll und eine geschlossene Tür vor sich hatte.

»Oh, aber natürlich!«

Das Mädchen hopste rasch die Treppe hinab zum Rest der Gruppe und schlängelte sich zwischen den Piraten, Tonkin und den Fässern hindurch bis zu einer Doppelflügeltür, die mit ihren zwei glubschigen Bullaugen auf das Mädchen herabstierte.

»Hera hab Dank, und Dank sei dein, Su! Lasst uns reingehen. Wir werden erwartet.«

V

Jenseits der Bullaugentür, im Herzen der Pyramide, befand sich die opulenteste Küche, in der jemals ein Herd, ein Ofen oder ein Gastronom gedient hatten. Etwa einhundert Köche verarbeiteten in verblüffender Synchronität die edelsten Lebensmittel zu edelsten Speisen, die ihre deliziösen Düfte in den weiß gekachelten Raum abgaben. Mit der kraftvoll-filigranen Präzision eines Staatsballetts wurde in Reih und Glied gerührt, geraspelt und gerieben, geschnippelt, geknetet und gewürzt – befehligt von einem merkwürdigen Kaninchenwesen. Die kleinwüchsige Kreatur reichte Su gerade mal bis zur Hüfte, trug jedoch eine Kochmütze, die in etwa das Fünffache ihrer Körpergröße aufwies, bestimmt um ihre zwergenhaften Maße zu kompensieren und die riesenhaften Ohren zu verbergen. Exakt auf Höhe der Brust waren Titel und Name des Küchenchefs in goldenen Lettern in die Kochuniform gestickt: »Maestro Ka Vinci«. Darunter befanden sich vier Sterne.[1]

»Horizon, du Nichtsnutz! Allegro, allegro!«, zischte der kauzige Küchenkobold wie ein Flötenkessel in Tonkins Richtung, als er den schwer beladenen Fischerjungen erspähte. Dem Rest der

1 Anmerkung des Autors: Da bei diesem Thema oftmals holpriges Halbwissen herrscht, hier ein kurzer Sterne-Exkurs während des Sternen-Exkurses, wenn's beliebt. Ein Sternekoch ist ein Koch, der in einem Restaurant arbeitet, das mit einem oder maximal drei Sternen ausgezeichnet ist. Ein Stern bedeutet: »Eine Küche voller Finesse – einen Stopp wert!« Zwei Sterne bedeuten: »Eine Spitzenküche – einen Umweg wert!« Und drei Sterne bedeuten: »Eine einzigartige Küche – eine Reise wert!« Nun, das Anubiss erweitert diesen Katalog um eine weitere Kategorie. Vier Sterne bedeuten: »Eine göttliche Küche – eine Odyssee wert!« *Achtung: Ausschließlich Göttern vorbehalten.*

Truppe schenkte der zwirbelbärtige Wüterich so wenig Beachtung wie ein Konditor einer Backmischung.

»Wo um alles in dieser und allen anderen Welten hast du so lange gesteckt? Allegro!«

»Nun ...«, zögerte Tonkin. »In einem Walfisch. Also eigentlich war es ein U-Boot. Genau genommen ein Walfisch-U-Boot. Oder ein U-Boot-Walfisch, bei Neptun.«

»Neptun sitzt im Restaurant und fällt uns allmählich vom Fleisch, weil er seit geraumer Zeit auf sein Straßenschnorchler-Filet wartet, das du uns nicht rechtzeitig geliefert hast. Allegro! Das ist eine Katastrophe. Allegro, allegro!«

Als Aison bemerkte, dass Tonkin im rhetorischen Dauerfeuer des exzentrischen Küchenchefs zunehmend in Bedrängnis geriet, stellte er sein Fass ab und sich danach schützend in den verbalen Kugelhagel.

»Weiße Tage und goldene Nächte, Maestro Ka Vinci. Wenn Ihr mir erlaubt, mich vorzustellen und die Situation zu erklären.«

Kein Gruß vom kurzbeinigen Langohr. Stattdessen funktionierte das Kaninchen mit der Riesenhaube die Neuankömmlinge spontan zu Personal um. »Ich brauche drei von euch in der Küche, drei im Service! Also schnappt euch endlich eine Schürze! Und zwar allegro, allegro!«

Unvermittelt betrat eine stattliche Gestalt die Küche – just in dem Augenblick, als NekoNeko dem aufbrausenden Chefkoch des Anubiss unverblümt mitteilen wollte, was sie davon hielt, als Kellnerin oder Küchenhilfe eingespannt zu werden (mitsamt detaillierter Erläuterung, wohin er sich die Schürze stecken sollte, wenn's beliebt).

»Adagio, adagio, meine Damen und Herren. Die Fassung zu verlieren ziemt sich nicht. Tonkin ist nun da. Tonkin Horizon, Sohn des Dobe und der Flow. Er ist gekommen, um den Tag zu retten. Delikat, ausgesprochen delikat.«

Direkt vor dem Erdling, dem Fischer und den Piraten blieb die Gestalt stehen. Es war der schlanke, hochgewachsene Mann im maßgeschneiderten schwarzen Smoking. Mit passender schwarzer (pedantisch gebundener) Fliege, protzigen Manschettenknöpfen, weißem Hemd. Keine Falten. Nicht eine. Er trug dünnbesohlte Lederschuhe, auf Hochglanz poliert. Auf den Schultern der Gestalt saß der Kopf eines Schakals mit langer Schnauze und spitz zulaufenden Ohren.

»Gestatten? Anubis. General Manager des Anubiss. Das zweite ›s‹ ermöglicht das Wortspiel. Anu-Biss. Biss. Versteht ihr? Delikat, ausgesprochen delikat, nicht wahr?«

Aison ging nicht darauf ein, sondern sofort zur Begrüßung über. »Weiße Tage und goldene Nächte, Anubis.« Der Piratenkapitän erwies dem Restaurantinhaber die Ehre, indem er sich auf ein Knie hinabließ und feierlich die Faust vor der Brust ballte.

Die anderen taten es ihrem Anführer gleich.

»Hocherfreut ... wer auch immer ihr sein mögt.« Anubis sah mehr gelangweilt denn wirklich erfreut aus. »Jedenfalls bitte ich euch höflich, den Anweisungen meines Küchenchefs Folge zu leisten. Unsere Gäste werden allmählich launenhaft. Abscheulich, absolut abscheulich. Mit hungrigen Göttern ist nicht gut Kirschen essen. Völlig widersprüchlich nicht wahr? Also zackig rein in die Schürze und ran den Herd.«

»Aye, Anubis. Wir helfen, wo wir können!« Ohne zu zögern, zeigte sich der Milchbartkapitän kooperativ und instruierte seine Crew. »Q-ma, Tonkin und Hatschi helfen in der Küche aus. Su, NekoNeko und ich bringen Essen an die Tische. Das ist ein Befehl!«, beugte der Kapitän dem bevorstehenden Protest seiner Zweiten Offizierin vor.

»Ich bin untröstlich, Anubis«, schaltete sich nun auch der Fischer ein. »Untröstlich, bei Neptun. Die angespannte Situation habe ich zu verantworten. Vergebt und vergesst, ich bitte Euch.«

»Erklärungen und Entschuldigungen heben wir uns für später auf, Tonkin. Nun filetiere, wie du noch nie filetiert hast. Und die anderen Damen und Herren folgen mir in den Speisebereich, wenn's beliebt.«

アヌビス

Anubis

VI

Aus der Küche chauffierten mehrere Personen- und unzählige Essensaufzüge Kellner, Ober, Speis und Trank in das mehrstöckig angelegte Restaurant hinab. Aison, NekoNeko und Su teilten sich einen Personenaufzug mit Anubis, und das Mädchen brachte es nur mit Müh und Not fertig, den charmanten Schakalmann nicht ständig anzugaffen. Nach wenigen Augenblicken, die sich wie Minuten anfühlten, wurde sie schließlich von einem sanftem *PLING* erlöst. Die verchromte Tür öffnete sich, und aus dem Deckenlautsprecher des Lifts träufelte eine Stimme weich wie Honig: »Siebter Stock. Herzlich willkommen im Anubiss! Bitte genießen Sie Ihren Aufenthalt.«

Su sah sich neugierig um. Auf jeder Etage, so erklärte Anubis den Piraten, hatte ein schwarz beschürzter »Anubiss-Admiral« (Oberkellner) das Kommando über seine weiß gekleidete »Anubiss-Armee« (normale Kellner). Der jeweilige Serviceleiter wusste stets, in welchem Aufzug welches Menü aus der Küche geliefert wurde und an welchem Tisch der entsprechende Abnehmer auf die Zustellung wartete. Jedes Mal, wenn ein Essenslift den dienstführenden Admiral durch ein kurzes *PLING, PLONG* auf sein Eintrudeln aufmerksam machte, folgte nur Sekundenbruchteile später die korrekte Serviceanweisung für die Kellner: Aufzug 1, *PLING, PLONG*, »Tisch 4, zack zack«. Aufzug 8, *PLING, PLONG*, »Tisch 21, zack zack«. Bei jedem *PLING, PLONG* stand ein Restaurantrekrut der Anubiss-Armee Gewehr bei Fuß, um das Gericht – zack – abzuholen und – zack – abzuliefern. Das System funktionierte so reibungslos wie ein Uhrwerk. Um die Admiräle nicht aus dem Konzept zu bringen, signalisierte ein Personenaufzug wie der, mit dem die Milchbart-Truppe angekommen war, seine Ankunft, indem er lediglich *PLINGTE* und nicht *PLING-PLONGTE*.

Die vier ungleichen Gestalten verließen den Vorraum zu den Aufzügen und betraten das Restaurant, das komplett verglast war – wie Aison, NekoNeko und Su erst jetzt realisierten. Von außen konnte man zwar nicht hinein-, von drinnen jedoch nach draußen sehen. Nach draußen in das Panorama der Grenzenlosigkeit, die ihrem Betrachter Sterne in die Augen malte. Am bewundernswürdigen Stuck der hohen Decken hielten sich prächtige Kronleuchter fest, die ihr schillerndes Lichtgold auf die Tische rieseln ließen, an denen die Götter in wuchtigen Sesseln saßen und speisten. Oder darauf warteten, endlich speisen zu können. Durch das Stimmengewirr schlichen liebliche Klavierklänge und das Geräusch von vergoldetem Besteck, das über vergoldete Teller huschte.

»Bei den Göttern ist heute der Teufel los. Götter. Teufel. Teufel. Versteht ihr? Ein Wortspiel. Delikat, ausgesprochen delikat, nicht wahr?«

Da auch diese Frage eher rhetorischer Natur, die vorangegangene Pointe wenig anspruchsvoll und eine Erklärung selbiger völlig überflüssig gewesen wäre, ließen die Piraten den Restaurantmanager unbehelligt weiterschwadronieren.

»Ausgerechnet heute findet der allmonatliche Stammtisch der Unterweltgötter statt. Ich für meinen Teil bin schon eine ganze Weile raus aus dem Totengott-Business. Der Job zieht einen auf Dauer wirklich runter. Deprimierend ist das, kann ich euch sagen. Gastronomie liegt mir einfach mehr, wisst ihr?«

»O—kay«, sagte Aison, um überhaupt endlich etwas zu sagen.

Su und NekoNeko blieben indes konsequent sprachlos.

»Seht ihr den Gentleman dort hinten an Tisch dreizehn? Den mit dem grünlichen Teint und dem grässlichen Outfit? Das ist Osiris, die Dame neben ihm nennt sich Hel. Und – große Überraschung – natürlich schleppte sie auch heute wieder den monströsen Wolf Fenris und die noch monströsere Schlange Midgard an. Das stelle man sich einmal vor. Wir sind ein Götterrestaurant, kein Weltraumzoo. Ein leidiges Thema. Tragischerweise ist Fräulein von und zu Hel völlig beratungsresistent. Abscheulich, absolut abscheulich. Fehlt nur noch, dass Odin auf seinem achtbeinigen Klepper hier reingehechelt kommt. Aber der Faulenzer ist schon seit Ewigkeiten nicht mehr von seinem Herrschersessel geklettert. Dabei müsste er nur in den Kamitabi stolpern. Aber nein, da bestellt das ergraute Götterväterchen lieber bei diesem Billiglieferservice uww.Fraßgards.msg! Apropos Fraßgards. Die übrigen Götter der zwölf Paläste Asgards sitzen ...«

Plötzlich ertönte ein Klingelton, der den redseligen Schakalmann in seinem Mammutmonolog jäh ausbremste. Anubis griff hastig in die Innentasche seines Smokings und holte eine Art Smartphone hervor. »Da muss ich kurz rangehen.« Der vom Redeschwall des Restaurantchefs übergossene Aison blieb weiter wortkarg und beschränkte seine Reaktion auf ein erneut zögerliches »O—kay«.

»Sie sprechen mit Anubis. General Manager des Anubiss. Das zweite ›s‹ ermöglicht das Wortspiel. Anu-Biss. Biss. Verstehen Sie? Delikat, ausgesprochen delikat, nicht wahr? Was kann ich für Sie tun?«

....

Auszug aus der Milchstraßen-Mythologie X:
Das Universe Wide Web

Das Internet wird tatsächlich nicht nur auf der Erde, sondern auch auf anderen Planeten genutzt. In den meisten Teilen des Alls handelt es sich dabei jedoch um eine wesentlich komplexere und weiter entwickelte Form des World Wide Webs namens Universe Wide Web, kurz uww. Das Äquivalent zu den auf der Erde gängigen Top-Level-Domains .com, .net etc. lautet in diesem Teil des Weltraums .msg, was für Milchstraßen-Galaxie steht.

....

VII

Maestro Ka Vinci rotierte wie ein Stabmixer. »Hältst du zum ersten Mal eine Fischgrätenzange in den Händen, Tonkin? Das muss schneller gehen! Deutlich schneller! Allegro, allegro!«

Hatschi scheiterte kläglich beim bereits vierten Versuch, die Küchenschürze korrekt zuzuschnüren (seine fundierten Seemannsknoten-Kenntnisse halfen dem Piratenoffizier beim Kampf mit dem Kittel nur sehr bedingt weiter). Kochroboter Q-ma hingegen war in seinem Element und ließ die stählernen Muskeln spielen. Er grillte, kochte, dämpfte und briet Tonkins Ausbeute, die noch vor wenigen Stunden ihre Bahnen in der Straße gezogen hatte – nichts ahnend, dass ihr das Schicksal eine in zerlassener Butter gebrutzelte Zukunft als Götterspeise aufbrummen würde. Die (konsternierten) Köche und selbst Maestro Ka Vinci staunten nicht schlecht (zum Bauglotzen ließ sich das Kaninchen nicht hinreißen, würde seine Selbstherrlichkeit doch niemals aus freien Stücken vom Thron seiner Eigenarten steigen), als sie dem Bären bei dessen graziler Kochakrobatik zusahen. Q-ma panierte, Q-ma garnierte, Q-ma zelebrierte. Beim Anblick der goldbraun gebratenen und mit Zitronensaft beträufelten Fischfilets verhedderte sich Hatschi endgültig im Küchenkleid.

»Nun ja«, brummte das Kochkaninchen. »Bestimmt nicht das köstlichste Gericht, das je einem göttlichen Gaumen geschmeichelt hat, aber in der Not frisst der Teufel bekanntlich Fliegen. Und Götter fressen ein durchschnittliches Fischgericht. Und wenn es schon nicht delikat ist, soll es doch zumindest warm sein. Also raus damit, allegro!«

VIII

PLING, PLONG.

»Mit Verlaub! Das haben wir nun wahrlich unzählige Male durchgekaut! Und mit Durchkauen kenne ich mich aus. Durchkauen, verstehen Sie?«, schnaubte Anubis entrüstet in sein Telefon. »Ihr Lapsus ist unentschuldbar. Und ganz nebenbei: In der Sprache des Alten Volkes lautet der Begriff für Gott ›Kami‹. Ka-mi. Nicht Gami. Es tut mir ausgesprochen leid, aber der Totengottstammtisch wird künftig ohne die Shinigami stattfinden. Das ist mein letztes Wort. Weiße Tage und goldene Nächte. Auf Wiederhören! Abscheulich, absolut abscheulich.«

Wieder mal übernahm Sus Neugierde die Kontrolle über ihr Mundwerk. »Was ist denn geschehen, Herr Anubis, wenn Sie mir die Frage gestatten. Aber nur, wenn Sie mir die Frage wirklich gestatten!«, verlieh sie ihrer Diskretionsbereitwilligkeit Nachdruck.

»Es sei dir gestattet. Vor einigen Monaten hat sich eine prekäre Verwechslung im Restaurant zugetragen, die um Haaresbreite abscheuliche Folgen nach sich gezogen hätte. Dazu müsst ihr wissen, dass die Shinigami über ein mächtiges Buch verfügen, in dem sie eine Liste über die Todgeweihten führen. Eine Person, deren Namen in dieses sogenannte Todesbuch geschrieben wird, stirbt.«

Anubis hielt inne, um ein gehetztes Kreuzzeichen in die Luft zu kritzeln, ehe er seine Litanei fortsetzte. »Nach einer üppigen Portion Apfeltarte und kurz vor dem erneuten Aufbruch in die Unterwelt wollte der Shinigami Ryuk noch sein göttliches Geschäft verrichten. Dazu deponierte er sein Todesbuch auf einem bei den Kamitabi aufgestellten Tischlein. Dort liegt auch ein Gästebuch für unsere werten Besucher bereit, in dem sie eine Restaurantbewertung hinterlassen können. Und zwar versehen mit ihrem Namen. Ihrem Na-men. Der Schussel hat beim Verlassen des Lokals doch tatsächlich das Gäste- statt des Todesbuchs mitgenommen. Nicht auszudenken, was passiert wäre, hätte sich einer unserer Besucher in diesem todbringenden Wälzer verewigt. Das wäre im nackten Chaos gegipfelt. Und den Imageschaden möchte ich mir gar nicht erst ausmalen. Abscheulich, absolut abscheulich.«

»Und verantwortungslos«, warf Aison ein.

»Glücklicherweise ist einem Bediensteten die Verwechslung rechtzeitig aufgefallen. Hera hab Dank, und Dank sei sein. In der Konsequenz habe ich den Shinigami lebenslängliches Hausverbot im Anubiss aufgebrummt. Und das ist für jemanden, der unsterblich ist, verdammt lang, wenn's beliebt. Das wollen die Damen und Herren aber nicht auf sich sitzen lassen. Also bleibt mir nichts anderes übrig, als ständig mit diesen Sturköpfen zu diskutieren. Monat für Monat.«

Der brüskierte Boss des Anubiss verstaute sein Telefon in der Smoking-Innentasche und zupfte sich die Fliege zurecht. »Aber wo wir gerade von Chaos sprechen: Dort hinten an Tisch zwölf sitzt Set, der seinem Titel ›Gott des Chaos‹ auch diesmal alle Ehre macht. Drei zerbrochene Teller und zwei Krüge gehen heute bereits auf seine Kappe, und die Rotweinflecken kriegen wir nie mehr aus der Tischdecke. Abscheulich, absolut abscheulich. Aber erlaubt mir, hier die Brücke zu Bacchus zu schlagen, wenn's beliebt. Der Gott des Weines an Tisch neun hat schon wieder einen über den Durst getrunken. Und zu allem Überfluss ist er auch noch auf Krawall gebürstet. Er hat Hunger. Mächtig Hunger. Ich hoffe, in der Küche dampft's. Dampft's – versteht ihr? Wir müssen auftischen. Mit der größten Dringlichkeit müssen wir das! Selbst Moneta, sie sitzt dort drüben an Tisch elf, seht ihr?« Anubis warf der dicklichen Dame ein verlegenes Lächeln zu. Sie war mit Goldketten behangen, Goldringen besteckt und Gold-Make-up bemalt. »Die ausgesprochen großzügige Göttin des Geldes wird sonst mit dem Trinkgeld geizen.«

IX

PLING, PLONG, PLING, PLONG, PLING, PLONG – BAMM.

»Den Göttern sei Dank!« Der weltenumspannenden Erleichterung in Anubis' Stimme zufolge fiel ihm ein asteroidengroßer Stein vom Herzen, als die Essensaufzüge endlich im Restaurant eintrafen. Augenblicklich hetzten die Kellner unter eiliger Anleitung ihres Vorgesetzten von Lift zu Gast und von Gast zu Lift.

»Zack, zack!«

Der Restaurantchef wandte sich mit flammender Entschlossenheit den Piraten zu. »Ich hoffe, ihr habt euch alles eingeprägt. Keine Fehler, keine Fauxpas, wenn's beliebt. Es hat begonnen.«

»Aye, Anubis!«, entgegneten ein beherzter Aison, eine zaghaft zögerliche Su und eine NekoNeko mit »Wenn's denn unbedingt sein muss«-Attitüde.

Die Milchbärte schlugen sich wacker, fürwahr wacker. In der Hektik flutschte zuweilen mal ein Kartoffelröschen vom Teller, hin und wieder schlich sich ein Zahlendreher bei der korrekten Zuordnung der Tischnummern ein, und einmal wären Su und NekoNeko beinahe im Servicegewusel zusammengerauscht, doch konnten sie die Laufwege in der Kürze der Zeit nicht vollends verinnerlichen. Schwerwiegende Fehlgriffe ließen sich die ambitionierten Aushilfskellner jedoch nicht zuschulden kommen. Ruckzuck waren die Mägen der Aufzüge geleert und die der Götter gefüllt.

»Delikat, ausgesprochen delikat«, würdigte Anubis das spontane Stelldichein der Milchbärte. »Das habt ihr wirklich vorzüglich gemeistert. Hera hab Dank, und Dank sei Euer. Wann lässt die sich eigentlich mal wieder blicken?«, murmelte der ehemalige Totengott und schlenderte vergnügt zum Ausgang, um die ersten Gäste persönlich zu verabschieden.

Währenddessen – *PLING* – stieß das Küchentrio Q-ma, Hatschi und Tonkin erneut zum Rest der Crew. Allzu lange konnte der Zauber der imposanten Innenausstattung die Neuankömmlinge jedoch nicht in seinen Bann ziehen, ließ Hatschis Magenknurren, das durch die sich allmählich leerenden Räumlichkeiten raunzte, die Magie doch schlagartig verfliegen.

»Nun seht mich nicht alle so vorwurfsvoll an! Ich hatte schließlich kein Frühstück. Und auch kein zweites. Oder gar drittes! Es grenzt an ein Wunder, dass ich mich überhaupt noch auf meinen wackeligen Beinchen halten kann, aye, ein Wunder ist das!«

»Vielmehr grenzt es an ein Wunder, dass du noch nicht geplatzt bist!«, neckte NekoNeko ihren schwächelnden Kameraden. »Aber ich könnte auch so allmählich einen Happen vertragen.«

»Seht nur! Ja gibt's denn so was?« Hatschi deutete aufgeregt auf einen der Fenstertische, auf dem ein Teller mit dampfenden Köstlichkeiten stand. »Da hat doch tatsächlich jemand seine Speisen verschmäht. Weit und breit kein Gast zu sehen. Das muss eine göttliche Fügung sein, werte Kameraden!«

Su konnte sich natürlich denken, worauf das hinauslaufen würde, und auch ihr Magen sehnte eine Mahlzeit herbei. Jedoch bezweifelte das Mädchen massiv, dass es ihnen gestattet war, von den göttlichen Speisen zu kosten.

Der Gedankengang des Ersten Offiziers dagegen war sehr viel gradliniger. »Es wäre ja eine Schande, wenn man diese Delikatessen dem Müll zum Fraß vorwerfen würde, aye, versündigen würden wir uns, bei einer derartigen Verschwendung. Aber sorgt euch nicht! Uneigennützig, wie ich nun mal bin, opfere ich mich hiermit freiwillig! Dankt mir später!«

»Ähm …«, setzte Tonkin skeptisch an, als der Steuermann der Milchbärte bereits ungestüm über das (vermeintlich) herrenlose Gedeck herfiel.

»Pfoten weg von meinem Fisch, verlasse schleunigst diesen Tisch!«

X

Um ein Haar wäre Hatschi vor Schreck das Weißlachs-Ragout aus dem Gesicht gefallen.

»Wer ...? Wo ...?« Völlig verdutzt sah sich der Steuermann um.

Doch niemand war zu sehen. Auch die übrigen Crewmitglieder konnten sich keinen Reim auf den Reim machen. Sämtliche Sessel, die sich um die Tafel versammelt hatten, waren unbemannt.

»Werft den Blick zum Dach der Räume, sehet dort den Gott der Träume«, hallte eine kehlige Stimme vom Stuck.

Mehrere Meter über dem Boden hing eine riesenhafte Gestalt kopfüber an einem Kronleuchter. Ihre drakonischen Flügel hielten den eigenen Körper in einer innigen Umarmung fest umschlungen. Unter den Fledermausohren hockte ein Gesicht, das zu großen Teilen von einem Schal verdeckt wurde, der – so schien es – aus Schleierwolken gestrickt worden war. Dahinter leuchteten orakelhafte Augen.

Als trüge er Kerzen im Kopf, dachte Su.

»Wer seid Ihr?«, fragte Aison unbefangen.

»Morpheus, wie er leibt und lebt, der Gott, der eure Träume webt.«

Die Milchbart-Piraten und Tonkin versammelten sich um den Tisch, über dem die Kreatur baumelte, und starrten zur Decke hinauf.

»Weiße Tage und goldene Nächte, ehrenwerter Herr der Nacht«, begrüßte Kapitän Aison die Gottheit. »Eure Visionen gehen in letzter Zeit gnadenlos mit mir ins Gericht. Mit Verlaub.«

・モルフェウス・

Morpheus

»Meine Tinte, Euer Schmerz, ich bau daraus Poesie ins Herz.«

»Soll das heißen, dass Träume aus unseren Gefühlen konstruiert werden, Morpheus?«, fragte Aison, und seine Auslegung sollte bestätigt werden.

»Hat Harmonie den Tag getränkt, wird Schönheit in den Traum gehängt. Spielt Angst auf allen Sonnenharfen, kommt der Mond, um euch zu strafen.«

Aison Milchbart schwieg betroffen, während sich Su schließlich einen Ruck gab, dem Gott ebenfalls eine Frage zu stellen.

»Erschafft Ihr all diese Träume ganz allein, Herr Morpheus?«

»Jeder Traum entsteht in Stücken, mir will nur die Wortkunst glücken. Ikelos näht Träumchens Zwirn, malt Bilder hinter eure Stirn. Fantasos, der dritte Schmied, komponiert das Wiegenlied.«

Aison schaltete sich wieder ins Gespräch ein. »Es gibt also drei Traumgötter. Morpheus den Autor, Ikelos den Maler und Fantasos den Komponisten.«

»Drei Brüder, wenn's beliebt, Milchbart, die Oneiroi, Sternpirat.«

»So entstehen also unsere Träume. Sie werden geschmiedet. Aus Worten, Bildern und Melodien. Doch wie gelangen sie schlussendlich zu den Lebewesen?«

Su wunderte sich insgeheim darüber, dass Kapitän Aison sich so sehr für Träume interessierte, schwieg jedoch.

»Wenn der Tag im Sterben liegt, ein Nyx in jede Richtung fliegt.«

»Die Nyx ...«, hauchte Aison den Namen der Traumbringer in ehrfürchtiger Tonlosigkeit. »Die Söhne der Nacht. Es gibt sie also wirklich.«

»Ob Märchen oder Kunst aus Kummer, ein Nyx legt sie in Euren Schlummer.

»Gestattet mir noch eine letzte Frage, Morpheus, ich bitte Euch.«

Der Traumautor schwieg, doch das kurze Aufflackern seiner rätselhaften Augen signalisierte Aison, dass es ihm gestattet war, seine Neugierde zu stillen.

»Wenn Ihr die Söhne der Nacht aussendet, um Eure geschmiedeten Werke, all die von Euch erschaffenen Träume, zuzustellen, so müsst Ihr den Aufenthaltsort einer jeden sterblichen Kreatur kennen, nicht wahr?«

Wieder flackerten die Kerzenaugen für einen kurzen Moment auf.

»Wo befindet sich Lynn Lovelock? Wo können wir ihn finden, Morpheus?«

»Der Ort, an dem ihr suchen müsst, wurde einst vom Krieg geküsst.«

Dann erloschen die Kerzen, und Morpheus' Verstand kehrte zurück an den Schreibtisch, an dem die Geschichten der Nacht geschrieben wurden.

»Vom Krieg geküsst ...«, grübelte Aison Milchbart. »Der Bibliothekar im Turm der JahrTausende erzählte mir, dass Lynn Lovelock ein Wissenschaftler sei. Die Elite dieser Zunft versammelte sich einst auf dem Planeten Kuhdaiba.«

»Und der Mirukuh-Kuni wurde im Heiligen Krieg nahezu ausgelöscht.«

»Richtig, Su. Kuhdaiba wurde ... vom Krieg geküsst.«

»Dann steht unser nächstes Ziel wohl fest, aye, wir segeln nach Kuhdaiba«, flüsterte Hatschi. Klammheimlich stibitzte er ein Kartoffelröschen vom Teller des Gottes der Träume und hielt sich einen Finger vor die geschlossenen Lippen, hinter denen er den Gemüsehappen zermalmte, als wollte er sagen: »Pssst! Bloß nicht aufwecken!«

»Er kann es einfach nicht lassen«, schnaufte NekoNeko.

»Das trifft sich vorzüglich, mein Kapitän, wahrlich vorzüglich«, warf Q-ma ein. »Während ihr den Wissenschaftler befragt, nehme ich mich der Reparatur unseres Schiffes an. Ich habe bereits eine ganz bestimmte Werft im Sinn, die beste weit und breit, mit Verlaub. Die Argo Navis wird in altem Glanz erstrahlen. In neuem altem Glanz. Das wird sie gewiss.«

»Einverstanden, Q-ma. Genauso machen wir's«, stimmte der Milchbart-Anführer dem Vorschlag seines Smutjes zu. Dann wandte er sich seinem irdischen Crewmitglied zu. »Hast du was zu schreiben, Su?«

»Ähm. Aber natürlich Aison.« Das Mädchen wühlte in seinem Rucksack, den es stets bei sich trug, holte das Schlampermäppchen hervor und streckte ihrem Kapitän einen Filzstift entgegen. »Ist der in Ordnung?«

»Der ist perfekt, Su. Hera hab Dank, und Dank sei dein. Geht schon mal vor, ich bin gleich bei euch.«

Während die Piraten bereits durch den langen, bebilderten Gang, bummelten, der sie zurück zum Hangar führte, verharrte der Löwenmann noch einen Augenblick an Morpheus' Tafel. Behutsam faltete er die rubinrote Serviette auseinander, auf der das goldene Besteck penibel arrangiert worden war, setzte den Stift an und schrieb mit bedachtsamer Leserlichkeit eine Notiz auf den Stoff. Eine Botschaft. Auf dass die Nyx diese Worte überbringen und in die Träume der schlafenden Königin tragen würden.

XI

Als der Kapitän wenig später bei seiner Mannschaft am Schiff eintraf, kullerten Tränen in die Aufbruchsstimmung. Tonkin Horizon, der junge Mann, der für die See lebte, war nah am Wasser gebaut. »Bitte gebt stets gut acht auf euch, bei Neptun!«, schluchzte der Fischer und wischte sich die feuchten Augen trocken. »Ich halte Ausschau nach euch, meine Freunde.«

»Wir sehen uns wieder, Sohn des Dobe und der Flow. Hera hab Dank, und Dank sei dein«, sagte der hünenhafte Piratenkapitän und schloss den Jungen in die Arme.

»Ja, Kapitän. Die Straße hat uns vereint, und die Straße wird uns immer verbinden.«

»Am Tage unseres nächsten Aufeinandertreffens ziehst du für uns den fettesten Fisch der Galaxie aus der Milch, aye, das wird ein Festessen!«

»Abgemacht, Hatschi. Bei Neptun, das ist mein Versprechen an die Milchbart-Piratenbande.«

Nun war es Zeit, sich auch von Su zu verabschieden.

»Auf Wiedersehen, Su-chan! Auf Wiedersehen, meine Freundin!«

Die kleine Sternenwanderin konnte den Abschiedsschmerz nicht länger unterdrücken und fiel Tonkin weinend um den Hals. »Weiße Tage und goldene Nächte, Tonkin! Du wirst der berühmteste Fischer der Welt und aller anderen Welten. Ganz bestimmt wirst du das sogar. Da bin ich mir sicher!«

Als die Argo Navis durch das gigantische Schiebetor stolzierte und die Piraten ihrem Freund ein letztes Mal zuwinkten, flatterte eine Fledermaus zum Weißen Schloss. Dorthin, wo der Schlaf die Königin der Milchstraßen-Galaxie in eine sternenlose Nacht gesperrt hatte. Bei sich trug der Sohn der Nacht eine rubinrote Serviette, auf die fünf Worte geschrieben waren, die die Hoffnung diktiert hatte.

Ich bin gleich da.
~ Aison

STROPHE 9

DIE SONATE DES SCHLÜSSELS

I

Dort, wo die Dunkelheit einst drei aschfahle Kinder aus ihrem Schoß gebar, die auf die Namen Stille, Einsamkeit und Traurigkeit hörten, dort auf der anderen Seite zerriss erneut ein gepeinigter Schrei die Stille der Sitra Achra. Klippot entbrannte. Überschäumende Wut floss wie Benzin ins Feuer seines endlosen Hasses.

»Vorgeführt! Gedemütigt! Wie konnte das nur passieren? Das kümmerliche Schiffchen eines kümmerlichen Kapitäns befreit sich aus den Fängen der mächtigen Moby Dick! Meine Crew hat versagt. Taugenichtse! Schwächlinge! *Klipp, klipp.*«

»Die Piraten haben inzwischen das Götterrestaurant Anubiss in Richtung Kuhdaiba verlassen, mein Gebieter.«

»Segelt nur weiter«, knirschte der Gefangene. »Am Ende eurer Reise wird euch das Verderben einen Hafen bauen. Ihr törichten Narren.«

»Vergebt und vergesst, ich bitte Euch, Meister Klippot. Aber ich habe nachgedacht. Wäre es nicht denkbar, dass es sich bei dem Goldenen Herzen um einen Stern handelt? Schließlich nennt man es auch das hellste Licht im Universum.«

»Das hellste Licht im Universum sagst du? *Klipp, klipp.* Warum bei allen Teufeln rückst du erst jetzt damit raus?«

»Vergebt und ... «

»Schweig still!«, brüllte Klippot. Doch dann stahl sich ein wahnsinniges Grinsen in sein Gesicht. »Ein Stern ... Diese Vorstellung vermag es, mich zu verzücken. Mit Bestimmtheit ist das Goldene Herz ein Stern. Mit Bestimmtheit sogar. Der strahlendste aller Sterne. Welch ironische Fügung, nicht wahr?«

Der Diener Klippots wagte es nicht zu antworten. Seine Lippen blieben vereint.

»Sollen diese jämmerlichen Piraten ihn ruhig finden! Ja, sollen sie uns zu ihm führen, zu diesem hellsten Licht im Universum. Und dann wirst du es aushauchen, Nachtbringer. Hast du mich verstanden?«

»Natürlich, ich habe verstanden, mein Gebieter. Aber natürlich!«

»Ich will, dass du das Licht dieses Sterns löschst, das Siegel somit endgültig brichst und mich aus meinem Verlies befreist. Wenn das Goldene Herz nicht mehr schlägt, werde ich durch die Tore der sieben Hallen schreiten und Aison alle Hoffnung aus den Augen pflücken.«

»So soll es sein. So wird es sein, o Herr. Dann besteigt Ihr den Thron des Tennō und regiert als Himmlischer Herrscher die Milchstraßen-Galaxie.«

»Und bis dahin finde den Kelch, mein Diener! Finde ihn! *Klipp, klipp.*«

»Sehr wohl, mein Gebieter. Sehr wohl. Schwarze Tage und schwarze Nächte.«

»Schwarze Tage und schwarze Nächte. *Klipp, klipp.*«

In Klippots Kopf sprach nun wieder nur eine Stimme mit ihm. Seine eigene.

»Finsternis zieht auf. Ich ... bin die Finsternis!«

II

So ein prächtiges Feuerwerk hatte Su noch nie gesehen. Der Planet Kuhdaiba malte die schönsten Farben und Formen in die Himmelsferne. Raketen hüpften aus dem Pulverdampf und legten tausend bunte Lichter auf die rußschwarzen Weltraumwangen. Der prasselnde Sternenregen erhellte auch die Gesichter (und Gemüter) der Milchbärte, die das Schauspiel bei ihrem Anflug auf den heiligen Planeten beobachteten.

»Das nenne ich mal einen würdigen Empfang, aye«, freute sich Hatschi. »Der legendären Milchbart-Piraten würdig!«

Die Überbleibsel des vom Krieg gebeutelten Planeten (oder geküssten, um Morpheus zu zitieren, wenn's beliebt) erinnerten aus der Ferne tatsächlich an einen überdimensionalen Eierbecher, so wie Q-ma es berichtet hatte. Um den Vergnügungspark Eggukappu schlängelten sich die kilometerlangen Gleise irrwitziger Attraktionen, die von gigantischen Scheinwerfern beleuchtet wurden.

Die göttliche Trägerin des Mirukuh-Kuni, Jurōjin, zeigte sich nur wenig beeindruckt von den jaulenden Raketensalven, den kreischenden Ausrufen der Achterbahn-Anhänger und all den grellen Lichtern, die ringsum durch die Luft wirbelten. Unbeschwert trabte die Kuh durch die Schwerelosigkeit.

....

Auszug aus der Milchstraßen-Mythologie XI:
Die Schwerkraft auf der Milchstraße

Ähnlich wie die Schwerkraft des Planeten Erde, die alles zum Erdmittelpunkt zieht, verfügt auch die Milchstraße über eine eigene Gravitation. Verlässt jedoch ein Fahrzeug oder eine Person den Weltraumfluss, setzt die Schwerelosigkeit ein. Um aus der Schwerkraft der Milchstraße auszubrechen, sind enorme Schubkräfte nötig, die die Straßen-Gravitation überwinden müssen.

....

III

»Für die sieben Mirukuh-Kami sollte es auch ein Götterrestaurant geben. Das wäre nur gerecht, findet ihr nicht?«

»Volle Zustimmung, Su-chan!« Hatschi holte gemeinsam mit NekoNeko die Segel des Schiffes ein. »Oder eine Götterscheune, aye!«

Die Argo Navis schipperte an zahlreichen Bojen vorbei, die riesige, mit einem »P« versehene Schilder hochhielten, mit denen sie die eintreffenden Besucher über eine Straßenabzweigung zum Parkplatz des Planeten lotsten. Wenig später rangierte der Steuermann das schadhafte Schiff der Milchbart-Piraten gekonnt in eine freie Lücke, während NekoNeko ihren Ausguckpflichten nachging, um den nächsten Parkscheinautomaten zu erspähen. Unvermittelt kam ein kastiger Roboter seines Weges (oder Steges, wenn's beliebt).

»Weiße Tage und goldene Nächte!«

Ein kastiger, *sprechender* Roboter.

»Sie haben noch kein Parkticket gelöst, wie ich sehe. Gar kein Problem! Wählen Sie die gewünschte Parkdauer und Zahlungsmethode auf meinem Touchscreen.«

»Ach, ach. Das hätte ich mir ja eigentlich auch denken können ...«, grummelte die Zweite Offizierin.

Den Roboter störte das wenig. »Der Kuhdaiba-Vergnügungsparkplatz akzeptiert Bargeld, Kartenzahlung, Online-Überweisung oder bequemes Lastschriftverfahren über Touch-ID-Bankeinzug. Gar kein Problem!«

NekoNeko verdrehte die Augen. »Auf dem Roboterplaneten

gibt es natürlich für alles Roboter. Hätte ich beinahe vergessen.«

»Wie lange möchten Sie uns denn beehren? Drei Stunden? Zehn Stunden? Einen vollen Tag? Oder gar eine Woche? Gar kein Problem! Bitte bestätigen Sie Ihre Auswahl auf meinem Touchscreen.«

Die Maschine sah aus wie eine bizarre Mischung aus Mensch und Flatscreen-Fernseher. Zwischen den runden weißen LED-Augen waren Fabrikat und Eckdaten eingestanzt.

Modell: TIX
Typ: Mobiler Parkscheinautomat
© ASTRO Industries Inc.
MADE IN KUHDAIBA

»Sie benötigen eine Quittung? Gar kein Problem! Drücken Sie nach Auswahl der gewünschten Zahlungsmethode einfach den entsprechenden Befehl auf meinem Touchscreen.«

»Diese Quasselstrippe ist ja unerträglich!«

»Aber zuvorkommend und höflich, NekoNeko«, verteidigte Q-ma seinen Artgenossen. »Fürwahr höflich. So wie alle Roboter, die in den Werkstätten von Kuhdaiba gefertigt werden.«

Kapitän Aison ging von Deck, legte seine Tatze auf den Bildschirmbauch des Roboters und wickelte den Geldtransfer ab.

»Zahlungsvorgang erfolgreich abgeschlossen. Weiße Tage und goldene Nächte. Das Ticket kann jederzeit verlängert werden. Gar kein Problem!«

Der Roboter wandte sich den nächsten Ankömmlingen zu. »Sie haben noch kein Parkticket gelöst, wie ich sehe. Gar kein Problem!«

»Quasselstrippe.«

IV

Nach wenigen Gehminuten und vielen Begegnungen mit weiteren TIX-Einheiten (»Gar kein Problem!«), erreichte die Crew den Ausgang der gigantischen Parkplatzanlage, wo sie prompt ein weiterer redseliger Roboter an einer Weggabelung in Empfang nahm. Das baumhohe Modell war zwar nicht mit Beinen, dafür mit gleich vier feingliedrigen Armen ausgestattet, die an einem Bildschirm festgeschraubt waren. Darunter war eine kleine Plakette befestigt.

Modell: KALI
Typ: Interaktiver Wegweiser
© ASTRO Industries Inc.
MADE IN KUHDAIBA

In jeder Hand hielt der Roboter ein pfeilförmiges Schild, das offensichtlich je einer der insgesamt vier Abzweigungsmöglichkeiten zugeordnet war.

»Weiße Tage und goldene Nächte, verehrte Besucher. Wo soll es denn heute hingehen? Zum Vergnügungspark halten Sie sich in nordöstlicher Richtung.«

Der Wegweiser wies den Weg. Den zweiten von rechts. Mit dem oberen linken Arm.

»Nach einem kurzen Fußmarsch erwarten Sie über eintausend atemberaubende Fahrgeschäfte, Restaurants mit Speisen für alle Geschmäcker und luxuriöse Themenhotels.«

Hatschi wackelte verzückt mit den weißen Eisbärohren.

»Kuhdaibas Forschungslabor befindet sich im Westen. Dazwischen liegen die Slums. Für diese Destination folgen Sie einfach dem nordwestlichen Pfad. Um zu den Werften zu gelangen, gehen Sie bitte nach Osten.«

»Vergnügungspark! Vergnügungspark! Vergnügungspark!«, skandierte Hatschi. »Zuckerwatte, Würstchen, Riesenrad! Und danach wartet ein flauschig weiches Bett! Wer noch für Vergnügungspark ist, hebt die Pfote, aye, hoch mit den Pfötchen, meine Freunde!«

Keine Pfote (und auch keine Hand) signalisierte Zustimmung. Der Piratenentscheid endete mit einem (für den Ersten Offizier) ernüchternden eins zu vier.

»Ach, kommt schon, Leute!«

Doch es half alles nichts, und so beschloss der Kapitän das Votum. »Erst die Arbeit, dann das Vergnügen, Steuermann. Oder der Vergnügungspark.«

»Für weiterführende Informationen zu den Örtlichkeiten betätigen Sie einfach meinen Touchscreen.«

»Mehr müssen wir nicht wissen, das Ziel ist klar«, kürzte Aison die Sache ab. »Und du weißt auch Bescheid, Q-ma.«

»Aye, mein Kapitän. Das weiß ich sehr wohl. Ich begebe mich umgehend zu den Werften, wenn's beliebt. Bei den Handwerkern der Galley-La Company ist die Argo Navis in besten Händen, fürwahr in besten Händen.«

»Einverstanden, Q-ma. Führe die fähigsten Zimmermänner und Mechaniker zum Schiff. Sie sollen sich der Triebwerke annehmen, wir werden sie wohl schon bald brauchen. Und lass die Bordkanonen checken. Man weiß ja nie.«

»Ist schon so gut wie erledigt, Kapitän Milchbart, so gut wie erledigt.«

»Su, NekoNeko und Hatschi, wir brechen zum Forschungslabor auf.«

»Aye, aye!«, sprach die Besatzung zum Käpt'n, und der Käpt'n sprach zu sich selbst: »Wir kommen, Lynn Lovelock.«

....

*Auszug aus der Milchstraßen-Mythologie XII:
Astro Industries und die Galley-La Company*

Auf dem Planeten Kuhdaiba existieren Dutzende Werkstätten, Fabriken und Werften. Dabei haben sich über die Jahre zwei Firmen als Marktführer durchgesetzt. Während sich der Großkonzern Astro Industries auf die Entwicklung und Konstruktion von Robotern mit künstlicher Intelligenz spezialisiert hat und sich als führendes Unternehmen in diesem Bereich etablierte, gelang es der Galley-La Company, sich zur Spitze der besten Weltraumwerften vorzukämpfen. Beide Firmen verfügen über einen intergalaktischen Kundenstamm.

....

V

Jeder Schritt Richtung Westen regulierte die Lautstärke des Planeten ein bisschen weiter nach unten. Noch vor wenigen Minuten hatten die ausgelassenen Geräusche des nahe gelegenen Vergnügungsparks Loopings in den Gehörgängen der Piraten gedreht. Nun war friedvolle Stille eingekehrt.

Der Pfad führte Aison, Su, Hatschi und NekoNeko vorbei an einem herrlichen Blumenfeld, das die sonst so triste Landschaft ein wenig freundlicher wirken ließ. Eine Landschaft so arm an Farben wie ein Schwarz-Weiß-Foto. Inmitten all der (geschlossenen) gelben Blüten erspähte die Crew einen kleinen Hügel, auf dem ein kugelförmiges Mahnmal errichtet worden war, das den Planeten Kuhdaiba in seiner ursprünglichen Form darstellte.

»So etwas darf kein zweites Mal geschehen«, sagte Aison mit dünner und doch entschlossener Stimme. »Auf dass sich die hässliche Fratze des Kriegs nie wieder in der Straße spiegeln möge.«

Dann stimmten die Piraten in Kuhdaibas Schweigeminute ein, und der Mond stahl der Sonne heimlich das Licht.

VI

Als die Milchbärte einige Minuten später bei der Forschungseinrichtung eintrafen, beleuchteten bereits vereinzelte Laternen am Wegesrand den gepflasterten Pfad. Ihre gusseisernen Köpfe waren halbierten Eierschalen nachempfunden, aus denen Lichteigelbe dotterten. Das Blumenfeld erstreckte sich bis zu den Pforten des Laborgebäudes, bei dem es sich augenscheinlich um eine ehemalige Kirche handelte. Aus dem Zentrum des nachbarschaftslosen Ziegelbaus wuchs ein Glockenturm. Einige Etagen tiefer, auf dem Kirchendach, saß eine gläserne Sternwartenkuppel, aus der ein astronomisches Teleskop ragte.

Bei ihrer Ankunft stach den Piraten sofort eine uhrähnliche Digitalanzeige ins Auge, die über dem beleibten Eingangstor ins Gemäuer eingelassen worden war. Das Display zeigte einen Zähler, der in Tage, Wochen, Monate und Jahre eingeteilt war.

01 01 9 591

»Was es damit wohl auf sich hat?«, grübelte Su.

»Das kann ich mir auch nicht erklären, Su-chan, aber der da weiß es mit Sicherheit, aye, ganz gewiss!« Hatschi deutete auf ein buckliges Männchen, das in dem angrenzenden Gärtchen stand und hingebungsvoll die Blumen goss. Die Zeit hatte ihm das Haupthaar geschoren, sein Bart hingegen reichte beinahe bis zum Boden.

Als der Mann im weißen Kittel die Ankömmlinge bemerkte, hopsten seine buschigen Augenbrauen, die hinter den Gläsern einer bügellosen Nickelbrille wucherten, bis in die faltendurchzogene Stirn.

»*Hm, hm, hm* … Weiße Tage und goldene Nächte, werte Wanderer.« Der Blumenhüter drehte sich in einer sperrigen Bewegung zu den Milchbärten, die erst jetzt erkannten, dass er an einem Stock ging, an dessen oberem Ende eine apfelgroße und -grüne Kugel angebracht war.

»Mögen auch die Euren in Weiß und Gold gehüllt sein«, begrüßte Aison im Namen seiner Besatzung die tattrige Gestalt, die nun einen umsichtigen Minislalom um die Blumen vollführte und einige Schritte auf die Piraten zu machte.

»Kuhdaibas letzte Mondscheinlilien … *Hm, hm, hm.* Früher, so erzählt man, dekorierten ihre Blüten den ganzen Miru-kuh-Kuni. Es wäre eine Tragödie, auch nur eines dieser kleinen Kinder des Planeten versehentlich zu zertreten. Sie sind bezaubernd, nicht wahr? *Hm, hm, hm* … Bezaubernd und zerbrechlich. So wie alles Leben auf der Straße.«

»Bezaubernd. Das sind sie fürwahr«, stimmte Aison zu, sank behutsam an einer unbewachsenen Stelle im Gras auf ein Knie und ballte zum Gruß feierlich die Faust vor der Brust. »Mein Name ist Aison Milchbart, das sind meine Gefährten. Su, Neko-Neko und Hatschi. Wir sind auf einer Mission unterwegs, und unsere Reise führte uns bis in diesen Winkel der Milchstraßen-Galaxie.«

»Für gewöhnlich reisen die Besucher des Planeten Kuhdaiba an, um im Vergnügungspark Eggukappu eine gute Zeit zu verbringen. Nur sehr wenige verirren sich an diesen entlegenen Ort.« Der Mann musterte die Piraten durch die trüben Gläser seiner Brille, als säße er hinter dem Spionspiegel eines Vernehmungsraums. »*Hm, hm, hm* … Es freut mich, Eure Bekanntschaft zu machen, Aison Milchbart. Ich heiße Bugenhagen und bin der Leiter der Institution.«

»Vergebt und vergesst, Bugenhagen, ich bitte Euch, doch hatte ich mir die Forschungseinrichtung ein wenig anders vorgestellt.«

ブゲンハゲン

Bugenhagen

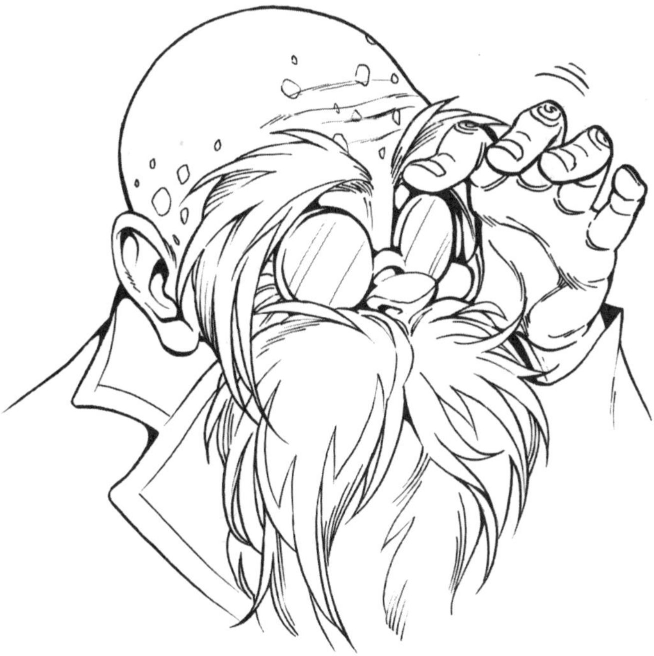

»Da seid Ihr wahrlich nicht der Erste, Aison.« Ein klangloses Lachen drang aus Bugenhagens Bart (oder besser gesagt dem Mund, der sich irgendwo dahinter verbarg). »Während des Heiligen Krieges der Straße diente diese Kirche als Zuflucht und Ort der Hoffnung, Aison. *Hm, hm, hm* ... Die Begründer des Re:Build-Projects hielten es für eine romantische Idee, den Wiederaufbau des Planeten aus diesen Gemäuern heraus zu planen, zu steuern und zu verwirklichen. Daher wurde die Kirche zu einem Labor umfunktioniert.«

»Ich verstehe, Bugenhagen. Ein wirklich schöner Gedanke.«

»Aber lasst uns doch alles Weitere drinnen besprechen. Ihr werdet sehen, dass die Zitadelle der Zeit viel mehr von einer Forschungseinrichtung hat, als man auf den ersten Blick annehmen würde.«

»Apropos Zeit ...« Su zeigte auf das Display über dem Eingang. »Was bedeutet dieser Zähler dort oben, Herr Bugenhagen?«

»Das ist die Re:Build-Clock. Sie wurde am Eröffnungstag des Labors angebracht und in Gang gesetzt. Die Re:Build-Clock zeigt an, wie lange der Wiederaufbau des Planeten Kuhdaiba bereits im Gange ist.«

»Schon fast sechshundert Jahre!«, staunte Su.

»Und doch liegen noch viele weitere Hundert Jahre harter Arbeit vor uns. Kommt, wir machen eine kleine Laborführung.«

»Zum Blumengießen ist es inzwischen ohnehin vielleicht ein klein bisschen spät geworden, findet Ihr nicht auch, Bugenhagen?«, merkte NekoNeko an, und setzte ihren Zyklus des Zynismus konsequent fort.

Doch das Männlein mit der Gießkanne widersprach. »Im Gegenteil. *Hm, hm, hm* ... Mondscheinlilien sollten nur nachts, im besten Fall im Mondschein gegossen werden. Daher auch der Name. Bei diesen Lichtverhältnissen fühlen sie sich nämlich am wohlsten, müsst ihr wissen.«

»Was Ihr nicht sagt!« NekoNeko überspielte ihren gescheiterten Versuch, den Opi aufs Ärmchen zu nehmen.

»Ja, tatsächlich. Diese Blumen, denen man eine heilende Wirkung nachsagt, gehören zur seltenen Gattung der Dämmerpflanzen. Sie scheuen das Tageslicht und öffnen ihre Blüten erst, wenn die Sonne untergegangen ist.«

»Wieder was gelernt, aye, selbst NekoNeko dürfte es nun dämmern.« Hatschi konnte sich den Spaß auf Kosten seiner Kameradin nicht verkneifen. Die Katze nahm es mit einem zähneknirschenden »Pah!« zur Kenntnis.

VII

Das Innenleben der Kirche hatte wahrlich nicht (mehr) viel Ähnlichkeit mit einem Gotteshaus. Wo einst die Gläubigen des Planeten ihre Gebete in die Himmel ausgestoßen hatten, verbarrikadierten sich nun an die einhundert Wissenschaftler hinter hoch aufgetürmten Papierbergen an ihren Schreibtischen.

»*Wer von ihnen mag es wohl sein? Welcher ist Lovelock?*«, ratterte es unter Sus Schopf und mit Gewissheit auch unter Milchbarts Mähne.

Das Erscheinungsbild der bekittelten Anwesenden war so facettenreich wie eine Farbpalette. Ein Wissenschaftler hatte schuppig grüne Haut und sah aus wie ein zweibeiniger Riesensalamander. Der Kollege, der ihm gegenübersaß, blickte nicht mit zwei, sondern mit sechs Augen in sein Mikroskop (es war wohl eine Spezialanfertigung). Ein Labormitarbeiter hatte den Kopf eines Hammerhais und Schwimmhäute zwischen den Fingern, ein anderer hatte gar keine Finger. Zumindest konnte Su sie nicht sehen, war das Wesen doch unsichtbar. Seine weiße Arbeitskleidung schwebte als vermeintlich besitzerlose Garderobe durch den Raum wie ein Gespenst.

»Unsere tüchtigen Angestellten sind allesamt Koryphäen auf ihrem Gebiet«, erklärte Bugenhagen stolz. »Egal ob … *hm, hm, hm* … Biochemiker, Analysten, Mathematiker, Astrophysiker oder Ingenieure. Am Re:Build-Project tüfteln ausschließlich die kompetentesten Fachkräfte der Welt und … *hm, hm, hm* … und aller anderen Welten. Seht euch nur um, es gibt viel zu entdecken.«

Sämtliche Wände waren mit unzähligen Bauplänen, Skizzen,

Landkarten und kryptischen Tabellen und Diagrammen tapeziert. Überall standen futuristische Gerätschaften herum, und auch diverse Roboter waren zugegen. Einige von ihnen wuchteten schwer beladene Wägelchen durch die schmalen Gänge des Schreibtischlabyrinths, die unter der Last der dickleibigen Aktenordner quälende Quietschgeräusche seufzten. Andere assistierten den Wissenschaftlern bei ihren Experimenten, reichten ihnen Pinzette und Pipette, befüllten Messzylinder, säuberten Petrischalen oder heizten den Bunsenbrenner an.

»Astro Industries unterstützen uns, wo sie nur können.« Bugenhagen führte die Piraten vorbei an Mann und Maschine bis zum ehemaligen Altar der Kirche unter der mächtigen Glaskuppel, durch die mondweißes Licht in die Kirche floss und den gesamten Raum flutete.

»Seht her, werte Wanderer.«

Auf dem Altar stand ein Modell des Planeten Kuhdaiba. Es war in etwa so groß wie das Mahnmal in der Mondlichtlilien-Wiese, jedoch wesentlich detailgetreuer. Es bestand aus einem anderen Material (es schien ein spezieller Kunststoff zu sein) und war der aktuellen Verfassung des Mirukuh-Kuni nachempfunden – eierbecherartige Überreste einer einstigen Himmelskugel, aus deren Eingeweiden Stahlgerüste, Träger und Schienen ragten wie aus einem Gerippe, um das sich keine Haut mehr spannte.

»Anhand dieser Miniaturversion unseres Planeten treiben wir das Re:Build-Project voran, planen die nächsten Schritte und rekonstruieren Kuhdaiba. Wir nennen das Modell liebevoll ... *hm, hm, hm* ... Minikuh-Kuni.« Wieder purzelte ein Lachen (dessen Herkunft man nur erahnen konnte) aus Bugenhagens Bart. »Es wird ständig aktualisiert und der Baufortschritt entsprechend angepasst.«

»Beeindruckend, Herr Bugenhagen.« Begeistert scannte Su das Modell aufmerksam mit ihren kastanienbraunen Augen.

»Sogar der komplette Vergnügungspark ist eingearbeitet. Das ist wirklich beeindruckend!«

Der um Knabbereien und Fahrspaß gebrachte Hatschi nölte indes wehmütig vor sich hin. »Nun streu doch nicht auch noch Salz in die Wunden.«

»Und in ein paar hundert Jahren wird alles ... *hm, hm, hm* ... so aussehen«, sprach der glatzköpfige Greis, und obwohl sich seine Lippen hinter dem dichten Schnurrbart im Verborgenen hielten, konnten die Piraten förmlich spüren, wie Bugenhagens Mundwinkel in seine Wangen wanderten. Der alte Mann wurde für einen Augenblick wieder jung und betätigte mit dem verspielten Eifer des Kindes, das er einst war, einen kleinen Knopf, der aus dem Sockel des Modells herausragte. Su erinnerte diese charmante Szene an einen Heiligabend, der zwei (oder vielleicht sogar drei) Winter zurücklag. Ihr Opa hatte seine alte Modelleisenbahn reaktiviert, und die beiden waren die halbe Nacht in die Rolle von Schaffner und Zugführer geschlüpft.

»Aufgepasst! Es geht los!«

Insgesamt zwölf taschenlampenähnliche Vorrichtungen, die um das Modell arrangiert worden waren (je vier an den Längsseiten des Altars und zwei an jeder Stirnseite) warfen ein bläuliches Licht auf die Nachbildung. Die Projektion formte eine Halbkugel und vervollständigte den porösen Miniaturplaneten. Bugenhagens alte Augen funkelten. Während die Modellachterbahn ihre Kreise in dieser aus Kunststoff und Licht gebauten Zukunftsvision zog, feierte der Opa für einen Moment Heiligabend. Dann erloschen die Lampen und mit ihnen das Funkeln hinter der Brille, die Bugenhagens Gesicht verglaste. Plötzlich war alles still.

»Eines Tages ...«, durchbrach Aison die beklemmende Taubheit, »... wird der Mirukuh-Kuni auferstehen. Wir kämpfen an Kuhdaibas Seite, doch brauchen wir Eure Hilfe.«

»*Hm, hm, hm* ... Was kann ich für Euch tun, Aison Milchbart?«, fragte Bugenhagen mit bleierner Stimme, die seine Mundwinkel zurück an ihren Platz hinabzerrte.

»Wir müssen mit Lynn Lovelock sprechen.«

»Lovelock«, murmelte das kahle Laboroberhaupt. »Lovelock ... *hm, hm, hm* ... Diesen Namen habe ich schon seit Jahren nicht gehört. Lynn Lovelock ... Er ist nicht hier, Aison. Schon lange nicht mehr.«

VIII

»Wie lange mag das wohl her sein? Der Tag, an dem du uns verlassen hast?«

»Exakt viertausendzweihundertundfünfzehn Tage, ehrenwerter Eisberg. Eine lange Zeit. Fürwahr eine lange Zeit.«

Der Mann mit dem streng nach hinten gekämmten blauen Haar musste schallend laut lachen. »Noch immer ganz der Alte, was? Dein Grips funktioniert zumindest so tadellos wie eh und je, alter Freund.«

»Selbstverständlich, ehrenwerter Eisberg. Aber selbstverständlich. Schließlich bin ich ein Roboter, mit Verlaub.«

»Und zwar der beste der Welt! Und aller anderen Welten! Das warst du schon damals.« Dann verschwand die Freude über das unerwartete Wiedersehen mit einem alten Weggefährten aus Eisbergs Gesicht wie die Sonne hinter einer Wolke. »Damals. Zu dieser dunklen Zeit. Die dunkelste der Galley-La Company. Ich erinnere mich, als wäre es erst drei Monde her, Q-ma.«

Eisberg, ein muskulöser Mann mittleren Alters und Chef der führenden Weltraumwerft Galley-La, fuhr sich durchs Haar. Früher – als Q-ma noch für die Company gearbeitet hatte – trug er es schulterlang. Wilder.

»Viele Freunde und Kollegen haben an jenen Tagen ihr Leben verloren. Und auch mich hätte das Fieber der Morgenröte beinahe bezwungen.«

»Das Fieber der Morgenröte. Grässlich. Fürwahr grässlich. Es kam und ging wie ein Sturm, der alles mit sich reißt.«

»Man sagt, der Geist des Mannes, der den heiligen Planeten

einst so zugerichtet hat, wandle noch immer durch Kuhdaibas Ruinen und verbreite Krankheit, Trauer und Verderben. Aber wer weiß schon, was an dieser Legende wirklich dran ist. Wer weiß das schon, Q-ma!«

»Bis heute ist der Ursprung dieses mysteriösen Virus ein Rätsel, Eisberg. Ein großes Rätsel. Und an Geistergeschichten glaube ich nicht, wenn's beliebt.«

»Und doch war es schauderhaft. Wochenlang hat mich das Fieber ans Bett gefesselt. Aber du bist nie von meiner Seite gewichen. Rund um die Uhr hast du mich umsorgt und bekocht. Bis ich wieder bei Kräften war. Bis ich die Schlacht gewonnen hatte. Du hast mir damals das Leben gerettet, Q-ma.«

»Es war nicht mein Verdienst, Eisberg. Wahrlich nicht mein Verdienst. Die Mondscheinlilien haben Euch gerettet. Ihre heilenden Kräfte haben das Fieber aus Eurem Körper verbannt. Die wundersame Magie der gelben Blumen.«

»Ich sag's ja – noch immer ganz der Alte. Höflich und bescheiden wie eh und je.«

Eisberg lächelte ein nostalgisches Lächeln und klopfte dem Milchbart-Piraten auf die stählerne Schulter. Und obwohl der Mann mit den eisblauen Augen wahrlich nicht kleinwüchsig war, musste er für diese freundschaftliche Geste auf die Zehenspitzen steigen. *Klonk, klonk.*

»Hera hab Dank, und Dank sei dein, Q-ma. Ich wusste eben schon damals, warum ich dich unbedingt zur Galley-La holen wollte.« *Klonk, klonk.*

»Mit Verlaub, Eisberg. Aber waren es nicht Eure Angestellten, die in versammelter Runde mit der sofortigen Kündigung gedroht hatten, solltet Ihr keinen Smutje einstellen?«

»Die Details habe ich vergessen. Dass diese Banausen mein delikates Hühnchen-Curry verschmäht haben, vergesse ich hingegen niemals!«

アイスベルグ

Eisberg

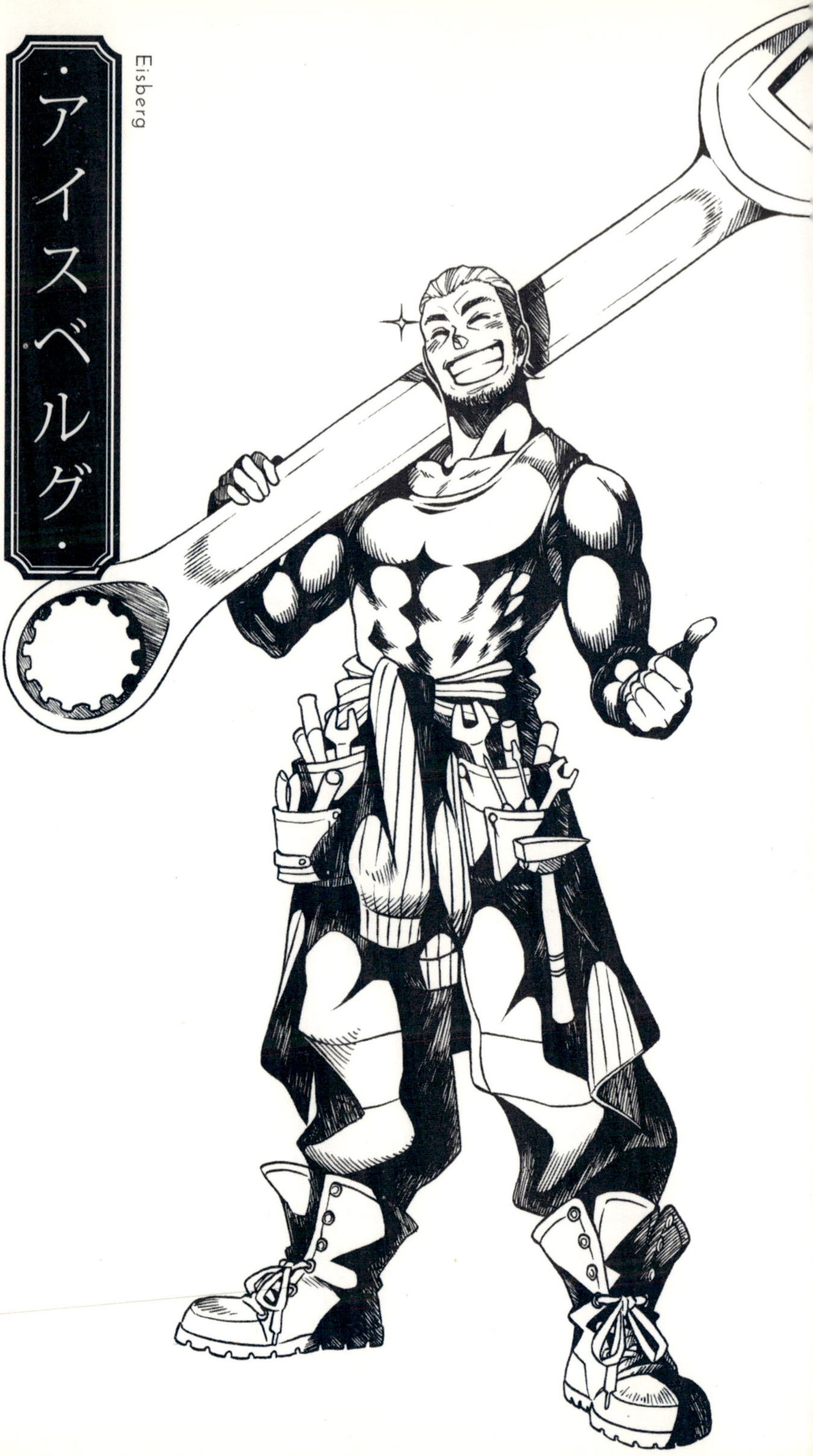

»Ich glaube, es lag vielmehr daran, dass Ihr jeden Tag Euer Curry …« Ein mechanisches Surren drang aus den Schaltkreisen des Roboterbären. »… Euer durchaus delikates Curry aufgetischt habt, Eisberg. Sieben Tage die Woche, dreimal täglich. Mit Verlaub.«

»Wie dem auch sei.« Eisberg zwinkerte dem Maschinenkoch zu. »Ist es dir denn gut ergangen, seit ich dich aus dem Dienst entlassen habe, damit du die Straße und die Welten bereisen kannst, um deine Kochkünste zu perfektionieren?«

»Vortrefflich ist es mir ergangen. Fürwahr vortrefflich. Liebe Freunde haben meinen Weg gekreuzt. Ich unterstütze sie nach Kräften. Fürwahr nach Kräften, ehrenwerter Eisberg. Und genau das führt mich heute zu Euch, wenn's beliebt.«

»So sprich, mein Freund, wie kann dir die Galley-La behilflich sein?«

»Unser Schiff, die Argo Navis, wurde bei einem Manöver stark in Mitleidenschaft gezogen. Vor allem die Schäden an den Triebwerken sind erheblich. Fürwahr erheblich.«

»Dann bist du bei uns goldrichtig. Aber das weißt du ja bereits, nicht wahr, Q-ma?«

»Selbstverständlich, ehrenwerter Eisberg. Aber selbstverständlich.«

»In Ordnung. Ich sehe mir die Argo Navis gleich mal an und nehme meine besten Leute mit. In null Komma nichts bringen wir euer Schiff wieder auf Vordermann!«

»Hera hab Dank, und Dank sei Euer, Eisberg.«

»Ha! Nicht dafür, alter Knabe. Ganz bestimmt nicht. Doch bevor wir loslegen, sollten wir uns stärken! Was hältst du von einer extra großzügigen Portion Hühnchen-Curry?«

»Nichts lieber als das, Eisberg. Nichts lieber als das.«

Klonk, klonk.

IX

»Er ist nicht hier?«, brüllte Aison Milchbart derart entsetzt, dass die bis dato unermüdlich in ihre Studien vertieften Wissenschaftler regelrecht erstarrten, als hätte jemand die Szene per Knopfdruck pausiert. Aufgerissene Augenpaare waren auf den Kapitän der Milchbart-Piraten gerichtet, und auf einen Schlag wurde es so leise in der Kirche, dass das dröhnende Pochen von Aisons Herz den gesamten Raum beschallte.

Der Löwenmann trat einen energischen Schritt auf Bugenhagen zu. Er wirkte beinahe bedrohlich. Su erschrak.

»Wenn Lynn Lovelock nicht hier ist, wo ist er dann? Bei Hera und allen Göttern. Wo steckt er, Bugenhagen? Sagt es mir! Ich muss es wissen! Ich muss ihn finden!«

Die Stummheit des Labors gesundete zu einem sachten Tuscheln, das sich nach der Erwähnung des Namens Lynn Lovelock aus allen Ecken des Gemäuers in die Geräuschlosigkeit schlich.

»*Hm, hm, hm* ... Ich weiß nicht, wo er sich aufhält, Aison. Es ist schon so viele Jahre her. Lynn Lovelock wurde für unzurechnungsfähig erklärt. Für unlogisch. Für ... *hm, hm, hm* ... verrückt.«

»Was ist geschehen? Sagt es uns, ich bitte Euch!«

»Lynn war besessen. Besessen von absurden Theorien, die unser ganzes Vorhaben, das Re:Build-Project infrage stellten. Er betitelte uns als närrisch, das Projekt als gescheitert. Wir würden keinen Planeten bauen, sondern lediglich eine Maschine erschaffen. Eine ... *hm, hm, hm* ... herzlose Maschine.«

»Ein Planet ohne Herz«, sprach Aison mit verzerrter Stimme.

»Abgeschottet vom Rest der damaligen Gelehrten arbeitete Lynn oftmals die ganze Nacht, bis er eines Tages nach Vanilland aufbrach, um in der Bibliothek der JahrTausende zu recherchieren.«

Aison begriff sofort. »Sie haben sich gekannt! Lovelock und der Bibliothekar haben sich also gekannt.«

»Seine Suche nach Antworten war jedoch nicht von Erfolg gekrönt. Die Aufzeichnungen, die er zu finden hoffte, existierten nicht mehr. Und so kehrte er viele Monate später zurück nach Kuhdaiba und verkroch sich daraufhin endgültig in seinem Wahnsinn. Selbst ich konnte nur noch schwer zu Lynn durchdringen. Stein um Stein mauerte er sich selbst in seine wirre Fantasie ein.«

»Was war das für eine Fantasie, Bugenhagen? Wie kann ich Lovelocks Vorwurf, Ihr würdet eine herzlose Maschine erschaffen, interpretieren?«

»*Hm, hm, hm* ... Lynn stellte die These auf, dass Planeten und Sterne ein Herz besäßen und ähnlich wie wir Lebewesen sterben könnten. Seine Aussagen stützen sich dabei einzig auf absurde Märchen, über die er während seiner Recherchen gestolpert war. Kindergeschichten. Keiner ... *hm, hm, hm* ... keiner hat ihm geglaubt ...«

»... Und deshalb ging er fort«, vollendete Aison Milchbart den Satz so monoton, als stünde er unter Hypnose. Doch Su war sich völlig sicher, dass der Löwe in seinen Gedanken glockenwach war. Tonlos stammelte er die Worte seiner Königin.

»Rettet das Herz der Sterne.«

X

»Und Ihr habt keinen Schimmer, wo er sich inzwischen aufhalten könnte, Bugenhagen?«, versuchte Hatschi sein Glück.

»Nun, vor geraumer Zeit kursierte das Gerücht, dass Lynn in den Slums von Kuhdaiba gesehen wurde. Ob das tatsächlich stimmt, weiß ich nicht. Und selbst wenn ... *hm, hm, hm* ... Das alles liegt schon so lange zurück. Wir waren junge Männer. Jung und voller Träume.«

Bugenhagen setzte seine bügellose Brille von der Nase und offenbarte wässrige Augen, in denen die traurige Geschichte einer Freundschaft ertrank.

»Vielleicht hätte ich Lylo Glauben schenken sollen. Vielleicht habe ich ihm unrecht getan. Es tut mir leid. Um Lynn. Und um Euch. Vergebt und vergesst, Aison. Vergebt und vergesst, ich bitte Euch.«

Aison Milchbart blickte Bugenhagen noch für einen kurzen Moment in die tränengefüllten Augen. Dann wandte er sich wortlos ab. Schwermut nahm den Löwen an die Hand und führte ihn aus der Zitadelle der Zeit hinaus in die Nacht. Er drehte sich nicht mehr um. Und obwohl Su, Hatschi und NekoNeko zum Schatten ihres Kapitäns verschmolzen und ihm nach draußen folgten, war Aison Milchbart in diesem Augenblick ganz allein.

Er war völlig allein.

XI

»Wir sollten durch die Slums zurück zum Schiff, Käpt'n! Wer weiß! Vielleicht entdecken wir ja eine Spur, die uns zu Lovelock führt, aye, einen Versuch ist es allemal wert!«

Es war nicht das erste Mal (bei Weitem nicht, wenn's beliebt), dass Hatschi seine Kameraden auf ihren Abenteuern nicht nur mit seinen Steuermann-Kenntnissen, sondern auch mit seinem Optimismus über die Straße manövrierte.

Die dickköpfige Weltraumkatze sprang über ihren Schatten, um ihrem (sonst so) kindsköpfigen Kameraden beizupflichten. »Hatschi hat recht, was haben wir schon zu verlieren?«

Mit Su fanden die beiden Milchbart-Offiziere natürlich eine weitere Fürsprecherin. »Genau! Lassen Sie es uns versuchen, Kapitän!«

Die Stimmen seiner Mannschaft verhallten ungehört. Aison stand starr am Rande des Blumenmeers und baute kryptische Satz- und Gedankenfragmente in die Nacht.

»... Herz der Sterne...

... Herz ... los ...

... Maschine ...

... wirre Fantasie ...

... Planeten, Lebewesen ...

... sterben ...

... absurde Märchen ...

... Ein schwarzer Schatten breitet sich aus ...

... findet das hellste Licht ...

... Der Ort, an dem Ihr suchen müsst ...

... Er ist nicht hier ...

... unlogisch ...

... verrückt ... verrÜCKT ... VERRÜCKT ...«

»Aison?« Große Sorge schwang in Sus Stimme mit. »Kapitän Aison?«

»Ja? Ja, Su?« Der Milchbart-Anführer atmete hastig. Es schien, als hätte er gar nicht bemerkt, dass ihm die Worte in panischer Unrast aus dem Mund gestürmt waren.

»Lassen Sie es ... Lassen Sie es uns versuchen, in Ordnung? Sehen wir uns ein wenig in den Slums um.«

»Ja, Su. Ist gut.«

Der Löwenmann riss sich von der Schwermut los und nahm das Mädchen an die Hand.

XII

Es dauerte etwa zwanzig Minuten, bis der Horizont den Glockenturm der Zitadelle der Zeit gänzlich verschlungen hatte und die Piraten in den Slums von Kuhdaiba eintrafen. Ihre Bewohner hießen Tristesse und Melancholie. Armut lebte Tür an Tür mit staubigen Erinnerungen an eine bessere Zeit. Die behelfsmäßigen Unterkünfte waren im Heiligen Krieg der Straße schwer in Mitleidenschaft gezogen worden und zeichneten nun ein farbloses Stadtbild. Von den Wänden der Gebäude, die am Ende der Schlacht noch auf ihren Betonbeinen gestanden hatten, bröckelte Putz, als würden die Geister der Vergangenheit noch immer alte Wunden freilegen.

»Also hier möchte ich aber auch nicht tot am Baum baumeln«, murrte NekoNeko. »Das ist ja völlig ausgestorben hier!«

Tatsächlich füllten nur sehr wenige Kuhdaibaner die schlaglöchrigen Sträßlein mit Leben. Das mochte zum einen an der fortgeschrittenen Uhrzeit, zum anderen daran liegen, dass nahezu alle Bewohner der Slums im Vergnügungspark Eggukappu arbeiteten, der rund um die Uhr geöffnet hatte. Einzig ein paar Kinder huschten durchs graue Licht der Nacht, und hier und da erspähten die Piraten mal ein älteres Semester, das die Gegend durch die Gardinen seines Fensters inspizierte. Vom gesuchten Wissenschaftler hingegen fehlte jede Spur.

»Ernüchternd, aye, ernüchternd auf allen Ebenen«, resümierte Hatschi.

»Hier kommen wir nicht weiter«, sagte der Kapitän resignierend. »Wir werden ihn nicht finden.«

»Vielleicht sollten wir uns mal im Vergnügungspark nach Lovelock umsehen?«, fragte Su vorsichtig, die unter der Niedergeschlagenheit des Löwen ebenfalls in sich zusammenzuschrumpfen schien.

Hatschi klatschte zustimmend. »Und wenn wir schon mal da sind, schlagen wir uns die Bäuche mit Süßkram voll und drehen ein paar Runden mit der Achterbahn! Na? Wer ist dabei? Hoch mit den Pfoten!«

»Ihr sehnt euch nach Süßigkeiten und Unterhaltung?«, schlüpfte eine Stimme aus einem schmalen Seitensträßchen. »So tretet näher, tretet ruhig näher, wenn's beliebt!« Die Stimme begann eine Melodie zu summen, die sich nicht so recht entscheiden konnte, ob sie nun verzückt oder verbittert klingen wollte. »*Summ, summ.*«

Die neugierigen Piraten nahmen die Einladung des anonymen Gastgebers an und schritten zu ihm.

»Weiße Tage und goldene Nächte, meine Damen und Herren, liebe Kinder. Der Kamishibai-Mann heißt euch herzlich willkommen, verehrtes Publikum, *summ, summ.*«

....

Auszug aus der Milchstraßen-Mythologie XIII:
Die vergessene Kunst des Kamishibai

Die Technologie und die damit einhergehenden Unterhaltungsmedien sind in der Milchstraßen-Galaxie weit fortgeschritten. Traditionelle Methoden wie das sogenannte Kamishibai, bildgestützte Geschichten, sind inzwischen unüblich und werden daher nur noch vereinzelt und in vermögenslosen Gesellschaftsschichten praktiziert. In der Sprache des Alten Volkes bedeutet Kamishibai Papiertheater. Der Vorführer (meist Kamishibai-Mann genannt) erzählt Geschichten, die in szenischer Abfolge von Bildern in einem bühnenähnlichen Rahmen begleitet werden. Seinen Unterhalt verdient sich ein Kamishibai-Mann dabei durch den Verkauf von Süßigkeiten an die Zuschauer. Die Vorstellung selbst ist kostenlos.

....

XIII

»Man sagt, die Nächte in den Slums laufen den Tagen hinterher. Die sind nämlich nicht gar so beklagenswert, müsst ihr wissen«, sprach der Mann, der neben einem etwa fünfzig Zentimeter langen und dreißig Zentimeter breiten Holzrahmen mit verschränkten Beinen auf dem Boden kauerte.

Neben ihm waren zwei einfache, aber dennoch hübsch verzierte Holzkisten aufgestapelt, die mit kleinen Etiketten versehen waren. Die eine war mit »Bilder«, die andere mit »Süßigkeiten« beschriftet. Der Kamishibai-Mann trug schlichte, dunkle Kleider. Ob es nun grauer, blauer oder schwarzer Stoff war, blieb das Geheimnis des lichtlosen Gässleins, in dem die Gestalt mit dem Hirschkopf saß, aus dem ein hölzernes Geweih wuchs, der Erzähler ohne Zuhörer.

....

Auszug aus der Milchstraßen-Mythologie XIV:
Die Spezies der Holzhirsche

Um die Herkunft dieser äußerst seltenen Geschöpfe ranken sich seit jeher unterschiedliche Theorien. Holzhirsche bewegen sich ähnlich wie die meisten Bewohner der Milchstraßen-Galaxie auf zwei Beinen. Ihren Namen verdanken sie der hölzernen Beschaffenheit ihres Geweihs, an dem (meist rote, in einigen Fällen weiße) Blüten gedeihen. Eine Legende besagt, dass die Holzhirsche von Shishi Gami, dem Gott der Wälder abstammen, dessen Geweih ebenfalls aus Ästen besteht und an eine blattlose Baumkrone erinnert. Die Krone des Baumes symbolisiert seinen Status als König der Baumgeister (Kodama). Während Shishi Gami weit über fünf Meter lang und (dank des riesenhaften Geweihs) fünf Meter hoch ist, werden Holzhirsche in der Regel nicht größer als zwei Meter. Sie sind auch in hohem Alter mit einem jugendhaften Aussehen gesegnet.

....

XIV

»Die Magie des Kamishibai wird diese trostlose Nacht ganz gewiss ein wenig für euch aufhübschen, wenn's beliebt, *summ, summ.*«

»Ihr hattet mich schon bei ›Süßigkeiten‹, alter Mann«, erwiderte Hatschi triumphierend, würde er doch nun endlich in den Genuss einiger Naschereien kommen.

»Saure Drops, Kirschlollis und Milchschokolade ...«

»Oh ja!«

»... sind leider aus.«

»Oh nein!«

»Vergebt und vergesst, ich bitte Euch. *Summ, summ.*«

»Ich sag's ja! Ernüchternd, aye, ernüchternd auf allen Ebenen.«

»Doch versüße ich euch die Zeit mit meinen Geschichten. Solange es das Publikum wünscht, so lange, bis alle Sonnen aller Welten in die Himmel steigen, wenn's beliebt. Wonach steht euch der Sinn? Spannend? Lustig? Oder gar romantisch? *Summ, summ.*«

Sus flammende Leidenschaft für Geschichten entfachte ein Feuer in ihren Augen.

»Wie wäre es mit dem Abenteuer von Momotaro, dem Pfirsichknaben?«, fragte der Kamishibai-Mann. »Oder vielleicht doch lieber die Legende von Prinzessin Kaguya, die vom Mondkönigreich hinabstieg? Ich hätte auch noch die Sage vom goldenen Krieger Kintaro im Angebot! *Summ, summ.*«

»Vergebt und vergesst, lieber Kamishibai-Mann, aber eigentlich ...«, wollte Aison die Märchenstunde möglichst höflich unterbinden.

Doch dann weckte der Mann mit dem hölzernen Geweih plötzlich das Interesse des Piratenkapitäns.

»Ein anspruchsvolles Publikum also, *summ, summ*. Ich glaube, ich habe genau das Richtige für euch. Eine Geschichte fürs Herz. ›Gute Nacht, Chiro‹ – Die Geschichte von einem Roboterjungen und seinem Freund, dem Stern.«

Der Kamishibai-Mann öffnete den Behälter mit dem »Bilder«-Etikett, wühlte aufgeregt unzählige Zeichnungen (eine hübscher und farbenprächtiger als die andere) hervor und stapelte sie besonnen neben sich auf. Es hatte den Anschein, als ruhten alle Märchen, die das Universum je zu Papier gebracht hatte, in dieser unscheinbaren Kiste.

»Wo sind sie nur, wo sind sie denn nur? Einen Augenblick, verehrtes Publikum, *summ, summ*.«

Aison spielte ungeduldig am Kettchen seiner Taschenuhr – *tick, tack, tick, tack*.

»Ah! Da sind sie ja! Ganz unten. Natürlich. Ganz unten. Ist es nicht immer so, wenn man etwas sucht? So ist es immer, nicht wahr? Aber wen wundert's? Diese Geschichte wurde schließlich eine halbe Ewigkeit nicht erzählt, *summ, summ*.«

Der Kamishibai-Mann erhob sich, klopfte sich mit einer Hand den Staub der Slums von den Kleidern und schob danach feierlich (ja nahezu andächtig) die erste Zeichnung in die bilderrahmenähnliche Vorrichtung. Dann räusperte sich die Gestalt mit dem Hirschkopf und wandte sich ihrem Publikum zu.

XV

Für jedes Lebewesen, das in einer Welt einschläft, erwacht ein Stern an einem Himmel. So erzählt man sich. Chiro schlief jedoch nie. Chiro musste nicht schlafen. Schließlich müssen Roboter das nicht. Und so begrüßte er jede Nacht zur gleichen Stund, wenn es in seiner Welt ganz still geworden war, wenn all die Lebewesen in ihren Betten, Nestern oder Höhlen schliefen, seinen Freund, den Stern. Er war ein ganz besonderer Stern. Ein besonders heller. Ein besonders hübscher.

»Guten Morgen, lieber Stern!«

»Guten Abend, lieber Chiro!«

Chiro war tüchtig. Er diente seinem Herrn und erledigte die ihm aufgetragenen Aufgaben stets mit der größtmöglichen Sorgfalt. Chiro half auf dem Hof, Chiro half im Haushalt. Er nahm die Arbeit als Erster auf und legte sie als Letzter nieder. Tagein, tagaus. Chiro war glücklich. So glücklich, wie ein Roboterjunge eben sein konnte. Und doch hatte er einen Wunsch. Nur einen einzigen.

»Ob wir wohl heute eine Sternschnuppe sehen werden? Vielleicht geht mein Wunsch dann in Erfüllung.«

»Heute klappt es ganz bestimmt.«

Immer wenn die Welt schlief, saß Chiro auf dem höchsten Hügel des Landes, dort, wo der Nachtwind wohnte, und wartete mit seinem Freund. Seinem einzigen Freund. Sie warteten gemeinsam. Doch nie fiel eine Sternschnuppe vom Dach der Welt.

»Vielleicht klappt es ja morgen.«

»Morgen klappt es ganz bestimmt.«

»Gute Nacht, lieber Stern!«

»Guten Tag, lieber Chiro!«

Und so vergingen die Jahre. Unzählige Jahre. Bis die Nacht, in der Chiros Freund der Stern zum letzten Mal erwachte, schließlich kam.

»Wir müssen uns jetzt verabschieden. Lebwohl, mein lieber Chiro! Und vergiss mich nicht.«

»Gute Nacht, lieber Stern!«

»Guten Tag, lieber Chiro!«

Der Roboterjunge verstand nicht, was geschah. Und so wartete er auch in der nächsten Nacht auf seinen Freund, den Stern. Chiro wartete jede Nacht. Jede einzelne. Doch der Stern kam nicht mehr. Er kam nicht zurück. Denn seine Seele wanderte nun die weiße Straße entlang. So wie es die Seelen aller Sterne taten, die ihr letztes Licht in den Nachthimmel gehängt hatten.

Die Seele des Sterns wanderte viele Jahre, bis sie am Ziel ihrer langen Reise angekommen war. Dort, an der Quelle der Ewigkeit, dort, wo sich alle Seelen sammeln, um als neugeborener Stern zurück in den Himmel zu steigen. Aber Chiros Freund wollte nicht zurück. Er wollte, dass der Wunsch des Roboterjungen in Erfüllung ging. Und so sprach die Seele des Sterns zur Milchstraße, sie sprach zu Gaia.

»Ich möchte, dass mein Herz in Chiro wiedergeboren wird. Ich möchte, dass sich sein Wunsch, ein Herz zu haben, endlich erfüllt. Auf dass Chiro lernt zu lachen und lernt zu weinen, auf dass er fröhlich ist, wenn er an unsere gemeinsame Zeit zurückdenkt. Auf dass er mich nie vergisst.«

Der Wunsch des Sterns wurde erhört, und Chiros Wunsch ging in Erfüllung.

Für jedes Lebewesen, das in einer Welt einschläft, erwacht ein Stern an einem Himmel. So erzählt man sich. Auch Chiro schlief. Chiro musste schlafen. Schließlich müssen kleine Jungen das.

Und so verabschiedete er jede Nacht zur gleichen Stund, wenn es in seiner Welt ganz still geworden war, wenn all die Lebewesen in ihren Betten, Nestern oder Höhlen schliefen, seinen Freund, den Stern. In seiner Brust. Er war ein ganz besonderer Stern. Ein besonders heller. Ein besonders hübscher.

»Gute Nacht, lieber Stern!«

»Gute Nacht, lieber Chiro!«

XVI

»Und nun zurück mit dir zu den anderen. Gute Nacht, lieber Chiro, *summ, summ.*« Der Kamishibai-Mann zog das letzte Bild aus dem Rahmen und legte es zu den übrigen in die kleine Kiste. »Eine sprichwörtlich herzerwärmende Geschichte, nicht wahr? Wie ein Schlüssel zu alten Zeiten. *Summ, summ.*«

Aison nickte nachdenklich. Su studierte sein Gesicht und meinte darin einen unerklärlichen Schimmer der Zuversicht glimmen zu sehen, der ihr Herz beinahe noch mehr wärmte als die Geschichte vom Roboterjungen.

»Woher kennen Sie diese wundervolle Geschichte?«, wollte sie von dem Kamishibai-Mann wissen. Su, die Geschichten so sehr liebte.

»Das will ich dir gerne sagen, mein Kind. Vor vielen Jahren bin ich einer Spur nachgegangen, an deren Ende ich Antworten vermutete. Ich fand sie nicht. Doch fand ich diese Geschichte, *summ, summ.*«

»Antworten?«, fragte Aison in das Summen des mysteriösen Mannes hinein. »Antworten auf was?«

Der Geschichtenerzähler sah den Piratenkapitän an. Er lächelte zaghaft. »Antworten auf die Fragen, die viel zu lange nicht gestellt wurden. Die vergessenen Fragen nach der Straße. Nach ihrer Existenz und ihren Kindern. All den Planeten und Sternen, *summ, summ.*«

Der Mann mit dem hölzernen Geweih schloss bedachtsam den Deckel der Bildertruhe. *Klack.* »Chiros Geschichte blieb lange Zeit in dieser Kiste verborgen. Weil die Bewohner der Straße nicht bereit waren und nicht bereit sind. Bereit und gewillt. Zu begreifen. Seid ihr es denn? *Summ, summ.*«

»Ich denke, das sind wir, aye, wir sind bereit! Nicht wahr, Freunde?«, kam Hatschi seinem Kapitän zuvor, der sich mit einer Pranke durch die Mähne fuhr, als wollte er einen Gedanken fassen oder daran hindern, ihm wieder zu entwischen.

»Fürwahr, ein anspruchsvolles Publikum. So werde ich euch erzählen, was ich weiß. Doch vielleicht sollten wir das besser nicht hier besprechen. Folgt mir, wenn's beliebt, nur zu, folgt mir, *summ, summ.*«

In der Ferne setzte sich das Läuten des Glockenturms auf den Schicksalswind, der die Piraten an diesen freudlosen Ort gebracht hatte.

Klong, Klong, Klong, Klong, Klong, Klong, Klong, Klong, Klong, Klong, Klong, Klong.

Der Kamishibai-Mann schulterte den Bilderrahmen, klemmte die Kisten unter den Arm und führte die Piraten durch die gespenstische Mitternacht der Slums von Kuhdaiba. Eine Nacht, die keinen Wächter brauchte, weil es nichts zu bewachen gab.

Die Gruppe geisterte über einen Marktplatz ohne Markt, vorbei an einem Brunnen ohne Plätschern, über Straßen ohne Pflaster.

Aison hatte sich zurückfallen lassen. Er wollte allein mit seinen Gedanken sein. Vor seinem inneren Auge sah der Löwenmann einen Schlüssel, der an eine Kordel gebunden war und vor seinem Gesicht hin und her pendelte. Aison vermochte es nicht, nach ihm zu greifen, und doch spürte er ganz deutlich, dass die Lösung auf das Rätsel, das ihm die Königin der Milchstraßen-Galaxie aufgegeben hatte, direkt vor ihm war. Der Schlüssel zum Schloss, das die Geheimnisse der Sterne einsperrte. Das Pendel schwang schneller. Und schneller. Und immer schneller.

XVII

Nach einer Weile bogen sie in eine enge Häuserschlucht ein und blieben schon kurz darauf stehen.

»So. Da wären wir. Es ist nicht geräumig und nicht gemütlich. Aber dafür warm und hell. Tretet ein, ich bitte Euch, *summ, summ.*«

Der Geschichtenerzähler lebte allein. Zumindest wenn man Bücher nicht als Mitbewohner klassifizierte. Wenn doch, hätten die Piraten in diesem Augenblick dem König aller Wohngemeinschaften einen Besuch abgestattet. Es war unmöglich zu sagen, wie viele Bücher in dem kleinen Raum zu Türmen (oder besser Burgen, wenn's beliebt) aufgestapelt worden waren. Die Regale – die eigentlich für diesen Zweck vorgesehenen Bücherunterkünfte – hatten offensichtlich bereits vor Jahren das »Wegen Überfüllung leider geschlossen«-Schild vor ihre Tür gehängt. Der Kamishibai-Mann lebte mit seinen Geschichten, er lebte für seine Geschichten.

»Wow!«, bauglotzte Su. »Das ist wirklich unglaublich! Ich habe noch nie so viele Bücher auf einem Fleck gesehen! Das müssen mehrere Tausend sein!«

Warm und (einigermaßen) hell war es übrigens tatsächlich in der winzigen Stube, in der ein paar rostige Öllampen aufgestellt waren. Eine stand auf den Zinnen einer Bücherburg und ließ ihr Licht an den Burgmauern hinablaufen wie eine Pechnase ihre siedenden Flüssigkeiten auf feindliche Belagerer.

»Nehmt Platz, wenn's beliebt. Macht es euch bequem und fühlt euch bitte wie zu Hause, *summ, summ.*«

»Aber liebend gern«, sagte NekoNeko zänkisch und durchleuchtete in einer flinken Rundumbewegung die Umgebung nach einer Sitzgelegenheit mit ihren grünen Taschenlampenaugen. »Dieser dicke Schinken dort sieht doch außerordentlich bequem aus. ›Der alte Mann, der die Kirschbäume zum Blühen brachte‹. Oder vielleicht lasse ich mich doch lieber auf ›Hime – Die Prinzessin des Alten Volkes‹ nieder.«

Schlussendlich entschied sich die sarkastische Scharfschützin der Milchbärte dazu, sich einfach in das ölige Licht plumpsen zu lassen, das eine der Lampen auf dem Teppich ausgekippt hatte.

»Sind das hier etwa alles Kinderbücher?«, fragte Su, die voll in ihrem Element und viel zu hibbelig war, um auch nur eine Sekunde zu rasten. Am liebsten hätte die Siebenjährige sofort eines der Bücher aufgeschlagen, um sich von der Magie der Poesie verzaubern zu lassen.

»So ist es, mein Kind. Bis auf ein paar wenige Ausnahmen, *summ, summ.*«

»Mit Verlaub, aber seid Ihr nicht ein wenig zu alt für diese Art Lektüre?«, fragte NekoNeko schnippisch.

»Ganz und gar nicht, verehrte Katze. Diese Geschichten sind fürwahr herzallerliebst. Und sie verraten ihrem Leser so unglaublich viele Dinge. Man muss nur aufmerksam hinsehen, *summ, summ.*«

»Vergebt und vergesst, Kamishibai-Mann.« Aison blätterte ungeduldig in einem Wälzer, den er wahllos aus einem Regal gezogen hatte. »Der Sperling mit der durchschnittenen Zunge« stand auf dem buckligen Rücken dieser augenscheinlich uralten Schrift. »Ich bitte Euch, sprecht konkret. Von welchen Dingen redet Ihr? Was versteckt sich in diesen Geschichten? Übersehen wir etwas?«

»Die meisten übersehen etwas, wenn sie nicht genau wissen, wonach sie Ausschau halten. Also grämt Euch nicht.« Der Gastgeber warf dem Piratenkapitän einen verständnisvollen Blick zu. »Irgendjemand hat versucht, die Geschichte der Straße auszulöschen. Mutwillig zerstörte er all die Aufzeichnungen und Überlieferungen des Alten Volkes. Doch wer auch immer dieses Verbrechen begangen hat, übersah ebenfalls etwas. Er war nicht sorgsam genug, *summ, summ.*«

Stirnrunzelnd klappte Aison das Buch zu und stellte es zurück ins Regal, in dem sich ein völlig vergilbtes Foto an die aufgereihten Bücher lehnte. Zwei junge Männer waren darauf zu sehen.

»Die Autoren von Kindergeschichten wie ›Gute Nacht, Chiro‹ und unzähligen weiteren Märchen versteckten die Geheimnisse der Straße in ihren Zeilen. So gut, dass sie lange Zeit keiner fand. Selbst das Böse nicht. Und doch steht dort alles geschrieben. Jedes Detail. Man muss die Puzzleteile der Vergangenheit nur zusammensetzen, *summ, summ.*«

Der Kapitän der Milchbärte nahm vorsichtig das Lichtbild aus dem Regal. Die Mühlen der Zeit hatten es so brüchig gemahlen, dass die Ränder bereits unter vielen Berührungen zu Staub zerfallen waren. Im trüben Schein der Lampen spiegelten sich die zwei abgelichteten Männer in den traurigen Seefahreraugen des Löwenmannes. Der eine war ohne Zweifel der Kamishibai-Mann. Der andere hatte zerzauste Haare, trug einen Dreitagebart und eine bügellose Nickelbrille. Im Hintergrund reckte sich der Glockenturm der Zitadelle der Zeit in den Sternenhimmel.

Aisons Mund hauchte: »Wer seid Ihr?«

»Man kennt mich als den Kamishibai-Mann, verehrtes Publikum.«

»Wie ist Euer Name?«

»Mein Name verließ schon lange nicht mehr meine Lippen, Namen sind vergänglich. Unwichtig, *summ, summ.*«

»Wie ist ... Euer Name?«, wiederholte Aison Milchbart mit bebender Stimme.

Der Kamishibai-Mann blickte in das Auge des Sturms, das der Löwe im Gesicht trug. Er blickte in den Sturm des Auges, das ihn flehend ansah. Dann schob er dem Löwenmann die schwarzen Wolken von den Lidern.

»Früher nannte man mich Lovelock. Lynn Lovelock.«

Und diesmal summ-, summte er nicht.

・ラブロック・

Lovelock

XVIII

»Bei Hera und den Göttern! Das war ein hartes Stück Arbeit, aber nun ist es endlich vollbracht«, schnaufte Eisberg, wischte sich mit einem Tuch, das er aus der Gesäßtasche gezogen hatte, das schweißnasse Gesicht trocken, verschränkte zufrieden die Arme und beäugte (sichtlich stolz) sein Werk. »Na? Sieht das so gut aus wie vorher? Was sagst du, alter Knabe?«

»Fabelhaft, ehrenwerter Eisberg, fürwahr fabelhaft. Das sieht sogar noch besser aus als vorher, wenn's beliebt«, vergab Q-ma die handwerkliche Höchstwertung an seinen ehemaligen Boss und dessen Männer.

»Für eure Weiterreise seid ihr nun bestens gewappnet, mein Freund. Darauf gebe ich dir Brief und Galley-La-Siegel.«

»Hera hab Dank, und Dank sei Euer, Eisberg.«

»Ach, hör schon auf, Q-ma.« *Klonk, klonk.* »Das ist ein wirklich schönes Schiff. Mit einem schönen Namen. Argo Navis.«

Bedächtig (ja, beinahe untertänig) tätschelte der Chef der Galley-La-Company den riesenhaften Löwenkopf am Bug des Piratenschiffes mit seinen schwieligen Zimmermannshänden. Als würde er dem König der Tiere höchstpersönlich durch die Mähne streichen.

»Wirklich eine Schönheit.«

»Aye, Eisberg, das ist sie.«

»Aber was um alles in dieser und allen anderen Welten hat euer Schiff nur derart zugerichtet? Man könnte glatt meinen, ihr wärt von einem Monster verschluckt worden.«

»Nun ...« Q-mas mechanische Bäreneingeweide brummten

für einen kurzen Moment auf. »So etwas in der Art. So etwas in der Art, ehrenwerter Eisberg.«

»Wie dem auch sei, nun ist die Argo wieder in Schuss. Und sieh her! Wir haben uns erlaubt, die Triebwerke ein bisschen aufzumotzen. Alle Einzelteile wurden verbessert. Freut euch zum Beispiel auf einen optimierten Lufteinlauf! Die kinetische Energie der Anströmung wird nun wesentlich besser erwärmt, was wiederum die Schallgeschwindigkeit ordentlich seigert! Großartig, oder?«

Wieder ertönte mechanisches Brummen, diesmal schien es jedoch Q-mas Kopf zu entweichen.

»Und hier! Die Vorderkomponente hatte ihre Schuldigkeit getan. Also haben wir das alte Ding kurzerhand rausgeworfen und diesen schicken Turbokompressor eingebaut. Ein Prachtstück, nicht wahr? Der wird für ordentlich Druck sorgen! Schnallt euch also lieber gut an!«

»Aye ... ehrenwerter Eisberg. Anschnallen. Ist notiert.«

»Und sieh sich einer diese beeindruckende Brennkammer an! Wenn die Edelstahlzündkerzen den Kraftstoff entflammen, geht die Post ab, mein Freund!«

»...«

»Ich weiß genau, was du jetzt sagen willst! Natürlich hatten wir auch das Kühlsystem auf dem Zettel. Schließlich wollen wir ja nicht, dass dir dein rostiger Roboterhintern verkohlt. Sei also unbesorgt!«

»Dann ... bin ich unbesorgt. Fürwahr unbesorgt, ehrenwerter Eisberg. Ihr habt mal wieder an alles gedacht.«

»Aber selbstverständlich, Q-ma. Galley-La-Spitzenqualität! Das gilt natürlich auch für die Turbinen und Schubdüsen. Die machen ihrem Namen fürwahr alle Ehre, wenn du verstehst, was ich damit sagen will.«

»Anschnallen?«

»Ganz genau!« *Klonk, klonk.* »Und die Chromverkleidungen haben wir bei der Gelegenheit auch gleich mal ausgedellt. Sah ja grässlich aus. Zudem wurden die Ankerkette geölt, die Bordkanone gereinigt und die Scharniere an sämtlichen Türen festgezogen. Irgendjemand scheint die Dinger ständig mit Schmackes auf- oder zuzudonnern.«

»Hatschi.«

»Gesundheit!«

»Aber nein. Hatschi ist ein Mitglied unserer Crew. Unser Steuermann und Erster Offizier, wenn's beliebt.«

»Scheint ja ein temperamentvoller Junge zu sein, euer Hatschi.«

»Das ist er fürwahr. Temperamentvoll und gütig. Ein großartiger Kamerad, wahrlich großartig, das ist er.«

»Ich freue mich von Herzen, dass dir die Weltraumwinde so aufrichtige Gefährten geschickt haben. Wohin führt euch eure Reise eigentlich, Q-ma?«

»Nun, wisst Ihr, ehrenwerter Eisberg, wir sind in geheimer Mission unterwegs. In streng geheimer, wenn's beliebt.«

»Ich verstehe. So ist das also. Wenn euch die Straße eines Tages wieder in diese Gegend spült, wartet hier stets ein guter Freund auf dich. Und ein Teller Hühnchen-Curry!«

»Oh! Da fällt mir ein, dass ich dringend den Herd anwerfen sollte. Besagter Hatschi ist nämlich nicht nur für sein Temperament, sondern auch für seinen Appetit bekannt, das ist er, fürwahr, müsst Ihr wissen.«

Eisberg sah seinen alten Weggefährten an. Obwohl die Augen des Zimmermanns die Farbe von Eis hatten, strahlten sie eine wohlige Wärme aus. Wie ein gefrorener Frühlingstag.

»Na schön, alter Knabe. Gutes Gelingen. Und gute Fahrt! Auf dass es nicht erneut vier...tausend...«

»...zweihundertundfünfzehn Tage.«

»Ganz der Alte, ganz der Alte. Auf dass es nicht erneut viertausendzweihundertundfünfzehn Tage dauern möge, bis uns die Straße wieder vereint.« *Klonk, klonk.*

»Weiße Tage und …«

XIX

»... goldene Nächte, Lynn Lovelock.«

Kapitän Aison Milchbart sank augenblicklich auf ein Knie. Vor Schreck zuckte Su kurz zusammen, weil die respektvolle Grußgeste im ersten Moment weniger nach Kniefall, sondern vielmehr nach Schwächeanfall aussah. Und obwohl dem nicht so war (Hera hab Dank), wirkte der Löwenmann doch sehr erschöpft.

»Wir sind viele Sonnen und Monde gesegelt, um Euch zu finden. Wir sind weit gereist, um Euch zu treffen. Ihr seid unsere einzige Hoffnung, Euer Wissen, das uns erleuchten soll, unser einziges Licht im trüben Morast der Milchstraßen-Mysterien. So leitet uns den Weg, Lovelock. Leitet uns den Weg zum Herz der Sterne. Ich bitte Euch.«

Der Mann mit dem hölzernen Geweih schritt auf den knienden Piratenkapitän zu und legte ihm väterlich die Hand auf die Schulter. Dann half er dem angeschlagenen Hünen auf die Beine und nahm das Foto, diese in einem Bild bewahrte Momentaufnahme der Vergangenheit, an sich.

»Bugenhagen und ich hatten eine wundervolle Zeit, doch leider unterschiedliche Ansichten. Die Geschichte unserer Heimat kann nicht konstruiert werden. Man kann sie nicht einfach nach seinen Wünschen schreiben. Und nicht umschreiben. Was auch immer passiert, passiert.«

Wehmütig stellte Lovelock das vergilbte Bild zurück ins Bücherregal.

Aison wartete geduldig, bis sich der Holzhirsch ihnen wieder zuwandte. »Ihr redet vom Re:Build-Project, nicht wahr?«

»Ich rede von Größenwahn, von Irrglaube und fehlendem Fatalismus, die Akzeptanz der unabänderlichen Fügung des Schicksals auf der Straße.«

»Ihr habt dem Forschungsteam seinerzeit vorgeworfen, keinen Planeten zu erschaffen, sondern eine herzlose Maschine zu bauen. Einen Planeten ohne Herz.«

»Das tat ich. Wisst Ihr, Kapitän Aison, die Ruinen von Kuhdaiba sind traurige Realität. Keine heitere Theaterinszenierung, bei der man einen Deus ex Machina, einen künstlichen Gott, an einem Kran auf die Bühne schweben lässt, damit er der tragischen Geschichte zu einer glücklichen Schlusswende verhilft. An Kuhdaibas Kränen, an den Baumaschinen des Mirukuh-Kuni, hängen keine Götter, die den Planeten zurück ins Leben holen. Denn wir, die von den Göttern Erschaffenen, können keine Götter erschaffen. Und wir sollten auch nicht selbst Gott spielen. Es steht uns nicht zu, es ist anmaßend und blasphemisch. Wir vermögen es, Häuser zu bauen, Schiffe und vielleicht eine Hülle, aber kein Leben, kein Herz.«

»Ihr sprecht wahr. So erzählt uns, Lynn Lovelock. Was wisst Ihr über das Herz der Sterne? Welche Geheimnisse hüten all diese Kindergeschichten? Wir müssen es einfach wissen!«

Ohne eine Zeichnung in die bilderrahmenähnliche Vorrichtung zu schieben, wandte sich der Kamishibai-Mann seinem Publikum zu.

Auszug aus der Milchstraßen-Mythologie XV:
Verloren geglaubter Part I: Gaia und der Kreislauf der Straße

Das Alte Volk nannte die Milchstraße auch den »Fluss der Ewigkeit« – und das hat einen bestimmten Grund. Wenn bei einem Stern der »Tudam« (was in der Sprache des Alten Volkes so viel bedeutet wie »Tod«) eintritt, taucht seine Seele in die unergründlichen Tiefen der Milchstraße ein und reist mit der Strömung bis ans Ende des Weltraumflusses. In der Seele schlummern die Lebensjahre und all das Wissen und die Erfahrung des Sterns, denn auch Sterne sind lebende Organismen und besitzen demnach ein Bewusstsein und eine Seele. Ihre Reise durch den Fluss der Ewigkeit endet an einem sagenumwobenen Ort, der Quelle der Ewigkeit, auch bekannt als »Das Herz von Gaia«, die den Anfang der »Sitra de-Kedusha« (was »Seite der Heiligkeit« bedeutet) markiert. All die gesammelte Erfahrung und die Lebensjahre des verstorbenen Sterns werden hier schließlich auf die Milchstraße übertragen, damit diese auf ewig weiterexistieren und den Lebensraum in diesem Teil der Galaxie mit diesem Wissen regulieren kann. Denn auch die Milchstraße ist ein sterbliches Lebewesen. Ihre Seele trägt in der Milchstraßen-Mythologie den Namen »Gaia«. Wenn die Zeit der Seelen schließlich gekommen ist, steigen sie aus der Quelle der Ewigkeit auf und werden als neuer Stern in der Milchstraßen-Galaxie wiedergeboren.

XX

Das Pendel stand still, das Schloss sprang auf, der Löwe trat ein. Aisons Körper rastete im Königreich der Bücher, sein Geist jedoch reiste ins Königreich der Straße. Die aufschlussreichen Worte Lynn Lovelocks hatten die Gedanken des Mannes mit den traurigen Seefahreraugen davongetragen. Vielleicht in die Vergangenheit, vielleicht in die Zukunft. Aber mit Gewissheit ins Weiße Schloss. Zur Königin der Milchstraßen-Galaxie.

»Chiros Geschichte ist also wirklich wahr, Herr Lovelock?«, flüsterte Su ehrfürchtig.

»Das vermag ich nicht zu sagen. Doch wäre es durchaus denkbar, ja.«

»Das meinte die Königin also.« Der Hund kasperte nicht mehr.

»Wir müssen den Sternen das Leben retten.« Die Katze stichelte nicht mehr.

»Rettet das Herz der Sterne.« Der Löwe rätselte nicht mehr. Er begriff nun. »Wir müssen die anderen Sterne davor bewahren, zu sterben.«

Lynn Lovelock verstand die Aussage nicht, das zumindest ließ sein Blick vermuten, der rastlos von einem Sprecher zum nächsten huschte. Erst als der Löwenmann weitersprach, kam sein Blick auf ihm zur Ruhe.

»Ein alter Freund, er wacht nun von oben über uns, Hera hab Dank, und Dank sei sein, riet uns, das Goldene Herz zu finden. Das hellste Licht im Universum. Wisst Ihr etwas darüber, Lovelock, so sprecht, ich bitte Euch.«

Der ehemalige Wissenschaftler stellte sich vor einem der Bücherregale auf die Zehenspitzen (oder Hufenspitzen, wenn's beliebt) und huschte aufgeregt mit einem Finger von links nach rechts über die Rücken der Bücher.

»Das Goldene ...«

Dann von rechts nach links.

»... Herz.«

Mit einem Mal stoppte der Finger und rekrutierte die vier anderen der Hirschhand, um ein schmales Büchlein mit goldgelbem Einband aus der Reihe zu ziehen.

»Da haben wir es ja.«

Der Geschichtenerzähler schlug das Kindermärchen »Der Mond hat Angst im Dunkeln« auf, und diesmal waren es seine Augen, die aufgeregt von links nach rechts und rechts nach links über die Zeilen huschten.

»Das Goldene Herz ist der älteste und hellste Stern der Galaxie. Laut dieser Gutenachtgeschichte hüllt sein Licht die Quelle der Ewigkeit in goldenen Glanz. Der Stern befindet sich also genau über dem Herz von Gaia. Hoch oben über der Quelle, dem Ausgangspunkt der Seite der Heiligkeit.«

»Das hellste Licht, der hellste Stern, das hellste Licht ...«, grübelte Su. »Aber natürlich!«, platzte es dann aus ihrem Mund, der sich zu einem gesichtsbreiten Grinsen unter der Nase geformt hatte. »Das Sternenlicht ist die Lebensenergie der Königin. Wir brauchen also das Licht dieses hellsten Sterns, um die Königin zu erwecken!«

»So muss es sein, Su-chan!«, krakeelte Hatschi. »Du bist brillant, aye, das ist die Lösung!«

Die Jubelstürme des Kapitäns, der bereits etwas weiterdachte als sein übereuphorischer Steuermann, wehten indes lediglich als laues Lüftchen durch das Heim des Holzhirsches.

»Unser Ziel ist also die Quelle der Ewigkeit. Wenn sich das

Goldene Herz dort befindet, müssen wir bis ans Ende der Straße segeln. Zum Ausgangspunkt der Seite der Heiligkeit.«

»Eine meiner leichtesten Übungen«, brüstete sich der erste Milchbart-Offizier. »Da bringe ich uns schneller hin, als ich in meine Steuermannsstiefel schlüpfe.«

Aison schlüpfte indes in eine neue Abzweigung seiner Gedankengänge. »Steht die Seite der Heiligkeit in einem Zusammenhang mit der anderen Seite, der Sitra Achra, Lovelock?«

Verblüfft neigte der Büchersammler sein Holzhirschhaupt »Vergebt und vergesst meine Neugierde, Kapitän Milchbart, ich bitte Euch, aber woher wisst Ihr davon?«

»Kambei, unser Freund, den ich eben erwähnte, erzählte uns von ihr.«

»Ich verstehe, Seefahrer. Ich will Euch gerne von den Sitra erzählen.«

Auszug aus der Milchstraßen-Mythologie XVI:
Verloren geglaubter Part II: Die Sitra (die Seiten)

Die Milchstraßen-Galaxie trägt in der Sprache des Alten Volkes den Namen Sitra de-Kedusha (übersetzt: Die Seite der Heiligkeit). Die Quelle der Ewigkeit markiert das Ende der Milchstraße und gleichzeitig den Anfang der Sitra de-Kedusha. Hier endet die Reise einer Sternenseele, und zugleich beginnt hier auch die neue Reise der Sternenseele. Auf der Sitra de-Kedusha sammelt sich alles Licht.
Auf der Rückseite der Quelle der Ewigkeit befindet sich der Eingang zur Seite der geistigen Unreinheit, zur Sitra Achra (bedeutet: Die andere Seite). Als Dimension der Ewigkeit, in der sich alle Dunkelheit sammelt und bis ans Ende der Zeit festgehalten werden soll, bildet sie das Gegenstück zur Milchstraßen-Galaxie. Hinter dem versiegelten Tor, das zur Sitra Achra führt, liegen die sieben Hallen der Lilith.
Jenseits dieser Hallen, so sagt man, endet alle Existenz.

XXI

»Mit anderen Worten: Uns bleibt also nichts weiter übrig, als bis zur Türschwelle von Klippots Gefängnis vorzudringen«, sicherte sich Aison noch mals ab.

»Ach, sorgt Euch nicht um den Knasti, Käpt'n. Wir angeln uns das Licht des Goldenen Herzens, erwecken mit seiner Hilfe die Königin, und Majestät Milchstraße erledigt den Rest. Ihr werdet sehen. Das wird das reinste Kinderspiel. Und der olle Fiesling kann in seiner Zelle schmoren, bis er schwarz wird, aye, oder noch schwärzer, als er ohnehin schon ist!« Hofnarr Hatschi war zurück.

»Solange das Siegel die Pforte zu Klippots Verlies verschlossen hält, sorge ich mich nicht um das Böse, das dort auf der anderen Seite lauert. Aber etwas anderes beunruhigt mich, Hatschi.«

»Und das wäre, mein Kapitän?«

Nun zerbrach Aison auf seinem Weg durch den verwinkelten Wald der ungeklärten Fragen den Optimismus seines Steuermanns wie einen morschen Ast, auf den er trat. »Wie sollen wir das Licht des Goldenen Herzens absorbieren? Wie gelangen wir an das Lebenselixier für die Königin?«

»Mit dem Kelch des Lichts«, kam Lovelock der Antwort ohne Antwort des Steuermannes zuvor.

»Genau das wollte ich auch gerade sagen, aye, mit dem Kelch des Lichts natürlich!«

Nun feierte auch die alte NekoNeko ihr Comeback. »Aber klar wolltest du das, Hatschi. Und der Mond ist viereckig.«

Beinahe hatten die Piraten ihre murrende Mieze schon vermisst.

»Was ist das denn für ein Kelch?«, fragte Su.

»Antike Legenden ranken sich um ein heiliges Artefakt, mit dessen Hilfe es möglich sein soll, reines Licht zu speichern. Oder mit anderen Worten, ein Teil vom Leben und der Seele eines Sterns«, erklärte Lovelock.

»Und wie ich Euch kenne, wisst Ihr natürlich auch, wo wir diesen alten Becher auftreiben können, nicht wahr, allwissender Lovelock?« Hatschi grinste erwartungsvoll.

»Vergebt und vergesst, ich bitte Euch, doch mit dieser Information kann ich leider nicht dienen. Vermutlich könnte das jedoch niemand.«

»Öhm. Wie meint Ihr das?« Jetzt grinste Hatschi nicht mehr so erwartungsvoll.

»Nun. Ich will es Euch erklären. Dazu müsst Ihr wissen, dass dem Kelch des Lichts unvorstellbare Macht innewohnt, denn die Göttin Hera stillte Herakles, Sohn des Zeus, nicht an der Brust, sondern mit diesem Krug, nachdem sie mehr oder weniger versehentlich die Milchstraßen-Galaxie erschaffen hatte, weil ihre Milch vergossen wurde. Mit dieser Maßnahme sollte die Schöpferin unserer Heimat auf Befehl ihres Mannes, des Göttervaters Zeus, sicherstellen, dass sich ein solcher Vorfall nicht wiederholt, da Leben, Welten und ganze Galaxien nicht erneut auf den Pfeilern eines Missgeschicks errichtet werden sollten. Aufgrund seiner Vorgeschichte ist es nur einem Wesen gestattet, das den Status eines Gottes erlangen darf, aus dem Kelch zu trinken. Daher wird er auch das Gefäß der Götter genannt. Um zu gewährleisten, dass das heilige Relikt nicht aufgespürt werden und somit möglicherweise in die falschen Hände geraten könnte, wird der Kelch an keinem bestimmten Ort verwahrt, was ihn praktisch unauffindbar macht.«

»An keinem bestimmten Ort?« Auf Erklärung angewiesen (und hoffend) schielte Hatschi in Richtung seiner Kameraden. Vergebens: Im rechten Augenwinkel ein Kopfschütteln von Su, im Linken ein Achselzucken von NekoNeko.

»Irgendwo muss der Kelch aber doch sein, Lovelock? Ich fürchte, ich kann Euch nicht ganz folgen«, räumte nun auch Aison ein.

»Durchaus, durchaus. Ich sollte zum Punkt kommen. Alte Kamishibai-Angewohnheit. Vergebt und vergesst, ich bitte Euch. Also. Wenn der Mythos tatsächlich wahr ist, befindet sich das Göttliche Gefäß an Bord eines sagenumwobenen Schiffes, das seit Abermillionen von Jahren von einem Schwan durch die Milchstraßen-Galaxie gezogen wird und noch nie von einem Sterblichen gesichtet wurde. Die Lohengrin.«

NekoNeko zeterte zynisch. »Ach, na dann! Das macht die Sache ja gleich um einiges leichter!«[1]

Plötzlich klopfte jemand an ein Fenster (das den Piraten nicht aufgefallen war, weil der Herr der Geschichten es mit Büchern verbarrikadiert hatte) und riss die Gefährten vorerst aus dem Zustand der Ratlosigkeit.

»Nanu? Besuch? Um diese Uhrzeit? Entschuldigt mich bitte für einen Augenblick«, bat der Gastgeber seine Gäste und öffnete die gusseiserne Eingangstür zu seiner Behausung. Die Nacht hatte den Piraten einen ihrer Söhne geschickt. Der Nyx, ein geflügelter Diener des Morpheus, des Gottes der Träume, flatterte durch das schwache Licht der Öllampen, die allmählich verdursteten. Bei sich trug die Fledermaus eine rubinrote Serviette mit einer Botschaft an Aison Milchbart. Mit einer Antwort an den Löwenmann. Der Nyx stellte die Nachricht zu und verließ die Stube

1 Anmerkung des Autors: Ob die Milchbärte die alte NekoNeko wirklich vermisst hatten, ist nicht bestätigt.

so rasch, wie er sie betreten hatte, um die Rückreise zu seinem Herrn und Meister anzutreten.

»Was hat das zu bedeuten, Aison? Ist das ein Brief?«, fragte Su neugierig.

»Ja, Kleine. Ein Brief. Ein Brief der Königin.«

Und in die Löwenmiene, unter der Löwenmähne, pirschte sich endlich ein zaghaftes Lächeln.

XXII

»Ein Brief der Königin? Aber wie ist das möglich, Käpt'n?«, stammelte Hatschi ungläubig.

»Nun, mein treuer Offizier, die Straße birgt viele Wunder, das tut sie fürwahr. Königin Shiro spricht aus ihren Träumen zu uns. Sie will uns helfen. Morpheus hat alles arrangiert. Hera hab Dank, und Dank sei sein.«

»Was steht drin? Was steht drin? Nun sagt schon!« Ungeduldig hibbelte Hatschi von einer bestiefelten Tatze auf die andere und stieß dabei einen Stapel Bücher um, der wie eine Lawine aus Papier und Parabeln ins Teppichbodental rutschte. *WUSCH, WUMMS!*

Während sich die Crew in einem Halbkreis um ihren Anführer versammelte, faltete selbiger behutsam das Stück Stoff auf.

»Und? Und?«

Die Blicke des Mannes mit den blauen Seefahreraugen schwappten wie Wellen über die Worte.

»Ich kann nichts sehen! Ich kann nichts sehen!«, nölte Hatschi und hibbelte nun so heftig, als stünde er seit Stunden in der längsten Toilettenwarteschlange der Welt (und aller anderen Welten, wenn's beliebt).

Dann endlich brach Aison sein Schweigen und trug vor, was in der Nachricht stand.

»In lichter Waffen Scheine
Ein Ritter nahte da,
so tugendlicher Reine
ich keinen noch ersah:
Ein golden Horn zu Hüften,
gelehnet auf sein Schwert –
so trat er aus den Lüften
zu mir, der Recke wert;
mit züchtigem Gebaren
gab Tröstung er mir ein;
des Ritters will ich wahren,
er soll mein Streiter sein!«

»Das … steht da?«

»Ja, Hatschi. Und die Textzeilen sind mit Noten versehen. Es handelt sich also allem Anschein nach um ein Lied.«

»Aber weshalb schickt Ihnen die Königin so etwas, Kapitän Aison?«

»Ich weiß es nicht, Kleine. Aber das werden wir hoffentlich herausfinden, wenn es gespielt wird.«

»Blöd nur, dass das Kuhdaiba-Slums-Orchestra gerade auf Weltraumtournee ist.«

»Aber NekoNeko, wer braucht schon ein Orchester, wenn er das hier hat?« Hatschi zog die stabförmige Waffe aus der Halterung auf seinem Rücken und fuchtelte damit neckisch vor der Katzennase herum. An der Lanzenspitze baumelte eine schwarze Feder – die des Vanilland-Ministers Nin.

»Empfange die Rabenfeder. Ihre Stimme wird dir in der stillsten Stunde eine Melodie singen, aye, eine Melodie, verstehst du, Neko-chan? Nein? Ich kann das Sprüchlein gerne erneut aufsagen. Macht mir gar nichts aus. Also noch mal ganz langsam: Empfange die …«

»Hatschi! Geh mir nicht auf die Nerven und lass es beginnen, wenn's beliebt!«

»Na, und wie es beliebt, werte Kameradin, aye, es geht los!«

Gespannt verfolgten die Piraten und Lovelock, dem es zwar nicht an Interesse, dafür an nötigem Hintergrundwissen und infolge dessen nach wie vor an Durchblick mangelte (was völlig verständlich war, mit Verlaub), wie der Steuermann der Milchbärte die schwarze Feder vom Heiligen Hirtenstab löste. Die Magie des Raben erwachte aus ihrem Schlummer, füllte die Backen mit der schwülen Luft des Zimmers und pustete Nins gellendes Krähen zusammen mit dem Fetzen des Vogelfederkleids über die Köpfe der Anwesenden, wo die Feder zunächst tanzte wie ein Taktstock. Dann strich sie durchs Zimmer wie ein Geigenbogen und sauste schließlich hinab in Hatschis Hand wie ein Paukenschlägel. Das Gewicht und die Form von Nins Feder hatten sich verändert. Sie war nun viel schwerer als zuvor und an ihrem Ende – oder Anfang? – war ...

»... ein Griff?«, stutzte Hatschi.

»Das ist kein Griff, du Banause. Das ist ein Mundstück, oder auch Schnabel genannt«, klärte NekoNeko ihr Crewmitglied auf. »Was du da in der Hand hältst, ist eine Okarina.«

»Das ist so eine Art Flöte, nicht wahr, NekoNeko?«

»Danke schön, Su. Wenigstens eine Person, die nicht hinterm Mond lebt.«

»Und damit wäre also geklärt, wie wir die mysteriöse Melodie Ihrer Majestät trällern, aye, Hera hab Dank, und Dank sei Nin, dem Raben!«

»Na ja, so klar ist das leider nicht, Hatschi. Ich weiß zwar, wie es um deine Gesangskünste bestellt ist ...« NekoNeko wiederholte das Wort »Künste« und setzte es mit den Pfoten in Anführungsstriche. »... dass du eine Okarina spielen kannst, wäre mir aber neu. Wie steht es um deine Flötenkenntnisse, Su?«

»Schlecht«, räumte das Mädchen sichtlich enttäuscht ein und wirkte dabei fast so, als hätte sie deshalb ein schlechtes Gewissen.

»Ich ... kann die Okarina spielen«, druckste NekoNeko zum Erstaunen von Hatschi herum.

»Du?«

Ernsthaft in Betracht zu ziehen, dass ausgerechnet NekoNeko ein Musikinstrument beherrschte, erschien aber nicht nur dem Steuermann völlig abwegig, sondern offenkundig auch Aison und Su. Umso verdutzter fiel die Reaktion der Milchbärte auf die Offenbarung der Katze aus.

»NekoNeko Nebelheim, meine Damen und Herren. Lautlose Späherin, präzise Scharfschützin, Ausguck mit Weitblick, gewiefte Diebin und Koryphäe auf dem Gebiet der Blasinstrumente. Ich muss schon sagen, ich bin beeindruckt, aye, schwer beeindruckt!«

Das war auch Aison. Und zugleich verwundert. »Davon hast du nie erzählt, NekoNeko.«

»Es ... es liegt lange zurück, Kapitän.«

XXIII

Krähe, warum rufst du?
Weil die Krähe in den Bergen sieben süße Kinder hat.

Dort, wo der Nebel lebte, irgendwo in den echolosen Bergen, am Ende der Immerkahlen Wälder, auf einer Lichtung ohne Licht, dort stand ein Anwesen. Sein kupferrotes Dach war löchrig und bat in nassen Nächten den Regen herein, während zugemauerte Fenster dem Tag die Sicht ins Haus verwehrten. Die ausladende Veranda der verwahrlosten Villa war beim Bau durch die einstmaligen Besitzer auf der Südseite errichtet worden. Doch die Sonne war längst weitergezogen. Sie hatte diesen Ort verlassen und für immer vergessen, während der Himmel das Zwitschern der Wolkentiere in die kalte Erde gelegt hatte. Wie ein Grabstein kniete die Vogeltränke im Garten. Doch niemand war da, der für sie weinte. Es gab keinen Briefkasten, denn es gab keine Briefe. Es gab noch nicht einmal eine Adresse.

Am Torbogen, der einen Durchgang in dem kleinen Mäuerchen markierte, das das Haus umstellte, waren die Überbleibsel einer Inschrift zu lesen: »...LICH WILLKOMMEN IM NEBELHEIM«

Wenn die Bewohner der angrenzenden Täler hinter verschlossenen Türen oder vorgehaltener Hand über das Waisenhaus tuschelten, nannten sie es auch »Das Krähennest«. In der Öffentlichkeit wurde die Existenz der Einrichtung konsequent totgeschwiegen. Geschieht jemandem Leid, sehen Leute hin. Fleht ein Leidender um Gnade, sehen Leute weg. So war es, und so wird es immer sein. Man hat schließlich seine eigenen Probleme, mit Verlaub.

Im Nebelheim lebten sieben elternlose Kinder mit ihrer Pflegemutter. Schönheit war ihr nicht gegeben. Weder ihrem Herzen noch ihrer grässlichen Krähengestalt. Eine Rabenmutter. Im doppelten Sinne, wenn's beliebt. Stets hässlich war sie zu den Knaben und Mädchen, Fröhlichkeit hatte im Nebelheim Hausverbot – wer lachte, würde weinen. Zum Spielen war ohnehin keine Zeit.

»Irgendwer muss schließlich die Hausarbeit verrichten. Für eine warme Mahlzeit und ein Dach über dem Kopf ist das ja wohl nicht zu viel verlangt, nicht wahr? *Kräh!*«

Nachts, wenn sich der Nebel in den Ästen zur Ruhe gelegt hatte, schlich die gefiederte Gestalt durch die Hausflure, vorbei an den Zimmern, vorbei an den Bettchen, und sang:

»Krähe, warum rufst du?
Weil die Krähe in den Bergen sieben süße Kinder hat.
Süß, süß,
ruft die Krähe
Süß, süß,
so ruft die Krähe.
Geh und schau ins alte Nest in den Bergen,
und du erblickst ihre rundäugigen schönen Kinder. Kräh!«

Unter den Sprösslingen, die im Krähennest heranwuchsen, befand sich auch ein Katzenmädchen, das auf den Stufen des Heims zurückgelassen und seiner traurigen Kindheit gewaltsam in die Arme gestoßen worden war. Verängstigt und gehüllt in Lumpen, die ein übergroßer Knopf zusammenhielt, hatte das Mädchen vor etwa fünfzehn Jahren an der Schwelle des Waisenhauses und gleichzeitig der ihres Schicksals gestanden. Die Heimleiterin hielt es für überzogen, ihr einen Namen zu geben – ein Begriff würde es allemal tun. »Neko«, was in der Sprache des Alten Volkes so viel bedeutete wie Katze.

Die Lebensfreude des Kindes war in jener Nacht im Nebel zurückgeblieben, wo sie vielleicht noch heute umherirrt. Wer weiß das schon!

Neko wuchs zu einer Einzelgängerin heran. Wortkarg, dickköpfig, ungehorsam. Und stark. Das war sie fürwahr. Stark und tapfer. Während die anderen Kinder aus Furcht vor drohenden Schlägen stets blitzartig ins Haus stürmten, wenn die Krähe krähte, ließ sich Neko grundsätzlich zweimal bitten (oder besser befehligen, wenn's beliebt).

»Neko, Neko!«

Die Katze mit den funkelnd grünen Augen unterhalb der Stirn bot der Rabenmutter selbige und nahm dafür jede Bestrafung in Kauf. Lieber litt sie hundert Qualen, als ihrem Stolz zu gestatten, auch nur einmal in die Knie zu gehen. Sie blieb standhaft. Erst beim Einschlafen brach der Damm der aufgestauten Tränen ins Kopfkissen.

NekoNekos Schicksal war so schwarz wie das eigene Fell und machte ihr nur ein einziges Zugeständnis: eine hölzerne Okarina, die der kurztatzige Langfinger seiner durchtriebenen Ersatzmutter heimlich stibitzt hatte. Es war wohl nicht sonderlich überraschend, dass die inzwischen siebenjährige Rebellin ganz oben auf der Liste der Verdächtigen stand. Wieder und wieder durchwühlte die Krähe NekoNekos Siebensachen (mehr waren es übrigens tatsächlich nicht) – die Raben-Razzien blieben jedoch stets ohne Erfolg. Das kleine Schlitzohr war viel zu gerissen und der Krähe bei Weitem überlegen. Und so bewahrte NekoNeko ihr Diebesgut in einer Baumhöhle in den Immerkahlen Wäldern auf.

Dort befand es sich in den besten Händen, wachte doch ihr Freund, ihr einziger Freund, über das Musikinstrument. Der kleine Kodama, ein Waldgeist, erinnerte an eine majestätische Mischung aus Wolf und Hase. Sein weißes Fell war in ein glühwürmchenähnliches Leuchten gewickelt, und seine goldenen Augen funkelten wie die Münzen des Fährmanns.

Immer wenn die Luft rein und die Heimmutter dem Schlaf ins Netz gegangen war, schlich sich NekoNeko in die Wälder, die grau und leer vor dem Heim lagen, als hätte sie der Herr des Herbstes dort auf den Rücken der Berge gepflanzt. Und dann spielte sie die Okarina. Der Kodama (NekoNeko hatte ihn Ko-chan getauft) saß stets gebannt zu den Füßen des Kindes und lauschte den traurigen Liedern. Bis zu jener Nacht, in der der letzte Ton von der Flöte sprang.

Einer der Jungen aus dem Heim, ein Raufbold und Taugenichts, hatte Wind von NekoNekos nächtlichen Ausflügen bekommen. Er war der Liebling der Krähe, hinterlistig und durchtrieben. Nicht selten verpetzte er die anderen Kinder, um sich bei der Heimleiterin einzuschmeicheln.

Tragischerweise war die Ausreißerin so sehr darauf bedacht, nicht von der Pflegemutter erwischt zu werden, dass sie den Mitbewohner, dessen liebstes Spielzeug eine Steinschleuder war, völlig außer Acht gelassen hatte. Das sollte sich als fataler Fehler herausstellen, denn eines Nachts heftete er sich auf leisen Sohlen an die der Katze und beobachtete aus sicherer Distanz NekoNekos Spiel, um es kurzerhand zu verderben.

»Ei, welch feiner Schabernack«, dachte sich der törichte Knabe, und spannte seine Schleuder mit einem Stein, den er in gebückter Haltung aus der Dunkelheit griff.

FUUU!

Eigentlich sollte das scharfkantige Geschoss den Waldgeist nur aufscheuchen und NekoNeko einen gehörigen Schrecken einjagen, doch der Querschläger traf Ko-chan mit voller Wucht an der Schläfe. Der Kodama taumelte und sank benommen zu

Boden. NekoNeko schrie, und das weiße Fell am Kopf ihres Freundes verfärbte sich, als hätte ihm jemand eine rote Blume hinters Ohr gesteckt.

»Das wollte ich nicht! Das wollte ich nicht!«, stammelte der Schütze panisch, ließ seine Waffe fallen und floh augenblicklich Richtung Nebelheim.

»Ko-chan! Ko-chan! Alles wird gut! Ich bin ja hier. Es wird alles gut, du wirst schon sehen! Und morgen spiele ich wieder die Okarina für dich!«

Doch der Glanz wich bereits aus den goldenen Augen, und das Glühen aus dem Fell des Geschöpfes.

»Nimm sie, NekoNeko«, hauchte der schwer verwundete Kodama, und deutete in einer kräftezehrenden Bewegung auf die Schleuder des Jungen. »Setze sie für Gutes ein. Beschütze deine Freunde.«

»Du bist mein Freund, Ko-chan!«, schluchzte die Katze. »Ich habe niemanden außer dir!«

»Du wirst Freunde haben. Und du wirst sie beschützen. Geh, NekoNeko, verlasse diesen Ort. Deine Zeit ist gekommen.«

Und auch die Zeit des Waldgeistes war gekommen.

Das Mädchen flehte. »Nein, nein, nein! Lass mich nicht allein! Bitte, lass mich nicht allein!«

Doch Shishi Gami, der Gott der Wälder, hatte sein Kind zu sich geholt. NekoNeko stand für einen Augenblick völlig regungslos da und weinte bitterlich in Erinnerung an die wundervollen Momente, die sie mit ihrem Freund verbracht hatte. Liebevoll strich sie ihm ein letztes Mal durchs Fell. Ihr Hals brannte, als hätte sie glühende Kohlen verschluckt, über die schließlich ein Satz hinaus in die klirrend kalte Luft der Nacht stakste:

»Vergib und vergiss, Ko-chan, vergib und vergiss, ich bitte dich.«

Entschlossen hob NekoNeko die Schleuder vom Boden auf. Und dann rannte sie. Sie rannte, so schnell sie konnte. Hinein in den Nebel, hinein in ihr neues Leben. Ihr altes blieb mit der Okarina zurück. Und die Stimme des Waldgeistes schwebte durch die kahlen Wipfel und flüsterte ihr nach: »Lebwohl, meine Freundin! Lebwohl, NekoNeko Nebelheim!«

Krähe, warum rufst du?
Weil die Krähe in den Bergen sechs süße Kinder hat.

XXIV

Da standen sie nun, die Piraten. Ohne Regung in den Gliedern und mit Klößen in den Hälsen. Klöße, so dick, als hätte Q-ma sie mit seinen riesenhaften Pranken geformt. Su verkniff sich mit aller Kraft die Tränen. Auch sie war sieben Jahre alt, hatte keine einfache Kindheit und sich so sehr nach Liebe und Freiheit gesehnt. Bis sie die Weltraumkatze eines Nachts hierhergebracht hatte. Hinauf zur Straße.

Hat mich NekoNeko deshalb mitgenommen? Weil sie es verstanden hat? Weil sie mich verstanden hat? Das Menschenmädchen vermochte es nicht mit Sicherheit zu sagen.

»Nun kriegt euch mal wieder ein. Ich hab's ja verkraftet.«

»Das tut mir so leid«, bekräftigte Kapitän Aison sein Mitleid aufrichtig.

»Und mir tut's auch leid, Neko-cha-haaan«, heulte Hatschi nun los und fiel seiner Kameradin um den Hals. »Komm, lass dich drück-heeen!«

»Ist ja gut, ist ja gut!« Die Zweite Offizierin der Milchbart-Piraten versuchte, sich aus der triefenden Umklammerung zu befreien.

»Wir sind jetzt deine Freunde! Diesem garstigen Rabenweib rupfe ich alle Federn ra-hauuus! Und dem Rotzbengel ziehe ich die Ohren la-haaang!«

»Gütige Götter! Schafft mir schleunigst diesen Hund vom Hals!« NekoNeko zwinkerte Su zu. Das bedeutete Su in diesem Moment die Welt. Und alle anderen Welten.

XXV

Nach unzähligen weiteren Ausführungen, was Hatschi am liebsten mit diversen Bekannten aus NekoNekos Vergangenheit anstellen würde, wenn er sie nur in die Pfoten bekäme (die Krähe und der Knabe würden fürwahr nicht gut wegkommen, wenn's belie-hiiiebt), hatte sich schließlich auch der Steuermann wieder halbwegs gefangen, übergab die Okarina an seine Kameradin und stellte sich daraufhin bereitwillig als Notenständer zur Verfügung. Unter den Blicken von Lovelock, Aison, Hatschi und Su führte NekoNeko das Instrument zögerlich zum Mund, schürzte die schmalen Lippen und begann schließlich ihr Spiel.

Die Katze flötete wundervoll. Feinfühlig und fehlerfrei. NekoNeko spielte für ihre Freunde und für ihren Freund. Und irgendwo auf den Rängen in den Himmeln spitzte ein kleiner Waldgeist verzückt die hasenähnlichen Ohren.

Als die Melodie vom Blatt gegangen war und die Musik verstummte, verstummte alles. Hinter den Rippen der Piraten hörte man kein Pochen, von den Dochten der Kerzen kein Knistern. Und in Kuhdaibas Weltenuhr saß für einen kurzen Moment kein Ticken.

Plötzlich zerriss ein dröhnender Laut die Lautlosigkeit wie ein Stück Papier.

»Was war das?«, fragte Su.

Wieder ertönte das Geräusch, das so klang, als wäre es aus der kolossalsten Trompete der Welt und der aller anderen Welten gedrungen. Der Boden fing an zu beben, und die Bücher steppten im Stakkato durch die Regale, während die Zimmerdecke ihren Putz auf die Piraten schleuderte.

»Bei Hera und den Göttern! Was geht hier vor sich?«, fauchte NekoNeko und wich dabei in letzter Sekunde einem holzscheitdicken (und -schweren) Kinderromanklassiker aus, den die Erschütterung von einem Bücherstapel gestoßen hatte.

»Alle raus hier!«, befehligte Aison die Anwesenden und riss entschlossen die Haustür auf. »Worauf wartet ihr? Na los doch!«

Die Piraten und Lynn Lovelock stürmten hinaus ins Freie und starrten mit weit aufgerissenen Augen nach oben, wo sich ihnen ein unglaublicher Anblick bot. Die Nacht war in ein silbernes Kleid gestiegen, und aus Kuhdaibas Himmelsdach brach ein schiffsgroßer Schwan hervor. Er verkündete seine Ankunft mit einem weiteren Trompetenstoß, der so laut war, dass sich Su schützend die Finger in die Ohren stecken musste.

»Das ist …«, hauchte Lovelock fassungslos.

Der blütenweiße Weltraumvogel war in ein goldenes Brustblattgeschirr eingespannt, an dem er ein gläsernes Schiff hinter sich herzog.

»… die Lohengrin!«

Auf dem Bug des Zweimasters (sogar seine Segel waren aus Glas) stand eine zierliche Gestalt mit kinnlangen Locken, so schwarz, als wären sie aus einem Webstuhl entsprungen, der mit der Nacht selbst bespannt war. Ein Muttermal funkelte auf ihrer Nase, und darunter grub ein zärtliches Lächeln kleine Dreiecke in ihre blassen Wangen. Die Herrin des Schwans trug ein langes Kleid in flammendem Mohnblumenrot, und sechs prächtige Flügel verliehen ihr das Aussehen eines Engels.

»Heilig. Heilig. Heilig«, sang die geflügelte Frau mit lieblicher Stimme für die sprachlosen Piraten, die in ihrem ganzen Leben noch nie einem schöneren Wesen begegnet waren.

»Weiße Tage und goldene Nächte, Wanderer der Galaxie. Mein Name ist Sarang Seraph. Ich diene der Göttin Hera und der Straße.«

・サラング・
Sarang

Als hätten sie es einstudiert, knieten sich die Mitglieder der Milchbart-Crew ehrfürchtig in Kuhdaibas staubiges Straßengrau und formten eine Faust vor dem Herzen.

»Ich kenne Euch, Aison Jason Milchbart. Euch und Eure Mission. Meine Reise endet hier. Und mit ihr endet meine Wache.« Sarang Seraph hielt einen funkelnden Gegenstand in ihren Händen. »Heilig. Heilig. Heilig.«

Das geheimnisumwitterte Wesen streckte die Arme in Aisons Richtung und gab das Gefäß der Götter frei. Der Kelch ging über Bord und in den Besitz des Löwenmannes über. Sanft sank das heilige Relikt zum Grund des Wolkenmeers, hinab auf die Welt Kuhdaiba, wo es der Piratenkapitän andächtig in Empfang nahm.

»Behütet den Kelch mit Eurem Leben, Kapitän. Segelt zur Quelle der Ewigkeit und erbittet das Licht des Goldenen Herzens, um die Milchstraße und ihre Königin zu erretten.«

»Hera hab Dank, und Dank sei Euer, Sarang Seraph. Dank sei Euch, und Dank sei Hera.«

»Aye! Richtet der Göttin die besten Grüße von den legendären Milchbart-Piraten aus, gnädiges Fräulein Seraph!«

»Sag mal, Hatschi!«, zischte NekoNeko messerscharf.

Die Dienerin Heras schmunzelte für einen Moment, doch dann versteckten sich die Dreieckchen rasch in der mimischen Momentaufnahme, die von Sarang Seraphs Lippen jäh gerade gezogen wurde.

»Seid gewarnt, Aison Milchbart. Denn noch nie vermochte es ein sterblicher Reisender bis zum Herzen Gaias vorzudringen. Unvorstellbare Gefahren lauern auf den letzten Metern der Galaxie. Steinharte Aufgaben und schier unlösbare Herausforderungen muss derjenige bestehen, der die Quelle der Ewigkeit erblicken möchte.«

»Ich gebe Euch mein Wort. Ich beschütze das Gefäß der Götter, meine Crew und das Schicksal der Milchstraße.«

»Heilig. Heilig. Heilig.«

Der Schwan schlug mit den Flügeln, stieß ein lang gezogenes Trompeten aus dem lang gezogenen Hals und zog das gläserne Schiff samt seiner Herrin zurück in die Wellen des Weltalls. Die Lohengrin verschwand, das silbrige Leuchten schwand aus dem Himmel, und der Mirukuh-Kuni verkroch sich wieder unter der schwarzen Bettdecke der Nacht.

»Königin Shiro wusste, was zu tun ist.« Aison betrachtete den aufwändig verzierten Trinkkrug von allen Seiten. »Sie wusste um das Goldene Herz und seine Macht. Natürlich wusste sie es, doch der Schlummer verbot der Königin das Wort.«

Der Piratenkapitän verstaute behutsam das Gefäß in seiner linken Manteltasche. In der rechten ruhte Kambeis Geschenk, die wundersame weiße Kugel des Samuhrais, des Wächters von Shikuhya.

»Nun liegt es an uns, das Licht zu beschaffen und Ihre Majestät aus dem Fluch zu zerren, der sie schon so lange in den Schlaf sperrt. Ja, nun liegt es an uns, Herrschaften! Wir segeln zur Quelle der Ewigkeit!«

»Aye, aye, Käpt'n!«

XXVI

»Ihr habt den Milchbart-Piraten und unser aller Heimat einen unschätzbar großen Dienst erwiesen, Lynn Lovelock. Wir stehen tief in Eurer Schuld. Das tun wir fürwahr.« Der namensgebende Anführer der Milchbart-Piraten wirkte beinahe unterwürfig.

»Zwar kenne ich nicht jedes Detail, doch die Tragweite Eurer Mission scheint immens, daran besteht kein Zweifel, Kapitän Aison. Ihr habt einem alten Mann Glauben geschenkt, und dank Euch konnte Chiros Geschichte der Vergessenheit entrissen werden. Ich schätze mich wirklich sehr glücklich. Geht mit der Straße und den Weltraumwinden. Geht und tut, was Ihr tun müsst.«

»Aye, Lovelock-sensei. Die Zeit des Aufbruchs ist gekommen. Hera hab Dank, und Dank sei Euer.«

Diesmal nahm der Löwenmann nicht die übliche Faust-zur-Brust-Haltung ein, sondern sein gehörntes Gegenüber in die Arme. Dicht an dicht, gepresst an Aisons Wange und ohne dass Su die Worte verstehen konnte, flüsterte der ehemalige Wissenschaftler dem Hünen etwas ins Ohr, was der Pirat mit einem Lächeln quittierte.

Nachdem sich auch Hatschi und NekoNeko von ihrem neuen Freund verabschiedet hatten, wandte sich zuletzt das Menschenmädchen dem Holzhirsch zu.

»Eines Tages möchte ich gerne all Ihre wunderbaren Geschichten hören, lieber Herr Lovelock. Das wäre wirklich große Klasse! Ginge das wohl?«

»Aber selbstverständlich! Beehrt mich jederzeit wieder und lauscht dem Kamishibai-Mann, *summ, summ*.«

XXVII

Während sich die Milchbärte auf den Weg zur Argo Navis machten, begab sich auch die Sonne allmählich zurück an ihre Wirkungsstätte und kletterte in den Himmel über Kuhdaiba. Das Wettrennen konnten schlussendlich die Piraten für sich entscheiden, hatte der Feuerplanet seinen Aufstieg doch noch nicht vollends gemeistert, als Aison, Hatschi, NekoNeko und eine völlig übermüdete Su beim Schiff eintrafen.

»Roboterbärenstark!«, bellte Hatschi beim Anblick des generalüberholten Sternenkreuzers.

Die nagelneuen Turbinen reflektierten das grelle Lichtgelb, das die Morgensonne auf den polierten Chrom warf.

»Willkommen zurück, meine tüchtigen Kameraden, willkommen zurück«, begrüßte Q-ma die Ankömmlinge mit warmen Worten und kalten Getränken.

»Ihr müsst ausgezehrt und durstig sein. Greift zu und trinkt reichlich, ich bitte Euch. Trinkt reichlich, meine Freunde. Und dann kommt zu Tisch, wenn's beliebt.«

Die Piraten tranken reichlich, aßen reichlich und redeten reichlich. Und so erzählten sie ihrem treuen Smutje beim (gewohnt üppigen) Frühstück von Erlebnissen und Erkenntnissen, von Wissenschaftlern, ehemaligen Wissenschaftlern, einem Schwan, einer Seraph und dem Schlüssel, der den Weg zur Rettung ihrer Königin offenbart hatte. »Wie ich sehe, warst du auch nicht untätig, Q-ma«, lobte Aison. »Die Argo sieht fantastisch aus. Und kräftig. Sie wird sämtliche Hindernisse überwinden und uns behütet ans Ziel bringen, da bin ich mir sicher. Aye!«

»Die Galley-La-Leute haben die ganze Nacht geschuftet und großartige Arbeit geleistet, mein Kapitän. Fürwahr großartige Arbeit.«

»Apropos«, warf Su ein, deren Augenlider beim Essen durchgehend auf Halbmast hingen. »Ich sollte wohl besser ... ein bisschen schlafen. Also wenn's in Ordnung ist, oder ... beliebt, Kapitän«, fragte die Siebenjährige zögerlich.

»Aber natürlich, Su. Ruh dich aus, Kleine.« Aison zeigte sich väterlich verständnisvoll und tätschelte dem Mädchen liebevoll den Kopf.

»Na, wenn das so ist, hau ich mich doch glatt auch ein bisschen aufs Öhrchen, aye, ich bin hundemüde. Und wenn einer weiß, was das bedeutet, dann ich!«, ulkte Hatschi und untermalte die Pointe mit theatralischem Gähnen.

»Ich muss dich leider enttäuschen, mein Freund.« Der Kapitän rüttelte seinen Ersten Offizier und Steuermann wieder wach. »Aber die Argo steuert sich nicht von allein zur Quelle der Ewigkeit. Es sei denn, die Zimmermänner der Galley-La haben einen Autopiloten eingebaut.«

»Haben sie, Q-ma?«

»Haben sie nicht, Hatschi.«

Jaulend nahm es der Gebeutelte zur Kenntnis. »Kein Vergnügungspark, kein Schlaf, und die letzte Gehaltserhöhung liegt auch schon Lichtjahre zurück. Ein Hundeleben ist das!«

»Genug der Wortspiele, du Faultier«, wies ihn seine Katzenkameradin zurecht. »Klemm dich ans Steuerrad, wir haben eine Mission! Schlafen kannst du, wenn die Königin wach ist!«

Wenig später stiegen die Glieder der Argo-Ankerkette aus der See. Sus Glieder indes sanken aufs Laken. Das Schiff verkroch sich unter seinem Segel, das Mädchen unter seiner Decke. Doch bevor die Müdigkeit Sus Augen das Licht des neuen Tages nahm, dachte sie an ihre Mutter.

STROPHE 10

DIE HYMNE DES HERZENS

I

»Lauschet meinen Worten, Meister Klippot, ich bitte Euch.«

»Was gibt es, Nachtbringer? Ich hoffe, du vergnügst mich mit froher Kunde. *Klipp, klipp.*«

»Sehr wohl, o Herr, sehr wohl. Aison und die Piraten haben die Koordinaten des Goldenen Herzens in Erfahrung gebracht. Und es kommt noch besser, mein Gebieter: Sie konnten den vermeintlich unauffindbaren Kelch des Lichts aufspüren und in ihren Besitz bringen. Ihr müsst den Piraten das Göttliche Gefäß nur noch aus den Händen reißen, und der Vollendung Eures Plans steht nichts mehr im Wege.«

»Fabelhaft, mein Diener. Das sind wahrlich entzückende Neuigkeiten. So sprich! Wo befindet sich das hellste Licht im Universum?«

»Ihr werdet es vermutlich nicht für möglich halten, Meister.«

»Erspare mir deine kryptischen Phrasen! *Klipp, klipp.*«

»Vergebt und vergesst, ich bitte Euch. Das Goldene Herz prangt am Ende der Milchstraße. Hoch oben über der Quelle der Ewigkeit und somit direkt vor dem Eingang zur Sitra Achra. Vor dem versiegelten Tor zu Eurem Gefängnis, mein Gebieter.«

»Der Schlüssel zu meinem Zellenschloss war also die ganze Zeit über zum Greifen nah. Das Schicksal erzählt zuweilen sarkastische Geschichten.«

»Ich breche unverzüglich zur Quelle auf.«

»Ja, mach dich sofort auf den Weg, Nachtbringer. Du musst ihnen zuvorkommen, das Licht des Sterns aushauchen und somit das Siegel brechen.«

»Ich habe verstanden. Schwarze Tage und schwarze Nächte.«

»Schwarze Tage und schwarze Nächte. Und nun eile dich. Schließlich möchte ich meine geschätzten Piratenfreunde höchstpersönlich am Ziel ihrer strapaziösen Reise in Empfang nehmen. Und dann werde ich mich am blanken Entsetzen in ihren erschöpften Äuglein ergötzen. *Klipp, klipp*! *KLIPP, KLIPP*!«

11

Sus Wachzustand setzte sich auf die Schwingen der Müdigkeit und flog mit ihr in einen traumlosen Tiefschlaf. Vielleicht waren Morpheus und die Ingenieure der Illusionen im Moment zu beschäftigt, oder das Mädchen konnte sich nach dem Erwachen einfach nicht mehr erinnern. Währenddessen löste der nachsichtige Kapitän der Argo seinen Ersten Offizier für ein paar Stunden am Steuer ab, damit auch er ein wenig Ruhe nachholen und neue Energie auftanken konnte (und damit er endlich aufhörte zu nörgeln). Davon, dass Hatschi (so wie man es eben von ihm kannte) in bester Rammbockmanier die Kabinentür aufstieß, über das Schiffsbodenparkett polterte und schließlich in seine Koje krachte, bekam Su rein gar nichts mit. Und selbst Hatschis inbrünstiges Schnauf-schnarch-grunz-Geröchel konnte das Mädchen nicht aufwecken.

Schließlich ließ die Wirkung des Sandmannstreuguts dann aber doch nach (oder versandete, wenn's beliebt). Su strampelte sich das Bettzeug mit den aufgestickten Monden und Sternen von den Beinen und nahm dann selbige in die Hand, um wieder zum Rest der Crew zu stoßen.

»Guten Morgen, Kapitän!«

»Guten Morgen, Kleine«, erwiderte Aison, während er seine Blicke nachdenklich hinaus ins Schwarz schweifen ließ. »Und irgendwie auch guten Abend, wenn's beliebt. Schließlich herrscht hier oben im Weltraum stets Nacht, nicht wahr?«

»Stimmt! Umso beeindruckender, dass Sie trotzdem nie das Zeitgefühl verlieren, Aison.«

Der Löwenmann schmunzelte geschmeichelt. »Zu viel des Lobes, Su. Weißt du, es ist nämlich so, dass uns die Position von Sonne und Mond die Uhrzeit verrät.«

Mal wieder ging die Siebenjährige mit sich selbst hart ins Gericht. »Verstehe. Da hätte ich eigentlich auch von allein draufkommen können«. Su vergrub die untere Gesichtshälfte verlegen in ihrem Schal.

»Als ich noch ein Kind war, wusste ich auch noch nicht, weshalb der Mond und die Sonne umherwandern. Meine Mutter erzählte mir zum Einschlafen immer die Geschichte von den Wolfszwillingen Hati und Skalli. Früher liebte ich Geschichten. So wie du.«

Der zu einem »O« geformte Mund des Mädchens ging wie die Morgensonne aus dem gestrickten Horizont um ihren Hals auf, um sich dann in einen strahlenden Halbmond zu verwandeln. »Wirklich?«

»Aber ja doch! Der Mondgott Mani und seine Schwester, die Sonnengöttin Sol, traten in diesem Märchen als personifizierte Planeten auf. Beide fuhren auf einem mit Pferden bespannten Wagen durch die Himmel. Einer der Wölfe, Hati, jagte Manis Gefährt, während sein Bruder Skalli den Sonnenwagen zur Eile antrieb.«

»Aber weshalb wurden sie denn von den beiden Wölfen gejagt, Aison?«

»Tja, weißt du. Das hat sie mir nie erzählt. Vermutlich war dieser Teil der Geschichte nicht für Kinderohren bestimmt. Meine Mutter und auch mein Vater – Hera hab Dank, und Dank sei ihrer – hielten alles Übel von mir fern und waren mir stets Halt und Heimat, Anker und Hafen.«

Obwohl sich Su für den Löwenmann und über dessen behütete Kindheit freute (das tat sie fürwahr), war es nun ihr schweres Herz, das wie ein Anker in einem hafenlosen Meer versank. Aison musste ihr angesehen haben, dass seine unüberlegten Worte es dort hineingestoßen hatten, und geriet auf dem Gewässer der Gefühle ins Rudern.

»Vergib, Su! Vergib und vergiss, ich bitte dich. Was bin ich doch für ein Tor!«

»Es gibt nichts zu verzeihen, Kapitän Aison«, sagte das Mädchen mit wässriger Stimme, die nun wieder in das Halsversteck floss.

Ob das Ende der Geschichte, die sie mit den Milchbart-Piraten erlebte, für ihre Kinderohren bestimmt sein würde, stand zu diesem Zeitpunkt noch in den Sternen, von denen auf dem Weg zum Ende immer weniger am Straßenrand lagen.

III

»Also nach einer Quelle sieht das aber ganz und gar nicht aus«, rief NekoNeko vom Gipfel des baumhohen Masts. »Was ist das?«

Aison nahm Su an der Hand, um sie zum Bug der Argo zu führen, wo sie eine bessere Sicht hätten. »Komm mit, Kleine. Das sollten wir uns ansehen.«

Einige Kilometer vor dem Schiff der Milchbart-Piraten blockierte ein aus nachtschwarzem Stein gebauter Berg die Sicht und das Weiterkommen.

»Sackgasse, meine Damen und Herren! Da sind wir wohl irgendwo falsch abgebogen.« Hatschi ließ sich auch in Anbetracht der Straßensperre nicht die Laune verderben. »Da lässt man einmal den Kapitän ans Steuer, um seinen wohlverdienten Schönheitsschlaf abzuhalten, und schon verfährt er sich.«

Aisons Lachen blieb aus. Jedoch nicht, weil der Witz auf seine Kosten ging – er hatte ihn gar nicht vernommen, da momentan die Worte von Sarang Seraph in seinen Ohren widerhallten.

»Steinharte Aufgaben und schier unlösbare Herausforderungen muss derjenige bestehen, der die Quelle der Ewigkeit erblicken möchte.«

Die Felsformation erstreckte sich über die komplette Breite der Straße. Wie lang sie sein mochte, konnten die Piraten unmöglich abschätzen.

»Umfahren können wir das Hindernis wohl nicht«, sprach NekoNeko aus, was alle dachten. »Dann umfliegen wir es doch! Für was haben wir denn schließlich unsere neuen Galley-La-Wunderturbinen?«

»Ich glaube, das ist kein sonderlich kluger Einfall, Hatschi«, riet Aison ab.

»Und weshalb nicht, Käpt'n?«

»Weil wir diese Aufgabe anders bewältigen müssen. Diese *steinharte* Aufgabe, um die Herrin des Schwans zu zitieren.«

»Sie denken, es handelt sich um eine Art Prüfung, Aison?«

»Ja. Davon bin ich sogar überzeugt, Su. Und die sollten wir besser bestehen, wenn wir die Quelle der Ewigkeit erreichen möchten. Sarang Seraph hat uns vor diesen Hürden gewarnt, nun ist es an uns, sie zu nehmen. Bring uns näher ran, Hatschi!«

»Aye, Käpt'n!«

Die Argo Navis setzte ihren Kurs fort, bis sie nur noch wenige Hundert Meter von der gigantischen Wand trennten.

»Geschwindigkeit drosseln!«

Just in dem Moment, als das Piratenschiff zum Stillstand gekommen war, passierte etwas Unerwartetes. Ganz gemächlich tat sich ein senkrechter Spalt in der Mitte der Felsfront auf – beinahe so, als hätte das Milchstraßen-Massiv sein riesenhaftes Maul geöffnet. Durch seine geteilten schwarzen Lippen stieß der Berg ein Grollen in der Sprache des Donners aus und fing heftig an zu beben. Während sich die beiden Segmente auseinanderschoben, stürzten Steine in Scharen von der Klippe und zerfetzten vor- und rund um das Schiff die Oberfläche des Weltraumflusses.

»Bei Hera und den Göttern! Was passiert hier?«

»Aber, aber, mein Kapitän«, bellte Hatschi gegen das Gebrüll des Gesteins an. »Dass Ihr das überhaupt noch fragen müsst. Der schwarze Vorhang öffnet sich bereitwillig für die berühmt-berüchtigten Milchbärte, aye, ihr legendärer Ruf eilt der Crew schließlich bis ans Ende der Galaxie voraus!«

»Mich beschleicht das Gefühl, dass unsere Weiterfahrt doch ein klein wenig komplizierter werden könnte, Hatschi«, sagte Su und holte damit ihren Kameraden zurück auf den Boden der Tatsachen (oder die Dielen, wenn's beliebt). Sie deutete auf die Schlucht, die den Felsen über die komplette Höhe aufgerissen hatte und die nun, in ihrer Endposition, gerade breit genug war, dass ein Schiff hindurchgepasst hätte. »Irgendetwas stimmt hier nicht. Siehst du das?«

Etwa fünfzig Meter hinter der eben entstandenen Durchfahrt öffnete sich ein weiterer Spalt. Dahinter noch einer und noch einer und noch einer. Wie fünf aufgereihte Schrottpressen.

»Na schön. Dann ... dann sind es eben in Summe fünf Vorhänge, aye, einer für jeden von uns. Bei dem schillernden Status den die Milchbart-Mitglieder genießen, nicht mehr als angebracht, findet ihr nicht auch?«

Als hätte der Hochmut des Steuermanns die schwimmenden Felseninseln verärgert, schlossen sich plötzlich wieder die engen Schleusen, die die einzelnen Teilstücke der Durchfahrt bildeten. Jedoch nicht von der ersten bis zur letzten oder der letzten bis zur ersten, sondern diesmal in (vermeintlich) willkürlicher Reihenfolge und vor allem in Sekundenschnelle.

RUMMS, RUMMS, RUMMS, RUMMS, RUMMS!

Dieser Vorgang wiederholte sich nun ein ums andere Mal. Öffnen, schließen. Öffnen, schließen. Öffnen, schließen.

»Oh, das ist schlecht. Aye, das ist sogar denkbar schlecht. Also doch drüberfliegen?«

»Mogeln ist keine Option, Hatschi. Da müssen wir jetzt durch. Und zwar im wahrsten Sinne des Wortes«, gab Kapitän Aison seinem Ersten Offizier anschaulich den Kurs zu verstehen. »Es muss eine ganz bestimmte Route durch die beweglichen Felsen geben. Einen Lösungsweg.«

»Sieht ganz danach aus, Käpt'n«, pflichtete NekoNeko, die zwischenzeitlich vom Mast gestiegen war, ihrem Anführer bei. »Aber wie sollen wir den bitte schön finden? Bleiben wir draußen, sind wir blind, fahren wir rein, sind wir Brei.«

»Du hast recht, NekoNeko.« Auch Su war klar, dass die Milchbärte in der Zwickmühle steckten.

Kapitän Aison wog das Gewicht ihrer Möglichkeiten in seinen großen Pranken. »Von der jetzigen Position der Argo aus werden uns die geschlossenen Schleusen immer wieder die Sicht auf einzelne Abschnitte der Durchfahrt versperren. Das macht es unmöglich, die korrekte Auf-zu-Abfolge der Segmente zu bestimmen. Wagen wir uns hinein, wäre das hingegen unser sicheres Ende. Denn so schnell, wie die Felswände zusammenkrachen, können wir das Schiff niemals rechtzeitig vor- und zurücknavigieren. Selbst Hatschi ist dazu wohl nicht in der Lage. Vergib und vergiss, Hatschi, ich bitte dich.«

»Ha! Ihr würdet Euch wundern, zu was ich in der Lage bin, Kapitän, aye, das wäre das reinste ...«

»Selbstmordkommando!«, setzte die Zweite Offizierin der Selbstüberschätzung ein Ende.

»NekoNeko hat recht, Hatschi. Das ist zu riskant. Ich trage die Verantwortung für die Argo Navis, ihre Besatzung und unsere Mission. All das wäre gefährdet. Extrem gefährdet sogar. Es muss eine andere Möglichkeit geben.«

»Die gibt es, Kapitän Aison.«

In dem Blick, den der Löwenmann dem Menschenmädchen zuwarf, kauerte Angst, als ahnte der Piratenkapitän bereits, welch waghalsigen Plan Sus Scharfsinn zurechtgeschliffen hatte.

»Ich gehe da rein!«

Su sprach mit der Entschlossenheit eines siebenjährigen Mädchens, das im Begriff war, sich Hals über Kopf in ein Wagnis zu stürzen. Und wie ausgeprägt konnte diese Entschlossenheit schon klingen? Nun, in etwa so ausgeprägt wie Heiterkeit in einer Grabrede, wenn's beliebt. Hatschi war irritiert.

»Du ... gehst da rein, Su-chan?«

»Auf gar keinen Fall!«, protestierte Aison vehement. »Das ist viel zu gefährlich.«

»Wir haben keine andere Möglichkeit, Kapitän Aison. Und nur ich kann die Magie wirken.«

Als sich Su die Feder des Vanilland-Ministers Vaas aus dem vom Schlaf verwuschelten Haar strich und dabei die Worte des Ministers sprach, begriff schließlich auch Hatschi, was seine liebgewonnene Kameradin vorhatte.

»Empfange die Adlerfeder. Ihre Winde werden dich in der ausweglosesten Stunde zu den Sternen tragen.«

Aison versuchte, den Zauber zurück in den Zylinder zu stopfen. »Su, nein!«

Doch es gab keinen Zylinder. Und es war bereits zu spät.

Der Schrei des Vogelmannes gellte durch die Luft, und an den Schultern und Armen des Menschenmädchens erschienen weiße Federn. Die Magie des Ministers hatte prächtige Flügel an Sus Körper genäht.

»Wow!«, bauglotzte sie, drehte den Kopf abwechselnd nach rechts und links und betrachtete so verzückt den Federschmuck, als hätte sie das schönste weiße Ballkleid der Welt (und aller anderen Welten) anprobiert.

NekoNeko haderte indes mit sich selbst. »Ein Königreich für eine Quittenbohne.« Akribisch wühlte die Schützin in ihren Vorratstäschlein, wohl wissend, nicht fündig zu werden. »Ich hätte mich besser vorbereiten müssen. Vergib und vergiss, ich bitte dich.«

»Su ...« Aison kniete sich vor die kleine Piratin und sah tief in die beiden kastanienbraunen Pforten zu ihrem Herzen. Diesem ach so selbstlosen Barmherz.

»Haben Sie keine Angst, Kapitän. Ich kriege das hin! Versprochen! Und dann segeln wir zur Quelle der Ewigkeit.«

Nun quollen Tränen aus Aisons Augen, so dick, als hätten ihm die Gezeiten die Flut ins Gesicht gesandt. Der Löwenmann schloss seine kleine Freundin fest in die Arme und ließ wässrige Worte in ihr Ohr tropfen. »Ich halte dich, ich bleib bei dir, falt uns ein Schiffchen aus Papier. Ich werf es in den Ozean ...«

»... komm lass uns zu den Sternen fahren«, vervollständigte Su den Vers. »Es wird alles gutgehen, Kapitän Aison.«

Der Löwenmann bemühte sich um Zuversicht, während das Mädchen mit den Flügeln schlug und auf die Schultern der Weltraumwinde stieg.

IV

Fieberhaft verfolgten Aison, Hatschi, NekoNeko und Q-ma, wie Su auf die vorderste Schleuse zuhielt, den Eingang in die mit einem Eigenleben ausgestattete Felsformation, um Sekunden später in den ersten Zwischenraum zu tauchen. Dann beobachteten die Piraten, wie sich in der Ferne auch der zweite Spalt auftat und das beflügelte Mädchen seinen Weg beständig fortsetzte.

»Sie kann es schaffen, aye, wenn das jemand fertigbringt, dann unsere tapfere Su!«, bellte Hatschi hinterm Steuerrad hervor.

RUMMS!

Der Vorhang hatte sich geschlossen, das Publikum konnte nichts mehr sehen. Das Zusammenschmettern der vorderen Felspaarung verscheuchte Hatschis Glauben an ein Wunder wie ein Schrecken den Schluckauf. Immer wieder verkündete ein dumpfes Knallen, dass sich einer der Durchgänge geschlossen hatte.

RUMMS!

Und jedes einzelne Mal zuckten die Piraten kurz zusammen. Es waren zweifelsohne die längsten Minuten im Leben des Aison Milchbart. Minuten, die mit der Behäbigkeit des Sonnwendtags über das Ziffernblatt seiner Taschenuhr krochen.

RUMMS!

»Ich hätte sie niemals gehen lassen dürfen!«

RUMMS!

»Was, wenn sie nicht schnell genug reagiert?«

RUMMS!

»Ist ihr bereits etwas zugestoßen?«

RUMMS!

»Was soll ich tun?«

RUMMS!

»Was nur?«

RUMMS!

Schwerwiegende Selbstvorwürfe peinigten Aison und zurrten seine Gedankenknoten unbarmherzig fester und fester. Doch dann, nach einer quälenden Zeit des Bangens und Hoffens (Aison vermochte nicht zu sagen, ob es Minuten oder Stunden gewesen waren), schoben sich plötzlich die Segmente an der Front des Berges erneut auseinander, und dahinter erschien ...

»Su! Su! Bei Hera und allen Göttern! Su!«

Gegen den Stein, der Aison in diesem Moment vom Herzen fiel, wirkte der Felsen, der das Mädchen endlich freigegeben hatte, wie ein Kiesel.

»Sie hat es wirklich geschafft! Ich wusste es, aye, ich hab nie an ihr gezweifelt!«, johlte Hatschi und fiel NekoNeko übermütig um den Hals. »Lass dich knuddeln, Neko-chan!«

Keine Reaktion. Die Katze starrte apathisch in Sus Richtung.

»Neko-chan, Neko-chan! Neko-chan?«

Auch wenn die Zweite Offizierin der Milchbärte gewiss nicht das extrovertierteste Wesen der Welt (und schon gar nicht das aller anderen Welten) war, verwunderte es ihre Kameraden doch erheblich, dass sie Sus Rückkehr mit nahezu beunruhigender Teilnahmslosigkeit zur Kenntnis nahm. Und noch viel alarmierender war, dass NekoNeko völlig widerstandslos eine Umarmung des Steuermanns über sich ergehen ließ. Die Augen unbeirrt auf Su gerichtet.

»Was hast du, NekoNeko?«, fragte Aison.

»Seht doch nur!«, schnaubte die Weltraumkatze panisch.

Und nun, da Su im Landeanflug auf die Argo war, sahen auch die Augen von Kapitän, Koch und Komiker, was die der Scharfschützin schon vor einigen Momenten erkannt hatten. Der Zauber der Flügel verflog! Vaas Adlerfedern lösten sich Stück für Stück auf, und Erschöpfung nagte an den Armen des Mädchens, das noch immer zwanzig (wenn nicht sogar dreißig) Meter über dem Schiff flatterte. Gedankenschnell (und recht ruppig) befreite sich NekoNeko aus Hatschis Umklammerung und stieß ihren Kameraden unsanft zur Seite.

»Ich komme, Su! Ich bin gleich da!« In sagenhafter Geschwindigkeit sauste sie hinauf zum Mastkorb. »Sekunde, Su!«

Mit der einen Pfote riss die Schützin ihre Waffe aus dem Holster, während die andere eine Patrone aus einem Munitionstäschlein pflückte. Su schlug wie besessen mit den Schwingen, die inzwischen wieder mehr Arme als Flügel waren. Vergebens.

Sie schrie.

Sie stürzte.

»Laden, spannen, feuern!«

FUUU!

Die erdnussgroße Kugel raste auf das Mädchen zu und traf es im freien Fall, der abrupt endete. NekoNeko atmete hastig.

»Wenn ich schon keine Quittenbohnen mehr habe, dann doch wenigstens ein bisschen Steh-still-Staub.«

Als hätte man ein Gemälde der Siebenjährigen in den Weltraum genagelt, hing Sus Körper regungslos an der schwarzen Wand der Galaxiengalerie. Hatschi, Q-ma und Aison verfolgten gebannt von Deck aus, wie NekoNeko nun auf den Querbalken hüpfte, an dem das Segel der Argo festgeschnürt war. Die Katze jagte über das Holz und zerschnitt auf dem Weg vom einen ans andere Ende die Schlaufen mit ihren Krallen.

»Kapitän! Hatschi! Q-ma! Fangt!«

Das Tuch löste sich und fiel den Piraten in die Hände.

»Aufspannen! Schnell!«

Als wollten sie unter Zeitdruck eine gigantische Picknickdecke ausbreiten, griffen Aison und Hatschi je nach einem Ende des Segels und stürmten damit in entgegengesetzte Richtungen, während sich Q-ma in der Mitte der beiden positionierte und das provisorische Auffangnetz straffzog. Gerade noch im rechten Moment, denn der Steh-still-Staub machte seinem Namen keine Ehre mehr. Die verpuffte Wirkung der Munition ließ das Mädchen wie einen Hochseilakrobaten in eine unversehrte Landung stürzen (Hera hab Dank, und Dank sei NekoNeko).

PLUMPS.

»Su! Bist du in Ordnung? Hast du dich verletzt, Kleine?«

»Alles bestens, Kapitän«, sagte Su fast schon beiläufig, strampelte sich aus dem Segel und spurtete nach vorne zum Bug, wo sie vor dem Abflug ihren Rucksack abgestellt hatte. Gehetzt buddelte sie darin herum, und wurde schließlich im Schlampermäppchen fündig. Nachdem Su die Kappe des schwarzen Filzstifts mit den Zähnen abgezogen hatte, beobachteten die irritierten Milchbärte, die sich alle um die geschäftige Grundschülerin versammelten, wie sie einen Pulloverärmel hochkrempelte und etwas auf ihren Unterarm kritzelte.

»Öhm. Su? Was ...?«

»Augenbick, Hatschi«, nuschelte sie durch die Kauleisten, zwischen denen noch immer der Deckel steckte.

An der Armbeuge angekommen, schob das Mädchen den anderen Ärmel nach oben und verzierte auch den zweiten Arm mit Krakeltattoos (mit besonders krakeligen Krakeltattoos, wenn's beliebt, musste die Rechtshänderin doch nun mit der Linken ran).

»Fertig!«

Su pustete den Deckel aus dem Mund – *FUMP* – und stellte stolz strahlend ihr kryptisches Kunstwerk zur Schau. Aison,

NekoNeko, Hatschi und Q-ma beäugten es stirnrunzelnd. Auf den Armen des Mädchens stand geschrieben:

1 Ö V	2 Ö V
1 S W	3 Ö W
3 S W	3 Ö V
2 S W	4 Ö V
3 S W	3 Ö Z
4 S W	2 Ö Z
3 S W	3 Ö V
4 Ö W	2 S W
4 S W	4 Ö V
3 S W	5 Ö V

»Vergib und vergiss, Su, ich bitte dich, aber was ist das?«

»Das ist der Lösungsweg, Kapitän Aison! Ich habe mir die exakte Abfolge der Öffnungen und Schließungen ganz genau eingeprägt!«

»Du bist wirklich unglaublich, Kleine!«

»Ach Quatsch!« kicherte das Mädchen und ließ einen verlegenen Blick auf den Boden plumpsen.

»Würdest du es uns erklären?«

»Aber natürlich! Es ist ganz einfach. Die Zahlen 1 bis 5 stehen für die insgesamt fünf Schleusen. Nummer 1 markiert die vorderste, also die, zu der ich hineingeflogen bin. Die 5 ist die hinterste. Das Ö steht für Öffnung, das S für Schließung. 1 Ö bedeutet also, dass sich die erste Schleuse öffnet. Das haben wir ja vorhin alle beobachtet, als wir am Berg angekommen sind.«

»Richtig, Su. Und als du den ersten Durchgang passiert hast, konnten wir auch sehen, wie sich der nächste Spalt geöffnet hat. Also 2 Ö. Das V steht vermutlich für Vorwärts, richtig?«

»Ganz genau, Kapitän. Und das Z ...«

»Für Zurück!«

»Du hast es erfasst, Hatschi!«

»Dann bleibt nur noch die Frage nach dem W.«

»Diese Abschnitte sind besonders tückisch, Kapitän Aison. Hier müssen wir nämlich warten.«

»Daher also das W.«

»Ganz genau! Es kommt zuweilen vor, dass sich eine Schleuse öffnet und Sekunden später wieder schließt.«

»Bei Hera! Fallen!«

»Wer hier zu voreilig drauflosstürmt, schafft es nicht rechtzeitig zurück. Dank Vaas Flügel konnte ich zum Glück blitzschnell reagieren. Die Argo hätte für einen Rückzug hingegen viel zu lange gebraucht.«

»Aber nicht mit deiner Anleitung! Damit sind wir perfekt vorbereitet und navigieren das Schiff Schritt für Schritt durch die Felsen!« Aison lächelte erleichtert.

»Na, worauf warten wir dann noch?«, kläffte Hatschi vergnügt.

»Darauf«, merkte die Zweite Milchbart-Offizierin spitzfindig an, »dass du auch mal etwas zu unserem Vorankommen beiträgst und das Segel wieder startklar machst. Denn wenn wir nicht von der Stelle kommen, wird uns Sus Wegweiser reichlich wenig nützen.«

»Alle packen mit an, Herrschaften! Und dann zeigen wir diesem Hindernis, aus welchem Holz die Argo Navis geschnitzt ist!«

»Aye, Käpt'n!«

V

Hatschi steuerte, wie er noch nie zuvor gesteuert hatte, Neko-Neko spähte mit den Augen von hundert Falken, und Sus Anweisungen untermalten den krachenden Segeltakt, den die Felsen angaben, wie ein Liedertext.

Es ging vorwärts.

»Schleuse Drei öffnet sich! Vorwärts! Schleuse Zwei schließt sich. Warten! Achtung, Schleuse Vier geht auf! Weiter nach vorne, Hatschi!

Es ging zurück.

»Schleuse Drei öffnet sich wieder! Wenden und Rückzug! Schleuse Vier wird sich jeden Moment schließen! Jetzt! Und Schleuse Zwei geht auf! Weiter zurück, Hatschi!«

Und dann wieder nach vorne. Hin und her. Her und hin. Als die Crew nach zahlreichen nervenaufreibenden Manövern schließlich im hintersten Fünftel der Formation angelangt war, gab der finale Felsvorhang endlich den Weg nach draußen frei.

»Schleuse Fünf öffnet sich! Bring uns hier raus, Hatschi!«

Ein letztes Mal zündete der Steuermann die von Eisberg und seinen Männern generalüberholten Turbinen.

»Anschnallen!«, hätte Q-mas ehemaliger Boss wohl geraten, doch dafür blieb keine Zeit.

»Volle Schubkraft!«

Mit wehenden Fahnen preschte die Argo Navis nach vorn durch den Ausgang der Fallenfelsen, woraufhin sich deren Tore nacheinander in die Angeln warfen.

RUMMS, RUMMS, RUMMS, RUMMS, RUMMS!

»Geschafft! Wir haben es wirklich geschafft! Die Prüfung ist bestanden!«, brüllte Aison triumphierend. Und während die peitschenden Jubelstürme der Crew übers Deck fegten, gruben sich irgendwo da draußen, an Bord der Lohengrin, wieder kleine Dreiecke in die Wangen der Götterdienerin.

(»Heilig. Heilig. Heilig.«)

VI

Jenseits der Felsen lag der Weltraumfluss still und wellenlos vor den Wanderern.

»Seht nur, meine Freunde«, sprach der Löwenmann. »Seht doch nur.«

»Das muss es sein, Kapitän!«

»Ja, Kleine. Das muss es sein.«

»Das Goldene Herz«, flüsterte Su ergriffen.

Dort, am Ende der Straße, am Ende der Galaxie, saß ein Stern am Horizont, dessen feines Licht schöner und heller war als jede Sonne. Sein makelloser Glanz funkelte in Sus Augen und markierte das Ziel der Argo Navis, die mit der Unbeirrtheit einer Kompassnadel in die ihr vorbestimmte Richtung zeigte. Und auf etwas, das etwa zwanzig Schiffslängen voraus einige Meter aus den Milchmassen ragte.

»Schon wieder ein Felsen?«

»Ich denke nicht, Hatschi«, erwiderte NekoNeko (die vom Mastkorb aus eine wesentlich bessere Sicht als der Steuermann hatte). Die Piraten steuerten auf einen mit riesigen Zacken gespickten Hügel zu.

»Was mag das sein, Kapitän Aison?« Mit nervösen Fingern rubbelte sich Su den Filzstiftfahrplan von den Armen.

Nicht der Milchbart-Anführer, sondern die Dorneninsel selbst beantwortete dem Mädchen die Frage, indem sie sich plötzlich aus der Straße wuchtete und dabei unzählige weitere Stacheln offenbarte. Stacheln so groß wie Windsurfsegel, die auf schuppiger Haut gespannt waren. Der Anblick rammte blankes

Entsetzen in Sus Kopf und übergoss sie mit klirrend kalter Hitze. Der rußschwarze Drache war in etwa dreimal so groß wie die Argo Navis. Vielleicht sogar viermal – schwer zu sagen, da der Rumpf des Wesens nicht gänzlich aus dem Fluss ragte und die Hinterbeine und Teile von Schwanz und Flügeln im Milchversteck ausharrten. Skeptisch neigte das Geschöpf sein kolossales Haupt zur Seite und musterte die Ankömmlinge mit seinen Angst einflößenden Augen, die wie glühende Kohlen loderten.

»Käpt'n!«, bellte Hatschi, um Aison zu dem Befehl zu bewegen, die Kreatur mit der Bordkanone unter Beschuss zu nehmen.

»Nicht feuern! Auf keinen Fall feuern, Offizier!«

Schwarze Rauchwölkchen quollen aus den Nüstern des Drachen, der die Anweisung des Löwenmannes an seinen Kanonier mit schwefelgetränkter Stimme beglückwünschte: »Eine wahrlich weise Entscheidung, Aison Jason Milchbart.«

Dann riss der beschuppte Schlange-Vogel-Hybrid die wie aufgereihte Säbel konstruierten Zahnreihen auseinander und stieß einen gigantischen Feuerstrahl aus seinem Rachen hervor. Es schien, als hüllte das Flammengelb die gesamte Galaxie für einen kurzen Moment in die Farben des Tages, die sich sonst nie aus den Welten nach hier oben wagten. Hatschis Hand löste sich vom Kanonenabzug, und die Piraten verfolgten, wie das lichtlose Tiefschwarz zurück ins Weltall glitt.

»Ihr, die Milchbart-Piraten, habt auf eurer Odyssee unzähligen Gefahren getrotzt. Selbst den finsteren Felsen, den Symplegaden, ist es nicht gelungen, eure Entschlossenheit auszubremsen und euch aufzuhalten. Noch nie zuvor hat es ein sterblicher Reisender vermocht, so weit vorzudringen wie ihr. Eure Tugenden wurden geprüft, und die Prüfungen wurden gemeistert. Ihr habt den Kampf nicht gescheut und eure Kraft bewiesen. Ihr zögertet nie, eure Hilfsbereitschaft anzubieten. Euer Mut verlieh euch Flügel, und beachtliches Durchhaltevermögen trug euch auf die höchsten Gipfel. Unumstritten ist eure Loyalität gegenüber der Straße und ihrer Königin und eure Solidarität innerhalb der eigenen Reihen. Unbeugsame Willensstärke half euch in schweren Stunden auf die Beine und nahm eure Hand, um euch schließlich bis zu mir zu führen. Bis hierher, zum vielleicht letzten Halt eurer Fahrt.«

Ohne den Blick abzuwenden, ergriff Aison mit wachem Sinn den Griff seines Schwerts. »Wer seid Ihr? Ein Feind oder ein Freund?«

»Ich bin nicht Euer Feind, Aison Milchbart. Doch ich bin auch nicht Euer Freund. Ich bin Alcatraz, der Letzte unserer Art, der auf der Straße weilt, und Wächter der Pforte zur Sitra Achra.«

・アルカトラズ・

Alcatraz

Auszug aus der Milchstraßen-Mythologie XVII:
Das Volk der Drachen

Über diese altertümlichen Kreaturen ist nur sehr wenig bekannt. Man erzählt sich, dass die Drachen (in alten Geschichten nannte man sie auch »Feuerkinder«) überaus loyale Wesen waren und einzig Hera und der Straße selbst dienten. Legenden besagen, ihre Mütter seien die Sonnen, und ihr Vater sei die Nacht. Angeblich existierten einst Drachen, die so riesenhaft waren, dass sie ganze Planeten hätten verschlingen können. Warum oder wohin diese Wesen verschwunden sind, bleibt wohl auf ewig das Geheimnis der Straße – und das ihrer Schöpferin Hera.

VII

»Was wollt Ihr, Wächter Alcatraz?«

»Ich will Euch prüfen.«

»Vergebt und vergesst, ich bitte Euch, aber sagtet Ihr gerade eben nicht selbst, dass wir uns bereits bewiesen hätten?«

»Ihr sprecht wahr, Aison. Doch eine letzte Tugend habt Ihr noch nicht gezeigt, eine letzte Prüfung noch nicht abgelegt. Die Prüfung der Weisheit.«

»Grundgütiger. Weisheit.« NekoNeko verzagte beinahe und zischte scharf in Hatschis Richtung: »Halt dich da bloß raus!«

»Besteht Ihr, so lasse ich Euch passieren. Scheitert Ihr jedoch, endet hier Eure Reise und mit ihr Euer Sein. Seid gewarnt, Aison Milchbart – dies ist die letzte Gelegenheit umzukehren.«

Es war die personifizierte Entschlossenheit in der Gestalt eines Mannes mit Löwenkopf, die sich nun vor dem Drachen aufbäumte. »Nichts um alles in dieser und allen anderen Welten könnte uns dazu bewegen umzukehren, Alcatraz. Und nun prüft uns endlich, wenn's beliebt, wir haben es eilig!«

Su, NekoNeko, Hatschi und Q-ma hatten sich in Reih und Glied hinter ihrem Anführer formiert, um ihm sprichwörtlich den Rücken zu stärken. Es gab kein Zurück. Natürlich gab es das nicht. Das hat es nie gegeben.

»Na schön, Kapitän Aison. Es gibt nur eine Antwort und nur einen Anlauf. Sprecht weise, oder es werden die letzten Worte sein, die Euch vom Munde gehen.«

»Aye, Alcatraz.«

Wieder waberte schwarzer Rauch aus der Nase des Pfortenwächters. Und aus seiner Schnauze waberten Worte, die sich zur Prüfung der Weisheit zusammensetzten.

Auf einer großen Weide leben
viel Tausend Schafe silberweiß.
Ein Hirt ist ihnen zugegeben,
baut ein Horn aus seinem Kreis.
Er treibt sie aus zu goldnen Toren
und überzählt sie jede Nacht,
der Lämmer er zuhauf verloren,
denn Glück hat ihn nicht angelacht.
Ein treuer Hund hilft sie ihm leiten.
Ein muntrer Widder geht voran.
Die Herde, kannst du sie mir deuten?
Und auch den Hirten zeig mir an.

Der Kapitän runzelte die Stirn, die Crew runzelte mit.

»Wie lautet die Lösung, Aison Milchbart?«

»Also ...«, mutmaßte Hatschi unverdrossen drauflos.

»Ich warne dich!«, fauchte NekoNeko. »Beim nächsten Japser fängst du dir eine Kugel Schweig-stumm-Staub ein, du Plappermaul. Wir haben nur einen Versuch!«

Während NekoNeko, Hatschi, Q-ma und Aison trotz knacksendem Kopfzerbrechen im Stockdunklen tappten, konstruierte Su eine Interpretationstheorie nach der anderen. Die passende schien jedoch nicht dabei zu sein.

»Ein Horn, ein Kreis und goldene Tore«, murmelte sie. »Schafe. Ein Hirte. Ein Hund und ein Widder.«[1]

Aus den Winkeln ihrer vor Konzentration verengten Augen bemerkte Su, dass der Milchbart-Anführer in der rechten Man-

---

1 Anmerkung des Autors: Na? Hättet Ihr die Antwort gewusst?

teltasche nach etwas tastete. Irritiert holte Aison Kambeis Kugel hervor, die in seiner Hand pulsierte, pochte und schließlich anfing zu beben. Das Abschiedsgeschenk des Samuhrais leuchtete so grell in der Tatze des Löwenmannes, dass nicht nur er, sondern auch seine Untergebenen (und selbst Alcatraz) die Augen zukniffen, um nicht geblendet zu werden. Dann tupfte das Licht ein Bild auf die schwarze Leinwand der Galaxie. Ein Sternbild. Das Sternbild des Widders.

»Na klar!«, schrie Su. Der Widder aus dem Rätsel ist ein Sternbild! Genauso wie der Hund! Mit der Herde, die aus Tausenden silberweißen Schafen besteht, müssen die Sterne gemeint sein! Und der Hirte ...«

»Ist der Mond«, sagte Aison ruhig und lächelte. »Der Mond, der in Gänze die Form eines Kreises hat und in seiner abnehmenden Phase einem Horn ähnelt. Der Mond behütet die Sterne und treibt sie aus goldnen Toren, den goldglänzenden Pforten des Abendhimmels.«

»Der Lämmer er zuhauf verloren«, sprach das Mädchen mit einer Stimme so zersplittert wie gesprungenes Glas. Sus Augen füllten sich mit Tränen, ohne dass sie es bemerkte. »Die Sterne sterben. Sie sterben. Und deshalb sind wir hier.«

Aison erhob die Stimme. »Deshalb sind wir hier, Alcatraz! So lass uns nun passieren, damit kein weiteres Lamm, kein weiterer Stern verloren geht!«

Der Drache schwieg, besah den Piratenkapitän für einen Moment mit einem anerkennenden Blick und nickte kaum merklich. Dann schloss die Bestie ihre Augen und verschwand in der Tiefe.

VIII

»Hera hab Dank, und Dank sei dein, Heimdall, der Himmelswächter.« Aison betrachtete das Sternbild des Widders.

»Heimdall«?

»Ja, Su. Das ist sein Name. In der Sprache des Alten Volkes bedeutet er so viel wie ›Der, der die Welt beleuchtet‹. Majestätisch, nicht wahr? Als trüge er ein Fell aus reinem Gold.

»Glauben Sie, Kambei wusste das alles? Glauben Sie, er wusste von Alcatraz und seiner Prüfung?«

»Gut möglich, Su. Gut möglich.« Behutsam schob der Löwenmann die geheimnisvolle Kugel wieder in ihren Schlafsack, der an seine Hüfte genäht war. Heimdalls Glanz verblasste, und der Widder kehrte heim in sein Himmelshaus.

»Der Weg ist frei, Käpt'n!«, rief NekoNeko, die – gewissenhaft, wie sie nun mal war – bereits wieder in ihrem Katzenkörbchen auf dem Mast saß und Ausschau hielt. »Keine Felsen, keine Drachen, Kapitän!«

»Nur das Goldene Herz. Sein Licht erleuchtet die Straße und weist uns das Ende des Weges«, sprach der Löwenmann und legte seinen Arm um Sus Schultern.

Das Mädchen blickte glücklich zu ihm auf. »Ja, Kapitän Aison. Und jetzt wird alles wieder gut! Ganz bestimmt sogar! Sie werden schon sehen.«

»Sieh doch nur, Su. Da vorne ist es. Wir sind gleich da!«

Aison, Su, Hatschi, NekoNeko und Q-ma fanden sich feierlich am Bug der Argo Navis ein und hielten sich auf den letzten Metern ihrer Reise an den Händen.

»Wir sind tatsächlich da, meine Crew. Meine Freunde.«

Vor den Piraten lag die Quelle der Ewigkeit. Grab- und Geburtsstätte sämtlicher Seelen, die je in die Galaxie emporgestiegen waren und steigen werden, um dort oben zu leben und zu leuchten. Die marmorweiße Stätte glich einem riesigen Brunnen, in dessen Mitte eine Statue der Göttin Hera prangte, die vom herabträufelnden Schimmer des letzten Sterns der Galaxie vergoldet wurde. Sie war wunderschön. Das war sie fürwahr. Zehn-Tausende Lichter tanzten in dem Becken unter ihren Füßen einen Reigen der Reinkarnation.

Die Milchbärte verneigten sich. Ihre Knie senkten sich auf die Planken, Ehrfurcht verschnürte die Bänder ihrer Stimmen. Und so verharrten sie wortlos für einen Augenblick aufrichtiger Andacht.

Hinter der Quelle erstreckte sich eine lange, geländerlose Treppe, die zu einem gewaltigen Tor führte. An seinen massiven Ringgriffen hing ein Schloss aus flackerndem Licht. Ein Siegel. Ein poröses Siegel. *Das* Siegel.

»Kapitän? Wer ist das?«, fragte Su verunsichert und zeigte auf den Eingang zur Sitra Achra, vor dem eine kindhafte Gestalt stand. Die Kleidung schwarz, die Augen weiß und ihrer Lebenswärme beraubt.

Als Aison das Kind erblickte, stützte er sich mit beiden Händen auf die Reling und umklammerte sie mit derartig brachialer Kraft, dass das Holz schmerzvoll aufknarzte.

»Was …? Was …?«

Der Schock, auf den sich lediglich Su noch keinen Reim machen konnte, versetzte auch den Rest der Crew in eine Starre. Die wissensdurstige Siebenjährige erdreistete sich jedoch nicht, auch nur eine der Fragen, die hinter ihrem zierlichen Gesicht eine raue Schlacht angezettelt hatten, auszusprechen. *Wer ist dieses Mädchen? Woher kennen der Kapitän und die anderen sie? Und warum sind sie nur so erschrocken?*

Doch auch die Crew und ihr Kapitän waren Lichtjahre von der Erleuchtung entfernt.

»Was ... was machst du hier, Kleine?« fragte Aison das mysteriöse Mädchen völlig entgeistert.

»Das will ich dir sagen. Ich werde es nun beenden und somit einer neuen Ära unserer Galaxie den roten Teppich ausrollen. Oder den schwarzen, wenn's beliebt.«

Aisons Stimme entgleiste nun vollends. »Was meinst du damit, Yoru? Wovon um alles in dieser und allen anderen Welten redest du nur?« Der Kapitän klang aufgewühlt und ängstlich. Verunsichert und verwirrt.

Das Mädchen lachte. Doch es war nicht das Lachen eines Kindes. Es war das Lachen eines Teufels.

»Yoru ... Diesen Namen habe ich lange nicht gehört. Wahrlich lange nicht. Man nennt mich jetzt Nachtbringer. Und nun ... bringe ich dir die Nacht. Vater!«

IX

Su war bestürzt und völlig mit der Situation überfordert.

»Nein! Nein! Nein!« Aison brüllte, und das Holz unter seinen Händen zersplitterte. »Du warst es? Du hast all den Sternen das Licht geraubt? Das ist nicht wahr, Yoru. Sag mir, dass ...« Der Atem des Piratenkapitäns stockte und schien verloren. Doch Aison kämpfte. Wie ein Löwe. »... dass das nicht wahr ist!«

Sus Verstand entbrannte, ihre Stirn glühte, ihr Kopf rauchte. *Aison hat eine Tochter?! Sie ist die Lösung hinter dem rätselhaften Sterben der Sterne?! Aber weshalb hat sie das getan? Und wieso hat sie die Macht dazu?! Wer ist dieses Mädchen?! Wer ist sie? Und wer ist Aison?!*

Der Mann mit den traurigen blauen Seefahreraugen streckte die zitternde Pranke nach seinem kleinen Mädchen aus. Wasser sprang dem Löwenmann von den Augen und ein Schrei vom Mund. Ein Schrei der von entsetzlichem Schmerz umarmt wurde.

»Nein! Tu das nicht! Bei Hera und deiner Mutter! Tu das nicht! Yoru! Ich bitte dich! Ich flehe dich an!«

Doch der Nachtbringer tat, wie sein Herr und Meister ihm geheißen, und riss die Arme in die Höhe. Dorthin, wo das Goldene Herz hing. Unter den blonden Strähnen, die dem Mädchen in die Stirn fielen, blitzte in der ruckartigen Bewegung ein Stigma auf – ein Kreis mit einem Punkt in der Mitte.

Die Piraten begriffen sofort.

»Sie ist besessen!«, kreischte NekoNeko. »Besessen vom Bann des Kyklops! Klippot kontrolliert Eure Tochter, Käpt'n!«

Die grausame Wahrheit war noch nicht vollends über die

Katzenlippen getobt, als die Waffe der Scharfschützin bereits mit einer Patrone Wach-auf-Staub geladen war. *FUUU!* Die murmelgroße Kugel sauste über das steinerne Haupt Heras hinweg und traf ihr Ziel an der Brust. *PAFF!*

Doch die Wirkung blieb aus.

»Es bringt nichts! Der Bann ist zu mächtig! Er ist viel zu mächtig, Käpt'n!«

Wieder schäumte das teuflische Lachen aus dem Mund des manipulierten Mädchens und wich dann einem unverständlichen Gebrabbel. Einer Art Formel.

»Hör auf, Yoru! Hör auf damit!«

Doch in den erhabenen Glanz des Goldenen Herzens kroch bereits ein schwarzes Geschwür, das sich in Sekundenschnelle ausbreitete, um den Stern nur Augenblicke später völlig zu verdunkeln. Aison bangte um sein Kind (und die Straße um das ihre), das nun sein letztes Gold auf die Straße weinte. Und auf die ergraute Statue der Göttin, die hilflos zusehen musste, wie das Chaos aus den Schatten trat.

Der Weltraumfluss schlug mit wütenden Wellen um sich, und endlich gelang es Aison, sich aus der Umklammerung des Schreckens zu befreien.

»Nein!« In einem riesigen Satz sprang der Hüne von Bord der Argo Navis, landete auf dem Rand der göttlichen Quelle und hielt auf die Treppe zu. »Yoru! Yoru!«

Der Milchbart-Anführer erreichte die Stufen und rannte, so schnell ihn seine Seemannsstiefel trugen. »Yoru! Warte! Ich komme ...«

... zu spät. Das Goldene Herz pochte ein letztes Mal in der Brust der Galaxie, um dann in einer gigantischen Explosion zu sterben, deren immense Druckwelle den Löwenmann zurück zum Fuß der Treppe schleuderte, wo er mit voller Wucht gegen den Brunnen krachte.

»Aison!«, schrie Su in hysterischem Entsetzen.

In diesem Moment stieg der Nebel aus Yorus Augen.

»Was habe ich nur getan? Vater! Was habe ich nur getan?«

Das Mädchen brach zusammen und das Siegel entzwei.

X

Der Piratenkapitän war noch völlig benommen vom Aufprall. Seine konsternierten Gefährten mussten nun hilf- und tatenlos mit ansehen, wie sich das Tor zu Klippots Gefängnis, der Eingang zur Sitra Achra, der anderen Seite, langsam öffnete.

»Die Straße landet in der Hand eines Verbrechers. Unsere Galaxie wird im Chaos ertrinken.« Der kauernde Kapitän stieß ein verzweifeltes Gebet hinauf in die Dunkelheit. »Hera stehe uns bei!«

Keine Göttin stieg herab, dafür trat der Teufel hinaus.

»*Klipp, klipp.*«

Er war das grässlichste Wesen, das die Piraten jemals gesehen hatten. Grässlicher als jede Nachtvision, die aus dem Töpfchen von Morpheus Albtraumtinte geschöpft worden war. Klippot war mindestens fünf Meter groß und hatte die Statur einer Kriegsmaschine. Sein langes rotes Haar fiel wie ein Blumenschleier aus Blut über seine schwarze Rüstung. Die Lippen mit Asche geschminkt, die Augen aus Eis gehauen. Der Wahnsinn wohnte im Gesicht dieses Mannes. Und in seiner Stimme.

»Du bist gekommen zur Quelle der Straße und gewandelt in den Fußstapfen der Tiefe. Des Todes Tore haben sich dir aufgetan, und gesehen hast du die Tore der Finsternis. Du bist gewandert auf dem Weg, wo das Licht wohnt, und hast erblickt der Finsternis Stätte. Ergründen konntest du seine Grenze und merken den Pfad zu seinem Hause. Bis hierher sollst du kommen und nicht weiter, und hier soll sich brechen deiner Wogen Übermut. Schwarze Tage und schwarze Nächte, Kapitän Aison. Oder sollte ich lieber sagen ... König Aison? *Klipp, klipp*!«

XI

»Kö...Kö...König Aison?«, stotterte Su. Ihr Gesicht, ein Portrait der Fassungslosigkeit, das auf einer Staffelei aus Fleisch und Blut aufgestellt worden war. »Er ist ... der König? Der König der Milchstraßen-Galaxie? Königin Shiro ist seine Frau?«

»So ist es, Su-chan, aye, so ist es fürwahr«, bejahte Hatschi bedrückt.

»Aber ... aber warum hat er seine Identität gegenüber den Bewohnern der Straße verheimlicht, Hatschi? Warum nur?«

»Um kein Aufsehen zu erregen und die Bevölkerung nicht in Unruhe zu versetzen. Kapi..., König Aison wollte um jeden Preis verhindern, dass das Volk besorgt ist. Wäre durchgesickert, dass der Herrscher der Galaxie nicht im Weißen Schloss verweilt, sondern in geheimer Mission über die Straße segelt, hätte das rasch die Runde gemacht. Womöglich wäre Panik ausgebrochen, verstehst du?«

»Ja, Hatschi. Das leuchtet mir natürlich ein. Aber ... wieso hat er denn mir nichts gesagt?«

»Weil er glaubt, als König versagt zu haben. Er hat sich geschämt. Fürchterlich geschämt.«

»Klippot ...« Aison stützte sich auf den Rand der Quelle und versuchte, sich wieder aufzurichten. »Ich verfluche dich. Was du meiner Heimat, meinem Volk, meiner Frau und meiner Tochter angetan hast, werde ich dir niemals verzeihen!«

Der befreite Gefangene blickte hinab zu seinem bewusstlosen Diener. »Das arme Ding ist ja völlig entkräftet. Kein Wunder. All den Sternen das Licht auszuhauchen, kostete deine Tochter viel

Kraft. Sie hat ihre Sache gut gemacht, aber jetzt habe ich keine Verwendung mehr für diesen bemitleidenswerten Wurm. *Klipp, klipp.*«

»Wage es nie wieder, so von meiner kleinen Tochter zu reden! Hast du das verstanden?!«

»Vergib und vergiss, ich bitte dich, Aison.« Klippot stieß ein hyänenhaftes Lachen aus. »Deine kleine Tochter kam sich sehr vernachlässigt vor. Weil ihre feinen Eltern nämlich nie Zeit für ihr Prinzesschen hatten. Das hat mir natürlich vorzüglich in die Karten gespielt. *Klipp, klipp.* Es war ein Kinderspiel, sie einzulullen und mit dem Bann des Kyklops zu belegen. Sie hat tatsächlich geglaubt, dass mich ihr ach so schreckliches Schicksal kümmert. Dass ich sie nur zu gut verstehen und ihr helfen würde, sich an ihren Eltern zu rächen. Süß. Nicht wahr? Geradezu herzzerreißend. *Klipp, klipp.*«

»Schweig endlich!«

»Vergebt und vergesst, Hoheit. Doch Eure Tochter war leider nur Mittel zum Zweck. Schließlich ist sie die Einzige, die über die Macht verfügt, das Licht der Sterne erlöschen zu lassen. Wusstest du das überhaupt, du Narr? Hochinteressant, nicht wahr? *Klipp, klipp.* Du hättest nur zwei und zwei zusammenzählen müssen. Oder vielleicht einfach ein bisschen mehr Zeit mit deiner Tochter verbringen sollen. Dann hättest du von der göttlichen Gabe erfahren, die Yoru von ihrer Mutter, Königin Shiro, geerbt hat. Ach, was rede ich? Der ehemaligen Königin Shiro, wollte ich natürlich sagen, wenn's beliebt.«

»Du Monster!«

Aison, vor Wut schäumend, riss sein Schwert aus der Scheide und stürmte schreiend die Stufen hinauf. Auch seine Crew hielt nun nichts mehr auf dem Schiff.

»Zum Angriff!«

»Für die Königin! Für Hera und die Straße!«

Ohne auch nur noch eine Sekunde länger zu zögern, hechteten Hatschi und NekoNeko von Deck und eilten ihrem König zu Hilfe, der in den riesenhaften Schatten des personifizierten Bösen trat.

Klippot klipperte sein wahnsinniges Lachen. »Aus dem Chaos kamen einst die erste Welt und die Götter hervor. Und nun wiederholt sich die Geschichte. Komm ins Chaos, Aison! Komm zu mir!«

Der Löwenmann setzte zu einem gewaltigen Sprung an, während Hatschi und NekoNeko über den Beckenrand sprinteten.

»Wir sind gleich bei Euch, König Aison!«

FUUU! *FUUU*! *FUUU*!, rasten NekoNekos Geschosse durch die Luft und detonierten auf Klippots Panzerkleid.

»Wirkungslos!«

SWUSCH! Aison – er schien förmlich in der Luft zu laufen – zerschnitt mit seiner Klinge die toxischen Worte Klippots und zielte dann auf das Herz des Dämons (sollte in dessen Brust überhaupt eines existieren).

»Stirb!«

Doch – *KLONK* – mühelos wehrte der Koloss die Attacke mit der linken Hand ab, während die rechte den Löwen wie eine lästige Fliege aus der Luft fischte.

»Aison! Nein!« Su kreischte.

»Du kümmerliches Insekt! *Klipp, klipp*!

Aison, gefangen hinter fleischbespannten Gitterstäben, drohte von Klippot zerquetscht zu werden.

»Käpt'n! Käpt'n!«

Während nun auch Q-ma, der zwischenzeitlich von Bord gekugelt war wie eine Boje, die Treppe hinaufstampfte, trafen die beiden Offiziere auf die beiden Duellanten. *ZING, ZUNG, ZUNG* – Hatschi preschte mit den ausgefahrenen Schmetterlingsklingen seiner Lanze auf den abscheulichen Widersacher zu und wirbelte sie gegen dessen baumhohes Bein wie ein Rotorblatt.

»Gib den König frei! Nimm das, du Scheusal!«

Der Anführer der Yakuhza entblößte spitz zulaufende Zähne. »Lächerlicher Köter!«

Hatschis heiliger Hirtenstab zerbrach wie ein Stöckchen. »Was ...?«

Ohne die geringste Chance auf Abwehr, wurde der Steuermann mit ungestümer Härte von Klippots Fuß weggefegt und schlug heftig auf den unteren Stufen auf, wo er regungslos liegen blieb.

»Hatschi!«, schrie NekoNeko.

Die Schützin spannte, zielte, feuerte.

PAFF, PAFF, PAFF! Drei Kugeln Seh-nichts-Staub trafen den Riesen, in dessen Pranke des Königs Knochen allmählich zu brechen drohten, mitten im Gesicht.

»Argh!« Vor Schreck ließ der Geblendete sein Opfer los und warf sich wutentbrannt beide Hände vors Gesicht. »Du wagst es!«

Der um Luft ringende Löwe stürzte in die Tiefe und schlug auf dem Boden auf. Er bewegte sich nicht mehr.

»Mein König! Bei Hera, mein König«, winselte NekoNeko.

»Du dreckige Laus!« Trotz getrübten Sehvermögens verfehlte das tollwütige Ungetüm sein zierliches Ziel nicht. Mit dem Rücken der rechten Klaue wischte Klippot die wehrlose Weltraumkatze fort wie Staub.

NekoNeko polterte die Treppe hinab und verlor das Bewusstsein.

Q-ma, der seinen Kameraden Hatschi behutsam geborgen und geschultert hatte, lief zu ihr und kniete sich neben sie. Vorsichtig hob er die schwer verwundete Kameradin mit der stählernen Tatze auf und legte NekoNeko sachte auf seinem Unterarm ab, als wäre sie ein schlafender Säugling.

Vom Schiff aus vernahm Su das klagende Surren des Roboterbären. Auch das Mädchen an Deck sank auf die Knie und weinte mit geschlossenen Augen. Sie konnte nicht mehr hinsehen. Das war kein Kampf. Das war kein Krieg. Das war eine Vernichtung.

クリッポト
Klippot
ヨル
Yoru

XII

»Bis hierher sollst du kommen und nicht weiter, und hier soll sich brechen deiner Wogen Übermut.« Klippot packte den röchelnden Aison an den Beinen, hob ihn hoch und leerte ihn kopfüber aus wie eine Handtasche. Aus dem Mantel des Löwen fiel Kambeis Geschenk. Die Kugel hopste die Stufen der Treppe hinab – *kling, kling, kling* – und fiel schließlich in die Quelle der Ewigkeit, wo sie zwischen den Seelen der Sterne ertrank. Dann rutschte auch der Kelch des Lichts aus der Obhut seines Trägers.

»Da ist es. Das göttliche Gefäß. Endlich. *Klipp, klipp*!«

Achtlos lies Klippot den König fallen. Seine ganze Aufmerksamkeit galt ausschließlich dem Artefakt, das Heras Dienerin Aison anvertraut hatte. Klippot bückte sich und pflückte den Kelch des Lichts mit den Fingerspitzen vom Boden.

»Er ist mein! Der Kelch ist mein! Nach all den Jahren halte ich ihn endlich in meinen Händen. *Klipp, klipp*! So mickrig und doch so mächtig! Einzig und allein dieser Trinkkrug lässt sich mit reinem Licht füllen.«

Was hat er nur vor?, bibberte Su. *Das Goldene Herz ist doch erloschen. Sein Licht fort.*

Arglos stieg Klippot über die bewusstlose Königstochter hinweg und stolzierte triumphierend und selbstherrlich die Treppe zur Quelle hinab. Aison stieß mit schmerzverzerrtem Gesicht ein gequältes Flehen aus, das von unheilschwangeren Befürchtungen zeugte.

»Nein ... nein ...!«

»Fein, fein werde ich ihn befüllen. Mit den Lichtern, die in der

Quelle der Ewigkeit artig auf ihren Wiederaufstieg in die Galaxie warten. Und dann werde ich aus ihm trinken, sie verzehren und in mich aufnehmen: all die Seelen und Lebensjahre der verstorbenen Sterne. HundertTausende Lebensjahre. Sie werden mir Unsterblichkeit schenken! Mir, dem Tennō, dem Himmlischen Herrscher. Selbst Hera wird vor mir knien. *Klipp, klipp*!«

Der Löwenkopf des Kapitäns sank auf den harten Stein der Stufen, Su begriff, und beide erschauderten.

»Bei Hera ... der Straße ... und allen Göttern«, stöhnte Aison.

Der Kelchträger marschierte an Q-ma und seinen gefallenen Kameraden vorbei. Su sah das Leid sogar in seinen metallischen Zügen. Es schien beinahe, als wollte sich der Koch der Argo Navis zu einer letzten Verzweiflungstat hinreißen lassen, um seine Gefährten zu rächen und mit wehenden Piratenfahnen unterzugehen (oder Königsbannern, wenn's beliebt). Doch dann schwand die Wut aus seinem Blick, angesichts der offensichtlichen Chancenlosigkeit. Er beugte sich über seine Freunde, um ihre reglosen Leiber mit seinem (künstlichen) Leben zu behüten.

Der vom Größenwahn Besessene schenkte dem Bären zunächst keinerlei Beachtung, was Su ein klein wenig Frieden verschaffte, hoffte sie doch so sehr, dass die Bestie an den Überresten der Milchbart-Piraten vorbeiziehen würde. Aber Klippots Durchtriebenheit stichelte ihn schließlich doch noch an, den stählernen Diener Aisons hinterrücks zu überraschen. Mit einem gezielten Schnitt seiner todbringenden Pranken durchtrennte er die im Nacken waltenden Schaltkreise des Smutjes. Das verzerrte Geräusch von Q-mas Sprachmodul flehte seinen Freund und König um Verzeihung an, dann erlosch das Licht in den Roboterbärenaugen mit einem letzten, leisen Surren. Su wimmerte leidvoll. Und niemand war da, der mit ihr weinte. Dann beugte sich Klippot in geradliniger Unbeirrtheit über die Quelle der Ewigkeit und tauchte das Gefäß der Göttin Hera hinein.

»Das ist … das Ende«, keuchte Aison. »Das ist … das Chaos. Vergib und vergiss, meine Königin. Meine Shiro. Vergib und vergiss, ich bitte dich.«

Wie funkelnde Eiswürfel schwammen die Seelenfragmente der Sterne in dem gefüllten Kelch des Lichts, der seinem Namen nach so vielen Jahren nun gerecht wurde.

Klippot erhob feierlich das Glas. »Auf euch, da ihr mir dieses wundervolle Geschenk beschert und mir zum Sieg verholfen habt. Habt Dank für diese großzügige Hilfe. Auf ewiges Leben! Ewige Macht! Ewige Finsternis! *KLIPP, KLIPP*!«

Und schwarze Lippen küssten goldene Milch.

XIII

Gerade als Klippot den göttlichen Tropfen in seinen Schlund kippen wollte, fing die Quelle der Ewigkeit an, gehörig zu vibrieren. Der Brunnen bebte, und plötzlich schoss eine Fontäne aus blendendem Licht daraus empor. Verblüfft hielt der selbst ernannte zukünftige Herrscher der Milchstraße inne und erspähte – ähnlich wie Aison und Su – das Sternbild des Widders, das zunächst über ihren Köpfen aufflammte und sich dann zu einem gigantischen Wesen formte. Heimdall trat in Erscheinung und aus der Dunkelheit der Galaxie, in der er mehr als eintausend Jahre über die Straße gewacht hatte. Der kolossale Widder galoppierte vom Himmel und stieß ein tosendes Kampfgebrüll aus, woraufhin ein zweites Sternbild erschien. Und noch eines. Und noch drei weitere. Su bauglotzte, und durch Aisons blutgetränktes Wangenfell strich ein heilendes Lächeln.

»*Ein muntrer Widder geht voran*«, zitierte Su in Gedanken das Versrätsel des Drachen Alcatraz.

Auf der Weide des Weltraums versammelten sich Steinbock, Stier, Krebs, Skorpion und Löwe, während die Oberfläche der Milchstraße von einer gewaltigen Schwanzflosse entzweit wurde.

»Die Kaiserin der Gezeiten!«, jubelte Su, als sie das Wesen wiedererkannte, das sie schon einmal vom Deck der Argo aus gesehen hatte. »Sie ist auch gekommen!«

»Die Zodiac«, murmelte Aison. »Manifestierte Sternenbilder, die einst aus den Himmeln auf die Straße hinabgestiegen sind, um allem Bösen Einhalt zu gebieten. Hera hab Dank, und Dank sei dein, Kambei.«

Die Herde der heiligen Giganten stürmte auf den Mann mit dem Kelch zu.

»Heimdall der Himmelswächter, Anführer der Zodiac. Schwarze Tage und schwarze Nächte, alter Freund!«, zischte Klippot mit zynischer Zunge seinem Kontrahenten entgegen. »Dieses Mal kommt ihr zu spät. Du und deine Krieger. Dieses Mal endet es anders. Es endet für immer! *KLIPP, KLIPP*!«

Klippot trank in genüsslicher Gier aus dem Kelch des Lichts.

»Zu spät«, hauchte Su. »Sie kommen wirklich zu spät.«

Entsetzt starrten der König und das Mädchen den Mann an, der für so lange Zeit an die Stille, die Leere und die Dunkelheit der Sitra Achra gekettet gewesen war und nun wie wild zu zucken begann. Schier unbändige Krämpfe zwangen den Riesen auf die Knie und drückten ihm den Sauerstoff aus den Lungen. Ein kehliges Ächzen brach durch die schwarzen Lippen, und Klippot wedelte mit den Armen, als wollte er die Luft mit den Fingern fangen und sich zurück in die Lungen drücken. Ruckartig warf er den Kopf in den Nacken und die Arme in die Höhe. Aus Mund, Augen und Fingerspitzen schossen Lichtstrahlen wie aus einer Signalpistole. Die Rückenpanzerung wölbte sich, und riesige rote Flügel sprengten die schwarze Rüstung.

»Hera, helft, ich flehe Euch an!«, flehte Aison.

Klippots bulliger Körper nahm zunehmend filigrane Formen an, während die Hässlichkeit Stück für Stück aus seinem Gesicht schwand. Nur die ausdruckslosen kalten Augen blieben, die unter den tierähnlichen Hörnern blitzten. Als die Verwandlung abgeschlossen war, stieg der gottgewordene Teufel empor wie der Morgenstern, der geflügelte Lichtträger Luzifer. Klippot schlug mit den Flügeln, die überall aus seinem Körper gewachsen waren, und sprach nur ein Wort.

»Meteoritenregen!«

Ein bedrohlich rotes Flackern schlüpfte in den Himmel, und

es dauerte nur Sekunden, bis Hunderte glühende Geschosse im Sturzflug durch die Dunkelheit hagelten.

»Nein!«, brüllte Aison.

Die Zodiac hatten keine Chance. Klippots heraufbeschworene Meteoriten stürzten sich auf die Wesen und zerfetzten sie in einem klagenden Chor der Niederlage. Eines nach dem anderen. Auch der Widder wurde getroffen. Unzählige Male. Bis sein goldener Glanz schließlich in Tausende Scherben aus Licht zerbrach.

»Heimdall – der, der die Welt erleuchtete«, lachte Klippot närrisch mitten hinein in Aisons und Sus Trauer. »Und nun kniet nieder! Kniet vor eurem Herrscher. Vor eurem König und Gott Klippot! *KLIPP, KLIPP*!«

・テンノウ・
Tennō

XIV

Der Frieden der Galaxie war weinend in den Schlaf gegangen, seine salzigen Augen bei einer Schlechtenachtgeschichte zugefallen. Und unterm Bett lauerte ein roter Schatten, der fortan den goldenen Tagen das Gold und den weißen Nächten das Weiß entreißen würde. Aison war auf allen vieren bis zur Quelle hinabgekrabbelt. Aus seinem Gesicht stürzten Tränen und Staub. Mit letzter Kraft versuchte der gebrochene Löwenmann, wieder auf die Beine zu kommen, um zum Schiff zu gelangen. Zurück zu Su.

»Aison!«, wollte das Mädchen schreien. Doch aus ihrem trockenen Mund bröckelte nur Stummheit.

Klippot schwebte hinab zur Quelle der Ewigkeit und wandte sich dem gefallenen König zu.

»In deinem Herz gibt es keinen Glauben mehr, und in deinem Himmel keinen Gott. Das Licht verlässt nun deine Heimat und das Leben deinen Körper.« Dann beugte sich Klippot hinab und legte Aison die Hand aufs Gesicht.

»Nun sei doch nicht traurig, Aison. Sei selig. Ich lasse Gnade walten und schicke dir schon bald deine Frau und deine Tochter. Dann ist die adlige Familie wieder vereint. Im Königreich der Stille. Und nun schließe deine Äuglein und ruh dich aus. Es war eine anstrengende Reise. Aber jetzt hast du es ja geschafft. Sie ist vorbei, *klipp, klipp.*«

Seit Su mit den Milchbart-Piraten die Segel gesetzt hatte, war auch immer wieder die Furcht als blinder Passagier an Bord der Argo Navis mitgereist. So zum Beispiel, als die Crew in einem höllenhaften Tempo auf den Planeten Vanilland zugerast war, von einem gefräßigen Maschinenwal verschluckt wurde oder ein feuerspuckender Drache damit gedroht hatte, das Schiff zu versenken. Doch während ihres gesamten Abenteuers auf der Milchstraße, ja in ihrem ganzen Leben, hatte das Mädchen noch nie solche Angst verspürt wie in diesem Augenblick.

»Bitte. Bitte, bitte! Lassen Sie mich nicht allein, Aison!«

Der Löwe lugte zwischen Klippots Fingern hindurch zu dem Menschenkind, das er so sehr ins Herz geschlossen hatte.

»Vergib und vergiss, Su. Ich bitte dich. Ich hätte dich niemals mitnehmen dürfen. Es tut mir leid, Kleine. Es tut mir so schrecklich leid.«

Su hörte die Worte kaum – sie zerschellten in Klippots Handfläche. Doch zu ihrer Verblüffung ließ der Dunkle urplötzlich von Aison ab. In staksigen Bewegungen entfernte sich der Jäger von seiner Beute, torkelte ein Stück zurück und krümmte sich daraufhin vor Schmerzen.

»*KLIPP, KLIPP!*«

Neuerliche Krämpfe überrannten Klippots Eingeweide, und seine Glieder entgleisten in bizarren Bewegungen, die denen einer Marionette gleichkamen. Aison stützte sich ächzend auf die Ellenbogen und verfolgte, wie Klippots Körper zum Kriegsschauplatz wurde.

Zwischen Rippen und Rachen kämpften Licht gegen Dunkelheit, Gut gegen Böse.

»Es ... es ist zu mächtig!«, rief der König in plötzlichem Verstehen. »Er kann dieser immensen Kraft nicht standhalten!«

»Ich komme, Aison!« Mit einem beherzten Sprung hopste Su vom Schiff und rannte auf ihren väterlichen Freund zu, während Klippot grauenhafte Geräusche ausstieß. Die röchelnden Laute klangen, als ertränke die Bestie im Trockenen, dann quoll schwarzes Licht aus sämtlichen Kopföffnungen.

Das Mädchen erreichte Aison und warf sich regelrecht auf ihn. »Ihnen ist nichts passiert! Ich hatte fürchterliche Angst! Ich hatte solche Angst!«

»Alles ist gut, Su. Sieh doch!«

Klippot verwandelte sich erneut. Seine Haut riss wie Papier und nahm die Beschaffenheit von poröser Rinde an. Arme wurden zu Ästen, Finger zu Zweigen, und der Torso des Teufels verformte sich zu einem Baumstamm, aus dessen unterem Ende dicke Wurzeln wuchsen und über den Rand der Quelle wucherten. Dann spannte sich starre Holzhaut über Klippots Gesicht und stahl ihm die Stimme. Die roten Federn seiner Flügel schwebten zu Boden wie das letzte Laub im Herbst.

Stille.

»Ist es vorbei, Aison? Ist es wirklich vorbei?«

In den traurigen Augen des Löwenmannes funkelten die verloren geglaubten Seelen der Sterne, die als goldene Früchte im Geäst des Lebensbaums hingen.

»Ja, Kleine. Das Licht hat gesiegt. Das Leben hat gesiegt.«

Nun durfte Aison endlich rasten. Lächelnd verlor der König das Bewusstsein in Sus Armen. Und so wurde einzig das Mädchen Zeuge, wie kurze Zeit später die Lohengrin auftauchte, das Schiff der Götterdienerin Sarang Seraph. Dieses Mal war es jedoch ein glanz- und geräuschloser Auftritt ohne Pauken und trompetenhaftes Dröhnen des Schwans.

Seine Herrin (nicht länger gehüllt in die Farben des Feuers, sondern die der Asche) schwebte hinab aufs Schlachtfeld, hinab zu Löwenmann und Menschenkind.

»Hera hab Dank, und Dank sei Euer, Aison Jason Milchbart, König der Galaxie, Vater der Yoru, Mann der Shiro. Heilig. Heilig. Heilig.«

Der schwer verwundete Herrscher öffnete die Augen und mühte sich, seine verbliebenen Kräfte auf der Zunge zu bündeln.

»Weiße Tage und goldene Nächte, Sarang Seraph, Dienerin der Hera, Gebieterin des Schwans.« Aison rang nach Luft. »Ich bedauere es zutiefst, dass dieses unerwartete Wiedersehen unter keinem guten Stern steht. Steht es doch im Grunde unter gar keinem Stern, denn das Goldene Herz ist erloschen. Es gelang mir nicht, das Gefäß der Götter, meine Crew und das Schicksal der Milchstraße zu beschützen. Ich brach mein Wort. Vergebt und vergesst, ich bitte Euch, Sarang Seraph.«

»Nein, Aison. Ich bin es, die Eure Vergebung erfleht.«

Fragend besah der einstige Argo-Anführer die zierliche Engelsgestalt. »Ich fürchte, ich verstehe nicht.«

»Wie solltet Ihr auch. So lasst es mich erklären. Ich ahnte, welch perfiden Plan Klippot verfolgte. Er dürstete danach, sich mit dem Licht der Quelle selbst zum Gott zu taufen. Ich entschloss kurzerhand, sein Vorhaben voranzutreiben. Denn nichts und niemand außer seinem eigenen Größenwahn hätte ihn stoppen können. Und so übergab ich Euch den Kelch des Lichts und stieß die Milchbart-Piraten sehenden Auges in lebensbedrohliches Leid. In der Hoffnung, dass sich meine Vorahnung bewahrheitet und Klippot sich selbst zerstört, indem er das Licht der Quelle aus dem göttlichen Gefäß trinkt, welches Ihr ihm brachtet. Ein Licht, dem die Dunkelheit seiner Seele niemals standhalten könnte. Ich ging das Risiko ein und nahm Euch ins Gebet. Ich machte den König zum Boten. Vergebt und vergesst, ich bitte Euch. Heilig. Heilig. Heilig.«

Aison richtete sich auf, und Su half ihm dabei. So gut sie eben konnte.

»Es gibt nichts zu vergeben, Sarang Seraph. Ihr habt richtig gehandelt, das habt Ihr fürwahr«, erwiderte der Herrscher großmütig und selbstlos. »Und nun möchte ich gerne nach Hause. Ich möchte so gerne nach Hause.«

»Aber natürlich, Aison Milchbart. Aber natürlich.«

Nachdem der Löwenmann seine ohnmächtige Tochter von der zertrümmerten Treppe getragen hatte und mit Su an Bord der Lohengrin geschritten war, griff das Zugtier des gläsernen Schiffes mit seinem Schnabel nach den zugerichteten Gefährten. Es barg sie behutsam einen nach dem anderen und brachte sie mit der Argo Navis im Schlepptau fort. Fort zum Weißen Schloss.

XV

Es dauerte einige Tage, bis Aison, Hatschi, NekoNeko und Yoru wieder bei Kräften waren (und man Q-ma wieder zusammengeflickt hatte).

Der Hofstaat (in erster Linie Leibärzte, Pflegepersonal, Köche und Mechaniker der Königsfamilie) umsorgte die Heimkehrer mit größtmöglicher Hingabe und Fürsorge. Es wurde verarztet, verköstigt, verkabelt und (zu Sus großer Erleichterung) schließlich verkündet, dass alle wohlauf waren. Alle, mit Ausnahme von Königin Shiro. Für die Herrscherin der Galaxie kam jede Hilfe zu spät. Das Goldene Herz war erloschen und mit ihm alle Hoffnung.

Aison, Hatschi, NekoNeko, Q-ma, Yoru und Su betraten die hoheitlichen Gemächer und versammelten sich in stillschweigender Trauer um das Bett Ihrer Milchstraßen-Majestät. Am Lakenrand sang die Grabesstille der Königin lautlose Lieder.

Aison streute sein Augensalz in die weißkalte Schneelandschaft, die Shiro im Gesicht trug, und strich seiner Königin zärtlich über die Wangen.

Yoru weinte bitterlich. »Das alles ist meine Schuld, Vater. Was soll jetzt nur werden?«

Der Löwenmann kniete sich zu seiner Tochter und versuchte seine Tränen zu verbergen. Vergebens.

»Ich bin es, den die Schuld trifft, Yoru. Deine Mutter und ich waren so sehr damit beschäftigt, zu regieren und uns um die Belange des Volkes zu kümmern, dass wir vergessen haben, was wirklich wichtig ist. Du. Vergib und vergiss, ich bitte dich.«

Dass wir vergessen haben, was wirklich wichtig ist, wiederholte Su Aisons Worte in ihren rastlosen Gedanken.

Yoru war untröstlich. »Ach, könnte ich doch nur meine Mama zurückhaben.«

Su sah etwas in den Tränen der Königstochter, die sich wie ein Mosaik auf ihrem Gesicht zu einem verwässerten Bild zusammensetzten. Ein Bild ihrer Mutter, die völlig allein und voller Sorge im heimischen Kinderzimmer kauerte und bitterlich um ihre verschwundene Tochter weinte. War das nur Einbildung? Su war sich nicht sicher.

Doch in diesem Moment wurde der siebenjährigen Weltraumbummlerin von der Erde plötzlich klar, dass auch sie vergessen hatte, was wirklich wichtig war. Und dass sie damit den gleichen Fehler begangen hatte wie Aison und Shiro. Den gleichen Fehler wie ihre Mutter, die sie – im Gegensatz zu Yoru – zurückhaben konnte. Es war nicht immer einfach. Wahrhaftig nicht. Doch Su hatte eine Wahl, und ihre Mutter eine Chance verdient. Su liebte ihre Mutter. Und auch wenn sie es nur allzu selten zu spüren bekam, war sie sich nun sicher, dass diese Liebe erwidert wurde. Die aufrichtige und unverfälschte Liebe zwischen Mutter und Kind. Die Vision in Yorus Tränen hatte Sus Zweifel davongespült.

Sus Herz begann zu leuchten. Man konnte dieses Licht förmlich greifen. Man konnte ihm dabei zusehen, wie es in ausgelassenen Pirouetten durch den Raum wirbelte und die Anwesenden zum Tanz aufforderte. Dieses Licht erleuchtete alles. Es war das hellste Licht im Universum. Ein Licht, wie es nur ein ganz besonderes Herz in die Welt werfen kann, um alles Dunkel zu erhellen. Ein goldenes Herz.

Sein erhabener Schein durchbrach Yorus Brust und berührte ihr Herz. Das Licht flutete ihren gesamten Körper, flutete ihren Geist und spülte all die Gewissenspein und Trauer fort, all die

Angst und Einsamkeit. Und dann entflammte mitten in den reinigenden Wellen die Liebe, um über dem Mädchen und seiner Mutter in goldenem Glanz aufzusteigen. Beinahe so, als wäre der hellste Stern der Straße selbst wiedergeboren worden.

»Es war die ganze Zeit über in dir«, flüsterte Aison durch zitternde Lippen. »Du hast die Macht, Licht zu löschen. Und du hast die Gabe, Licht zu erwecken.«

Der warme Schein legte sich wie tausend heilende Hände auf den kalten Körper der Königin. Shiro öffnete die Augen. Ihre wunderschönen goldenen Augen. Und dann teilten sich ihre Lippen. Ihre zierlichen weißen Lippen.

»Hera hab Dank, und Dank sei dein, Su von der Erde.«

König Aison und Prinzessin Yoru brachen in Tränen aus und fielen ihrer Königin, Frau und Mutter um den Hals.

»Mama!«

»Shiro!«

Und auch Su kullerten nun Tränen über die Wangen. Tränen, die im schwachen Schein der Sterne wie Edelsteine glitzerten.

NekoNeko schmunzelte nostalgisch. Sie dachte an ihre erste Begegnung mit dem Menschenkind. »Wieder trägst du Edelsteine im Gesicht. Und Gold im Herzen.«

»Das wird das größte Fest, das je auf der Milchstraße gefeiert wurde, aye, dieses Fest wird in die Geschichte der Galaxie eingehen!«, kläffte Hatschi aufgedreht, und NekoNeko fing sich erneut eine Umarmung mit der Klemmkraft einer Schraubzwinge ein.

»Aua!«, keifte die Katze. »Wenn du mich nicht auf der Stelle loslässt, wirst *du* eingehen, aber nicht in die Geschichte, du Trampeltier! Dieser wandelnde Fleischberg an der Quelle der Ewigkeit hat mir drei Rippen gebrochen! So behandelt man doch keine Lady!«

»Und schon gar nicht, wenn es sich dabei um NekoNeko Nebelheim handelt«, ergänzte Aison freudestrahlend. »Lautlose

Späherin, präzise Scharfschützin, Ausguck mit Weitblick, gewiefte Diebin und Generalin der königlichen Streitmacht.«

»Wow!« Su bauglotzte. »Eine Generalin also!«

»Korrekt. Und unser Partyminister hier hat ganz nebenbei das Admiralsamt der königlichen Flotte inne. Frag mich bitte nicht, was da schiefgelaufen ist. Völlig unerklärlich.«

Herzhaftes Lachen hallte durchs Weiße Schloss, wo noch am gleichen Abend die Festlichkeiten begannen.

XVI

Hatschi hatte recht behalten. Es war das größte Fest, das je auf der Milchstraße gefeiert worden war. Q-ma, Oberhaupt der königlichen Küche, zauberte Köstlichkeiten im Überfluss, und bis in die frühen Morgenstunden wurde ausgelassen getanzt, gesungen und gelacht. Doch auch die schönste Feier muss einmal enden. Und auch das größte Abenteuer.

Und so versammelte sich am nächsten Morgen die Crew ein letztes Mal an Bord der Argo Navis, um mit Su dorthin zu segeln, wo die Milchbart-Piraten und das Erdenkind zu ihrer unglaublichen Reise aufgebrochen waren. Die Fahrt sollte dank Eisbergs Hochleistungsturbinen nicht allzu lange dauern (Hera hab Dank, und Dank sei sein). König Aison hatte seinen schwarzen Seefahrermantel inzwischen gegen ein weißes Gewand eingetauscht. Eine goldene Krone schmückte den Kopf des Löwen. Natürlich waren auch Königin Shiro und Prinzessin Yoru mitgekommen, um Su gebührend zu verabschieden. Das Mädchen vollführte die inzwischen perfektionierte Faust-zur-Brust-Verneigung vor den Herrschern der Milchstraßen-Galaxie. Aison legte ihr die Hand aufs Haupt und strich ihr sanft durchs Haar.

»Du musst dich niemals vor uns verbeugen. Niemals. Wir sind diejenigen, die sich verbeugen müssen, Sutā.«

»Sutā?«

»Ja. In der Sprache des Alten Volkes bedeutet dieses Wort Stern.«

・シロ・

Shiro

Feste drückte der Löwenmann seine kleine Freundin an sich und flüsterte: »Ich halte dich, ich bleib bei dir, falt uns ein Schiffchen aus Papier. Ich werf es in den Ozean, komm, lass uns zu den Sternen fahren.«

Su schluchzte. »Natürlich bleiben Sie bei mir, Aison! Ich werde Sie nie vergessen! Euch alle werde ich nie vergessen und immer bei mir tragen!«

»Ich weiß, Su. Denn in dein goldenes Herz passt diese Welt und auch alle anderen. Hera hab Dank, und Dank sei dein.«

Aison, Hatschi, NekoNeko, Q-ma und Su fielen sich in die Arme. Sie hatten oft zusammen gelacht. Nun weinten sie ein letztes Mal zusammen.

NekoNeko gab sich einen Ruck und grätschte in das tränenreiche Abschiedsszenario. »Nun sieh mal, was ich hier habe, Su.« Sie zog gehörig die Nase hoch und kramte eine Quittenbohne hervor.

»Ich habe noch ein paar davon in meinen Vorräten gefunden.«

Hatschi schielte der Späherin über die Schulter. »Hast du da auch ein paar Kekse gefunden, werte Kameradin? Oder vielleicht ein Stückchen Kuchen?«

»Vielleicht, du Vielfraß. Aber den musst du dir erst verdienen. Also steh nicht sabbernd in der Gegend rum und atme mir die Luft weg, sondern roll lieber die Strickleiter für die Retterin der Milchstraßen-Galaxie aus, wenn's beliebt!«

NekoNeko zwinkerte dem Mädchen zu. Su erwiderte die Geste und drückte dabei die letzte Träne aus dem kastanienbraunen Auge. »Weiße Tage und goldene Nächte, meine Freunde.«

»Mögen auch die deinen in Weiß und Gold gehüllt sein, Su!«, riefen drei zitternde Stimmen und die eines Roboterbären. Obwohl die kleine Weltraumwanderin entsetzlich traurig war, nahm sie in diesem Augenblick eine wohlige Gewissheit in ihre warmen Arme. Die Gewissheit, wahre Freunde gefunden zu haben.

Für eine Sekunde hielt die Siebenjährige inne, dann wischte sie sich die Backen trocken, biss auf die Zähne und – nachdem sie die oberste Sprosse der Strickleiter betreten hatte – auf die Quittenbohne.

XVII

Als Su einen Fuß auf die Erde setzte, saß der Tag bereits im Himmel ihrer Welt und hielt die Sonne in den Händen. Alles wirkte exakt so wie bei ihrer Abreise. Nun, was sollte sich binnen einer Nacht auch großartig verändern, mit Verlaub. Doch eine Sache hatte sich verändert. Eine Sache war anders. Gerade als die Heimkehrerin über den Zaun klettern wollte, um unbemerkt durch den Garten zurück zu ihrem Fenster zu gelangen, bemerkte sie, dass es geschlossen war. Und das konnte nur eines bedeuten: »Aufgeflogen!«

Schlagartig fing Sus Puls an, in ihrem Hals zu hämmern.

»O je! Sie wird stinksauer sein! Das geht ja wirklich gut los.«

Su legte den Kopf in den Nacken und hielt am Himmel Ausschau nach einem Schiff, das jede Sekunde durch die Wolken stürmen könnte, um sie zurückzuholen. Sie dachte an die Crew, an Aison. Daran, wie die Traurigkeit bei ihrem Abschied im Meeresblau seiner Seefahreraugen ertrunken war. Und dann musste sie an Yoru und Shiro denken.

»Aber was, wenn sie gar nicht wütend ist? Was, wenn die Vision, die ich in Yorus Tränen gesehen habe, keine Einbildung war? Vielleicht ist Mama wirklich voller Sorge und freut sich, dass ich wieder zu Hause bin.«

Langsam lief Su um das Grundstück und ließ im Vorbeigehen ihre Hand über die Zaunpfosten und die dazwischenliegenden Lücken streifen. *Klappklappklappklappklapp.*

Das Mädchen blieb vor der Haustür stehen und zuppelte nervös an den Gurten ihres Rucksacks. Sus Blick huschte über den

Briefkasten, vorbei an einem »Bitte keine Reklame einwerfen«-Sticker bis hin zu einem vergilbten Schildchen, dessen verblasste Filzstiftbuchstaben der Klingel darunter zugewiesen waren. Doch ehe Su sich dazu durchringen konnte, den Knopf zu drücken, öffnete sich die Tür.

Su lächelte. »Weiße Tage und goldene Nächte, Mama.«

ENDE

ス

Su

HERA HAB DANK, UND DANK SEI …

… Euer. In erster Linie Euer! Dafür, dass ihr mit den Milchbart-Piraten und mir bis ans Ende gesegelt seid.

Ursprünglich sollte »Herz aus Stern« eine kleine Kindergeschichte werden. Ich machte mir anfangs keine Notizen, hatte weder Skript angefertigt noch Seitenzahl im Kopf, und schon gar keine Ahnung, wie man ein Buch schreibt. Tatsächlich hatte ich nur den großen Wunsch eine Geschichte zu erzählen.

Meine Herangehensweise war also sehr unkonventionell (wenn's beliebt). Und so schrieb ich einfach drauflos. Doch dann merkte ich plötzlich, dass Sus Abenteuer immer größer und komplexer wurde. Und ich merkte, dass es mir unglaublichen Spaß machte, diese Welt mit all ihren Figuren und ihrer Mythologie zu erschaffen.

Zwar hatte ich relativ schnell die grobe Handlung im Kopf, sämtliche Charaktere, Örtlichkeiten und Details wurden in meiner Fantasie jedoch erst simultan zum entsprechenden Tastenanschlag erschaffen. Soll heißen: Ich wusste meist selbst nicht, was im nächsten Kapitel oder oftmals sogar im nächsten Satz passieren würde. Und so war meine Motivation beim Schreiben meist nicht (nur), dass ich die Geschichte um Su, Aison und die anderen zu Ende erzählen wollte, sondern vielmehr, dass ich selbst neugierig war, wie es wohl weitergeht.

Etwa drei Jahre lang schrieb ich an dem Buch, mal mehr, mal weniger. Ich nahm meinen Laptop auch mit auf Reisen, und so entstand »Herz aus Stern« an unterschiedlichen Orten der Welt. In Deutschland, in Nordamerika, in Italien, in Japan. Und nun ist die Geschichte erzählt. Ich werde es sehr vermissen.

Ich danke meiner Familie und meinen Freunden, die an mich geglaubt haben. Ich danke dir, Henry, dass du in mir die Begeisterung fürs Schreiben entfacht und mich in dem Vorhaben bestärkt hast, mir diesen Traum zu erfüllen. Vielleicht kannst du mein Buch irgendwann lesen. Du fehlst.

Danke, Boris, dass du das möglich gemacht hast, und danke an Mirka, Kathi und das ganze Team von Community Editions, dass ihr mir das Vertrauen geschenkt und mich nach Kräften unterstützt habt!

Ein riesiges Dankeschön geht an dich, Reyhan. Du hast meine Figuren perfekt aufs Papier gebracht und ihnen Leben eingehaucht. Jede einzelne Illustration hat mir ein breites Lächeln ins Gesicht gemalt.

Zuletzt danke ich dem kleinen Vogel in meinem Herzen, der all die Worte in meine Fantasie gesungen hat. Danke!

Weiße Tage und goldene Nächte, Euer Nino.

ANHANG

Die Namen nahezu aller Figuren und Schauplätze, Fahrzeuge und Geschichten in meiner eigenen Geschichte wurden nicht willkürlich gewählt. Vielmehr haben sie eine bestimmte Bedeutung und und entstammen Mythologien, Werken der Popkultur oder Orten, die mich und meine Erzählung geprägt haben. Mit der Erläuterung einiger dieser Referenzen und Anspielungen breche ich natürlich ein wenig die Fiktion der Geschichte. Es ist euch daher selbst überlassen, ob ihr an meinen Inspirationen teilhaben möchtet. Bevor ihr die folgenden Seiten lest, solltet ihr jedoch unbedingt zuerst den Roman beenden.

FIGUREN

Die Milchbart-Piraten

Aison Jason Milchbart, Kapitän/König

Anführer der Milchbart-Piraten.

Der Name entspringt der Argonautensage, einem Themenkomplex der griechischen Mythologie, der von der Suche nach dem Goldenen Vlies handelt, ein wertvolles Fell des goldenen Widders Chrysomeles. Die Heldenfigur Jason, der Sohn des Aison, eines Königs der antiken Stadt Iolkos, und Anführer (Kapitän) der Argonauten, bricht mit dem Schiff Argo auf, um das Goldene Vlies vom Ende der Welt zu beschaffen. Das Pendant zum Goldenen Vlies ist in meiner Geschichte das Goldene Herz. Da Aison Milchbart die beiden Figuren der griechischen Sage gewissermaßen in sich vereint und sowohl König als auch Kapitän ist, entschloss ich mich, ihn auf beide Namen zu taufen. Ursprünglich hatte ich die Idee, den Löwenmann in seiner Funktion als Kapitän nur Jason Milchbart zu nennen und den Namen seiner königlichen Vorlage Aison erst am Ende der Geschichte als Zweitnamen zu enthüllen, wenn er wieder den Thron besteigt und nicht mehr länger Kapitän ist. Jedoch wollte ich mich nicht zu sklavisch an die Mythologie halten und entschied mich schlussendlich für Aison, da mir der Name einfach besser gefiel.

Hatschi/Nanuk

Steuermann, Navigator, Erster Offizier und – wenn es die Situation erfordert – Kanonier der glorreichen Milchbart-Piratenbande.

Hatschis (Spitz-)Name hat eine gewisse Doppeldeutigkeit, handelt es sich dabei doch sowohl um ein zum Wort gewordenes Niesgeräusch, als auch um eine Anspielung auf einen japanischen Akita-Hund namens Hachiko (kurz Hachi, gesprochen Hatschi). Die Geschichte dieses Hundes entspringt einer wahren Begebenheit, und er gilt in Japan als Inbegriff der Treue, holte er sein Herrchen doch jeden Tag vom Bahnhof in Shibuya (einem Stadtteil von Tokio) ab. Selbst als sein Besitzer, ein Professor, während einer Vorlesung verstarb und nicht zum Bahnhof zurückkehrte, wartete Hachiko zehn Jahre lang jeden Tag auf ihn, bis er schließlich selbst starb. Ihm zu Ehren wurde an besagtem Bahnhof eine Bronzestatue errichtet. Auch der Hatschi aus meiner Geschichte zeichnet sich durch seine Treue aus. Zum einen gegenüber seinem Kapitän/König und seinen Freunden, zum anderen gegenüber seiner Heimat, der zu Ehren der Steuermann seinen Spitznamen nie abgelegt hat. In dem japanischen Namen Hachiko verbirgt sich mit »ko« zudem das Wort für »Kind«, was Hatschis verspieltes Wesen widergibt. Nanuk bedeutet in der Sprache der Eskimos so viel wie Eisbär. Den Umstand dieser Namensgebung hat der Steuermann der Argo seinen schneeweißen Ohren zu verdanken.

NekoNeko Nebelheim

Lautlose Späherin, präzise Scharfschützin, Ausguck mit Weitblick, gewiefte Diebin und Zweite Offizierin der Milchbärte.

Neko ist das japanische Wort für Katze. Nebelheim hingegen ist eine Anspielung auf Nibelheim, das in Richard Wagners Opernzyklus »Der Ring des Nibelungen« die Heimat der Zwerge betitelt (ich habe aus den Zwergen Kinder gemacht). Offensichtlich handelt es sich dabei zudem um eine Referenz an das eisige Gebiet Niflheim (»das Zuhause des Nebels« oder »dunkle Welt«) aus der nordischen Mythologie. Wie aus Neko schlussendlich

NekoNeko wurde, wird in der Backstory des Katzenmädchens erklärt. Da nicht bekannt ist, ob das Waisenkind je einen richtigen Namen besessen hat, nahm sie als Nachnamen den des Heims an, in dem sie aufwuchs. Auch wenn sie dort eine harte Zeit durchlebte, möchte sie doch selbige nicht verleugnen, da sie dieser Lebensabschnitt geprägt und geformt hat. Das Waisenhaus verdankt seinen Namen (gemäß der Bedeutung des Referenznamens Niflheim) wiederum dem häufigen Nebelaufkommen in dieser Region.

Q-M-A-44151217

Robotersmutje der Milchbart-Piratenbande.

Gesprochen wird der Name des Schiffskochs »Kuma«, was im japanischen »Bär« bedeutet. Auch die Zahlenkombination hat eine bestimmte Bedeutung, die jedoch mein Geheimnis bleibt.

Su

Erdenmädchen und – im doppelten Sinne – jüngstes Mitglied von Aisons Piratencrew.

Sus Namensfindung war die schwierigste von allen. Tatsächlich diente ein »XXX« über die ersten hundert Seiten als Platzhalter, da mir einfach kein passender Name für die Protagonistin einfallen wollte. Kurz sollte er sein. Prägnant, frech und unverbraucht. Irgendwann kam mir die Idee, sie nach dem Begriff für das Wort Stern in der »Sprache des Alten Volkes« (also im Grunde genommen im Japanischen) zu benennen. Da »Sutā« als Vorname jedoch zu weit hergeholt gewesen wäre, entschied ich mich schlussendlich für Su.

WEITERE FIGUREN

Von A wie Anubis bis Z wie Zeus

Die Götter und Göttinnen in Herz aus Stern.

Egal ob nun der Inhaber des Götterrestaurants, der auf dem ägyptischen Gott des Totenkultes basiert, Morpheus, der Gott der Träume, Hera oder Göttervater Zeus: Sämtliche Gottheiten, die in »Herz aus Stern« auftauchen, existieren in unterschiedlichen Religionen und Mythologien. Auch wenn ich ihr Wesen, Aussehen und Handeln für meine Geschichte natürlich größtenteils neu interpretiert habe.

Alcatraz

Ein dornenbewehrter schwarzer Drache.

Entsprechend seiner Funktion als Wächter der Pforte zur »Sitra Achra« (der »anderen Seite«, in der Klippot gefangen gehalten wird) habe ich den Drachen nach dem US-Bundesgefängnis Alcatraz benannt. In der Argonautensage taucht übrigens auch ein Drache auf, der das Goldene Vlies im Hain des Ares bewacht.

Bugenhagen

Leiter des Forschungslabors in der Zitadelle der Zeit
auf dem Planeten Kuhdaiba.

Johannes Bugenhagen, ein deutscher Reformator und Freund Martin Luthers, war maßgeblich an der Durchsetzung der protestantischen Kirche in Norddeutschland und Skandinavien beteiligt und verfasste diverse Kirchenordnungen. Im Videospiel *Final Fantasy VII* existiert ebenfalls ein Charakter namens Bugenhagen, der eine Einrichtung ähnlich dem Forschungslabor aus »Herz aus Stern« leitet und Pate für meine Bugenhagen-Version stand.

Eisberg

Ein muskulöser Mann mittleren Alters und Chef der führenden Weltraumwerft Galley-La.

Als Blaupause für den blauhaarigen Chef der Galley-La Company diente ein gleichnamiger Charakter aus einer meiner Lieblings-Anime-Serien, *One Piece*. Hier leitet Eisberg ebenfalls eine Schiffswerft namens Galley-La Company.

Heimdall

Der Himmelswächter, Anführer der Zodiac, Sternzeichen des Widders.

Der Name bedeutet im altnordischen so viel wie »der Strahlende«, »Weltglanz« oder »Der, der die Welt beleuchtet«. In der nordischen Mythologie ist Heimdall der Lichtgott, Himmelswächter und Schützer allen Lebens. Die Widder sind ihm heilig, weshalb ich den Anführer der Zodiac nach ihm benannte. Das Sternbild Widder geht übrigens ebenfalls auf die Sage vom Goldenen Vlies aus der griechischen Mythologie zurück. In Anspielung auf das Goldene Vlies (das Fell des goldenen Widders aus der Argonauten-Sage) beschreibt Aison Heimdall mit den Worten »als trüge er ein Fell aus reinem Gold«.

Kambei

Der Hirte der Mirukuh-Kami Bishamon, Wächter von Shikuhya, Samuhrai und der letzte Verbliebene des Alten Volkes.

Die riesige Eule basiert auf der Figur Kambei Shimada, einer der »Sieben Samurai« aus dem gleichnamigen Film aus dem Jahr 1954. Ähnlich wie in der Vorlage, in der die sieben Samurai eine

Gruppe Banditen davon abhalten wollen, ein Dorf zu plündern, war es das Bestreben der sieben Samuhrai aus meiner Geschichte, Klippot und seinen Anhängern auf ihrem Raubzug Einhalt zu gebieten, um die Planeten der Milchstraßen-Galaxie zu beschützen.

Klippot

Kapitän und Anführer der Yakuhza, einer Piratenbande, die auch als »Der rote Regen« bekannt war und im »Heiligen Krieg der Straße« die ganze Galaxie mit Verderben und Zerstörung überzog. Klippots Ziel war es, den Titel »Tennō« zu erlangen, was in der Sprache des Alten Volkes so viel bedeutet wie »Himmlischer Herrscher«. Er wird auf der »Sitra Achra« (der »anderen Seite«) hinter einem Siegel aus Licht gefangen gehalten.

Nach der Auslegung der Zohar (das bedeutendste Werk der Kabbala, einer überlieferten Schrift aus dem Judentum), des ersten Buchs Mose, erschuf Gott vor der Schöpfung der gegenwärtigen Welt andere Welten und zerstörte sie wegen ihrer Unvollkommenheit wieder. Die Überbleibsel dieser Welten haben sich laut der Zohar als »Qliphoth/Qlipot/Klippot« (hebräisch für »Schalen«) erhalten und repräsentieren spirituelle und religiöse Unreinheit und unreine geistige Kräfte. So kann Gott sowohl die »Sitra Achra« (die »andere Seite«) wie auch die zu ihr im Gegensatz stehende »Sitra de-Kedusha« (die »heilige Seite«) zugeschrieben werden. Neben dieser Interpretation entwickelten sich zahlreiche weitere Klippot-Konzepte, beispielsweise im Okkultismus oder innerhalb unterschiedlicher religiöser Ausrichtungen. So werden Klippot unter anderem als Dämonen oder Verkörperung des Bösen identifiziert. Gegen Ende der Geschichte vergleiche ich Klippot mit Luzifer. Dabei handelt es sich um den lateinischen Namen des Morgensterns Venus. Übersetzt bedeutet

Luzifer »Lichtträger« – sehr passend, trinkt Klippot doch aus der Quelle der Ewigkeit und trägt somit das Licht der Sterne in sich. Im christlichen Sprachgebrauch ist der Name Luzifer zudem ein Name des Teufels.

Lynn Lovelock

Ein genialer Wissenschaftler, der am Re:Build-Project arbeitete, eines Tages jedoch angeblich den Verstand verlor und die Forschungseinrichtung auf Kuhdaiba verließ. Er vermutete die Antwort hinter vielen Fragen in alten Kindergeschichten verborgen, die er als Kamishibai-Mann erzählt. Er gehört der seltenen Spezies der Holzhirsche an.

Der neunte Teil von »Herz aus Stern« verdankt den Titel »Die Sonate des Schlüssels« der Tatsache, dass es sich bei Lynn Lovelock um eine Schlüsselfigur handelt beziehungsweise um die Figur, die den Schlüssel zum Schloss aller Fragen besitzt. Daher wird das Motiv des Schlüssels in diesem Teil des Buches auch häufig verwendet. Der Wissenschaftler trägt mit »lock« auch den englischen Begriff für »schließen« sowie für »Schloss« in seinem Namen. Letzteres ist reiner Zufall, aber auch deshalb ungewollt treffend, da Lovelock die Geschichte um den Roboterjungen Chiro, der sich Gefühle und die Liebe (Love) mehr als alles andere wünscht, unter Verschluss (lock) hält, weil sie ihm keiner glaubte. Der Name Lynn Lovelock setzt sich aus denen der Mikrobiologin Lynn Margulis und des Chemikers, Biophysikers und Mediziners James Lovelock zusammen. Die beiden gelten als die Begründer der sogenannten Gaia-Hypothese, auf die sich die Mythologie meiner Geschichte stützt (siehe auch: »Die Milchstraße/Der Fluss der Ewigkeit/Gaia«).

Maestro Ka Vinci

Ein Vier-Sterne-Koch im Körper eines kleinen Kaninchens, der im Anubiss die Götter bekocht.

Der Chefkoch des Anubiss verdankt seinen Namen dem italienischen Maler Leonardo Da Vinci, dessen berühmtestes Werk das Abendmahl darstellt. »Da« wurde zu »Ka«, was für Kaninchen steht.

Die Minister von Vanilland

Vaas »Der Adler«, Nin »Der Rabe« und Llevi »Der Spatz« leben zurückgezogen in den Türmen der JahrTausende auf Vanilland und zeigen sich ihrem Volk nur selten. Ihre Körper sind menschlich, ihre Köpfe jedoch die von Vögeln.

Die Namen der drei Vogelkreaturen (zu deren Aussehen ich durch eine Inszenierung der Richard-Strauss-Oper »Die Frau ohne Schatten« inspiriert wurde) haben alleinstehend keine tiefere Bedeutung. Kombiniert man jedoch die Anfangsbuchstaben von Vaas, Nin und Llevi (Va, Ni, Lle), ergibt sich das Wort Vanille.

Die Mirukuh-Kami

Diese sieben heiligen Kühe tragen die sieben heiligen Planeten, die Mirukuh-Kuni, auf ihren Rücken. Die Milch der Kühe bildet die Grundlage der gesamten Milchstraße.

Das Wort »Miruku« bedeutet in der Sprache des Alten Volkes (wie auch in diesem Beispiel, handelt es sich hierbei zumeist um die japanische Sprache) »Milch«, »Kami« heißt übersetzt »Gott«. Das »h« habe ich angehängt, um mit dem daraus entstehenden »Kuh« ein zusätzliches Wortspiel zu konstruieren, ähnlich wie beim Namen der Yakuhza, der sieben Samuhrai oder der sieben Mirukuh-Kuni. Die sieben Mirukuh-Kami tragen die Namen der Shichi Fukujin (die sieben Glücksgötter), ein Ensemble von glückbringenden japanischen Göttern: Bishamon, Benten, Ebisu, Hotei, Fukurokuju, Daikoku und Jurōjin.

Shiro

Die Königin der Milchstraße. Ihr Herz aus Stern ist das Zentrum der Galaxie und bezieht seine Lebensenergie aus dem Licht der Sterne. Wird das Licht der Sterne schwächer, so schwindet auch die Königin und mit ihr die gesamte Galaxie.

Der Name der Königin stammt – wie viele weitere in dieser Geschichte – ebenfalls aus dem Japanischen und bedeutet übersetzt »Weiß«.

Tonkin Horizon

Sohn des Dobe und der Flow, junger Fischer auf der Straße und Lieferant des Götterrestaurants Anubiss.

Der Fischer verdankt seinen Vornamen einem bambusähnlichen Material, das früher zur Herstellung von Angelruten verwendet wurde. Sein Nachname ist eine Anspielung auf die fiktive Stadt *Fisherman's Horizon* aus dem Videospiel *Final Fantasy VIII*, in der vor allem Fischer und Handwerker leben. Tonkins Eltern Dobe und Flow sind nach dem Bürgermeister und dessen Frau von *Fisherman's Horizon* benannt.

Yoru

Tochter von König Aison und Königin Shiro.

Die Königstochter macht ihrem Pseudonym »Der Nachtbringer« alle Ehre. Und zwar nicht nur, weil sie für die zunehmende Dunkelheit in der Milchstraßen-Galaxie verantwortlich zeichnet. Vielmehr bedeutet ihr Name aus dem Japanischen übersetzt »Nacht«.

Zodiac

Gigantische Kreaturen aus heiligem Licht, manifestierte Sternenbilder, die einst aus den Himmeln auf die Straße hinabgestiegen sind, um allem Bösen Einhalt zu gebieten.

Die Armee der Lichtwesen, die sogenannten Zodiac (zu Deutsch Tierkreis), die vom Widder Heimdall erneut in die Schlacht gegen Klippot geführt werden, basieren auf sieben der insgesamt zwölf Tierkreissternbilder, die sich in »Herz aus Stern« manifestieren und als gigantische Geschöpfe aus Sternenlicht auftreten, die mit einer speziellen Kugel beschworen werden können. Kurz bevor er starb, übergab Kambei seine Kugel und damit die Macht über den Widder Heimdall an Aison. Jedes der Zodiac diente einem der sieben Samuhrai. Ich entschied mich für die sieben Sternbilder Widder, Steinbock, Stier, Krebs, Skorpion, Löwe und Fische, da es sich bei ihnen eindeutig um Tiere handelt, was ich als stimmiger empfand.

SCHAUPLÄTZE

Die Milchstraße/Der Fluss der Ewigkeit/Gaia
Das größte, legendärste und gefährlichste Gewässer im Universum. Der Weltraumfluss, den die Milchbart-Piraten mit ihrem Schiff bereisen.
Für »Herz aus Stern« habe ich die Gaia-Hypothese, nach der die Erde und ihre Biosphäre wie ein Lebewesen betrachtet werden kann, auf die Planeten, Sterne und den Weltraumfluss übertragen. Meine fiktive Neuinterpretation dieser Theorie besagt, dass Planeten, Sterne und sogar die Milchstraße selbst über ein Bewusstsein, eine Seele und ein Herz verfügen. Die Gaia-Hypothese legte auch für die Entwickler des Videospiels *Final Fantasy VII*, das mich in vielerlei Hinsicht prägte, den Storygrundstein, und wurde um das sogenannte Lebensstrom-Konzept erweitert. Demnach verfügt ein Planet über menschenähnliche Blut- und Nervenbahnen, in denen die Energie verstorbener Lebewesen fließt, um dann an anderer Stelle auf dem Planeten wiedergeboren zu werden.

In »Herz aus Stern« fungiert die Milchstraße (Gaia/Fluss der Ewigkeit) nach einem ähnlichen Prinzip. In diesem Teil des Weltalls fungiert es jedoch als eigenständiges, von den Planeten und Sternen losgelöstes, gottähnliches Lebewesen und Ökosystem, das den ständigen Kreislauf des Lebens zum Erhalt der Milchstraßen-Galaxie gewährleistet.

Die Milchstraßen-Galaxie / Sitra de-Kedusha und die Sitra Achra

Die Galaxie in der das Abenteuer um Su angesiedelt ist.

In »Herz aus Stern« stehen sich zwei Seiten gegenüber: Die Milchstraße markiert die »heilige Seite« (Sitra de-Kedusha), die Seite des Lichts, während die dunkle Dimension, in der Klippot gefangen gehalten wird, die »andere Seite« (Sitra Achra) darstellt. Ich habe lange überlegt, wo genau sich diese andere Seite befinden soll. Sie am Ende der Milchstraße (und somit am Anfang der heiligen Seite) anzusiedeln, hielt ich schlussendlich für die passendste Lösung. Nicht zuletzt, da sich im Zentrum der (realen) Milchstraße ein schwarzes Loch befindet, ein Objekt, in dessen Umgebung eine derart immense Gravitation erzeugt wird, dass selbst Licht nicht von dort entkommen kann. Dies kam meiner Vorstellung der Sitra Achra in »Herz aus Stern« sehr nah.

Der Mystiker und Magier Thomas Karlsson schreibt in seinem Buch »Kabbala, Qliphoth und die Goetische Magie«: »Als linke Emanationen [lateinisch »Ausfließen«, »Ausfluss«; Anmerkung des Autors] aus der harmonischen Einheit des Lebensbaumes ausbrechen, fallen sie in den Abyss und bilden eine Gegenwelt zu Gottes Schöpfung. Die linke Seite wird zu einer unabhängigen Welt, die im Gegensatz zum Baum des Lebens und der rechten Seite steht; eine antagonistische Polarisierung zwischen der guten Seite und der bösen entsteht aus der ursprünglichen Einheit. Der Lebensbaum – die Schöpfung Gottes – wird *Sitra de-Kedusha* genannt, die heilige Seite. Die Welt des Bösen wird einfach ›Die andere Seite‹ genannt, *Sitra Achra*.«

Der kabbalistische Lebensbaum setzt sich aus den zehn sogenannten Sephiroth zusammen, die in ihrer Gesamtheit symbolisch den himmlischen Menschen (Adam Qadmon) bilden. Auf der Rückseite des Lebensbaumes (Sitra Achra) bilden die Klippot hingegen den Baum des Todes. Am Ende der Geschichte verwandelt sich Klippot in einen Baum, an dem neues Leben heranwächst. Böse wird gut, der Baum des Todes zum Lebensbaum.

Die Mirukuh-Kuni

Sieben heilige Planeten, die von sieben heiligen Kühen, den Mirukuh-Kami, getragen werden.

Wie bei den Mirukuh-Kami bereits erläutert, bedeutet »Miruku« im japanischen »Milch«, »Kuni« hingegen Land. Ähnlich wie schon bei dem Namen ihrer Träger, habe ich auch bei den Planeten ein »h« für das daraus resultierende »Kuh-Wortspiel« ergänzt. Das gleiche Prinzip wandte ich bei den sieben Mirukuh-Kuni an, die ihren Namen einzelnen Stadtteilen Tokios verdanken: Shikuhya (Shibuya), Shinjukuh (Shinjuku), Harajukuh (Harajuku), Akuhhabara (Akihabara), Kuheno (Ueno), Ikebukuhro (Ikebukuro), Kuhdaiba (Odaiba). Bei Odaiba handelt es sich im Übrigen um eine künstlich angelegte Insel in der Bucht von Tokio, während Namensvetter Kuhdaiba in »Herz aus Stern« als künstlich erschaffener Planet beschrieben wird.

Die Symplegaden/Die finsteren Felsen

Eine mysteriöse, mit einem Eigenleben ausgestattete Felseninselgruppe.

Die Ursprungsidee für die bewegliche Felsformation (»die Zusammenschlagenden«) entstammt ebenfalls der Sage von Jason und dem Goldenen Vlies. Die Argonauten müssen auf ihrer Fahrt einen Engpass durchqueren, ein Felsentor, das ins Jenseits oder das antike Königreich Kolchis führt. In der Sage lässt Jason zunächst eine Taube durch die Felsen fliegen. Nachdem auch die Argonauten hindurchgesegelt waren, hörte die Bewegung der Felsen auf.

Zitadelle der Zeit

Eine Forschungseinrichtung auf dem heiligen Planeten Kuhdaiba.

Die Zitadelle der Zeit ist eine Location aus dem Videospiel *The Legend of Zelda: Ocarina of Time*, einem meiner absoluten Lieblingsgames.

FAHRZEUGE

Ahti

Das Fischerboot von Tonkin Horizon.

Ahti ist in der finnischen Mythologie der Gott des Meeres und des Fischens.

Argo Navis

Der Sternenkreuzer der Milchbart-Piratenbande.

Das Schiff Argo (lat. *Argo Navis*) ist ein heute nicht mehr gebräuchliches Sternbild und setzte sich aus den Sternenbildern Achterdeck des Schiffes, Kiel des Schiffes und Segel des Schiffes zusammen. Zudem war die Argo in der griechischen Mythologie das Schiff, mit dem Jason das Goldene Vlies beschaffen sollte (siehe Kapitän/König Aison Jason Milchbart).

Lohengrin

Das Gefährt der Götterdienerin Sarang Seraph.

Das gläserne Schiff findet seinen Ursprung in der gleichnamigen Oper des Komponisten Richard Wagner. Bei dem Lied, mit dem die Piraten die Lohengrin herbeirufen, handelt es sich übrigens um eine Textpassage jener Oper, die vom Gralsritter Lohengrin erzählt, Sohn des Gralskönigs Parsival, des Behüters des Heiligen Grals. Auf seinem von einem Schwan gezogenen Boot wird er als Helfer und Beschützer entsandt. Ähnlich wie Sarang Seraph, die die Milchstraße beschützt und einen heiligen Gral behütet.

Moby Dick
Ein stählerner Wal, der zu Klippots Flotte zählt.
Das riesenhafte U-Boot der Yakuhza ist an den weißen Pottwal Moby Dick aus dem gleichnamigen Roman des amerikanischen Schriftstellers Herman Melville angelehnt.

YAM.ANNO 2.22
Ein sprechendes Schienenfahrzeug, dem die Piraten auf Shikuhya begegnen.
Im Namen des Zuges auf Kuhdaiba schlummern gleich zwei Anspielungen. Zum einen auf die sogenannte Yamanote-Line, eine der wichtigsten Bahnlinien in Tokio, die unter anderem einige Bezirke anfährt, nach denen die Mirukuh-Kuni benannt sind. Zum anderen ist der Name des Roboterzugs eine Verneigung vor dem japanischen Regisseur Hideaki Anno und dessen bekanntestem Anime *Neon Genesis Evangelion*. 2.22 steht dabei für meinen persönlichen Lieblingsteil aus der sogenannten *Rebuild-of-Evangelion*-Reihe, Evangelion 2.22.

GEDICHTE, LIEDER, MYTHEN

Hatschis Lied

Ein traditionelles Gesangsstück unter Seefahrern der Milchstraße.
Das Steuermann-Ständchen basiert auf dem deutschen Intro-Song der Anime-Serie *Gundam Wing*. Für »Herz aus Stern« habe ich die erste Strophe verwendet und ein wenig abgeändert.
Hier das Original:

Zeit und Raum? Wir besuchen die Sterne,
Hand in Hand reisen wir mit dem Licht.
Alles, was sich je ein Mensch nur erträumt hat,
Ist hier in der Zukunft, sie wartet auf mich und auf dich.

Die Geschichte von Hati und Skalli

Eine Gutenachtgeschichte aus Aisons Kindheit.
Die Geschwisterwölfe Hati und Skalli, von denen Aisons Mutter ihrem Sohn stets erzählte, sind Figuren aus der nordischen Mythologie. Die Geschichte endet damit, dass die Wölfe die Gejagten am Tag des Weltuntergangs (Ragnarök) schließlich einholen. Ein dritter Bruder, der Mondhund Managarm, verschlingt daraufhin den Mond, dessen verspritztes Blut die Sonne verdunkelt. Einer anderen Überlieferung nach verspeist Hati den Mond selbst.

Das Lied der Krähe

Ein Lied, das die Leiterhin des Waisenhauses,
in dem NekoNeko aufgewachsen ist, stets trällert.

Bei dem Lied, das die Rabenmutter im Nebelheim singt, handelt es sich um ein japanisches Kinderlied mit dem Titel *Nanatsu No Ko* (Die sieben Kinder). Der Text stammt aus der Feder von Ujō Noguchi, während Nagayo Motoori die Melodie komponiert hat. Erstmals wurde *Nanatsu No Ko* im Jahr 1921 im Magazin *Kin no fune* veröffentlicht. Der japanische Originaltext lautet:

Karasu naze naku no
Karasu wa yama ni
Kawaii nanatsu no
Ko ga aru kara yo
Kawai kawai to
Karasu wa naku no
Kawai kawai to
Nakunda yo
Yama no furusu e
Itte mite goran
Marui me o shita
Ii ko da yo

Die Kunst des Kamishibai
Eine beinahe vergessene Tradition in der Milchstraßen-Galaxie.
Kamishibai (jap. Papiertheater) ist eine Form des Geschichtenerzählens mithilfe von Bildern, die in Japan eine lange Tradition genießt. Es gedieh als Arme-Leute-Theater in einer Zeit, in der Japan aufgrund der Wirtschaftskrise in großen finanziellen Nöten steckte und sich viele Menschen auf der Straße wiederfanden. Der Kamishibai-Vorführer verdiente sich seinen Lebensunterhalt mit dem Verkauf von Süßigkeiten und erzählte seine Geschichten daher in Fortsetzungen. Im Zweiten Weltkrieg etablierte sich Kamishibai noch mehr als Unterhal-

tungsform für Kinder, aber auch Erwachsene. Das Fernsehen wurde in den Fünfzigerjahren sogar als »elektrisches Kamishibai« betitelt. Schließlich löste die Technik diese alte Tradition ab, Kamishibai wurde zunehmend mit Armut und Rückständigkeit assoziiert und verschwand fast vollständig als Straßenvorführung.

Alcatraz' Rätsel

Die Prüfung der Weisheit.

Das Versrätsel, das der Drache Alcatraz den Milchbart-Piraten aufgibt, ist die abgewandelte Form eines Werks des Dichters und Philosophen Friedrich Schiller, das in seiner Nachdichtung des Märchens »Turandot« von Carlo Gozzi Erwähnung findet. Für »Herz aus Stern« habe ich die Zeilen ein wenig gekürzt und an die Handlung der Geschichte angepasst. Die Originalversion lautet wie folgt:

Auf einer großen Weide gehen
Viel tausend Schafe silberweiß:
Wie wir sie heute wandeln sehen,
Sah sie der allerälteste Greis.
Sie altern nie und trinken Leben
Aus einem unerschöpften Born,
Ein Hirt ist ihnen zugegeben
Mit schön gebognem Silberhorn.
Er treibt sie aus zu goldnen Toren,
Er überzählt sie jede Nacht,
Und hat der Lämmer keins verloren,
So oft er auch den Weg vollbracht.
Ein treuer Hund hilft sie ihm leiten.
Ein muntrer Widder geht voran.
Die Herde kannst du sie mir deuten?
Und auch den Hirten zeig mir an.

Klippots Begrüßung

Die Ansprache des Bösewichts als er aus seinem Gefängnis schreitet und dem König gegenübertritt.

Bei den Worten, mit denen Klippot sein Gegenüber Aison empfängt, handelt es sich um (leicht abgeänderte) Auszüge aus Kapitel 38 des Buchs Ijob (Hiob) aus dem Alten Testament. Ijob (Aison) konfrontiert Gott (Klippot) mit dem Vorwurf, die Erde (Milchstraßen-Galaxie) sei ein Chaos und in der Hand eines Verbrechers. Daraufhin wird er in den Gottesreden zurechtgewiesen.

ZUSATZMATERIAL

Auf den letzten Seiten des Buchs gewähren euch Mangaka Reyhan Yildirim und ich einen kleinen Einblick in den Entstehungsprozess der Illustrationen von Herz aus Stern.

Das Cover-Artwork von Herz aus Stern in seiner ursprünglichen Variante.

Dies war die erste Version von Kapitän Aison. Einige Details, wie etwa die Parierstange seines Schwertes, wurden während des Entstehungsprozesses noch abgeändert.

Hier seht Ihr ein alternatives Outfit von NekoNeko. Schlussendlich haben wir uns dann aber doch für die Urversion entschieden, da sie »frecher« wirkt und besser zu NekoNeko passt.

Eine frühe Skizze von Nörgel-NekoNeko und Spaßvogel Hatschi.

Sämtliche Illustrationen wurden klassisch mit Bleistift gezeichnet. Die finalen Versionen hat Reyhan schließlich mit Tusche angefertigt.

Über den Autor

Nino Kerl alias Ninotaku liebt das Meer, Japan und Geschichten. Beruflich widmet er sich der japanischen Popkultur und füllt den YouTube-Kanal NinotakuTV mit Leben in Form von wöchentlichen Videos. Zudem trifft man ihn regelmäßig in diversen Philharmonien, wo er als Moderator durch Videospielmusik-Klassik-Konzerte führt, sowie als Redner und Moderator auf Anime- und Manga-Conventions. In seiner Freizeit reist er gerne hinaus in die Welt. Am liebsten ans Meer. »Herz aus Stern« ist sein erster Roman, eine Geschichte für Menschen, die die Magie der Bücher noch nicht vergessen haben. Aber auch für Menschen, die diese Magie wiederfinden oder ganz neu für sich entdecken wollen.

Über die Illustratorin

Reyhan Yildirim zeichnet, seit sie einen Stift in der Hand halten kann. Schon immer begeistert von japanischen Animes und Mangas, war es bereits als Kind ihr Traum, eine professionelle »Mangaka« zu werden. Diesen erfüllte sie sich in Zusammenarbeit mit verschiedenen Verlagen, welche diverse Kurzgeschichten von ihr veröffentlichten. Inzwischen ist sie unter dem Namen »Reyhan's Artwork« auf mehreren Social-Media-Plattformen wie z. B Instagram unterwegs und stellt ihre Werke auf vielen Anime- und Manga-Conventions aus. Charakterdesign ist ihre größte Leidenschaft, und gemeinsam mit Nino Kerl konnte sie die zauberhaften Figuren aus »Herz aus Stern« zum Leben erwecken.

FSC
www.fsc.org
MIX
Papier aus verantwortungsvollen Quellen
FSC® C106632

1. Auflage

Zülpicher Platz 9
50674 Köln

Umschlag-Artwork und Illustrationen: © Reyhan Yildirim
Umschlaggestaltung und Digitalisierung: Andra Dehelean
Abbildung Autorenfoto: © Adrian Martin
Redaktion: Mirka Uhrmacher/Katharina Altreuther
Satz: Achim Münster, Overath

Gesamtherstellung: Community Editions GmbH

ISBN 978-3-96096-104-8

Printed in Germany
www.community-editions.de